小泪痣

鹿灵 著

[上册]

青岛出版社
QINGDAO PUBLISHING HOUSE

图书在版编目（C I P）数据

小泪痣 / 鹿灵著. --青岛：青岛出版社，2018.4
ISBN 978-7-5552-6623-5

Ⅰ. ①小… Ⅱ. ①鹿… Ⅲ. ①长篇小说－中国－当代
Ⅳ. ①I247.5

中国版本图书馆CIP数据核字(2018)第012586号

书　　名 小泪痣
著　　者 鹿　灵
出版发行 青岛出版社
社　　址 青岛市海尔路182号（266061）
本社网址 http://www.qdpub.com
邮购电话 010-85787680-8015　13335059110
0532-85814750（传真）　0532-68068026
责任编辑 郭林祥
责任校对 耿道川
特约编辑 崔　悦　倪　静
装帧设计 千　千
照　　排 梁　霞
印　　刷 三河市鹏远艺兴印务有限公司
出版日期 2018年4月第1版　2022年3月第5次印刷
开　　本 32开（880mm×1230mm）
印　　张 15
字　　数 350千
书　　号 ISBN 978-7-5552-6623-5
定　　价 55.00元

编校印装质量、盗版监督服务电话　4006532017　0532-68068638

建议陈列类别:畅销·青春文学

小泪痣

目录［上册］

小泪痣

目录

[下册]

第一章

不是一见钟情，是每一见都钟情

“等一下，等一下！还有一个没上车！”

林盏刚找到位置卸下画袋，还没来得及坐下，车猛地急刹了一下。

关上的车门砰的一声打开，有个女生火急火燎地抓着扶手，顺着阶梯跨上来。

恰好林盏旁边有空位，她顺势抓住座椅坐了下来，一面拿手扇风一面庆幸道：“幸好赶上了，这车半个小时才来一班，没赶上就要晒死在公交站了。”

这话没错。

3路公交因为途经的都是老旧城区，居住的人少，现在因为拆迁，人也都陆陆续续地搬走了。

眼见着车越来越空，发车频率自然就减少了。

不知道这女生上来是要去哪。

女生环视周围，除了几位稍年长些的，年轻人就只有她和林盏了。

她露出贝齿朝林盏笑了笑：“好像都没有我们这个年龄段的坐3路，你是要去干吗？”

“去一水街，”林盏也礼貌地笑了笑，指指自己的画袋，“我去画画。”

“你是画画的？好厉害！”女生双眼放光，“去一水街吗？一水街那边不都被拆成废墟了吗？”

林盏笑：“我就是去画废墟的。你呢？”

“我？”女生指指自己，摆摆手，“我没你那么厉害，我去原来住过的地方附近，买煎饼馃子吃。”

林盏点头表示了解。

身边女生好像在跟人聊天，没过一会儿，朝那边恼羞成怒地喊道：“你才是猪精！我这叫对食物怀有敬畏之心，懂不懂？”

林盏倚在被太阳晒烫的栏杆边，在午后的倦怠里昏昏欲睡。

车厢里的提示音乍然响起：“一水街，到了。”把林盏从蒙眬的边缘拉回来。

林盏揉了揉眼睛，拿好画袋下了车。

公交绝尘而去的刹那，站在地表温度破40℃的一水街，林盏脚底发烫，环视四周。

这里四下无楼房遮挡，更遑论树木，有的只是断壁残垣。

林盏的夏困被蒸发得一干二净，倏然清醒，甚至让她有种想哭的冲动。

太、热、了。

林盏认命地架好画架，颜料放一边，笔扔进水桶里，用随身携带的矿泉水填满水桶。

她画的是海面与废墟，需要极度静谧的心态才能创作，为此她特意中午请假来一水街实景取材，就为了画得更好。

是，她现在是看到实景了，但是也因为高温，变得燥热不堪，让她完全无法沉着作画了。

林盏不知该哭还是该笑。

正当林盏对着画架发呆，思考怎样才能寻找到静谧时，突然有个东西滚到了她的脚下，把她惊了一下。

林盏低头，发现是一个迷宫球。

迷宫球的透明球体里轨道错综复杂，呈立体式环绕。轨道里有颗操控的小铁珠，可以把它从起点顺利操控到终点。

林盏捡起球，听到旁边有个小男孩儿问：“好看阿姨，可以帮我走迷宫吗？”

林盏皱眉，严肃地纠正：“叫好看小姐姐。”

男孩儿顺从地叫过之后，林盏就开始走迷宫了。

奈何她现在被骄阳烤得心浮气躁，就连海面和废墟都画不出一笔，更别说需要耐心和沉着的走迷宫了。

林盏正想着怎么开口时，男孩儿像是看到了什么，从林盏手里拿过球，往路口跑去。

林盏抬头时，正巧吹过一阵凉风，凉风带着湿润的凉意，拂过她的发端。

有人从路口走来。

林盏起先只能看到那人模糊的身材比例，宽肩、窄腰、长腿，线条流畅的手臂。

男孩儿高举双手，向那人提出请求：“好看小哥哥，可以帮我走迷宫吗？”

林盏虽然只看了一眼，但能明显感觉到来人身上的气质高冷，不像是会为了这种事驻足的人。

那人俯身接过迷宫球，虽然没说话，但很明显，他是在帮男孩儿走迷宫了。

不知道能不能成功？

林盏走上前，本来只是觉得他的冷静对她有种吸引力，但当距他两步时，林盏停了下来。

林盏是干美学的，令人惊艳的画面会让她过目不忘。

他的衬衫被骄阳揉出淡黄，衣袂随风猎猎飘起。

他长睫如扇，鼻骨高挺，嘴唇偏薄，每一处都是造物主偏心的产物。

他柔顺的黑发随风而荡，发梢扫过他形状姣好的耳郭。

他垂眸操控，虽然站在燥热的空气里，但是冷静又沉着。

小男孩儿在顺利通关的那一刻高兴得几乎跳起来："好厉害！"

林盏定睛看他很久，他感受到林盏的目光，也抬眼瞧她。

一刹那，仿佛有什么东西随着他抬眼的一瞬一同袭来。

林盏感觉像有一支羽箭，射穿了自己的心脏——一见钟情。

他的眼神深邃，像潜入深海才能观看到的景致——幽深的蓝，沉静、内敛、清冷，内里却暗流涌动，让人不自觉屏住呼吸，心跳加速，也让人情不自禁地想要往更深处探知。

林盏感觉之前的燥热一扫而空，但取而代之的，是另一种躁动。

林盏感觉到，自己拼命想找寻的静谧，就存在于他的身上。

他手上还拿着东西，像是要去哪里。

见他抬脚走了，林盏拉住小男孩儿："你帮姐姐看着东西，姐姐去去就来。"

小男孩儿问："你要去哪儿？"

林盏要去看看她的"希望之光"。

"希望之光"走进图书馆，林盏也跟进图书馆。

他站在第二个书架前，她就站在第二个书架后。

她自排列的书中探出头，扶住书脊边缘抬头去瞄，冷不丁碰到一根冰凉的手指。手指错过她小拇指的肌肤，抽走一本厚重的书。

二人之间忽然就没了阻挡。

她急忙要躲，却似乎早就被他洞悉一切。

他眼角余光浅浅掠过她，不带任何情绪，像极寒处无法采撷的花，气质凛冽。

林盏脸颊发热，随手抽了本与美术相关的《绘画大赏：细微之处见精品》，意思意思地翻了两页。

林盏越看越觉得眼熟，发现第五幅作品是自己之前在比赛的时候画的，底下的简介里，还称这幅作品画面精美。

“希望之光”读了40分钟的书，最后动作很轻地把书放回原位。

林盏差点没注意到，幸好在他下楼梯的时候及时看到，于是急忙放下书飞奔进了电梯。

电梯门打开的瞬间，“希望之光”消失在拐角处。

想躲她?

没那么简单。

林盏加快脚步跟上，发现这是条小巷子，很窄，只能容下一个人。

而小巷子的入口处，被人用一块大石头堵住了。

林盏不疑有他，看着前面越走越远的身影，没来由地一阵慌乱，赶忙俯下身，将大石头移开。

林盏力气大，干这码子事就如探囊取物一样轻松。

但前面，沈熄的身影却是一滞。

偷偷跟在他身后的女生不在少数，每当他发现，就会走到这个地方，用准备好的大石头把巷子堵住，再绕回家。

这么做虽然麻烦些，但好在很有成效，那些女生见到大石头，多是悻悻踢上两脚，然后负气离开。

感受到身后的人轻松移开石头，然后轻笑着拍了拍手，沈熄只觉太阳穴突突直跳，抬手揉了揉，硬生生将“你是怎么把东西移开的”吞了下去。

他停了脚步，回头对身后的纤细身影问道：“跟了我这么久，你下午不用上课吗？”

“完了，”林盏把头埋在臂弯里，跟郑意眠抱怨道，“他肯定觉得我是个跟踪狂了，怎么办？”

郑意眠听了她对中午事件的描述，想了想，十分真诚地问道：“难道不是吗？”

林盏一哽，这才不服道：“我那是浸淫在艺术中好不好？你想啊，我连我的颜料和天价画笔都弃之不顾了，足见我对艺术的热爱。”

郑意眠纠正：“是对美色的热爱吧？”

“肤浅，庸俗。”林盏敲桌强调重点，“是因为我……”

她说过三遍，郑意眠已经能倒背如流了：“是因为你要画的那幅画需要一种沉静的氛围，但是你实在感受不到，只有在‘希望之光’的身上才能感受到。”

她们不知道对方叫什么，就索性叫他“希望之光”了。

孙宏就坐在她们旁边，自然把事件的来龙去脉听了个清楚。

他摸着下巴小声道：“林盏，你试着往好的方面想，也许以后你们就再也见不到了呢？怎么样，这么一想是不是开心多了？”

林盏的脸立刻冷下来：“……”

郑意眠：“你别听孙宏胡说，他故意惹你生气的。我觉得你们应该还能见到，也许那个男生就是本校的呢？”

“这我知道！”孙宏自告奋勇，“我们学校有个气质又冷又帅的，叫……”

郑意眠撇嘴：“你不会要说你自己吧？”

孙宏：“那我自愧不如，一班有个叫沈熄的，人家那是高岭之花啊。上回跑1000米，我第二，多少女生抢着给我送水啊，都快成事故了。”

林盏冷着脸：“说实话。”

孙宏赔笑：“后来才知道是因为沈熄在那个地方等自己兄弟下一场比赛，她们是给他送水的。我挤破重围去看了一眼，那家伙，长得真是好看，我一个男的看了都觉得帅。”

“我觉得以你的颜值，绝对可以拿下。”

林盏重新拿起画笔和小刀，把笔削尖了，这才说：“八字还没一撇，人家在不在这里读书都是个问题。”

沈熄的名字她听过，是崇高的风云人物之一。

虽然在同一所学校，但林盏对这些事从来不上心，大多数时间她都在离班级比较远的画室里，集体活动她也总是站在后面，对沈熄这个人，自然是只闻其名，未见其人。

当然，最重要的是她不想看。

学校盛传已久的沈熄和梁寓，她都没见过。

孙宏看她这样子，一脸见了鬼的表情：“林盏，你那是为情所困的表情吗？我还只见过别人被你困，没见过你被困。”

说到这里，他尖着嗓子，有模有样地学林盏拒绝别人——“不好意思，我暂时没有那方面的想法。”

孙宏的声音有点大，惹来教室里一些人的恶意起哄：“孙宏，哪方面啊？”

孙宏：“滚滚滚，老黄马上要来了，我看你还笑得出来不。”

黄郴跟陈丽秀一路有说有笑地谈论孩子们的学习成绩，他们都是崇高艺术班的班主任，这回学校组织的考试，两个班考得都不错。

陈丽秀看着手中的成绩单，满面笑容：“我们班好几个250分以上的，240分、230分的也有，就是有几个还没及格，两极分化太大了。”

300分满分，色彩、素描、速写三科每科100分。

黄郴叹气：“我们不也是，好几个现在才考150分。”

陈丽秀卷起成绩单，夹在书页里：“你们班有两张王牌呀，郑意眠和林盏这回考得怎么样？”

说到这两个，黄郴笑得鱼尾纹都出来了，满足道：“郑意眠第一，270分，林盏255分。”

陈丽秀赞叹道：“郑意眠不错，发挥稳定，联考最爱的画风。林盏这种个人风格强烈的，虽然分数不会特别高，但是容易拿奖。”

说罢，陈丽秀这才倾身问黄郴：“上次那个比赛全校一个名额，给林盏了，成绩如何？”

黄郴笑：“你们啊，表面上装作不关心，暗地里不知道多在意。林盏这孩子好强，压力大，那段时间每天都在熬。”

陈丽秀：“谁让她是林政平的女儿……结果如何，拿到奖了吗？”

黄郴：“拿到了，一等奖。”

黄郴进班的时候，班上安静极了，只有画画的沙沙声，这让他很高兴。

他看了看林盏和郑意眠的画，止不住地在后面点头，笑容也越来越大。走到孙宏旁边的时候，黄郴幽幽叹气。

孙宏急忙把林盏给他画的那张钉在画板上，却被黄郴一眼看出来：“别装了，这又是林盏画的吧？”

孙宏笑：“老师你也太有眼力了吧。”

“你这孩子，没大没小的，”黄郴抬手敲他的脑袋，“看你画的这手……”

孙宏明了地接话道：“跟得了癫痫似的吧？我也这么觉得。”

班上一阵哄笑。

孙宏眼尖，一下看到黄郴手上的成绩单和奖状。

他自然不想那么快知道成绩，看着奖状叹道：“谁又拿奖了啊？这么给我们黄老师长面子！”

林盏的手一顿，一口气提到嗓子眼——要来了。

黄郴笑道：“得奖了是好事，大家恭喜一下林盏同学，金绘奖竞争非常激烈，一等奖全国只设立了三个，林盏占了其中一个！掌声祝贺！”

班上传来窃窃私语声，而后，大家一同转身，向林盏投去“注目礼”。

画室的灯光不明不暗，却恰好能勾勒出她姣好的轮廓线条。

林盏的轮廓线也像是被人画出来的，苹果肌处微微上浮一点，向下描绘时轻缓地向内收。

不同于人造类浮夸的下巴，林盏的脸虽小，却是莹润小巧，丝毫不刻薄也不尖锐，而是透出一股蓬勃的少女感。

她一头齐耳短发，刘海儿薄而细碎，是学生时代少有人敢尝试的发型，因为这种发型太考验颜值了。

她的瞳孔呈棕色，眼神总是明澈透亮，双眼皮从眼尾处划开，弧度和大小都恰到好处。

她有神的右眼下，缀着一颗浅浅的小泪痣。给她整个人在柔美的基础上，又添了一丝美艳。

就是有人这么受宠，画画得好，长得还跟从精修图里出来的女星似的，虽然她力气大，但人家偏偏就是体型匀称，身材也很好。

林盏上前接过奖状。

黄郴点头："继续努力呀，更多大奖等你去征服！"

林盏还没来得及客套，便听孙宏大吼道："那可不！高手千千万，盏姐一锅端！"

大家笑作一团。

"孙宏，你最近文化水平见长啊，还会写诗了。"

"不得了了，以后孙大哥是我们班文化课扛把子了。"

"人家只夸自家女神的，是不孙宏？"

黄郴报过大家的分数后，又开始了老生常谈："画画这件事是师傅领进门，修行在个人。你们平时要多练，看人家林盏和郑意眠，哪天不是笔不离手的？素描、速写都可以向她们俩学，但是色彩一定不能学林盏的。"

黄郴把郑意眠的画板举起来："看到郑意眠的了吗？这是联考的画风，要亮，暗部跟亮部对比要拉开，前后也要拉开，不准给我画灰了。郑意眠这几个水果画得真是太好了，看人家这个苹果跟梨子，色相啊……"

林盏不恼，因为她跟郑意眠的画风本来就不一样，她适合校考，郑意眠适合联考。

一开始，黄郴真的试过各种方法想让她换一换画风，但适得其反，想到她这么画也能拿高分，黄郴到后面也就不再管了。

放下郑意眠的画板，黄郴走到林盏身后，笑着说："每次看林盏的画，都有种劫后余生的灰败感，但是在灰败里面，又有点生机，挺有意思的。"

林盏画面偏暗，而且爱用灰色，但由于整体协调得好，每个水果的颜色和形状都很契合画面，一点都不突兀，反而很好看。

黄郴每次看完她的画，总是要叹一声天赋的厉害。

他又扫了一眼郑意眠工整明亮的画面，又觉得各有各的好。

画画嘛，总是要百花齐放才有味道。

林盏后来又去一水街蹲过几次点，一样的位置、不一样的位置，甚至连小巷口她都蹲过了，结果一无所获。

"希望之光"没有再来，她的画面也没再续上一笔。

无望的守候中，林盏终于决定先不等，将那幅画收了起来。

她总感觉，他们一定还会再遇见的。

"美术馆的征稿上上周结束了，"郑意眠提醒她，"都十几天了，还没蹲到'希望之光'吗？"

林盏放下画袋，颓丧地点点头："他比明星还难等，明星起码还有行程呢。"

郑意眠替她担忧："那怎么办呢？你不参加征稿了吗？"

"我有存稿啦，"林盏说，"早就交了另一幅上去。"

郑意眠放了心，扭头继续做题："那就好。"

孙宏探了头过来："这么着急，要不带你们去一班看看那个高岭之花？"

林盏埋头写题："不去。"

按照初遇的情况来看，"希望之光"周二下午第一节应当是没课的，而一班是魔鬼尖子班，每节课都全员到齐。再加上，那次见面"希望之光”并没有穿崇高校服。故而这么一推测，那个叫沈熄的，一定不是“希望之光”。

相安无事地过了几天，周五下午，黄郴说要带他们去W市美术馆看画展。

收拾好东西，林盏、郑意眠、孙宏先在门口等大家。他们班门口恰好对着个楼梯，有个人风风火火地从底下冲上来，差点把郑意眠给撞倒，幸好林盏拉了她一把。

林盏随着他跑步的方向看过去：“干吗呢这是？跟逃跑似的。”

跑上去的男生理了寸头，嗓门很大，他们这边能听得一清二楚。

“班上还有人能出吗？李诚拉肚子不能去了，还有谁能解说？”

搞得很大的阵仗，林盏的好奇心被勾了起来。

她问孙宏：“你不是号称‘崇高百事通’吗？这个怎么回事，这男生在着急什么？”

孙宏：“我没听清，他刚刚说谁的名字来着？”

林盏：“李诚，我不认识。”

孙宏在脑海中搜寻了一番，又仰着脖子往那边看了看，笃定地说：“应该只有一件事。W市美术馆不是在咱们旁边嘛，还跟我们学校经常有些合作什么的。这次上级领导来视察，看完我们学校想去美术馆，我们学校就派了个学生来解说，聊表心意嘛。谁知道后来怎么弄的，还有人跟着拍摄，可能要上电视。”

“这个李诚普通话标准，表达能力不错，学校就选他当解说了。可能他刚刚拉肚子不能上了吧，学校就派人去一班问问，看有没有人能上。一班是尖子班嘛，代表学校水平的。”

林盏挽着郑意眠，轻飘飘地说：“学校也是敢想，随便拉个人就去解说？”

那么大的场合，没有提前排练，没有提前背词，且不说需要多强的文字功底，光是众人投来的目光和压力，就能让人喘不过气来，轻则脸红，中则结巴，重则一边脸红一边结巴着不知所云。

林盏很清楚压力这东西有多可怕，她不觉得有谁能够胜任。

“这就不该我们管了。”孙宏有些兴奋，“哎，沈熄在这个班上啊，搞不好等下可以见到呢。”

林盏低头玩手指：“他跟我又没关系。”

孙宏叫道：“沈熄！沈熄出来了！”

林盏不甚在意地抬起头，却当场愣住。

她的“希望之光”穿着崇高的校服，从一班走出来。

他站在门口，身姿挺拔，像一棵能给人荫庇的树。

身后传来女生的惊呼：“沈熄上吗？这么厉害？”

身后的惊呼一浪盖过一浪，林盏不知为何，也跟着她们亢奋起来，心脏猛烈跳动。

接二连三的惊喜在她身边发生——“希望之光”不仅是沈熄，而且跟她只有一个教室之隔。

而且，她中意的这个人，今天确确实实就是崇高的“希望之光”，他要力挽狂澜，在紧要关头去美术馆做解说员。

这就像开宝箱一样，你因为宝箱华丽的外壳而驻足，心中正惶恐宝箱内一无所有时，却发现里面都是稀世奇珍，熠熠生辉。

巨大的对比，让林盏收获了前所未有的惊喜。

林盏拉着郑意眠，眨眨眼，小声又张扬地说：“沈熄就是‘希望之光'！”

“我知道。”郑意眠揉着被林盏抓痛的手腕。

林盏：“你知道怎么不告诉我？”

郑意眠：“……”

“林盏，”孙宏平复她的心情，“咱们带点脑子行不行？很明显郑意眠是刚刚才知道的，你看你那个反应，很容易就猜到了。”

林盏：“……”

孙宏：“我就说要你看看沈熄吧，你非不看。刚刚是谁说沈熄跟自己没关系的？”

林盏立刻否认：“肯定不是我。”

孙宏嘿嘿嘿地笑：“你刚刚的反应生动形象地诠释了什么叫嘴上说不要身体却很诚实。”

“懂了吗？主任大概就跟我说了这几个重点，剩下的要你自己发挥了。没问题吧沈熄？”寸头男生问。

沈熄正在看纸条上的重点，身后的张泽笑嘻嘻地替他回答：“放心吧，他经常去美术馆，解说这点小事轻而易举。”

沈熄看完纸条上的内容，收好后点点头：“没问题，我们现在出发？”

寸头男生急忙道：“你现在就觉得可以了吗？那好，我们早点去等着。”

身后的女生们红着脸，有胆子大的率先开口：“沈熄加油！”

后面又接连响起了几道加油声，她们以支持他为荣。

张泽屈起手指，用关节蹭了蹭鼻子，搭上沈熄的肩膀，笑着凑到他耳边：“沈熄加油。”

沈熄侧眸：“滚。”

“送到这儿了啊，”张泽笑着拍拍沈熄的肩膀，“我先回教室了。”

沈熄点头，算是应了：“记得别让人随便给我放东西。”

张泽：“尽量吧。”

那些女孩子疯狂起来，他怎么拦得住？

寸头男生叹了口气：唉，自己什么时候能受欢迎到沈熄这种程度呢。

沈熄往前走，把纸条收进口袋，默背完重点之后，抬眼就看到二年级三班的牌子和门口的人。

沈熄发现，那个“跟踪狂”看到是他，眼神有点诧异，又流露出光芒，那点古灵精怪全从眼神里褪去了，只剩下七分的蒙，有点好笑。

沈熄从人群中走出。

林盏急忙低头，拉住郑意眠的袖子："沈熄出来了，沈熄出来了。"

郑意眠诧异地抬头，跟孙宏交换眼神。

郑意眠：她在干吗？

孙宏：不知道，可能在娇羞？

郑意眠：娇羞？你确定林盏会娇羞？

孙宏：太可怕了，难道是传说中的反差萌？

郑意眠摇摇头，看着几乎从不脸红的林盏，从耳尖一路红到脸颊。

林盏低着头，整个人热得就差冒气了。

等人走后，郑意眠这才拍拍她的脸颊："走了。"

孙宏对着林盏，语调简直称得上是不可置信："不是我说，你这什么意思啊？"

林盏抬手揉揉脸颊："我不知道，我感觉我今天不太对劲。"

那是一种本能的驱使，本能地想要到他身边，却又因为他的突然出现而慌乱得不知所措。

这已经远远超出了她所能控制的范围，像飞蛾要扑火，却又在触及滚烫明火的那一刻，下意识逃脱。

三班整队完毕，随着黄郴一起去往美术馆。

去美术馆的路上，林盏没有提起什么，倒是孙宏懂她，问黄郴："老师，今天我们学校是不是有人在美术馆解说啊？"

黄郴："好像有，是李诚吧。"

"换掉了，"班长说，"换成沈熄了。"

"沈熄？"黄郴道，"这孩子不错，成绩好懂礼貌，表达能力也很强。"

小泪痣

小泪痣

林盏心里一甜，涌起了小小的得意。

是吧，这是我看上的人。

孙宏："那个解说我们可以去听吗？"

黄郴："找到了当然可以，就是不知道他们在几楼。到时候你们找到了，不要大声喧哗，小点声。"

孙宏："好的老师。"

一行人很快到了美术馆，黄郴在一楼让大家解散："不要大声喧哗，一个半小时之后在这里集合。好了，自由活动吧。"

对林盏来说，自由活动当然不只是欣赏画作这么简单。

美术馆灯光偏暗，每个展厅的主题都分得很清楚，大多数画家的作品林盏都瞻仰过，此刻那些画作跳脱出屏幕，被人精细地裱好，再呈现在人的眼前时，震撼的感受便加倍放大了。

但她心里装的可不止这些。

她正对着画面发呆，听到孙宏问："林盏，我觉得这幅画抽象的程度跟我的差不多呀，是不是我也有成为大家的潜质？"

内行看门道，外行看热闹。

孙宏是被家里人逼着来学美术的，对这种艺术的感知能力很弱。

郑意眠："人家的抽象是有具体内容的，看起来型不准，其实这些关键部分，盆骨啊形态啊，塑造得很好的。"

孙宏指着墙上的一幅人体写生："算了，我还是适合看这种。"

林盏："你开心就好。"

大家逛完一楼的展厅，上楼时，林盏跟郑意眠闲聊："你觉得沈熄会在楼上吗？"

"看命了，"郑意眠说，"再说了，刚刚人家还路过你身边呢。算了，不说你了，能理解。"

林盏就是你不近，她近；你不动，她动；你不言，她调戏，撩之；你一动，她心理素质就崩盘了，只能灰了吧唧地回到原位，虚张声势的纸老虎。

林盏咳嗽一声："那是不在我计划范围内。你也知道，一出点什么意外状况我就会很慌乱嘛。所以，我刚刚临时决定了。"

郑意眠看她一脸决绝，问："决定什么？"

林盏："决定让沈熄多意外意外我，锻炼我的心理素质。"

郑意眠："……"

孙宏想歪了，难为情道："让沈熄意外你？这么意外不太好吧。"

林盏："想歪的自行了断吧。"

孙宏一脸委屈地说："齐力杰不在，你们就欺负我。"

齐力杰跟孙宏玩得比较好，但是这段时间家里有点事，不能来上学，孙宏就跟着林盏她们一起玩了。

"你该庆幸他不在，"郑意眠笑着说，"他要是在，就是跟林盏一块儿欺负你了。"

孙宏："还笑，电梯到了。"

有说有笑地出了电梯，到了三楼的倒数第二个展厅，林盏看到了摄像机。

她小声道："在这里面吧？走，进去看看。"

林盏跟做贼似的，想让沈熄看到自己，却又怕他太快看到自己。

偌大的展厅里，一道清朗的男声正在进行讲解，咬字清晰，带着疏离的冷意，但听起来却很舒服。

声如其人，沈熄的声音像是藏在山涧里的泉水，和缓而沁人心脾。由于不受阳光暴晒，一字一句仿佛珠落玉盘，泠泠作响。

林盏拉着郑意眠往前凑了两步，听得更清楚些。

"油画家郑云是中国当代超写实主义油画的领军人物，他的画最大的特点就是极端写实，大家可以看看这个竹篓，连毛边画得都很清楚。他的作品画面纤毫毕现，几乎跟照片无差……"

林盏只听进了这么一段，然后扶着墙壁踮起脚，去看站在画面前的那个人。

他的身上带着的，是见惯大场面的从容不迫，也是对自身能力的清晰把控。这样的气质，对林盏而言，有着致命的吸引力。

她看清楚他点在画框上的手。灯光给他的手指镀上一层流光，透明画框反射的光也泻在他指尖，明亮地跃动。就连他手腕上凸出的尺骨，弧度都漂亮得不行。

讲解完毕，沈熄留大家安静地欣赏一番，正把手放下，就感受到了一道如炬目光。

他对上那双流光溢彩的眼瞳，少女的琥珀色瞳仁中缀着高光，像万千星辰碾碎，尽数铺在她眼底。

很快，那双眼睛消失在重重人流之中。

沈熄似有所失，竟皱了皱眉。

林盏抚着胸口弓下身，虎口脱险般喘着气。好险，差点就被看到了。

郑意眠看她这个样子，揶揄道："怎么，一见钟情了？"

"不是一见钟情，"林盏平复心神，怅然地远望，却又带着点笑意说，"是每一见，都钟情。"

没逛一会儿，就到了黄郴规定的集合时间。

林盏颇为不舍地挥别沈熄，一步三回头地走了。

没关系，反正她近水楼台，以后就可以和沈熄天天见面了。不愁不能看个够，不愁不能撩到手。

林盏心中有个小计划悄然成形。

周五一过，放了两天假，新的一周就算是起航了。

这周的大扫除任务，分给林盏他们班。

每次大扫除，女生们都愿意和林盏一组，她力气大，干活快，提水和一些高难度活都能完成，比男生还好用。

黄郴分了几组，都分别有各自负责的位置，还安排了两个“总教头”。

男生的“总教头”是班长，女生的“总教头”是林盏。

“总教头”不仅自己要打扫卫生，还要去检查一下大家打扫得怎么样。

黄郴：“好了，大家抓紧时间，打扫完等下还要去升旗。”

林盏啃完最后一口汉堡，提着两个桶出门了。

她跟5个女生一起负责大操场的卫生。

大操场距离水源地比较远，她们要扫地，还得擦健身器材，水自然很重要。

林盏把扫把分给大家之后，才说：“你们先扫，我和郑意眠擦器材，我现在去提两桶水来。”

“好，你去吧。”姜芹呼吁大家，“everybody动起来啊！”

其余几个女生恹恹的，一副标准的没睡醒样。

姜芹：“等下学生会的要来检查卫生啊！快振作！”

这句话仿佛把她们点醒，有人双眼放光地问：“主席会来吗？”

姜芹：“不知道，看命吧。”

林盏去一楼的女厕所接了两桶水，把抹布洗好，就赶往器材那边跟郑意眠会合。

正从教导室出来的沈熄拿着记录本，一转身，就看到张泽饶有兴致地扶着栏杆往下看。

沈熄走过去说：“别看了，马上要检查了。”

张泽的目光聚焦到一个正在奔走的身影上：“不是，那是女孩子吗？”

沈熄顺着他指的方向看去，看到一个短发女生，提着满满的两桶水往前走，桶被她提得很稳，只是微微晃荡了几下。水桶看起来很重，但她却很轻松。

又是那个力大无穷的“跟踪狂”。

说她汉子吧，她的长相又偏柔美；说她软妹吧，力气却大得惊人。

沈熄微微失神，觉得很神奇。

神奇的林盏没走多久，就到了双杠下。

她哼着歌把水桶放下，递了一块抹布给郑意眠。

郑意眠拿出随身带的纸巾：“辛苦了，快擦擦汗吧。”

林盏摸了摸鼻尖，这才道：“我没出汗。”

郑意眠一怔。是她忘了，林盏软妹脸，硬汉心。

“开工吧，”林盏说，“擦完我们就能休息了。”

郑意眠低低地应道：“嗯。”

她们配合得很默契，擦完双杠之后，就去擦肋木架。

肋木架是攀爬类的器材，跟梯子差不多，只不过肋木架分为一组一组的。春天的时候，很多人喜欢爬到上面去坐着，一边喝饮料一边聊天。当然，她们现在是没有这么悠闲的。

擦这种东西，战术当然是从高往低擦。林盏很快就爬了上去，郑意眠也紧随其后。到达顶端，林盏准备坐下，她侧身一跨，就翻坐了上去，颇有点上马的风范。幸好郑意眠躲得快，不然就被她踢到了。

正在一边“检查”的沈熄和张泽自然看到了这惊险的一幕。

“哎，”张泽被林盏突如其来的侧跨给吓到，“差点踢到人啊。”

沈熄往林盏那边看了一眼。

张泽：“就那女生的力气，会把人家给踢哭吧……”

两句话，沈熄只听进去了一句——“就那女生的力气，会把人家给踢哭吧。”

沈熄脑海中似乎闪过一个画面。

不对，他摇摇头，不会那么巧的。

沈熄心神有些乱，按了按手中的水性笔，这才说：“行了，她们快做完了，我们去检查。”

擦完东西，林盏把尾声的一点儿活留给郑意眠，自己匆匆去看大家的完成情况。

三楼以上的都该班长负责，她查了查二三楼，发现都打扫得挺干净的，应付检查肯定没问题。

回到操场，林盏正想去洗手，就听到姜芹她们夸张地自我亢奋道：“真的来了！我们运气超好的！”几个女生围作一团，小幅度地抖着身子来表达激动。

她隐隐有预感，一抬头，就看到拿着记录本缓步而来的沈熄。

他穿着夏季的棉麻校服，主色调是纯白，袖口处有几条淡蓝色的线作修饰。他肩宽，能把整件衣服给撑起来，让松松垮垮的衣服都穿出好板型才有的感觉。校服的衣领也勾着蓝边，林盏尝试着去看，却只看到扣得整整齐齐的一排扣子。

嘁，索然无味，扣那么严实不热吗？

林盏心虚地移开眼睛。

沈熄环视了一圈，这才问：“负责人是谁？”

“我，”林盏往前迈了一小步，“有什么问题吗？”

阳光下，他终于看清楚少女潋滟眼眸底下的那颗泪痣，眨眼时，睫毛投下的扇形阴影，似有若无地轻扫。

他按住笔头的手一松。

林盏被他的眼神弄得心里发毛，想更进一步，流氓似的跟他说“远看算什么，有本事靠近看啊”。

理智回笼的那一刻，她却想扭头就跑。

沈熄收回目光，把笔夹在本子上，连同本子一起递给林盏：“写名字。”

兴许是大脑宕机，又或者是有意调戏，林盏已无法具体追究自己那一刻所想，只是顺从本能地脱口而出：“要留我的联系方式吗？”

沈熄：“……”

众人被这高能的翻转给唬住，一下没人说话了。

是张泽先开始笑的：“那什么，我们是不是打扰到你们了？”

林盏看清本子上的字，原来只是关于打扫卫生的记录。她也不介怀，跟着他们一块儿笑。

握着沈熄摸过的笔，不亏。

写完之后，沈熄继续说：“这些借来的扫把和桶……”

本想说，他和张泽代劳还回去。

谁知林盏已经把东西全部清好，一副蓄势待发的样子：“我去还吧。”

想来这些对她来说也是小事一桩，沈熄点头：“那你跟我来吧。”

林盏怔忡：“单独？”

这话问得深刻，张泽又忍不住笑：“对啊，我要去检查楼上了。”

离开的时候，他语气暧昧，眨眨眼同沈熄道：“那我走了啊主席。Have a good time（过得愉快）。”

沈熄：“快走。”

林盏跟着沈熄到了储物室。

储物室里面放着一些体育课要用的器材，还有扫把和拖把之类的日用品，可能是一贯人少，空气中浮着细小微粒，还有灰尘。

林盏咳了两声，没注意到脚下，绊了一跤，桶里的东西乒乒乓乓地一阵响。

沈熄搭了把手，不动声色地把她扶稳，又接过她手里的桶，把东西一件件归位。

他以前也是这样帮别的女生的吗？说不上为什么，林盏一想到这个问题心里就有些堵。

乱想没用，得问。

林盏巧妙地换了个方式，旁敲侧击道："大扫除经常是你检查吗？我以前怎么没见过你？"

昏暗的储物室里，他的身影几乎和柜子融为一体。

"很少，人不够了我才会帮忙检查。"

林盏一步步靠近自己的本心："一般也是女孩子来还东西吗？"

她的问题很奇怪，但回答一下也不费什么脑筋。

沈熄："我遇到的，你是第一个。"

意思就是，以前没有女孩子来还过东西。

林盏把扫把放到门后，心里生出微小的雀跃，笑着说："那我应该也是最后一个。"

沈熄听出她话中明显的情绪转折，不知道她在开心些什么。没过多纠结，等她把东西还完之后，他摊开桌上的另一个本子，对她说："这里也要签字。"

"好。"林盏拍了拍手，正准备走过去，却看到他的目光转向一边的台子。

沈熄："可以先洗个手。"

林盏看着角落里那个洗手台，心头一跳，心中细微的爱意飞快滋长，几乎快要把她吞没。

体贴细心的男生总是特别容易给人增加好感度，更何况他还仪表堂堂。

太可怕了，林盏一边挤洗手液一边想，人家站在那里波澜不惊的，几句话就搅乱她一池春水，掀起轩然大波。她这颗心啊，17年了，头一回跳得这么猛烈。

洗过手擦干后，她拿起笔，对着表格无从下手："我填哪里啊？"

沈熄本来正在看外面的人打球，转过身，提示道："顺着写就可以了。"

林盏准备一条路走到黑，恬不知耻地继续装傻："顺着吗？可是这里还有个编号，上面有写一排的有写两排的。"

呼吸的空气忽然变少了。林盏觉得沈熄再靠近一点，自己就要暴毙了。

他站在她身后，其实维持着正常的距离，但为了给她指出正确的地方，身子不得已朝前倾，肩膀碰到了她。

林盏心中有个小人在扯着嗓子叫喊，面上却不露声色。

她闻到沈熄身上的味道，是被充足的阳光晒到极致的味道，泡腾、酥软、明净，像窝在被子里般舒服。

多奇怪，这个人第一眼给人的感觉明明是冷的，味道却这么温暖。

沈熄当然不知道此刻林盏心中已是万马奔腾。他食指搭上纸张，从那行的头滑到尾，漂亮的指尖把整张纸都衬得黯然失色。

他道："就写这一行就行了，不用写编号。"然后退开，回到原位。

林盏拿着笔的手有些抖，写完东西之后，落荒而逃。

她夺门而出的声响有些大，沈熄被惊得回过神来。按照惯例，他看了一眼表。本只用填名字和班级的地方，被她多加了一个东西——编号那一栏留着的数字，是她的联系方式。

放学后，张泽凑过来，问道："怎么样，留联系方式了吗？"

沈熄瞥了他一眼："你一整天就操心这种事？"

"我在关心你的终身大事呀。"张泽双手撑着桌子，笑得天真无邪。

"是吗？"沈熄把书包拉链拉好，"自己晚饭都没着落，还能关心我，真是大爱无疆。"

张泽没理他，把写好的作业放抽屉里，一身轻松地站在那儿等他。

沈熄一眼看穿他的企图："想干什么？"

"蹭饭啊！"张泽笑得很二皮脸，"好久没吃阿姨做的饭了。"

沈熄拿钥匙开了门，站在玄关处，朝客厅知会了一声："我回来了。”

叶茜在厨房炒菜，听到动静后拿着锅铲出来迎接，看到张泽，笑道：“张泽也来了呀？来，快进来坐。”

“今天我家没人，我来蹭饭的，”张泽耸耸肩，“辛苦阿姨了。”

“没事，”叶茜说，“你们先休息一下，过会儿就能吃了。”

张泽常来吃饭，她已经见怪不怪了。

沈熄给张泽找了双拖鞋，自己也换好之后，先去房间里放书包。

张泽在客厅跟沈肃一起看新闻。

张泽能说，没过多久两个人就聊得不亦乐乎，沈熄觉得没什么可参与的，就在一边收拾桌子。

沈肃看着儿子这副模样，跟张泽说：“小熄从小不爱说话，应该是遗传我。你平时要多跟他交流，让他放开朗点。”

张泽摇头：“虽然话少，沈熄在学校可是特受欢迎的，要给他送早餐的女生从我们班排到学校大门口。”

沈肃哈哈大笑：“你们年轻，但要把握住，不要随便谈恋爱，耽误前程。”

张泽：“我倒是挺安全的，没什么人追我，沈熄就说不准了。”

沈熄：“我不会谈恋爱的，浪费时间。”

菜很快上齐，沈熄把碗筷分好后，张泽也盛好饭出来了。

“早知道就生两个了，”叶茜坐在位置上笑，“看他们俩多舒心。”

饭桌上，不知道是谁提起“哭”这个字眼儿。

张泽回忆着，说：“我妈说我小时候特别不爱哭，就爱笑，就连医生给我打针我都笑眯眯的。”说罢，他用手肘碰了碰沈熄：“你小时候是不是靠眼波把医生给冻死？”

沈熄：“……”

叶茜给自己夹了块鱼，这才回忆道：“熄熄小时候也不怎么爱说话，但挺乖的，也不爱哭。就有一次，被一个小女孩儿揍哭了吧？”

沈熄皱眉，更正道：“妈，那不是揍哭，那是被踢到了。”

张泽兴从中来：“沈熄你居然有被人揍哭的时候！不过，都差不多嘛，反正哭了。”继而问道：“阿姨，他怎么哭的呀？”

叶茜：“当时人家小女孩儿跟熄熄闹了点不愉快，好像是争什么东西，后来上木马的时候一侧身，不小心把他眼睛给踢了。”

张泽：“不是吧，这就哭了？”

沈熄：“我揍你眼睛一拳，你也流眼泪。那不是哭，那是生理性反应。”说到这里，沈熄又想起上午看到的几个连续的片段——力气大、侧身跨的姿势、泪痣，简直如出一辙。

沈熄放下碗：“我吃完了，先回房间。”

到房间后，他拉开床头柜最底下一格的抽屉，翻翻找找，终于找到一本相册。

抽出相册，他拍了拍表面可能会附着的灰尘，这才翻开仔细寻找。

幸好照片是叶茜按照时间顺序整理的，一岁……两岁……四岁……五岁……找到了。

照片是叶茜抓拍的。

那时候沈熄被人踢到眼睛，去医院处理了一下之后，扛不过叶茜的大惊小怪，给他右眼贴了层纱布。

沈熄从医院回来之后，那个踢他的女孩子还坐在位置上画画，沈熄看了她一眼，没打扰，就上楼了，但叶茜抓拍下来了——沈熄的侧脸和那个女孩的正脸——端端正正的五官，小脸，明亮的眼睛，还有一颗浅淡的泪痣。

她和小时候长得一样。

沈熄陷入回忆，合照怎么只有一张？

哦，后来她没有在那个画室学画画，老师说她搬家了。

两人不过一面之缘，十几年后再碰到，认不出，也很正常。

她也很明显没有认出他。

张泽不知道什么时候进来了，倚着墙壁，漫不经心问道：“啧，青梅竹马呀，这谁？”

沈熄垂眸，想到童年时期那堪称阴影的一笔，想到叶茜时不时就拿这事出来笑他，又想起今天早上，她差点摔跤，而他扶了她一把，她却踩到了他的脚。

这谁？

沈熄轻笑一声，言简意赅道：“瘟神。”

那晚做梦，沈熄梦到了“瘟神”。

那是他们幼年时期，第一次也是唯一一次见面的时候。

他买完东西准备回家，林盏凑上来，要他当她的模特。小姑娘奶声奶气，握住他手臂的力道却很大。

想了想，他同意了。

当完模特后，大家在一起玩，每个人都要分配角色。

林盏选角色的时候，比较重要的角色只剩公主和仙女。

当时画室里还有个小女孩，长相清纯，性格也跟长相一样，讲话小声，抿唇浅笑。

林盏和她都想演公主。于是她们争了起来。

争论无果，林盏气呼呼地问沈熄：“你觉得呢？”

沈熄敛眉，说：“我觉得你不太适合演公主，她比较适合……”

林盏声音更大了：“你是不是要说我适合演国王？”

沈熄低着头，没说话，半天才尝试开口：“我……”

林盏：“哼！我就要演公主。”脾气上来了，谁也阻止不了她。

为了证明自己，林盏说：“电视里的公主都会骑马，我也会。”说完就往那个大木马上爬。

沈熄三两步跟了上去，结果林盏并不知道他在自己身后，侧身一跨，就不小心踢到了他的眼睛。

身处梦中，他没有痛感，只是看到林盏带着哭腔跺脚道：“我，我不是故意要揍你的，你别哭啊……”

他好心好意解释：“我没有哭，是你刚刚踢到了我的眼睛，我这是生理性反应。”

“什么生理死理的，”林盏焦急地道歉，“对不起啊，我真不是故意的。”

沈熄抹干净眼角的泪：“没事，这是正常的。”

林盏皱眉：“可是你流眼泪了呀。呀，你的眼睛好肿，我来给你吹吹，妈妈说吹吹就不疼了。”

沈熄：“吹吹没用了，我得先回家，找我妈带我去医院看看。”

林盏的小脸上一片愁云惨雾。

沈熄：“没关系，不怪你。”

听到“不怪你”这句话，林盏才恢复了些，她不满地鼓着腮帮：“谁要你非说我不适合演公主的。”

半夜三点，沈熄被自己这个梦吓醒了。

晚上没睡好的直接代价，就是第二天起晚了。

为了方便，沈熄决定骑自行车去上学。

沈熄到学校的时候预备铃已经响了，他看了看被挤满的停车棚，决定先把车锁在树荫底下，大课间再来移。

上课铃打响。

林盏把作业整理好，放在桌子上，等课代表来收。

郑意眠靠在墙上闭目养神。

孙宏来收作业的时候，挤眉弄眼道：“林盏，你跟沈熄发展到哪一步了？”

说到沈熄，林盏赶快道：“对了，那次，我跟他第一次见面的时候，跟了他很久，他问我下午不用上课吗？那时候是下午第一节课，难道他周二下午没课的吗？”

这么久了，终于想起问这事了。

孙宏道："周二下午第一节？我看看啊。"说罢，他拿出手机翻了半天翻到一班的课表："找到了。"

郑意眠睁开眼睛："这都有，孙宏你真是崇高八卦之母。"

林盏伸手说道："给我看看。"

周二下午第一节，是手工课。

林盏疑惑道："手工课？一班怎么还有这种课？"

孙宏："美其名曰放松课，因为一班学霸成堆，学习压力大，要放松眼睛和大脑，培养学习之外的能力，学校就给开了这门课。"

林盏无语。

孙宏："我听人说沈熄很讨厌手工课，所以跟班主任请假了，那节课不用去。班主任也准了，谁让人家年级第一呢，有底气。"

"讨厌手工？"林盏趴在桌上，幽幽道，"没事，我好就行了，一个家里不用两个人手工都好的。"

郑意眠无奈地看了看。

孙宏继续笑道："你把人家打探得那么清楚，听说还要给人家联系方式，什么意思呀？"

林盏抬头问道："想让他跟我姓的意思。"

郑意眠彻底无语。

林盏骤然回神，拍了一下脑袋："我想跟他姓的意思。"

收完作业，孙宏回到位置上，跟她们聊天："对了，下个星期运动会，听说奖品丰厚，要不要参加？"

林盏："赢了沈熄会颁奖吗？"

孙宏点点头道："你别说，真有可能。"

林盏一下坐直，回头捶了一下孙宏的桌子，难掩激动："真的吗？"

孙宏白了她一眼，道："你冷静点。"

郑意眠："那报个最容易拿奖的，竞争小的。孙宏，这种有吗？"

孙宏一脸神棍样："有，真的，林盏最适合什么我早就想好了，绝对所向披靡。"

林盏问："什么？"

孙宏："铅球。"

林盏立刻转回身："想都别想，那是专业运动员才干的活好吗？"

孙宏："就是这样啊，所以没什么人参加，基本都是胖一点的女孩子上去充数的。你这个力气，绝对碾压全场，你就是全场焦点！"

林盏："谢谢，我要有铅球直接先砸你，让你成为全场焦点。"

孙宏还在劝："话别说太满嘛，要不体育课我们去试试，试试就知道了。"

第一节课就是体育课。

上课之前要先热身，女生800米，男生1000米。

以前，林盏跑800米总是很费力，但这回却跟打了鸡血似的。

郑意眠跑完之后，气喘吁吁地问她："你今天怎么这么有精力？"

林盏给她传授经验："我发现一个诀窍，只要我幻想沈熄在终点等我，就会变得很有力气。"

郑意眠无语道："盏盏，你没救了。"

体育老师带着大家做了伸展动作，这才拍拍手，回归正题："马上要开运动会了，大家要积极一点，今天剩下的时间给大家自由练习项目。有不懂的可以来问我。"

孙宏立刻带着林盏去问老师。

孙宏问道："老师，我们学校报铅球的是不是特别少呀？"

"对呀，基本上都报不满，要逼着大家报。怎么，你想报铅球？"

"不不不，不是我，是林盏，"孙宏把林盏推到前头去，"她力气特别大，我觉得很有希望拿第一。就想问问老师，她行不行？"

老师一看被推到面前的女生，长手长腿，身材匀称，忍不住笑道："这么瘦？真怕举铅球把你给举折了。"

林盏赶紧道：“不会的，我力气很大，我们班的桶装水都是我换的，很轻松。”

老师点点头：“行，那我们找个地方，我教你练练。”

体育老师从器材室里拿了铅球出来，带林盏去草地上练。

用老师教的姿势练了几个来回，林盏找到了点手感。

老师赞许道：“嗯，挺不错的，没看出来，你力气还真挺大。”

林盏练习得渐入佳境。

后来老师去教别的学生，林盏一个人在那儿练习。

一下课，张泽便迫不及待地拍沈熄的背：“你的老相好在练铅球，怎么样，去不去看？”

沈熄神色微倦：“谁说她是我老相好了？”想到昨晚的梦，他就头疼。

张泽笑中难掩幸灾乐祸：“真的，快去看吧，听说人家扔铅球姿势优美，跟练体操似的。真是神了，跟你一样。”

沈熄拗不过他，只能跟他一块儿出去看。

只见林盏手中的铅球飞掷而出，在空中划出一道完美的抛物线，然后，沈熄眼睁睁地看着那抛物线的终点，落在了自己的自行车上。

砰的一声巨响，回荡在校园上空。

他到底为什么要出来？

孙宏和齐力杰双双低头，站在林盏面前：“我们错了。”

林盏真是无语了：“自行车是刚刚谁放过来的？”

她正练得好好的，就是中途休息了下，跟郑意眠讲了两句话，然后照着自己原来的轨迹再抛，就把人家自行车给砸了。

这概率比中彩票还小吧？

她到底是怎么交了这两个损友的？

孙宏低眉顺眼，继续认错：“齐力杰来了，我俩玩得太开心了，又热，就把这个自行车给挪了出来。”

林盏怒道：“好让你们有更多的阴凉地儿可以打闹玩耍是吧？”

孙宏：“我错了”

“不是错不错的问题，现在要研究一下这自行车是谁的，起码要先给人修好吧。”林盏说，“我不认得牌子，你们认得吗？”

齐力杰说：“认得，其实这个自行车也没什么别的优点，优点就一个。”

林盏：“什么？”

齐力杰：“贵。”

……

林盏扶起自行车看了看，然后说：“就这个踏板我砸坏了，然后连着上面一点，修大概多少钱？”

齐力杰继续说：“不清楚，保守估计四位数吧。我们三个分分，也还好了。”

“那还好，”林盏说，“这车的主人是谁？我们先去道个歉。”

两个人双双沉默。

林盏：“不是崇高八卦之父之母吗？这点小事都不知道？”

“知道的，”齐力杰说，“说出来怕你心肌梗死。”

整个崇高，能让她心肌梗死的也就一个人而已。

林盏陷入了沉思。

林盏：“我苦心营造的形象全没了，现在在他眼里，可能我是一只力大无穷的大猩猩。”

孙宏：“不要这么说，就算是猩猩，我们盏姐也要做最美的那一个！”

齐力杰拉他：“别说了，看不出来正生气呢吗？”

第二章

喜欢她，我名字倒着写

“好笑吗？”沈熄看着面前已经笑得见牙不见眼的张泽问。

张泽顺着气儿：“不好笑吗？哈哈哈，我真的不行了，你从哪儿找到的活宝，太好笑了吧？”

沈熄捏了捏眉心，无奈道：“我说是瘟神吧，是真的。”

张泽笑着问：“生气了？”

生气吗？

没什么好气的，不知道从什么时候起，早习惯了。

沈熄不回答，转身往班里走：“走吧，马上上课了。”

“这么宠溺吗？”张泽问，“都不追究的呀？”

沈熄：“追究有用？”

张泽：“喂，不是我说，你不会喜欢人家了吧？所以任由她胡作非为的。”

其实张泽也知道不可能，因为沈熄一贯是这样的性格，很少生气，主要是没什么人敢惹他生气。但不知道为什么，他下意识就想激一激沈熄。大概是林盏这种类型出现还是头一遭，让他觉得很新鲜。

朋友嘛，总是会互相打趣的。

这才见过几面，说过几句话，怎么可能喜欢。

沈熄想也没想就否决道："不喜欢。"

"不可能，"张泽看沈熄居然愿意回应，更是不放过这个闹他的机会，想看要是再问下去，他会作何反应，于是他又坚定了一下语气，"我看你就是喜欢人家。"

沈熄想到昨晚没睡好，又想到那件事几乎被叶茜从小笑到大，他所有能用"无言以对"四个字概括的片段，几乎全和她有关，他怎么会喜欢一个给自己带来麻烦的人？

某种微妙的情绪喧腾而起，好像除了那个回答，任何的话都没法堵住张泽的嘴。

不知道是为了让张泽早点停止这个让他头疼的话题，还是出于对自己尊严的维护，他决定换一句更加坚决的话。

沈熄脚步没停，咬字清晰，回头淡声道："喜欢她，我名字倒着写。"

商量之后，林盏决定启用"先斩后奏"模式——先把沈熄的车拖出去修好，然后等哪次再遇到，再给人赔不是。

万一沈熄没发现，那就皆大欢喜了。

结果林盏上了一节课出来，正准备施行计划呢，却发现那辆天价自行车已经不翼而飞了。

林盏看孙宏，孙宏看齐力杰，齐力杰无处可看，只能默默低头玩沙子。

孙宏："我看自行车锁得挺好的呀，应该不会是被偷了吧，是不是沈熄……"

齐力杰拉他："你都看出来了，林盏看不出吗？快闭嘴，小心她揍你。"

林盏抄手，眉头紧蹙道："现在他自己拿去修了，我们怎么办？"

孙宏试探道："给他钱？"

齐力杰立刻否决了："人家那么有钱，不差你这点钱的。"

"买个等值的礼物给人家吧，"林盏揉揉眉心，"我实在没脸去问他，是不是把我砸垮的车拿去修了。”

想她一个从不缺追求者的美少女，第一次追人，就破天荒地把人家的自行车给砸垮了。

沈熄会怎么看她？一个拔山扛鼎的女壮士？！

林盏虽然感觉自己没脸去问，但起码也得去道个歉。车虽然是孙宏挪过去的，但当时她也没看清面前的东西，事故发生了，她也得负一半的责任。

当天放学，林盏在学校门口等沈熄。

果不其然，很快他就一个人出来了，这次，张泽竟然没有跟他一起。

找不到什么好的开头方式，林盏索性一边思索，一边跟上他的脚步。

W市的傍晚也很热，余热未褪，昏黄的余晖染开一大片。

走着走着，林盏就出了神，渐渐离沈熄越来越近。最后，索性直接踩着他的影子行进了。

沈熄很高，站在他的身后，如料想中一般，就像被庇护着一样。

前面的人忽然停下。

林盏及时刹车，在要撞上的前一秒堪堪止步，整个人往后弹了一下。

沈熄的声音听不出什么情绪：“跟着我？”

林盏那句“我是来跟你道歉的”，在听到这个问句后全数咽了回去。

这问题问的，好像承认了就代表自己是“跟踪狂”似的。

她眼珠一转，用了最老套的回复：“我顺路。”

他的声音这回像是带了点笑了，问道：“顺路到这里吗？”

林盏挺直腰杆，颇有气势道：“对呀！”

沈熄转过身，示意她往前看。

前方，赫然正是男厕所。

林盏：“你故意耍我是吧？！”

沈熄：“我没有。”

林盏愤愤低下头，难得羞愧道："我不是想跟着你，我是想跟你道歉来着。今天把你的车砸了，你应该也发现了，不然车不会不见。不好意思啊，维修费会赔给你的。但是我还是要说一下，车子是我朋友移到我这边的，我没看到才砸的，我不是故意针对你的。"

"嗯，"他说，"没事。反正我下午有空，已经送去修了。"

林盏算了算，发现今天周二。

周二下午第一节手工课，他不用上。也就是说，她上午第二节课发现车不见了，是他先把车转移到别的地方了。

这么一想，有点心塞。

林盏："我会把维修费赔给你的。"

沈熄迈开长腿往前走，回她："不用。"

林盏跟上去，锲而不舍道："那我会过意不去的。"

"是我先把车停在那个地方的，那地方本来不该停车，"沈熄说，"我也有过失。"

林盏一愣，旋即又说："那应该是我们四个平摊啊，大家都有错。"

沈熄叹了口气，像是被她说服，又像是实在躲不过她的死缠烂打和喋喋不休。

他点点头，放慢了脚步，试图和她并肩而行："那你想怎么补偿？"

"赔给你等值的东西吧，"林盏灵机一动，"香水？"

沈熄想也没想就点头："可以。"

可林盏却想到他身上那股被阳光沁到发软的味道，那种让人心驰神往的味道，可是香水远不能及的。

林盏自我否定一番："香水太俗，算了吧。"

沈熄："……"

林盏正在思考，一抬头，就看到沈熄指着不远处的奶茶店说："请我喝杯水吧，就算抵消了。"

吾饮良品的门口，正播着新品预告：有颗柠檬火爆上市，快来品尝吧。

观察间，正有一对情侣捧着一杯新品走出来——一个杯子里头，两根吸管。

林盏扬起一个蠢蠢欲动的笑，柔声说："好哇。"

林盏掏出钱包："有颗柠檬。"

店员问："几杯？"

"一……"

沈熄率先截断林盏的臆想："两杯。"

林盏："……"

她试图蒙骗着说服他："这个是两根吸管的。"

沈熄了然地看着她："一杯两根，我刚刚看到了。"

"我又不喝，"她说，"一杯你自己喝，两根还不够吗？"

沈熄："……"

林盏义正词严："沈熄同学，你是不是想歪了？我们是优秀的共青团员，要用正直的眼光看问题，要优雅。"

好险，差点没圆回来。

沈熄："……"

说完之后，为了避免尴尬，林盏退到一边去等他。

结果等他取到水的时候，林盏才发现沈熄给她也买了杯奶茶。

她张张嘴正想说什么。

沈熄："你刚刚没拿找零，还是用你的钱买的。"

意思是，自行车的事，抵消了。

林盏不好意思道："可是一杯奶茶才几块钱，你修车那么贵，怎么能全让你负担呢？"

沈熄眉一皱，问："所以你打算怎么办？"

林盏略微思忖，说："我给你写张欠条吧。"

她借着奶茶店的台子，在积分卡的背面涂涂写写，黑色的圆珠笔恰巧能压住积分卡上的花纹。

沈熄得到那张卡，和她匆忙跑掉的身影。

卡的正面，她用一个图案代替了奶茶店的LOGO，可以看出，那是一盏熄灭的灯。卡的背面是一串数字——她的联系方式。但是这次作了更正，微信、QQ、电话号码，一应俱全。

做了三手准备的林盏，并没有收到任何新的好友申请。

郑意眠怒其不争，听了她的陈述，发消息来：傻不傻啊你，追人哪有留自己的联系方式的，应该让他给你留联系方式呀!

林盏：我的手机号可珍贵了，多少人要我都没给呢。

郑意眠：那是别人追你，现在是你追别人，能一样吗?

林盏还没来得及回信息，郑意眠一条消息又发过来：你还觉得挺骄傲呗?

林盏：你说的，我也想过，但是每次事到临头，我真的不好意思。而且，他肯定也遇到过很多找他要联系方式的人，这样一对比，我不是清新脱俗吗?

郑意眠：你这脑回路……

林盏：就算不能让他爱上我，我也要他记住我。

她知道自己根本没多少胜算，只能走一步算一步。

她不知道女孩子正常追男生应该是什么样的，可应当是怎样的又有什么要紧的呢？也没有规定，女追男就该跟着某个模板走吧。

她喜欢沈熄这件事，是独一无二的。

后来几次铅球的训练，林盏都会格外小心，时刻盯着身边物体的变动。

运动会前一天，林盏跟郑意眠说："我现在的日常已经变成了画画、铅球、沈熄。"想了想，补充道，"排名不分先后。"

郑意眠："马上你就能解脱了。"

当天晚上，林盏跟郑意眠一起去采购零食。

买完零食和水之后，林盏思索了一下，问道："我要不要给沈熄也买一份呢？”

郑意眠：“想买就买呀，不过我提示一下，到时候给他送水的肯定很多，你……”

林盏剑走偏锋道：“那我不送水不就得了！”

郑意眠：“那送什么？”

林盏：“送点别人不可能送的。”

两个人同时瞟到超市货架上的东西。

林盏：“我先溜了。”

既然注定要不平凡，那么林盏决定给沈熄买个口哨。

他不要的话，自己还可以助威。

想到别人比赛的时候都只有女生大喊大叫，沈熄一比赛，她在上头吹着口哨，轻松压倒所有的声音，真是威风八面。

妙哉。

对此，郑意眠表示：“你开心就好。”

第二天，大家在运动会要开展的场地集合。

林盏起了个大早，一个人坐的士到目的地。

拦到的士后，她打开后面的车门，先把自己的大包给塞了进去。

那一瞬间，林盏恍惚想起了很多个清晨，她也是这样，一个人背着画袋，画袋里头装着画板和重得要死的64色果冻颜料。

她想起黄郴每次夸完自己，一定会对大家说一句：“但是色彩的画风一定不能学林盏的，她的画面太灰了，你们学不来，画虎不成反类犬。”

第一次，孙宏还会特别奇怪地问：“那为什么她画得这么灰，还能拿高分啊？”

众所周知，联考喜欢亮一点的画风。她这种画风非常不讨喜。

黄郴思索着，怎么样能把伤害降到最低，之后才回答：“第一，人家的物体塑造得很好，就跟摆在眼前似的，一点都不平。第二，人家画得特别有感觉。”

孙宏又接着问："我也觉得，可是为什么她的画这么有感觉呢？"

黄郴一忍再忍，最终还是言简意赅地吐出两个字："天赋。"

换言之，她这身能力，这点独特的画风和出彩的调色能力，都是以天赋为基础、努力来加持的。

说得更通俗点，就是老天爷赏饭吃。

所以她接收到的常常都是艳羡和不满的目光，她知道，很多人都觉得不公平。但只有她知道，上天对她有多公平。

想到这里，她摇摇头不再想。

她不想让这点小事影响自己的好心情，放松地拍拍脸颊，她调动起一个笑。

因为画画，她的灵魂像被分成了两半。一半是对这个事物发自内心的热爱，一半又背负着"能者多劳"带来的压力。人生也像被分成两半。一半在人前享尽风光，一半在人后日以继夜地反复练习。

幸好她素来是乐天派，就算压力再大，哭过几场或是自我纾解一番，总能很快熬过去。

痛苦的事，只要不去想，就不会觉得压抑。

以前还可以跟郑意眠抱怨一下，现在好了，只要能见到沈熄，她就觉得那些零碎的不快，全都一扫而空。

的士到达目的地。

司机找零时，顺便看了一眼她的包，问道："你们今天军训吗？小姑娘背这么多东西啊？"

林盏笑笑："没事，不太重。"

这些零食，总该比颜料轻多了。

她背着包跟大部队会合，人已经差不多到齐了，等她跟郑意眠聊了几句，班长就开始清点人数了。

"齐了，走，我们先上去坐着。"

这个位置安排得很凑巧，一班在三班前头。

林盏胡思乱想，也许运气好点，沈熄会直接坐在她前面。假如运气不太好，她就找别人换位子，反正就是要跟他坐一起。

等一班的人到齐了，林盏发现，沈熄的确坐她前面。

但是很可惜，沈熄太忙了，从头到尾，他除了把包放在位置上，压根儿就没沾这个地方。

看着林盏四处张望的目光，张泽好意提醒道："沈熄在五号场地。"

林盏："当裁判吗？"

"对啊，"张泽嚼着口香糖，若有所思道，"建议你赶快去找他，我刚刚看到五班的余晴起身了。"

林盏："余晴？谁？"

"连余晴都不知道，你情报不行啊。"张泽拍拍手，"竞争对手，俗称，情敌。"

林盏站起来了，却不知道该怎么说："那我去了，怎么跟他说呢？"

张泽："就说你提前熟悉一下场地呗，反正你要比铅球。"

林盏当机立断："好，那我先去了。谢谢你呀。"

张泽摆手："不客气，希望你能尽快终结沈熄的单身生涯，我看好你！"

林盏走下楼梯的时候，听到上面有男生对她吹口哨，好几个，估计是一起玩的。

林盏没理他们，径直走了下去。

林盏到五号场地的时间，很巧。

为什么说巧呢？因为余晴正递给沈熄一瓶矿泉水，冰的，还在往下滴着水。

好家伙，有点本事呀，居然知道学校提供的水常温，特意买了瓶冰的来。

送的东西一旦具有诱惑力了，就特别容易让人上钩。

林盏站在一边，看了一眼余晴，很普通的长相，黑色的美瞳显得眼睛大了一倍，微卷的长发披在脑后。

林盏很快在心里下了定论：没自己好看。

沈熄礼貌地谢绝了：“我有，你自己留着吧。”

余晴耸耸肩，脆声道：“好吧。”

她试图拧开盖子，发现自己拧不开，又把水第二次递了过去，问道：“可以帮我拧一下吗？”

沈熄有些不耐地皱了皱眉头，林盏及时捕捉到，觉得是时候挺身而出了。

“他很忙，我帮你拧吧。”林盏找准时机走了过去，露出和善的笑。

“啊，好……”余晴说，“我怕你……”

说话间，林盏已经飞快旋开瓶盖，然后把瓶子递了过去。

怕她拧不开？这是不存在的。

余晴显然没见过这么干脆的，一时有些瞠目结舌，半天没说话。

沈熄背对着她们，对话听得一清二楚，低头记录数据的时候，唇角勾出一丝极淡的笑。

没过多久，余晴离开又回来，这次手上拿着的，是塑料水杯。

她今天可是跟朋友打过赌的，一定要让沈熄帮自己拧水，怎么能因为这点事就屈服呢？

刚刚水杯特意让别的男生做了加紧处理，这次不会那么好开了。

余晴把水杯递过去之后，林盏不费吹灰之力再次拧开。

余晴无语。

看着余晴明显有些蒙的脸，林盏好心提示道：“我力气很大。”

没有跟她过多讨论，林盏抬起头，发现比赛已经快开始了。

这时，沈熄却从前边返回，直奔林盏而来。

林盏发现，他正紧紧盯着自己脖子上挂的口哨。

沈熄大步走过来，伸伸手道："口哨。"

林盏一下没反应过来，把挂在脖子上的口哨取下来，放进他的手心。

等一下，这个口哨，自己刚刚好像吹过……

林盏喊道："等一下！"

沈熄正准备回去，听到她这句话，又转过身子："怎么了？"

天人交战一会儿后，林盏还是选择说了实话："这个，我刚刚吹过的。"

小不忍则乱大谋，万一等下沈熄发现了，不知道该怎么想她。

沈熄还没说什么，余晴已经开口道："我有湿巾，可以擦的。"说完就一溜烟跑回去拿湿巾了。

情敌见面，分外眼红，全都在暗中较劲，谁也不想让对方抢占先机。

余晴拿来湿巾后，沈熄把口哨擦干净。

林盏不服："你那里没有口哨了吗？"

拿了她的口哨，还这么嫌弃。

沈熄一愣，这才回答："来不及了。"

况且，他以为林盏这个口哨是拿来装样子的，并不知道她竟然吹过。

虽然擦过，但林盏看到沈熄把自己的哨子含进嘴里的那刻，突然从脖颈后燃起一阵滚烫的热意。

她摸了摸后颈，低着头，轻声笑了。

接下来的比赛是接力，孙宏和齐力杰都参加了，林盏自然要为他们加油。

跑步一直是三班强项，接力赛拿了第一。

很快，又要比男子1000米，但是不在这里。

谁知道张泽特意到这边来，就为了跟沈熄打个招呼。

走了两步，张泽回头问沈熄："不去给我加油吗？"

沈熄叹气，抬起头，敷衍道："嗯，加油。"

郑意眠很快来了，站在外圈跟林盏挥手加油。

林盏看了看郑意眠，又看看沈熄，顿觉这两人对自己的差别着实是太大了。一个是无论如何都赶来给自己加油的好闺密，一个是无论如何都不怎么想理自己的被追求者。

林盏站在棚子底下，觉得心情很复杂。

沈熄突然感觉到林盏身上那股奇怪的气压。说不上为什么，他居然隐隐怀疑了下自己是不是做错了什么。

铅球项目很快开始。

开始前，林盏一改话痨本色，沉默地站在那里观看前几场比赛。

等到要开始了，她才做了点准备工作，迈步上场。

走出了好几步，她又停住脚步，走回沈熄面前。

沈熄问道："怎么了？"

她撇撇嘴，像是要等他开窍说些什么，又像是屈服于自己的那点小心思，心有不甘。

沈熄挪了挪目光，就看到她白皙的脖颈。短发把她的脸型修饰得更加明显，也将她的天鹅颈展示得一览无余。

带着点试探，还有些后怕，林盏豁出去似的问："你不要跟我说加油吗？"问完自己也觉得不可能，嘴角象征性地往下一垂，就默默地转过了身子。

连张泽找他要加油，他都那么散漫，会跟自己说才有鬼了。

果然，林盏往前走了很多步，沈熄一言不发。

一种巨大的挫败感包围了林盏。她忽然找不到自己做这些事的意义。

她喜欢沈熄，只要看到他就高兴，想要和他更近。可是他呢？他是怎么看她的？

林盏轻声叹息，走上赛场。

林盏是第五个上场比赛的。

一边的唐渊正在做记录，抬头看有人来了，喊了声：“主席。”

沈熄在他们这群人心里地位还是挺高的，做事能力强，也很有号召力，可以把大家协调得很好，而且人也很好。唯一一点，就是不怎么爱说话。但偏偏有女孩子好这口，每天到班里找他的人很多。

沈熄点点头，算是打过招呼。

林盏有些愣，侧身去看他。

沈熄叫她：“林盏。”

这是沈熄第一次叫她的名字，连名带姓的。

沈熄的声音就像做好的威化，是脆的，还带着甜味儿。

林盏被太阳烤得神志不清，傻傻地啊了一声。

他启唇，声色清亮：“加油。”

他要是不说，怕她一生起气来，把整个场地都给砸垮，学校遭殃，其他人也遭殃，算来算去，还是他自己遭这个殃最划算。

林盏眨眨眼，看着沈熄的时候，有淡黄色的光点粘连在睫毛上，她差点以为自己出现了幻觉。

他从那边跑到这边来，就为了跟自己说加油?

林盏感觉更上头了。现在不只是脸颊烫了，她感觉自己就是一团燃烧着的火球，非常需要一桶冰水来镇静。

她用手背蹭了蹭自己的人中。

沈熄注意到她这个反常的动作，问道：“怎么了？”

林盏看了看自己的手背，这才笑笑：“没事，我以为我流鼻血了。”

沈熄：“……”

铅球比赛非常顺利。

林盏拿了个二等奖，也不错。

奖不是沈熄颁的，他太忙了，等林盏比完之后，就被人叫走了。

林盏回到座位上之后，发现郑意眠和张泽也回来了。

张泽坐沈熄右边，沈熄左边还有个空位，林盏指了指："这里有人吗？"

张泽老实地点头："本来有，但那个人今天生病了。"

"那我能坐吗？"林盏问。

张泽乐了："你坐呗，反正沈熄又不在。"

张泽又补了句："我觉得，今天你独守空房的可能性很大。"

"也许吧，"林盏找出一包薯片，撕开包装袋，"不指望他还能回来了。"

那些送水的迷妹，够他应付很久了。

想想，林盏把薯片咬得嘎嘣响。

半晌，头顶覆下一片阴影，来人淡淡地问："你中午就准备吃这个？"

林盏默默腹诽：居然还知道回来吗？

"对啊，"她回头看了一眼正在画速写的郑意眠，朝沈熄反驳，语调中隐隐有不知从何而来的怒气，"大家不都吃这个吗？"

反正运动会，中午注定吃不到什么热的，就只能吃点零食和蛋糕度过了。这不是常态吗？

郑意眠听了这句话，奇怪道："盏盏，你中午没吃吗？"

这个问句很奇怪，林盏猛然回头，怒目而视："你别告诉我你吃了别的好东西？"

郑意眠皱着眉说："我一回来，发现座位上有一份饭，就吃掉了。我以为这是你给我买的，难道不是？"

"饭？"林盏皱眉，"谁送的饭？我没送过啊。"

张泽坐在一边，想了会儿道："会不会是老师或者你们朋友送的？"

林盏很快否决："不会，如果是他们的话，会给我位置上也放一份的。"

郑意眠："我不会中毒吧？"

林盏："这可说不准。"

郑意眠："……"

林盏笑着拍她肩膀："骗你的，应该不会，毕竟这么大的学校，没人敢这么做。也许是有人放错了呢。"

郑意眠疑惑道："可是里面的菜都是我爱吃的，糖醋排骨、土豆牛腩、娃娃菜，就连鸡蛋都知道我要吃什么样的，蛋黄去掉了，留了两个蛋白。"

张泽一语道破天机："那可能是有人在追你。"

林盏这才顿悟："是，我也早就觉得不对劲了，你记不记得去年平安夜抽屉里多出来的苹果？你没写名字的练习册突然被人写了名字？热天在你桌上留绿豆冰沙？天冷了给你放手握暖宝宝？这么多，而且全是你一个人的，不可能是熟人干的。"

郑意眠表情凝重道："可是这样搞真的很吓人啊，追我怎么不光明正大的呢？什么都暗地里做，我总觉得有人要谋害我。"

"光明正大？"林盏笑了，"你忘了你上次跟那个小炮灰说的话了？谁还敢光明正大追你？"

那个小炮灰暗恋郑意眠很久了，某天终于鼓足勇气向郑意眠告白，被拒绝后锲而不舍，仍旧坚持在她面前晃来晃去，美其名曰"接触后你一定能喜欢我"。

郑意眠烦不胜烦，被骚扰一个月后终于爆发了："我上高中根本不想谈恋爱，希望你能好好学习，不要每天以追我为己任，你这样下去我会很烦的。"

小炮灰恰好是个文青，被郑意眠"辜负"后，连续往校刊投了一年的"失恋情诗"，言语间全是爱而不得的惆怅，和对"负心汉"的控诉。字字句句，宛如泣血，惨不忍睹。

鉴于此，众多奔赴在追求郑意眠之路上的男生，怕妹子没追到，却抢先被她厌恶，便纷纷止步了。最出格的行为不过就是在过年前后，给她发点问候信息。

林盏想，幸好她不经常去沈熄面前晃荡，沈熄现在也没有烦她的迹象，她才敢在必要时借机前进那么三两步。

郑意眠抬头跟林盏说："我真的求之不得，现在除了偶尔会出现一些奇怪的东西，再也没有人骚扰我了，我觉得巨开心。"

"行的，"林盏说，"您开心最重要了。不过我预测，给你送东西的这个估计也跟小炮灰差不多，小只，很圆润，笑起来连眼睛都没有。"

张泽也踊跃地参与讨论："我也觉得，暗中做这种事的应该都是很自卑的男生，长得不好看，身材也不好，还不受欢迎，怕出现了反而让人厌恶，只敢这么表达爱意。"

在一边听完三人八卦的沈熄："……"

郑意眠这才发现沈熄还站着，跟林盏使眼色："不过，我还一直以为你跟沈熄一起去吃了……"

林盏："你别说了。"

说罢，她自己又坐下继续吃薯片了。

不提沈熄还好，一提她就生气，沈熄看起来像那么热情的人吗？还会带她去吃饭？

沈熄："起来吧，我带你去吃点热的。"

林盏耷拉着脑袋："你不用迫于他们的压力带我去，我不是很饿的。"

沈熄："你刚刚那么大的运动量，不饿是假的。"

再说了，他不想欠人情，就当还她那个口哨的人情好了。

林盏摸摸肚子，确实是有点饿。

"好吧，"她说，"那你求求我？"

沈熄："……"

张泽给林盏台阶下："行了，快去吧，沈熄还没带女生吃过东西呢。"

第一次的便宜，不占白不占，不占是傻子。

林盏笑吟吟："不用求我了，我们走吧。"

沈熄带林盏到了学校临时租的一个公共食堂。

这里的卫生条件不错，菜看着也让人挺有食欲的。

菜是要自己打的。

林盏端起餐盘，跟在沈熄身后："你也没吃吗？"

"嗯，太忙了。"

"不是有很多女生吗？她们没给你送饭？"

沈熄听她这语气，不由反问道："你以为她们是什么？哆啦A梦？"

林盏垂眸，说："哆啦A梦都不一定能让你喜欢呢。"

沈熄不愿跟她纠结这个话题："快打饭，不然就冷了。"

他没有回答她的问题。

林盏却来了兴致，一边打菜一边问："要是哆啦A梦，你会喜欢吗？"

沈熄无奈道："它不是人，怎么和我在一起？"

林盏追问："万一是人呢？"

沈熄这才一字一顿回答她："不管她是不是像哆啦A梦一样全能，我既然喜欢她，就不需要她全能。女孩子全知全能，还要我干什么？"

喜欢她，就不需要她全能。不喜欢她，她就算百般好，也没用。

喜欢，本来就是件毫无章法、讲不通道理的事情。

林盏握着饭勺的手一松，饭勺陷进菜里。

她怎么问了这么个愚蠢的问题，这不是给自己找不愉快吗？

明知道他喜欢一个人，一定会竭尽所能地宠的，自己还这样装不知道地凑上来，还问这种问题。

她咬住下唇，突然失去了吃东西的欲望，装模作样地打了几勺。

沈熄在她旁边云淡风轻地问：“不吃青菜？”

林盏不说话。

沈熄看她饭盒里还剩最后一个空格，不由分说地打了一勺油麦菜进去。

林盏愤而抬头看他，眼眶通红。

沈熄皱眉：“不就打了勺青菜，你至于气成这样？”

林盏端着饭盒，第一次小声又委屈地说：“你懂什么！”

沈熄眉一挑，又加了一勺。

林盏更气了，她觉得自己真的要被气哭了。

倒追还要被人挑衅？

沈熄看了她良久，妥协了：“这菜挺好吃的，你试着吃点。”

想想又补了句：“吃青菜，对身体好。”

林盏丝毫没意识到有什么不对，抽了双筷子赶快离开，眼不见心不烦。

吃青菜？她又不是兔子！

她坐下后不久，沈熄也来了。

他打的多是些不饱肚子的东西。

林盏纠结半晌，本不想说话，却还是忍不住开口：“你吃这点会饿的。”

最后还是忍不住关心他，林盏，你真是个贩人。

沈熄：“我刚刚吃过了。”

林盏惊讶地抬眸，看他低着头挑菜。

林盏刚刚还觉得这个人烦得要死，下一秒就觉得他可爱得上天入地，举世无双。

巨大的转变让林盏觉得自己有毛病。

可单恋就是这样吧，前一秒还在因为没有回音而说服自己放弃，下一秒就因为他一个小小的关心而愿意上刀山下火海。

林盏吃了口油麦菜。

为什么沈熄打的油麦菜都这么好吃？！

林盏，你真没救了。

“晴晴，你看那边。”同伴跟余晴指了指不远处坐着的沈熄和林盏。

余晴当然看到了，从他们俩一进来她就看到了，看到沈熄第一次和女孩子那么亲密，站得那么近，说了那么多话，还给她打菜。

那个女生居然可以想生气就生气，自己拿了筷子率先走掉，让沈熄跟上她的步伐。

而且刚刚，沈熄明明吃过午饭的。

整个进餐过程中，沈熄都保持着良好的修养，一言不发。

林盏百无聊赖，想尽可能拉长这段相处的时光，却不知道到底要做点什么。想向他展示自己是个有趣的人，又怕用力过猛惹来他的反感。

想了想，她也决定不再说话。

吃完之后两个人就回到了位置上，郑意眠见林盏来了，问她：“你中午都吃了些什么？”

林盏本来想说“肉”，但回忆了半天也没回忆起来到底吃了哪些肉，只能回答道：“油麦菜。”

没办法，这东西存在感太强，只记得它了。

在她心里，沈熄打的青菜，已经具有与肉抗争的能力了。

直到运动会快结束时，沈熄才重新回来。

是时张泽正在玩手机，看他坐下来，打趣道：“我听说今儿给广播站投稿的特多啊，还有直接给你投情诗的，了不起啊。”

运动会的时候，广播站总是要念各种加油词。

鱼目混珠，有的人会偷偷把自己写的情书之类的东西塞进加油词里，想让他人代为传达给沈熄。

郑意眠有些疑惑，问："那我怎么没听到？"

"傻不傻，这能给你听到？"林盏笑她，"广播站的人当然拦截了呀。"

话音刚落，就听到一个视死如归的女声："梁寓！我——"

"嗞——"一阵巨大的杂音传出，成功掩盖住了那令人心知肚明的几个字。

话筒跌落，有人关了电源。铿锵有力的背景音戛然而止，锦上添花的加油词也消失无踪。

一时间整个操场安静得不像话。

孙宏站起来大叫："哇，刺激啊！"

背景音重新响起，有人装模作样地咳嗽："不好意思，刚刚突发状况，话筒被人抢了。"

"接下来是高二　六班的加油词：你奔跑在赛场上的身影……"

一个高潮般的插曲过后，大家的睡意被掐灭。

有人从三班的座位上猫着腰起身，赶回六班。

梁寓坐在六班的位置上，动也没动一下，仿佛刚刚被告白的不是自己，闹出的乌龙同自己没有任何关系。

他并不关心这个。

见唐渊猫着腰飞速地赶了回来，他拍拍旁边的椅子，示意他坐过来。

唐渊不住地喘着气。

梁寓眼皮轻抬，这才算是有了些表情："怎么样？"

"挺好的，"唐渊说，"吃完了，我全程看她吃完的。"

梁寓目光一闪："嗯？"

唐渊赶紧说："不不不，不是我看着她吃完的，是我看她开始吃了，然后她吃完我看了一眼饭，已经吃得差不多了！"

梁寓声色懒散，像裹着赶不走的困意："那就好。"

“寓哥。”唐渊叫了他一声。

梁寓：“怎么？”

唐渊：“吃完之后，他们发现是有人送的饭了，还推测出了送苹果和暖宝宝那几次，然后推测了一下你……”

梁寓来了兴致，手指搁在腿上轻轻敲了敲，笑道：“推测我什么？”

唐渊：“呃，大意是说你又矮又挫，很不自信。”

从小到大从未跟贬义词扯上过半点关系，从来都是人群目光焦点的梁寓，嘴角笑容僵了一下。

三点半，运动会准时结束。

林盏算了一下，她和沈熄这一天加起来，一共一起坐了半个小时零五分钟。

算了，也算是进步。

收拾东西的时候，林盏问沈熄：“口哨你不还我吗？”

沈熄看着她。

没话找话说的极致了，林盏心想，自己又把天聊死了。

现在沈熄看她的眼神，就好像她有什么特殊癖好似的。

沈熄随口道：“我到时候再买一个还给你。”

林盏反应得很快，立刻问：“亲自到我班上来给我吗？”

话都说到这里了，沈熄只能点头。

“好，”他说，“亲自。”

反正是他借来的东西，还是自己去还比较礼貌。

林盏背起书包，心想，这一天也不算是一无所获嘛。不过，自己确实更想要沈熄吹过的那个口哨。

林盏和郑意眠先跟着三班的队伍离开，沈熄也准备走，遇到有人来通知：“沈熄，他们要我通知你，说是下下周又有领导来检查，还想让你去美术馆解说，要你准备一下。”

沈熄：“好，我知道了。”

于是后来，回家的路上，他和张泽就顺道又去了趟美术馆。

他本来是可以不去的，以前作业写完了没地方去，就会顺便去美术馆逛一圈。那个地方的作品他已经很熟悉，有的甚至都能背出来。

但是本地的报纸跟美术馆一起举行了一个征稿活动，获奖作品好像会在今天展出。那都是些新作品，为了防止意外发生，他还是准备去看一眼。顺便也能看看，有没有本校的学生得奖了。

美术馆人少，空调开得足，很适合欣赏画作。

上楼去看新展的时候，张泽想到什么，问道：“听说那个林盏画画挺好的，你见过没有？”

沈熄：“没。”

小时候见过，不过都记不清楚了。

张泽：“她的画风似乎很特别，给学校拿了好多奖，有一回学校还张贴通报表扬了，你记不记得？”

沈熄沉吟：“有点印象。”

那回的通报贴了足足一个星期，就在公告栏最显眼的位置，估计崇高所有的学生都不会忘记。

张泽饶有兴致道：“追她的也挺多的，不知道她怎么就一门心思在你这儿撞死了。”

沈熄不露声色地看他：“你怎么就知道她会撞死？”

那么精的人，只有他被撞死的可能。

张泽有点惊喜，问他：“不是吧，你们有戏？”

沈熄无奈，看着墙上的画道：“我们类比的不是一个话题。”

他对她，不讨厌，但也谈不上喜欢，只是因为年幼时有一面之缘，而且她人也还不错，所以他能帮上的地方，就顺便帮一下。

那时候说“喜欢她名字倒着写”，只是因为张泽话太多，他想让张泽闭嘴罢了。

旁边的张泽还在说什么，但他已经听不进去了，面前的那幅画，在第一时间就抓住了他的眼球。

这幅画有很饱满的构图和颜色，第一眼就给人带来巨大的冲击。明暗对比，前后反差。画面背景选用暗色，将画面最主要的人物烘托出来。颜色还不是最关键的，最关键的是画面效果。从顶部垂下来类似绸缎一样的物体，虚虚下坠，落入人物右手心。人物的右手放在左腰侧，抓住绸缎，紧闭双眼，脸上的表情，像是欣慰，又似是落寞。

不，那好像不是绸缎，是自缢的白绫。但白绫中，似乎掺杂着一丝暖光，那点暖黄色包裹着白绫边，质感清透。

整幅画面有点颓废，却又因为那点光感，而焕发出生机。

画面下面是一句话，是创作者对这幅画的介绍——“赐我荣光，还赐我白绫万丈”。

这幅画的名字很简单，就叫《赐》。

短短一句点题的话，将矛盾突出得更为猛烈，还带着一点怆然和无奈。

沈熄站在那幅画前，久久没有动身。

他经常被美术馆的画震撼到，但此刻除了震撼，他又觉得胸腔中激荡着别的情愫。一种猛烈的纠缠和矛盾，创作者通过画面，全数让他感知了。

直到张泽喊他，他才惊觉自己已经在这里站了很久。

离开之前，他仓促看了一眼创作者的名字——阿栈。

阿栈，沈熄默念一遍，记住。

回家洗过澡后，沈熄躺在床上。

叶茜给他切了盘水果，沈肃在外面看电视。

他拿出手机，登录微博，搜索了“阿栈”两个字。

他想看看这个人有没有微博。

他本来不抱希望，按下搜索，弹出一个用户的瞬间，他还有些诧异，居然真的搜到了。

那个用户的简介是：画画的那个阿栈。

微博粉丝有6000多。但看得出微博不常打理，只有一些Q版的图片和一些人设之类的图片，有时候也会放一些草图在上面。

这好像是个经常看小说，顺便画画人设的博主。和他在画展看了画之后，脑补出的人不是一个模样。但是仔细看，能看出画风是差不多的。

沈熄把她的微博从头看到底，这才稍作休息。

画得确实挺好的。

出于某种奇妙的心理，他点进她的资料卡，却发现什么也没有。

不过，这个画展主要是面对W市的绘画者开放，就算这个阿栈什么资料也没填，沈熄大概也能猜出，她也身处W市。

这个感觉又有些微妙。

退出去之后，沈熄略思忖，又再度点入阿栈的主页。手停了停，旋即，点击关注。弹出一个小方框，沈熄踟蹰片刻，把阿栈的分类改成了“特别关注”。

林盏在傍晚时候到家。

客厅里的灯开得很大，水晶吊坠垂下来，折射出无数光晕，让人目眩。

蒋婉坐在饭桌前：“回来了？”

林盏点头：“嗯。”声音清淡，脸上也没什么表情。

林政平坐在沙发上，见她回来了，烦躁地拿起遥控器换了个节目：“先吃饭。”

“我吃过了，”林盏说，“先回房间了。”

林政平一句话把她钉在原地：“听说画展那个评比结果出来了，你的结果怎么样？”

林盏站在那里，没回头，背对着林政平："你不是知道了吗？"

蒋婉："别背对着你爸说话。"

林盏依旧没动。

林政平："我说什么？我说你膨胀了吧？原来金绘你都可以拿一等……"

"我没有，"林盏咬着牙说，"还要说几次，不是我没有发挥好，就是膨胀了。"

"还没有，每次我的话你都不听！我会害你吗？"林政平站起来，"我见过那么多学生，你们这个青春期的秉性我清楚得很！"

林盏不想跟他多说，说："随便你吧。"

"你怎么总这么叛逆，爸爸跟你说一点话都听不进去？"林政平郑重其事，"林盏，你不要以为自己有点天赋就万能了，你这画画水平在整个W市也就排个中等水平，这不行！"

"那还要我怎么样啊？"林盏回头，问他，"我已经很努力了，你们总跟我说不够不够，我觉得这已经是我的极限了，我只能做到这里了。"

林政平怒斥："怎么可能是极限，你只是不想努力而已！下个月也有画画比赛，含金量很高，我们学校也只拿到一个名额，我决定让你去。"

林盏回头看他："我有不想努力吗？画画这东西本来就要讲灵感吧，上次金绘比完赛我病了一个星期，又感冒又发烧，你知不知道我压力多大啊，比赛之前整晚整晚睡不好啊？你还要给我安排比赛，我不比，要比你自己去吧！"

林政平上来就要打她，被蒋婉拦住。

蒋婉："林盏，快进去写作业。"

林盏打开房间的门，进去之后，把门锁好。

到底是怎么变成这样的呢？从什么时候开始，林政平对她的期望变成了一个填不满的无底洞呢？

本来家庭还算和睦，一直没有争吵，她的性格也比较开朗。但从她上高中开始，林政平就开始发了疯地要她一刻不停地往前冲，比赛要拿第一，画画要做最好，全部都要最好的，反正林政平眼里做什么都很容易，只要每天对她进行抨击就好了。

这就是林政平的教育方式。

他觉得自己很正确，林盏不听，就是她叛逆。

从高中起，再没有哪一次，林盏得奖之后能得到他的夸赞，这让林盏更加惶恐，怕自己下一次做不到更好，林政平就会说“林盏，你太膨胀了”。

好在蒋婉对她一直比较温柔，经常在他们吵完之后给林盏做思想工作，让她理解林政平。

她不想把画画变成一件让自己厌恶的事情，所以每天出了家门，就强迫自己不要再去想这些无关的，重新回归那个轻松的自己。但每次回了家，又不得不面对这些棘手的问题。

不同于沈熄的一夜好眠，林盏这一晚只睡了两个小时。想到林政平可能又要她去比赛，她就止不住地头疼。

她心理素质一直不算好，加上压力大，假如有什么大的考试或比赛，她前一晚就会失眠。假如考试或比赛特别大，那她就会提前几天开始失眠。

每次含金量很高的比赛，崇高都只有一个名额，林政平给了她，就代表很多人不能上。

那些学生和他们的老师都在紧紧盯着她。因为她能力出众，暗地里也会有很多双眼睛。稍有差池，林盏就会沦为他们茶余饭后的谈资。

天赋给了她莫大的便捷，让她成为众人眼里天才一般的存在，却也回赠给她等值的负担。

给她荣光，也给她白绫。

这世上什么都是公平的。

她突然很想问沈熄，那个一开始就是用自己的沉着吸引她的沈熄——到底怎么样才可以临危不乱呢?

她好像很难做到。

林盏到了班上，郑意眠看她魂不守舍的状态，心疼地问她：“盏盏，你又失眠了吗？”

她点了头，算是回答。

郑意眠：“你别总想太多，不然真的睡不好。上次我让你买点助眠的，你买了吗？”

林盏：“买了，没用啊。”

早自习快开始的时候，有人在门口喊：“林盏，有人找啊！”

郑意眠推推趴在桌上的林盏道：“盏盏，沈熄来了。”

林盏有气无力道：“他来干吗？还口哨吗？”

郑意眠：“好像是。”

林盏实在没力气站起来，就连沈熄这剂兴奋剂也没能让她挪动半步。

林盏蔫蔫地说：“那你去帮我拿一下吧，我实在不舒服。”

郑意眠有点儿惊讶，但考虑到林盏的身体，还是拍拍她的背：“嗯，那你好好休息，我去帮你拿。”

沈熄看到郑意眠站起身，下意识皱眉。

郑意眠走到他面前，解释道：“不好意思啊，盏盏太不舒服了，不能起来拿你的东西了，让我帮着拿一下。”

话虽如此，沈熄却没有递上口哨。

他问：“她怎么了？肚子痛？”

“不是，”郑意眠摇头，“她昨晚失眠了，只要一没睡好，她就很没精神。”

沈熄一眼看去，林盏趴在桌上，只露出那颗圆圆的脑袋。

好像每次见她时，她都很活跃，还没有这么颓丧的时候，他一下竟有些失神。

她看起来好像很不舒服。

“那我下午再来给她。”留下这句话，沈熄匆匆走了。

听到郑意眠回来的声音，林盏勉勉强强地伸出手：“哨子呢？”

说不定一摸沈熄给的哨子，她就满血复活了。

虽然不大可能。

郑意眠耸肩道：“他说，他下午再来给你。”

林盏脑子里那根筋没拧过来：“啥？”

郑意眠：“也许他是想亲自交给你呢。”

“不可能的，”林盏说，“他不是那么热情的人。”

“他是不是想当面嘲笑我的黑眼圈？”

郑意眠：“他那么闲的吗？”

一上午，林盏强打精神听课，一到下课就一头栽倒在桌上补觉。但很难睡得安稳。

林盏迷迷糊糊间，听到郑意眠被张泽叫了出去，好像才闭了眼，郑意眠就又回来了。

林盏依旧维持着原来的姿势，趴在桌上，眼睛紧闭着，却毫无困意。

“张泽这么快放你回来了？”

“困就好好睡。”是沈熄的声音。

林盏以为自己真的睡昏了，赶快睁开眼睛，揉揉。是沈熄那张脸，仰视的角度看也赏心悦目。

“你怎么来了？”林盏想坐起来，却被他重新按回去。

“黑眼圈这么重，好好睡觉。”

看吧！果然是来笑她黑眼圈的！

林盏枕在手臂上，道："我也想睡啊，很困，但是睡不着。"

沈熄也许是嫌这么说话太累，于是坐在郑意眠的位置上："你别动不动睁眼，把眼睛闭上。"

林盏闭上眼，与此同时，内心有点小躁动："闭眼了，你想干什么啊？"

沈熄："……"

尝试着睡了一会儿，林盏还是忍不住开口："我眼睛真的睁不开，可就是睡不着。"

沈熄看她眼睛闭得好好的，像是跟她较劲儿："怎么可能睡不着。"

林盏撇嘴："因为想得太多了啊。"

沈熄："那不要想。"

林盏："做不到，一闭眼就在脑子里晃啊晃的。"

既然如此，他决定跟她探究到底。

他倒是要看看，她这么会讲，要怎么把自己的失眠说出朵花来。

沈熄："脑子里怎么会有那么多东西？"

"就是要想啊，"林盏被他说得也有点委屈了，"我又不愿意，可我有什么办法。"

看着她皱起的眉头，沈熄放轻声音，尽量柔和道："为什么会想？"

林盏："压力大啊。"

沈熄的声音一轻起来，林盏就感觉好像有棉絮包围住她，她整个人正在往里塌陷。

"为什么压力大？"

林盏的声音开始拖拉起来："你是查户口的呀……"

"嗯，"沈熄说，"你今年多大？"

"17岁。"

"学的什么专业？"

“美术。”

“早上几点到校？”

“七点。”

不行了，林盏感觉到有东西把自己往上拽，拽到云层里飘浮不定。

学校的景观、嘈杂的人声、每天枯燥的生活、画室和教室……这些柔和的情绪取代了她的焦灼，也让她成功睡着。

沈熄手上还拿着一本杂志，是作文素材的文摘，本来想着如果她还是睡不着，他就给她念点故事。

但现在，不需要了。

她闭着眼，已经安稳地睡着，随着呼吸，身体一起一伏。那颗泪痣也像进入睡眠，憩息在她的眼下。

他把杂志放在林盏桌上，又看了她一眼。

林盏在放学的时候醒了。她是被下课铃声和大家的欢呼声吵醒。

林盏茫然地直起身，问郑意眠：“第一节课下了？”

郑意眠：“第三节课下了，放学了。”

林盏：“……”

“我睡了一下午？”林盏惊叹，“没人叫我啊？老师没骂我吗？”

郑意眠：“看到了，可能是你平时上课挺认真的，老师看你身体不舒服，就没叫。你怎么睡着的啊？我一来就看你已经睡熟了。”

林盏：“跟沈熄说话，说着说着就困了。我就知道他是来笑我的黑眼圈的！”

郑意眠：“我觉得……”

林盏一扫，看到一边的作文素材。

林盏：“这谁放我这里的？看起来好傻。”

郑意眠看着她道：“沈熄放的。”

林盏低着头，拿起杂志的手本来都作势要扔出去了，听到郑意眠的话后换了个方向，直接塞进了书包里：“好久没有读过这么有智慧的读物了呢，我每天睡前都要看。”

郑意眠：“……”

两个人走出教室，林盏才想起重点：“可是口哨他还没有还我吧？”

“嗯，”郑意眠问她，“可是你要那个口哨也没用啊，那么纠结干吗？”

“你懂什么，”林盏低声道，“我是在找跟他接近的机会啊。”

走了两步，郑意眠这才问出一个困扰她很久的问题：“盏盏。”

“嗯？”

“你为什么那么喜欢沈熄啊？真的是一见钟情吗？”

要说追林盏的，整个崇高能找出很多来，也有几个长得不错并在重点班的，还有一些是艺术班的，比普通男生更会打扮一些。

虽然沈熄的确长得很不错，但郑意眠认为，他还不至于只靠一张脸，就让林盏这么神魂颠倒的。

林盏想也没想地答道：“的确是一见钟情啊，但是不是看脸这么肤浅。不过沈熄的脸真的很好看啊，就是我喜欢的那种，又冷又禁欲，而且特别耐看，就是每一个角度……”

郑意眠打断她：“说重点。”

林盏这才正经起来：“你不觉得沈熄身上有种和多数人都不一样的气质吗？”

郑意眠沉默了一会儿：“没看出来。”

林盏细致地跟她分析：“我觉得我会被他吸引，是因为他身上有我缺少的……”

话讲到这里，两个人已经走出了学校，林盏察觉身后好像跟着个人，于是立刻就噤声了。

她还没迟钝到要在喜欢的人面前讲自己喜欢他的原因，那也太羞耻了。

她推推郑意眠：“我明天再跟你说。”

刚刚的那些沈熄不会听到了吧？听到了多少？

以他的聪明程度，会不会也猜到她接下来要说的话了？

说完，为了掩盖自己疑似被抓包的慌张，她口不择言，直接回头对沈熄说道：“口哨你还没有还给我吧？”

林盏感觉到自己的脸又有点烫了。

唉，这心理素质到底有多弱啊！

沈熄看她虽然脸色有点苍白，但已经比之前好了很多，绷着的弦这才松下来。

他把手绕到后面去拿口哨。递给林盏之后，发现她好像更雀跃了一点。

林盏：“看来今晚也许能睡个好觉了。”

沈熄追根溯源道：“昨晚为什么失眠了？”

他看林盏明明很容易入睡。

林盏放慢脚步，跟他并肩，半开玩笑道：“因为你没有加我QQ啊！”

她开玩笑的时候，会下意识侧侧脑袋，把头往上扬一扬，又荡出一个浅浅的笑来。

他莫名觉得，也许她还可以发自内心地更快乐一点儿。

孙宏正在球场打球，中场休息的时候，张泽想到沈熄的嘱托，这才开口问道：“沈熄要我帮忙问问你，林盏最近压力很大吗？”

孙宏想了想，林盏对这件事大约不会介怀，便和盘托出：“对啊，林盏的压力是一阵阵的，一般遇到大比赛就会很紧张。她爸好像又要送她去比赛了，她心理素质不是很好，赛前会不停地失眠。因为……怎么说呢，一般大比赛全校就一个名额，大家都在争，但是每次都是林盏去，你也知道，这样的话大家的目光就都在她身上了，稍有差池她就会被说。”

张泽：“那也可以不去啊。”

孙宏笑了："哪有那么简单，她爸一般不问她意见，直接给她报名的。拿到奖也不表扬，要她下次成绩也一样好；拿不到奖，她爸就觉得颜面扫地，会教育她很久。"

张泽顿了顿，才说："教导主任的女儿不好当吧。"

孙宏摇头："其实这个情况挺复杂的。你知道我们学校美术班吧，郑意眠那种也算拔尖的了，但是她这种画风是很难拿奖的，只能应试。如果郑意眠那种学生去考，顶多就拿个二三等奖，比较稳定。林盏虽然不稳定，但是只要拿奖，她一定是一等奖。"

"我懂了，"张泽说，"所以也不是她爸滥用职权帮她，是学校想要更好的成绩，就只能赌一把。赌赢了就赚了，赌输了就什么都没有了，所以林盏压力大，能理解了。"

孙宏继续说："她平时其实挺轻松的，恢复能力也比较强，但是，每个人都有低谷期的，她的沮丧来得快去得也快，你们应该能理解吧？"

"可以理解啊，"张泽说，"外向的人不一定时时刻刻都乐观。"

孙宏："能理解就好。"

很多人是不能理解的，有时候看到林盏情绪很差，会惊讶地问："林盏怎么也会这么沮丧啊？"

其实很正常，每个人都是矛盾体，每个人都有痛苦到觉得不太想活的时候。

只是林盏会把痛苦轻描淡写、开玩笑似的表达出来。

但好在，她也能自我恢复。

林盏到家时，林政平还没回来。

她放松地长嘘一口气，吃过饭，回到房间画画。画完三张速写，拿起手机一看，已经到了晚上九点。

QQ上有个新提示。

她粗略地扫了一眼，肾上腺素飙升，头晕目眩，差点拿不稳手机。

为了防止自己老眼昏花，林盏握紧手机，认真地看了一遍消息提醒。

一个添加好友申请，备注写的是：沈熄。

林盏揉揉太阳穴。怎么这么晕，是不是低血糖，还是得了高血压？

此刻，这两个不切实际的想法，比她看到的东西还要真实些。

林盏按下“同意”后把手机扔在床上，自己也倒在床垫里，翻来覆去地打滚。头埋在枕头里，放声尖叫——啊……

疯了几分钟，林盏坐起来，捧着手机，就像捧着自己那套贵得离奇的画笔一样。

她点开对话框，上面显示：我们已经是好友了，一起来聊天吧！

为什么还不和她聊天呢？？

算了，敌不动，我动。

林盏：么么哒。

沈熄：……

很快，他看到她光速地撤回了那条消息。

林盏：你好，请问找我有什么事吗？

林盏：刚刚不小心打错了。

诡异的画风。

沈熄没有回答。

15分钟后，林盏慌了，她去找郑意眠求救。

郑意眠：加上了的话，你没有说些奇怪的话吧？

林盏：……

郑意眠：怎么？你说了啥？

林盏：么么哒。

郑意眠：……？？

林盏：但是我很快就撤回了，他应该没看到。

郑意眠：假如是锁屏，手机上的预览会有提示，撤回也没用。

林盏：他一定误会我是个奔放的女孩子了，我收拾一下，准备跳楼了。

郑意眠：你不是吗？

林盏：哦。

林盏正想回郑意眠“我只有对他才这样”，消息刚打了一个字，显示她收到一条新消息。

她手忙脚乱地退出，深吸一口气，看着手机屏幕。

信息是沈熄发来的。

林盏还没来得及惊喜，点开对话框，就被那边官方的语气惊到了。

怎么这么长？他发的是什么？

沈熄：BBC睡眠十律：1.睡前洗个热水澡，热水澡可以帮助血液循环……

什么玩意儿？

林盏带着满脑子问号，花了10分钟读完了他发来的“睡眠十律”，正想问“是学生会要做什么调研吗”的那刻，突然福至心灵地点开了百度，输入“怎么快速入睡”，底下弹出几个搜索分支……

林盏点开郑意眠的对话框：我的妈！！沈熄刚刚没回我是在帮我找资料！！他给我发的是如何快速入睡的小妙招！！我爆炸了！！

郑意眠：冷静。

林盏：沈熄暗恋我！！

郑意眠：……

虽然跟郑意眠这么开玩笑，但林盏心里很清楚，可能沈熄只是顺手关爱同学，或者是为她刚刚的失言找个台阶下，又或者是为了还她借给他口哨的人情。

初中时，她的同桌暗恋一个男生，男生只是把她当朋友，跟她聊天、开玩笑、一起吃饭。女生却错误地领会，到最后难以抽身。

林盏想，就把沈熄给她的这些当作朋友间的关爱吧，在不能够确定对方心意前，她会尽量控制自己，也不会贪心地想要奢求更多。

贪心的话，最后什么也不会得到。

林盏点开沈熄的对话框，恢复了开玩笑时亦真亦假的语气：连这种东西都是复制的，不可以走心一点吗？不过还是很谢谢啦，今晚一定做个好梦。

沈熄丢下手机，去浴室洗澡。

洗完之后，把手机上林林总总的搜索页面关掉，又显示收到了一条新信息。

沈熄都能猜到她发出这条消息的表情了，一定是惨兮兮的，眉稍微抬高一些，像小孩在求一颗糖果，又像是做成一件事后，满心期待奖赏和表扬。那样试探的、迂回的，又带点儿可怜和希冀的眼神。

林盏：你不要和我说晚安吗？

第二天，整个画室的人都感觉到林盏的心情非常好。

早上画色彩的时候，趁黄郴不在，孙宏端着调色盘走到她的位置上：“昨晚睡得挺好啊？”

林盏哼着歌点头，洗笔，在盘子上找了块空白的区域调苹果的亮面。

林盏正准备挖一团白颜料，发现孙宏拿出了自己提前准备好的刮刀。

林盏问道：“意欲何为？”

“哇，都会说文言文了，真厉害，”孙宏拍着马屁，举起空掉的果冻颜料盒子，“我白色用完了，来找你借一点。”

所有人都深谙画室的规矩：借出去的颜料泼出去的水，是还不回来的，尤其是白色。

白色是画色彩要用到的最基础的颜色，大家一般都是买一大盒屯着。

不是美术生，是不会懂得被人挖走一大团白颜料时内心的痛苦的。

这种感觉就好比是，你新买了一个漂亮的本子，转眼就被人撕走了一半。

齐力杰在一边笑骂："孙宏，你也太黑心了，借一点就算了，你还直接拿空的盒子去挖！"

"盏姐不会介意的，"孙宏对她的称呼随着环境变化而改变，此刻有求于人，他转头跟林盏打商量，"是吧？"

林盏不置可否，只是跟他说："孙宏，你有没有听过一句名人名言？"

孙宏洗耳恭听："啊？什么？"

林盏哂笑："挖我白颜料者，虽远必诛。"

孙宏身子一抖，动作却特别敏捷，他伸手就挖了林盏盒子里的一大勺白色。

"这是哪位名人说的，我咋没听过？"

林盏微笑，缓声道："富兰克林　盏。"

看孙宏没说话，她问："怎么，不服？"

孙宏点头哈腰："服服服，五百个大写的服。"

下课的时候，孙宏来找林盏聊天："马上'十一'小长假，你想出去写生不？"

"跟学校还是自己去？"林盏问，"全班吗？"

孙宏："不啊，就我们几个。"

林盏："写生有什么意……"

孙宏继续说道："齐力杰可能会叫上张泽，然后张泽可以带上沈熄。"

林盏立刻改口："那就这么愉快地决定了。"

晚上回家的时候，林盏还是不大放得下心来。

她撺掇齐力杰："你到时候回去帮我问问张泽，沈熄到底能不能来啊？我总觉得他不愿意参加这种集体活动。"

齐力杰："好，我到时候问问。"

张泽虽然没有收到齐力杰的嘱托，但他已经尽力地去劝说沈熄了。

譬如此刻。

吃饭的时候，张泽跟叶茜打着商量："阿姨，我们'十一'小长假想出去玩，您同意沈熄去吗？"

沈熄："我不想去。"

叶茜一听，却是连连点头："可以啊，熄熄一贯不喜欢出去玩，天天待在家里，我都怕他发霉了。放假正好，你们带他出去散散心，注意安全就行。"

沈熄无语地说道："妈，我真的不想去。"

"去吧，"沈肃说，"你现在才高二，还不忙，等到你高三，想去也没时间去了。而且这种机会少，跟着朋友去交流一下感情，也锻炼一下自立能力。免得每天在家，你妈什么都给你准备好了。"

沈肃一贯不爱说话，一说话就是毋庸置疑的语气，而且每句话都有道理。

沈熄不作声，心里想的却是，下次即使张泽求他，也不让张泽来家里吃饭了。

张泽说不动他，居然去说服叶茜和沈肃。假如不去，那个假期两人绝对会喋喋不休，这么一想，还是只能去了。

吃完饭，送张泽回家时，张泽笑着安慰沈熄："你就当是陪我啊，到时候我也没几个熟人，多孤单。"

沈熄不想理他："没熟人你还去？"

张泽蹭蹭鼻子："跟同学们联络感情啊，还能出去玩，多好。"

沈熄："……"

张泽："再说了，你那么喜欢看画展，到时候三班那几个高才生要在那里写生，岂不是可以大饱眼福？"

说到这里，沈熄的表情才稍微柔和一点。

张泽趁热打铁："听说林盏画得真的特别好，我觉得一定是你的菜。去吧，肯定挺好玩的。"

得不到准确消息，林盏只能亲自上阵。

自从加了好友之后，她就开始充分发挥女生细致的一面，给沈熄发第二天的天气预报，提醒他带伞加衣服。有时候也会和他分享周围开了什么新店铺，人少又好吃。

给自己打足了气后，她给沈熄发消息：听说你“十一”要去露营？

沈熄很快看到她的消息，“不想去”三个字在对话框里反反复复地磨，写了又删，半天，留下了最后一个字——去。

林盏：真好，听说那边到了晚上，星空特别美。有机会我们可以一起看啊。

她心里想的是，没机会创造机会也要和你一起看。

一起看？

沈熄无动于衷，只觉得到那时候她的话大约也还是很多，比天上的星星还要多。况且，他对星空这种东西，不太感兴趣。

带着大家的期盼，随着告家长书的发放，“十一”小长假来临。

要出发的前一晚，沈熄拿出手机，总觉得缺了点什么。手不受控制地在搜索栏上敲下一行字，找到了那个地方看星空的攻略。

他想，他今晚大概是太无聊了。

他确实不怎么爱看星空，还是和林盏一起。

叶茜帮他一起整理行李，把那个专用的望远镜装到背包中，最后确定一次：“就这些了吧？”

拉链拉上，沈熄突然出声制止：“等一下。”

叶茜问道：“怎么，还差什么？”

背包只剩下一个小口，即将合拢。

沈熄把东西塞了进去：“还有这个，一套的。”

他的背包里，两副望远镜，会合了。

第三章

我认为你在调戏我，这样不行

第二天，一大帮人在孙宏和齐力杰的安排下，一起去了山上，这座山在W市享誉已久，俨然成了W市的一个活招牌。

因为没有预料到路上堵车堵得厉害，导致他们到目的地时，已经是晚上了。

孙宏和齐力杰有经验，他们经常出来玩，这座山也来过许多次了。

大家决定先睡一晚上，等第二天再正式开始写生和游玩。

男生们和林盏一起搭好帐篷，分好之后，大家就各自先住进去了。

林盏跟郑意眠一个帐篷。

山里头确实很安静，安静得虫鸣鸟叫都听得一清二楚。

郑意眠累了，率先躺在一边睡着了，林盏枕着手臂，闭眼听着外面的声音。那是种极度安宁与和谐的声音，一闭上眼，她就想到梵高的《星空》。

她突然想到自己那幅没有完成的画。不知道自己什么时候才能创作出一幅代表作。但当务之急，是要先应对好林政平安排的每一次比赛吧？

一想到比赛，林盏就心烦意乱，原本酝酿好的一点瞌睡也无影无踪了。

她平躺着睁开眼，近乎放弃地盯着帐篷顶，大概又要失眠了。

挣扎了半个多小时，林盏决定出去透透气，起码还有夜空可以看。

一拉开帐篷，迎接她的并不是预料中的黑暗，而是一团跳跃的火光。

那种心烦意乱，像浮萍一样纷杂的心绪，在看到火光旁的人之后，全部消失了。

沈熄坐在火堆旁边，橘黄色的光把他的脸映照清晰，五官就像刻出来的一样立体，他低垂着头，睫毛在脸上投下阴影。

也许是颜色使然，又或者是这个人就有种让她心安的能力，林盏心一暖，居然有种想要流泪的冲动。

太多次一个人面对那种汹涌的情绪了，从来没有哪一次失眠，她能够在睁眼后，找到一个可以说说话的人。

她走过去，问沈熄："你怎么还不睡？"

"车上睡过了，"沈熄说，"不困。"

"听说像我们这种觉比较少的人都比较聪明。"她不动声色地拉近两人的距离。

沈熄低着头摆弄火星。

林盏在他旁边屈膝坐下，问道："你怎么突然生火啊？不怕把这里烧了吗？"

沈熄："无聊，刚好发现了一点原料，就试着生了。火不大，不会有安全问题。"

林盏笑着把头搁在膝盖上："试着生什么？"

沈熄："……"

这问的是什么问题？林盏暗自啐了自己一口。

半晌，她鼓起勇气问："生气了吗？"

沈熄："没。"

他已经习惯了。

林盏继续问道："那你怎么证明你没生气啊？"

也许是漫漫长夜，总要找点东西打发时间，沈熄难得地想跟她聊两句："你想我怎么证明？"

林盏舔舔唇，又眨眨眼："那，你叫声小甜甜来听听？"

沈熄："……"

对于林盏这个叫小甜甜的无理要求，沈熄自然是没理的。

失眠使林盏脸皮变厚，她催了一下："你说说看嘛，想听。"

沈熄："不。"

林盏："你不说的话，我今晚可能都睡不着了。"

沈熄："我说了你就更睡不着了。"

林盏收起那副调笑的神色，正色道："你刚刚是在回应我吗？"

沈熄不说话了。

林盏为难地说："我认为你刚刚在调戏我，这样不行。"

沈熄："去睡觉吧。"

这下换林盏拒绝了："我不。"

沈熄催她："等下我也要去睡了。"

林盏无奈，叹气道："可是我真的睡不着啊。你困了就去睡吧，我一个人坐会儿。"

沈熄没动："我上次看你睡得挺好的，你别自己吓自己。"

林盏："那次是因为你在跟我说话。"

"那这次我也跟你说话，"沈熄放下手里的东西，"你先回去睡。"

林盏："你跟我一起？"

沈熄似乎感应到她在想什么，抬眸淡淡扫她一眼，把她扫得不敢再多说一句。

林盏悻悻站起来："行了，不需要你陪我，我自己乖乖滚进去睡吧。”

林盏一步三回头地往前迈了两步，终于如愿听到了沈熄挽留的声音：“等一下。”

林盏快步走过去，低头问：“怎么了？”

沈熄在包里翻了翻，拿出一片东西。

这样的夜晚，让林盏觉得他们之间那点隔阂也被打破，沈熄对她没有原来那么疏离了。

沈熄把那片东西递给她：“眼罩，拿着。”

接过眼罩的手心一热，林盏有些怔然，她说：“你这么贴心啊，还带了这个。”

沈熄清清嗓子：“我妈给我装的，我刚刚才发现的。”

林盏讪笑：“那阿姨挺贴心啊。”

沈熄：“嗯。”

趁沈熄把花王眼罩的盒子重新装回书包里，林盏探头去看他的包。

沈熄突然感觉耳边的空气有点灼热。

林盏凑近：“哇，你还带了望远镜！”

沈熄：“是我妈……”

林盏：“而且是两副！我们可以一起看了！阿姨真好哎！”

说罢，林盏坐了下来，右手在眉骨处搭了个棚子，开始往上看。

沈熄：“你坐下来干什么？”

林盏很自然地说：“看星星啊，天时地利人和都有了，赶快进行啊。”

沈熄拉上书包拉链，没有拿出望远镜，说道：“今天不行。”

想伸手接望远镜的念头落空，林盏像是没偷到腥的猫，问道：“为什么？”

沈熄：“不想看。”

林盏：“……”

沈熄今天不想看，不代表明天就想看了。而且明天不一定有这么好的氛围，她也不一定能坐在他旁边，人数也不一定是二。

思来想去，本着要做就做的原则，林盏决定撒泼，啊不是，是撒娇。

她想了想女孩子应该怎么卖萌，想了半天，很烦躁，想不出。

比如，你就陪人家看看嘛，讨厌，死鬼？

算了，好恶心。

换一种斩钉截铁、义薄云天的方式。

林盏："今天拿不到望远镜我就不走了。这个星，我富兰克林 盏非看不可。"

沈熄："什么盏？"

林盏："这不重要，你别转移话题。"

沈熄："……"

跟林盏对峙了好半天，沈熄败下阵来，摇着头道："今天天气不好，不适合看。"

林盏："你不看你怎么知道不适合？这就像谈恋爱一样，你不跟我，不是，你不跟人家接触一下，怎么就知道适不适合？"

沈熄咬紧牙关，本不打算说，但料想不说出一个让她信服的答案，林盏一定会跟他纠缠个不停。

夜已经深了。

沈熄："我看了攻略。"

简简单单五个字，成功让林盏闭嘴了。

林盏语带惊讶地说："这么周全吗？你还看了攻略？"

沈熄从善如流地接话："张泽发给我的。"

林盏了然地点着头："那什么时候比较适合看？"

沈熄："大概明后天。"

"好吧，"林盏意犹未尽地起身，"你不要骗我啊，不然我会哭的。"

沈熄："……"

林盏目光灼灼。

沈熄点头："不会骗你的。"

林盏起身，往帐篷处走去："那我去睡啦，晚安。"

林盏其实还是有点兴奋。想到明后天即将和沈熄，那样这样地看星星。

林盏翻了个身，听到外面有响动。

靠着她帐篷的那边，一个人影随着月光一同拓在帐篷上。

林盏打起精神，心想要是有人来偷东西，她一定把他揍得他妈都不认得。

人影隔着帐篷坐下了。

林盏满脑子问号。

"晋太元中，武陵人捕鱼为业。"

干什么？挑灯夜读《桃花源记》？

不对，这是沈熄的声音。

林盏拧起眉头，他在干什么？

突然，想起刚刚他说的话——"这次我也跟你说话，你先回去睡。"

他真的来跟自己说话了？！

林盏趴在手臂上，贴着帐篷，去听他的声音。

"缘溪行，忘路之远近。忽逢桃花林，夹岸数百步，中无杂树，芳草鲜美，落英缤纷。"

他讲话有些慢，每个字都念得格外清楚，她甚至能感受到那些音调是怎么在他口中缱绻吐露，再传进她的耳朵里的。

她想到之前学的一首《小石潭记》里，有一句话可以形容他的声音——隔篁竹，闻水声，如鸣佩环，心乐之。

沈熄的声音像是玉佩和玉环相互撞击而发出的脆响，让人愉悦。

眼罩这时候开始发热了，恰好的温度贴在她眼皮上，舒服得让人什么都不愿意想。

林盏喉头涌起一阵说不出的感觉，被甜到发腻了。

就像一道沙冰端在你面前，起初还有点冰，但那点寒气褪去，就只剩下涌动的甜。

是怎么睡着的，林盏不记得了，只记得半梦半醒，灵魂游离的刹那，听见他轻声念“山有小口，仿佛若有光”，向有光处前行。

第二天洗漱完毕后，郑意眠跟齐力杰说：“我觉得盏盏一点都不像昨晚失眠的人。”一大早，叫都叫不醒，叫醒之后特别有精神，几乎可以说是精神抖擞了。

林盏正把画袋拖出来，听到那边一阵起哄声，看了一眼来的人，林盏不淡定了。

林盏问孙宏：“余晴怎么来了，你把她请来的？”

孙宏头摇得跟拨浪鼓似的：“我没有啊，我怎么可能请她呢？！”

林盏问道：“那她怎么来的？”

“自己来的呗，”孙宏说，“我们里面，出了一个奸细。”

“算了，无所谓，”林盏安慰自己道，“反正沈熄现在谁都不喜欢，我们是公平竞争。”

孙宏煽风点火：“我觉得你的胜算比较大。”

山路左边是一片被开发的区域，不仅能看到美丽的景色，路的尽头还有许多家店，有卖纪念品的，也有供人吃饭拍照的地方。

山路右边是没被开发的区域，大多是原生态的环境，吃的就比较惨了，要自己解决。

往左还是往右，大家产生了分歧。有人想往左，有人想往右。

于是最后大家决定，兵分两路，想往左的跟着章成，想往右的跟着沈熄和张泽。

章成跟孙宏关系还不错，这次是一块儿来玩的。因为比较有组织能力，就担任了分组的主要任务。

整个分组过程在林盏毫不知情的情况下展开，等她清理好颜料之后，听到有人喊：“林盏，来分组啊！”

听完分组规矩之后，林盏问：“所以现在是什么情况？”

章成说：“现在的情况是，你和余晴还没有分配，我和沈熄那边，一人一个名额。”

说罢，章成唯恐天下不乱地一笑：“别跟我说你们俩都要过去啊，那我不同意，我知道你们俩醉翁之意不在酒。但是今天，你们必须要有人跟我，不然我面子上挂不住。”

林盏一愣。

眼见着林盏要说话，孙宏跟她说：“章成故意激你呢。其实一边十个确实是最好的办法，因为沈熄那边准备的吃的不够多，章成那边到时候要坐车的话，是满十个人才会开车的，所以无论怎么算，最好的情况还是你们俩，一边一个。而且章成确实好面子，你们要都跟沈熄，他会觉得你们俩看不起他。出来玩，高高兴兴最重要，别伤了和气。”

不过说实话，林盏也确实觉得自己跟余晴不能在一个队伍里。不然干什么她俩都会争的。

林盏摆摆手，说：“行呗，那让沈熄选，或者大家投票。”

只能这么选了，还能怎么样呢?

她们俩都愿意的情况下，让沈熄决定更公平。

余晴却嘟囔着：“那边都是你的朋友。”

林盏看了一眼，这边她认识的只有沈熄、张泽、郑意眠和孙宏，其他的她都不怎么熟，而且沈熄和张泽还不一定选她。

算了。

林盏说：“那我们石头剪刀布？”

余晴小声道：“让沈熄选吧。”

好胆量啊。

大家纷纷开始起哄，看热闹嘛，总是不嫌事儿大。

“沈熄选！沈熄选！”

“第一天就玩这么刺激的呀，我喜欢。”

“主席，快选啊，选完我们去吃饭。”

林盏笑着看大家，顺带瞟了一眼沈熄。

沈熄为什么要用那种意味不明的目光看她？不会要放弃她了吧？

余晴在旁边低声催促了一句：“沈熄。”声音跟她平时说话的腔调不同，是捏着嗓子、故意放软的撒娇声。

林盏瞠目。

还可以靠撒娇获取对方的好感度吗？难道这是相亲交友类节目，女嘉宾最后还要发表争取感言？

无数条弹幕滚过林盏的脑海。

她想不出啊。

这时候，章成笑了：“我说林盏，你就来我们这边吧，我们这边都是女孩子，也需要一点力气大的帮忙啊。”

林盏一想不行，不能让自己处于劣势。

沈熄要开口了。

林盏抬手道：“等一下，我还没发表感言！”

大家都在等林盏发表感言。

无所谓，林盏想，既然余晴都说了，那她也要最后搏一搏。反正左右不过一句话而已。

落在沈熄眼里，林盏正在做深呼吸，双手无意识地在身体两侧握拳。

这是不选她就要挨揍的意思吗？

她一捏拳，豁出去似的道：“昨晚看星星看月亮的时候叫我小甜甜，现在新人胜旧人了，就要抛弃人家？”说罢，笃定道：“不行，我不准。”

嗯，这个娇撒得胜在软硬结合，甜腻中不失气势！

人群诡异地沉默了一秒。

孙宏扒开人群，不确定地问道："盏姐，你在干啥？"

林盏："……"

大家陆陆续续反应过来。

"林盏你在干什么？"

"我从来没见过这种林盏！Hello？请问你是我们的冷艳盏吗？"

"哈哈哈哈哈！"

林盏低声斥道："别笑。"

他们哪里停得住，尤其是一些男孩子，笑得前仰后合，笑声震彻山林，吓得鸟都扑棱着翅膀飞走了。

真的那么好笑吗？

林盏等这波笑声过去了，才听到张泽的声音："你昨晚跟她一起看星星看月亮了？还叫了小甜甜？你什么时候管人家叫了小甜甜？"

这一下，又把重点扯回来了。

有人大叫："这波操作够劲爆！"

"重点重点啊，"齐力杰说，"再笑下去天就黑了。"

"英雄难过美人关啊，况且一关还有俩。虽然知道有点难，但是主席你快点选吧。"

沈熄冷声道："我已经选好了。"叹了口气，他看着一边戳着的林盏，无奈道，"林盏，你还不走？"

反应过来自己被选中，林盏急忙应道："噢，马上来，我去背画袋。"

林盏背好画袋之后，他们往右边出发。

路上，林盏跟郑意眠说："我觉得我那一搏还是比较有用的，起码我进来了。"

郑意眠："我觉得沈熄本来就准备选你，因为你说了那句话，反而让他动摇了。"

林盏："哦。"

雾霭散去，整座山笼罩在不具名的悠闲之中。

他们虽然刚刚花费了很久的时间，但现在仍旧算是清晨。

大清早的空气里都浮着水雾，林盏拢了拢手掌，手心里就漫开一阵湿意。

举目所及景色优美，全是没有人为开垦过的树木和大石，巧夺天工，让人折服惊叹。

淡黄色的碎光流淌，散落一地，全是起伏明灭的光点，踩一下，就浮在脚尖。

脚底的泥土松软，踩上去的时候，能听到轻轻的碾压声。

整个人的心境因此变得明亮开阔。

林盏背着画袋，穿行过树木和小草，跟上最前方沈熄的步伐。

苍翠树木之下，他的背影更加挺拔。

无论做什么，他好像永远都是开路者，永远镇定又理智，沉着应对。光是这一点，就足够让她沉迷很久了吧。

郑意眠带着相机拍照，林盏嫌相机麻烦，直接用手机拍，开正方形构图，拍出来的照样漂亮得不得了。

走了将近一小时，郑意眠有点撑不住了。她力气不比林盏，而且画袋实在很重，她能够撑一小时已经很不错了。

林盏伸手道："我来帮你背吧。"

一身轻松的齐力杰开口道："算了，我来吧，我没带画画的东西来。"

林盏笑着看向齐力杰："杰杰，今天的你像个真正的男人。"

齐力杰："老子每天都是真男人。"

林盏加快脚步，跑到前头去。

沈熄比较喜欢拍昆虫。

林盏问他："你包重不重，需要我帮你背吗？"

沈熄："……"

是不是弄错了什么？

林盏继续谄媚道："那你渴不渴，要喝水吗？"

沈熄终于忍不住，表情有些动摇，嘴角挑起："这话要问也该我问吧？"

林盏摸摸鼻子说："你不动，我就自己动嘛，不然的话怎么办？"

说完这句话，她感觉自己说的有点歧义，想到了什么，脸倏地一红。

沈熄感觉到旁边的人一下有点扭捏，却不知道她在想些什么。

林盏咳了声，换了个方向："我问完了，现在该你了。"

沈熄："……"

林盏催促道："快点啊。"

沈熄看了她一眼，似乎想确定她是不是有什么坏心思，但半晌，还是问道："你的包重吗？"

林盏目露狡黠："你想帮我背吗？"

沈熄："……"

这个发展是不是不太对？

不过，如果她真的觉得很重，他也可以帮忙捎一段路。毕竟是女孩子，就算力气再大，也还是不如他们。

沈熄伸出手，在她面前勾了勾手指，示意她把东西交过来："可以。"

林盏故作娇羞，把自己的手悬在了他手掌上方，飞快地说："我的包很重，但是我不重，要不你背我吧。"

沈熄抽回了自己的手。

林盏捉弄他得逞了，在他身后止不住地笑，画袋里的东西随着她身子的起伏，碰撞出响声。

女孩儿的笑声太好听，脆生生的，还没有被世俗沾染过，也没有被圆滑打磨过。

沈熄听过很多笑声，沉闷的、活跃的、趋炎附势的、虚假的……她的声音称得上好听，在好听里，又有那么点独特。

沈熄想，大约是自己太久没有关注过女孩子的笑声了，现在才会有一时的失神。

林盏因为调戏成功而得意扬扬，走路都有点飘。

沈熄回过头，语气很无情："看着脚底下，摔了我不扶。"

林盏撇嘴："真的不扶吗？"

沈熄："真的。"

旋即，他听到啊的一声，一转过身，就看到林盏坐在地上，倚着一棵树。

这摔倒也太假了，还特意找个干净地方摔。

沈熄假装没看见她身下垫的那张纸，挑眉问："怎么？"

林盏学着他挑眉，拉长音调，慢吞吞地说："没见过呀，我碰瓷的。"

少女伸出手，莹白匀称的手指就荡在他眼皮底下，指尖处画成一个圆滑的弧。明明什么也没有，沈熄却觉得她身后长出了小狐狸的尾巴。

小狐狸目光无辜，神情真挚，唯独身后毛茸茸的尾巴，在空中一晃一晃。

小狐狸眨着澄明的双目问他："你可以扶我起来吗？"

光影摇曳。

沈熄想，现在碰瓷的，已经有这么高超的技术了吗？

沈熄走到她面前，微微蹲下身，手撑在膝盖上，勉强同她平视。

他尚存理智地发问："要是我扶了你呢？"

小狐狸舌尖滑过嘴角，又收进去，她声调是媚人的，说出来的话却很端正："我会感谢你的。"

"不，"沈熄盯着她的唇，说，"你会吃掉我的。"

林盏笑了：“那你试试看啊，不试怎么知道，没有风险，怎么能得到好处？”

也许她会拿走他的钱，或是别的什么，沈熄不清楚，也猜不到。反正他不相信，她什么都不拿走。

可尽管如此，像是受着某种驱使，他不受控制地伸出自己的手，握住，抬起。手下的触感嫩滑，像是刚剥开的鸡蛋，还留着辗转的余温。

林盏被他一个大力拉起来，手因为惯性往下用力。

沈熄感觉手中一滑，就握住了她的手腕。

太细了。

不知道为什么会有这么大的力气。

因为拉扯，他停在原地，而她身体前倾，脚步挪动。

她的头刚好就在他的肩上。

“我会告你的，”林盏低声说，“沈熄，你认罪吗？”

沈熄目光微动：“刚刚是你自己倒下的。”

“不是，”她轻声笑，“明明是你击中了我的心。”

沈熄来不及反应，林盏整个人往后退了两三步。

林盏咬了咬唇，目光闪烁。

不行，她说不下去了。高强度羞耻的台词让她再也憋不出一句话，反倒是因为对这种事情没什么经验，此刻的她整个人都紧张得像在飘。

沈熄还没撩到手，她先腿软和脸红了。

一刹那的热意涌上头，林盏整个人都被烧着，耳尖和脸颊一起浮起剧烈的燥热之感，难道撩沈熄这么刺激这么上头吗？

太羞耻了。

她背着画袋匆忙跑掉，步伐都是乱的，像只只懂得四处冲撞的小鹿。

沈熄看着她落荒而逃的背影，心里第二次生出了疑惑。林盏这个人的脑回路，他实在搞不清楚。更让他搞不清楚的是，为什么那么俗气的、他完全可以猜到的台词，在听到的那一刻，他还是像被电了一下。

见鬼了。

林盏一路小跑到孙宏身边。

孙宏真是太讲义气了，一察觉到那边气氛不对，立马让大家原地休息，好让林盏能够跟沈熄有一个独处的时间。

不然，他们俩才没机会和气氛说那么多呢。

林盏拍拍孙宏的肩膀："好兄弟，回去请你吃饭！"

虽然她刚刚的收获好像只是把自己闹了个大红脸。

孙宏被她拍得差点跌倒，扶着肩膀躲开："盏姐，力气这么大，你要谋杀掉你可爱的神助攻吗？"

发现了林盏的不对劲，孙宏更八卦了："为什么沈熄这么淡定，你的脸却跟猴屁股似的？"

林盏当然要反驳了："这是腮红，你懂啥！"

孙宏："现在流行腮红涂整张脸了吗？"

林盏怒道："我宣布你的饭没有了。"

林盏绕到后面去，和郑意眠一块儿走。

郑意眠当然不能放过闹她的机会："哎哎哎，你们俩刚刚在前面干吗呢？拍韩剧呢？韩版《聊斋》？"

林盏问："为什么是《聊斋》？"

郑意眠想了想，道："远远看去吧，你就像聂小倩，沈熄像宁采臣。你像不怀好意的女鬼，他像老实书生。"

林盏指指自己的脸："你见过这么㞞的女鬼吗？"

郑意眠老老实实摇头："这倒没有。"

林盏指指沈熄："你见过那么冷漠的书生吗？"

郑意眠持不同意见："我觉得沈熄还挺有风度的，就是话少了点。而且，就算大家都被表象迷惑，你也不该这么想啊，沈熄对你真的很温柔很体贴了。"

林盏低头："是吗？"

郑意眠："是啊，你见过他牵别人吗？"

林盏："那是我碰瓷。"

郑意眠："你见过他跑谁班上来哄人睡觉吗？"

林盏："他是为了嘲笑我的黑眼圈。"

郑意眠耸肩："这天聊不下去了。"

林盏用手凉了凉自己的脸："我觉得沈熄是把我当朋友的，是吧？"

郑意眠："应该算是吧，但是，难道你不觉得他对你有一点点喜欢吗？"

"我觉得没有啊，你怎么这么想？"林盏瞪大眼看着郑意眠，"其实只是因为我喜欢他吧，所以才会有这种误解。我觉得他就是把我当朋友，跟孙宏和齐力杰他们看我差不多，遇到困难就帮我一下。我之前削笔不小心把手划开了，棉签和创可贴不也是孙宏他俩帮我买的吗？"

郑意眠想想，说："我觉得你这样挺对的，不然如果真的误会了他喜欢你，到时候发现真实情况跟想的不一样，会很受打击的。"

"对啊，"林盏说，"以沈熄的性格，要是喜欢我，我一定可以感觉到的。"

走了几步，林盏像是在自言自语，又像是在问郑意眠："你说，沈熄会喜欢什么样的女孩子呢？"

郑意眠一句"我哪知道"卡在喉咙里，林盏已经率先抢答："算了，不管他喜欢什么样的，他都必须爱上我。"

郑意眠："……"

走到一处风景还不错的地方，大家在那里解决了午饭。

吃完之后，几个美术生决定在这里写生。

郑意眠拿了画架出来，齐力杰帮她把颜料放好。

幸好这附近有水源，也有供游客丢垃圾的地方。

林盏问：“美术生留下来画画，那其他人呢？”

张泽说：“我留下来休息。”

其他几个人也走累了，纷纷表示就在这里休息，顺便可以看看大家画画。

林盏往附近看了看，这种景物写生她已经画过无数次了，确实一点兴趣都没有。

林盏：“那你们就留在这里吧，我去前面看看有没有什么好画的，到时候回来找你们。”

郑意眠打了桶水，水都没放稳，忙不迭问她：“你一个人去吗？有点不安全吧。”

林盏笑道：“怎么会，我一个人出去写生的时候还少吗？再说了，我也不会走很远，画完就来找你们集合，放心吧。”

张泽对着沈熄说：“沈熄，你不是说你还想往前去吗？要不你和林盏一起？”

沈熄看了一眼张泽后，又把目光锁在林盏身上，似乎在思索这件事的可行性。

一个女孩子单独往前走，确实不太安全。

沈熄把手机放回包里，点头道：“行。”

反正对他来说，去哪都一样。

林盏本来以为会是独行，没想到还能有人一起，于是立马背上画袋就要出发。

孙宏啧了声，低声对林盏说：“这深山老林的，把握住机会呀。”

其实林盏也没抱什么别的心思。一码归一码，之前是出来玩，就放松一些。现在到画画的时候了，就得认真画画，孰轻孰重她还是分得清的。

她不停地探头远望，惹来了沈熄的询问：“你想找个什么样的地方？”

估计是看她找了太久，想帮帮忙。

林盏挠挠头："说不清，想找一个比较特别的地方，没什么人画过的那种。"

沈熄看着她，若有所思。

找来找去也没找到一个特别的地方，林盏也走累了，停在原地。

"估计也找不到了，这里除了树还是树，没有瀑布，也没有碧蓝的湖，或者其他激起我创作欲的东西，干脆我就画画速写好了。"

沈熄："就在这？"

"嗯，"林盏说，"就在这里画，你还要往前去吗？"

说完她就把画袋拿了下来，揉了揉有些酸胀的肩膀。

沈熄在她身后说："不去了，前面也没什么了。"

林盏抽出速写板，遗憾地说："没想到背了这么多东西来，最后还是只能画速写。"

一个灵感型创作者的苦恼。

林盏抽出一根碳铅合一绘画铅笔，思索着自己要画什么，一低头就看到沈熄。

他正在拍一朵很小的花。花小到简直可以忽略不计，林盏只能看到一点纯粹的红。

但是这个人，比花更好看。

假如每个人都是女娲捏出来的，林盏想，沈熄在被创造的时候一定是偏心的，花费了很少的时间，却意外地好看。如果每个人都是被画出来的，沈熄的侧脸轮廓一定是一笔成形，不需要反复修改。那样美好的比例，简直就像从少女漫里走出来的。

这么想着，林盏竟不自觉地照着他的轮廓画了下来。

沈熄也很配合，居然真的维持着那个姿势一动不动，等着林盏把整张速写画完。

林盏有点受宠若惊，加快了笔下的速度，把背景涂过之后，这张速写算是画完了。

她把笔换到左手，右手把那张速写撕下来，递给沈熄。

脆弱的速写纸被风吹得哗哗作响。

林盏："送你。"

沈熄没说话，却准备伸手来拿。

林盏突然将速写纸往回抽。

沈熄抓了个空。

林盏用食指和中指夹住速写纸，调戏似的晃了晃："打个商量，你等下换个姿势给我画，这张送你。"

沈熄像是笑了，问道："凭什么？"

意思是，凭什么觉得她林盏的画，值得换他做模特。

瞧不起林盏可以，不能瞧不起她的画。

林盏站在那儿，胸有成竹地说："凭这幅画是我林盏画的。"

空气中似有暗香浮动，撩起她垂下的碎发。

她不知道，她的眼睛很亮，声音很轻，神色很傲。

沈熄收敛笑意，直直看进她的眼底："你想要我什么姿势？"

林盏整个人一愣，她想要他什么姿势？

林盏好不容易展露出的底气，几乎在沈熄说完这句话的那刻化为乌有了。

就在刚刚，她借着微醺的光线和良好的气氛，终于达到了底蕴和皮相的统一，散发着自信的魅力。正当她觉得可以稳稳拿下模特沈熄时，沈熄语出惊人，居然问她想要什么姿势。她整个人像泄了气的皮球，所有的气势一瞬间烟消云散，取而代之的，是片刻的出神。

林盏回过神，这才一卡一顿地说完整句话："随、随便吧，都行，姿势，还是你舒服最重要。"越说越不对了。

目光闪烁着，林盏摆摆手，递上自己的速写。

还是她道行浅了。

后来，沈熄的确换了不少姿势。

模特最忌讳的就是放不开，姿势僵硬，但是沈熄丝毫不会如此。

他干什么都是随性又自然的，这点林盏知道，就算面对再焦灼的情况他也能镇定自若，更何况面前站的还只是个林盏，不是十几台摄像机。

林盏一连画了很多张，拍摄中的沈熄，看她速写的沈熄，闭目养神的沈熄……

沈熄的姿势都不刻意，大多都是随机按照最舒服的姿势调整，不用麻烦林盏，他自己也轻松。

林盏在绘画的时候还在想，第一次见面的时候，想向他提出请求都不敢，他为了躲她还特意搬来了石头。没想到有一天，他竟然真的会愿意当她的模特，好像两个人的距离，真的在一点点拉近啊。

林盏画完之后已经到了傍晚，天幕被大片云霞晕染，泛出温柔的紫红色，云朵被拉扯成片状，又重新糅合到一起。

林盏问沈熄："我们要走吗？"

沈熄拍拍身上的灰，道："走吧。"

林盏不期然撞进他眼里，目光一转，转过身就要往前走，却忽然被人叫住："林盏。"

少年的声线，温和又干净。

林盏和沈熄站在树林里，并不知道外面的吃瓜群众已经围绕着他俩聊得热火朝天。

孙宏问张泽："沈熄真对林盏一点意思都没有啊？"

张泽想起之前回家的时候，他搭上沈熄肩膀，才含含糊糊地说了一句，沈熄立刻就否认道"我没有"。他那时候还什么都没说呢。

张泽道："沈熄这个人挺喜欢清静的，他不喜欢热闹，恋爱了也不爱逛街，更讨厌排队。所以他心里，对这件事还是很抵触的。"

孙宏问："那岂不是要单身一辈子了，居然还有人排斥恋爱？"

张泽：“也不是排斥恋爱，他只是觉得和无关的人那样，很浪费时间。因为到现在也没喜欢过谁，所以到现在都觉得恋爱是累赘。”

孙宏打了个响指：“我知道了。”

因为沈熄下意识对这种“浪费时间”的东西感到排斥，所以才会一直都感觉不到自己在做什么。要从略微排斥一样东西到接受它，需要一段时间。所以在这段时间里，要学着让他慢慢了解自己的内心，打开自己。至于怎么点通他，就要看林盏的本事了。

“总会追到的，”郑意眠说，“盏盏现在是温水煮冰山。”虽然慢，但总会融化的。

回到“温水煮冰山”的现场。

被人叫住的林盏回头：“啊？怎么了？”

沈熄指指一边的包：“你不清理东西？”

林盏心里一松。刚刚被他这么连名带姓地喊，她以为沈熄要说什么呢。

本身就没有拿多少东西，所以清理起来格外快，林盏把速写板塞进画袋里，很快就整装待发了。

沈熄：“不需要我帮你背？”

林盏摇头：“我自己可以。”

林盏背好画袋之后，率先冲到前面，对着几条分岔路口，开始犯难了：“我不记得路了，怎么办？”

沈熄叹气道：“我记得。”

林盏乖乖退到他身后说：“那你带我走吧。”

沈熄回忆往哪边走是对的，趁他回忆的空当，林盏抬头继续欣赏晚霞，那景色就像两瓶红墨水相撞，倾洒一片，边缘处渐淡，愈往中心，愈加浓烈。

沈熄走出好几步，发现身后没有跟随的脚步声，一回头，发现林盏正在神游。

他催促道：“林盏，快点。”

“噢噢，来了。”林盏猛然回过神，背着画袋就要往沈熄那边跑，一不留神，脚下一个打滑，就踩上了石块。

林盏失去平衡，脚踝重重地崴了一下，脚踝处传来一阵刺痛。

“嘶——”林盏吃痛，停下来，扶着树干检查了一下脚踝，感觉马上要肿了。

活了17年，这是她第一次崴到脚。

真不是时候。

林盏伸出手指，想尝试着戳一下那块红的地方。

沈熄立刻出声制止道：“别碰它。”

林盏看看沈熄严肃的神色，心想万能的沈熄也许真的知道应急方法呢，于是她的手也就停住不动了。

林盏有些没底气地问：“那我现在怎么办？”

沈熄走到她旁边，说：“脚别用力，你先原地坐下。”

林盏抽了张餐巾纸，垫在地上，然后坐下问：“然后呢？”

“不过我觉得，要不我就忍一下走回去，休息一会儿就……”

“不行，”沈熄想也没想就拒绝道，“让受伤部位负重，这样会加重伤情的。”

话音刚落，沈熄从包里抽出一样东西。

林盏定睛一看，居然是一包冰袋。

林盏：“你随身还带这个吗？”

沈熄：“为了应对突发状况准备的，这是常识。”

林盏低头笑了笑，旋即抬头，打趣道：“我有点好奇你包里都有什么了，是不是还有个小药箱，嘶——”脚踝忽然触碰到一个冰凉的物体，林盏下意识往回缩脚。

沈熄扶住她的脚踝，低声说：“别动。”

林盏：“噢。”

他的指尖因为碰过冰袋而变得有点凉，贴在林盏的脚踝边，让她每一寸皮肤都清晰地感觉到他的存在。

沈熄的指腹是温软的。这个念头让林盏身心激荡，仿佛坐上了激流勇进的飞车，下一秒就会在一片冰凉中猛然跌落。

她忍不住用大拇指指尖，用力抵住中指的指腹。冷静点啊林盏，不能崩啊。

她硬生生强迫自己转移视线，目光上抬一点，就看到沈熄长长的睫毛。

她放任自流地想，崩就崩吧，谁让这个人是沈熄呢。

下一秒，沈熄用毛巾隔着，拿着冰袋贴上她的伤处，剧烈的寒意浸透毛巾，侵袭上林盏的每一寸神经，包裹着她，加速冰冻。

痛和凉一起从伤处猛烈地扩散开。

林盏弓起身子，下意识地把腿往回缩："痛痛痛。"

沈熄握住她的小腿，安抚似的柔声说："别怕，我会轻一点。不好好做急救的话，会很可怕的。"

这是把她当小孩子哄呢？

但她居然很受用。

林盏一点点放松自己的身体，慢慢舒缓下来。两手撑在身后，小腿被他握着。

这是个完全放松和打开的姿势，代表她对沈熄毫无防备。

山林中安静得只剩下树叶的簌簌声。

她看见沈熄的手指上沾上点点水渍。

沈熄的手指白皙修长，每一个骨节都清晰明了，每一个弧度都恰到好处。因为瘦，动作间，手窝凹陷下去很深，显出别样的性感。指尖偏白，带着一点血色。

此情此景，此种境况，让林盏不自觉地想，沈熄的手这么好看，真适合当医生。

从小到大，照拂过她的医生们，不例外的都有双极其好看的手。

沈熄不只手好看，动作还特别麻利，处理得也很到位。

简单地包扎过后，沈熄转过身，背对着她蹲下：“上来。”他说。

林盏锈掉的脑子一下没转过来：“什么？”

男生语调清亮，夹杂着些许冰粒碾过的低沉沙哑：“上来，我背你。”

上来，我背你？！

林盏反应过来的那一刻，脑子里几乎炸起了鞭炮。但尽管如此，她还是不想麻烦他。

林盏：“不用了，我自己能走过去，很快就……”

沈熄：“我说了，你那只脚不能用力。”

林盏：“那我可以试着单脚跳。”

沈熄：“……”

林盏说完，脑补了那个画面，也觉得自己说得很搞笑。摸摸鼻子，她笑了。

沈熄见她半天没动作，不知该怎么催促才能让她甘愿，半晌，道：“你不是说你很轻？”

林盏：“我确实很轻啊！”

沈熄：“我看不见得。”

这一激，林盏果然上当了。她皱起眉，有些愠怒。沈熄居然觉得她很重？

林盏立刻放狠话：“你完了沈熄，你现在想反悔不背我都不行了。我现在就上来压死你。”

沈熄第一次听懂了林盏话中的第二层意思，整个人微微一滞。

但是林盏这回却没反应过来，她全身心地沉浸在体重这个问题中。

林盏攀上沈熄的背，另一只脚一个用力，跳上他的背。

的确很轻。

他很怀疑林盏每天到底有没有按时吃饭。

沈熄用手托住林盏的大腿，却没有把手贴上去，而是从外绕过之后，双手在自己身前紧握。

居然是百闻不如一见的绅士手。

林盏抱着他的脖子，问："那我们的包怎么办？"

沈熄："等会儿我回来拿。"

林盏夸赞他："有道理，反正放在这里也不会被偷。沈熄，你真是颖悟绝伦。"

沈熄："……"

林盏继续说："你真是太好用了，什么都可以搞定。你一直这么全能的吗？"

沈熄虽处变不惊，但却暗自挑起唇角："其实我也有很多缺点。"

林盏下意识反驳，因为动作太快，情绪太冲动，她几乎直接贴上他耳郭："我不觉得，我觉得你什么都很好。"

气氛一时间变得有点不对劲，可能是因为林盏突然说了这串像情话一样的句子，也有可能是沈熄耳郭处突如其来的痒和炽热，更有可能是背着林盏的这个姿势，非常亲密。

林盏不知如何是好，拼命想调整一下自己的身体，好让其不要牢牢贴着沈熄的背部。

但这是徒劳的。

她暗自骂自己，人家这么好心好意地背你，你居然会有这种思想和不适应，林盏，你不是人，你是禽兽。

沈熄也在想，是不是一开始没选对姿势？如果换到前面公主抱……算了，好像更离谱。

两人各怀心思，沉默地共行了一段路。

林盏喉咙发干。她觉得自己要再不说点什么，真的快窒息了。

说什么？现在到底能说什么？她胡乱想着，今天到底有什么话题可以扯来说一说？蓦然间想起，同班有个女生带了个什么香膏，然后她和郑意眠都抹了一点点在手腕上。当时好像说是什么薰衣草的味道，也不知道蒸发没有。

这么想着，林盏动了动手腕。

沈熄似乎现在才感觉到什么，刚刚闭塞着的感官一点点打开，他闻到了一股清淡的香味，像薰衣草的味道，听说这个助眠。

感觉到沈熄在轻轻嗅，林盏手腕的脉搏都开始死命跳跃。

沈熄在闻她啊！

她整个人像是被丢进沸水里一样，难熬，但无法破解。

刚刚要说什么？要说什么来着？

林盏卡在喉咙里的那句“我擦了那谁的香膏你知不知道”生生被咽了回去，重新回归脑海，在一锅沸水里来回蒸煮。有些被熬化，有些被吞噬。最后留下几个字，组成一句话。

林盏张了张嘴，贴近沈熄耳边，却突然忘记自己要说什么，脑海中仅剩的那句话大写加粗，时时刻刻引诱着她脱口而出，她只能照办，凑近沈熄耳边，她乍然开口：“沈熄，我香不香？”

沈熄：“……”

说完之后过了20秒，林盏才反应过来自己刚刚说了什么。

她居然问沈熄自己香不香？！

林盏亡羊补牢，苍白地辩解：“不是，我刚刚是想问你，有没有闻到我抹过的那个谁的香膏！”

“对，姜芹，姜芹的香膏，她是从C市带回来的，那么大一盒只要几十，看起来可以用很久……”

“嗯，”沈熄含混不清地答应她，“我们马上到了。”

林盏这才松了口气：“那就好。”

晃了晃腿，林盏想起重点问道：“我不重吧？”

沈熄：“还行。”

林盏：“还行？背过我的人都说我很轻的，像羽毛一样！”

沈熄眉间一凛：“还有谁背过你？”

谎言被识破，林盏蔫了：“没有人。但是我的确不重的吧，每次学校体检，我都是偏瘦的那种。”

沈熄没说话。

林盏："我真的很重吗？"

沈熄："不重，我骗你的。"

林盏笑眯眯道："那就好，我本来就不重，不然你怎么会走得这么快呢？"

看她这么上心，沈熄问："重要吗？看你这么紧张。"

"当然重要了，"林盏抿唇，小声说，"我要是重的话，你会很累的。"

沈熄脚步顿了顿，这才沉着声音回她："我不累。"

孙宏搓着手，止不住地往远处看："他们俩怎么还没回啊。"

郑意眠："不是你让林盏把握时机吗？他们现在可能正在把握时机。"

孙宏："得了吧，她不是那么没分寸的人。主要是现在天都黑了，要是再晚一点，就不好回营地了，我们也可能迷路啊！"

郑意眠这才着急地说："是不是出了什么事，要不打个电话？"

孙宏："万一现在他们正忙着呢？电话就别打了，出了问题他们会打来的。"

郑意眠：正忙着是怎么个忙法？

她还没来得及在脑海里展开所有可能，就听见孙宏叫道："回来了，回来了！"

下一秒，孙宏惊讶得嘴巴张得大大的："你们这是什么操作？"

大家被孙宏的惊叹声吸引，全部抬头去看，一时间，齐齐倒抽凉气，他们不苟言笑的主席啊，这才一下午，怎么就背上了？

这时只有郑意眠发现了什么，没有过多沉迷在八卦里，她走上前，担忧地问："盏盏，你的脚怎么了？"

看着大家清一色惊讶的表情，林盏也有点不好意思了。

她嘟囔了声："不小心扭到了。"

郑意眠皱起眉问道："严重吗？"

林盏也不知道严不严重，但是想到沈熄刚刚一脸严肃的表情，这才道："可能有点严重。"

两个女孩子交流了一下病情。

这时候，张泽也站起来了。他同沈熄交换了个眼神。眼神里承载着满满"我就知道"的意味，在意料之中，但又稍有些意外，还俗得还挺快啊！

大家围着林盏，做了360° 无死角的关心。

"还好吗，要不要去医院？"

"会自己消吗？能不能走路？"

"你怎么扭伤的啊？"

孙宏看了看林盏，又看看背着她的沈熄，这才问沈熄："怎么样，重不重？要不我帮你背一下？"

林盏倒无所谓，想着沈熄背了自己那么久，这会儿也有点心疼了。

她跟沈熄说："是啊，要不换给孙宏吧。"

沈熄身子往另一边侧了侧，淡声说："不用了。"

孙宏像是感觉到什么，憋笑道："还能继续就好。对了，你们的包和画袋呢？"

沈熄："先背她回去，等下再去拿。"

"好！"孙宏拍拍手，"大家把东西收一下，我们现在回去！"

大家一路都在低声谈论着什么，林盏只能感受到大家燃烧的八卦之魂，并没有听清他们具体在说什么。

沈熄倒是目不斜视。

回了营地，另一小分队的小伙伴们也在等他们，大家围在一块儿嗑瓜子，顺便往这边看了一眼，于是嗑着嗑着就嗑到了手指。

简直是奇观啊！

林盏习惯了，她低着头，尽量抬起腿，想告诉大家：真的是我脚扭了，不是什么情趣。

沈熄没理，回头跟张泽说："帮我支两个椅子。"

幸好折叠椅他们准备了不少。

张泽支起来一个，沈熄把林盏给放了上去。

张泽支第二个的时候，笑问："怎么，给我坐吗？"

椅子刚成形，被沈熄从手里抽走。

沈熄："给她垫脚。"

张泽："……"

沈熄没说话，把林盏受伤的那条腿抬起来，搁在较高的椅子上。

林盏："我还要去医院吗？"

沈熄嗯了声："明早回去。"

众人都回到自己的位置上，沈熄却要折返回去拿包。

林盏跟齐力杰说："你跟沈熄一块去呗，你拿我的。"

齐力杰："知道了。"

看着沈熄的背影，余晴情不自禁地开口问道："沈熄又去干什么了？"

沈熄才背人回来，也没休息一下，怎么又走了？

孙宏本来沉醉于嗑瓜子，听了这问题，好心解答道："去给林盏拿包了。"

余晴冷笑一声，低头跟闺密小声道："心机婊。"

郑意眠在一边拿出手机，给林盏搜索应急办法。

张泽就在她旁边，看她搜索，道："搜户外扭伤？"

张泽继续道："不用搜了，有沈医生在呢，林盏不会有问题的。"

林盏："沈医生？沈熄？"

张泽："对啊，不然你以为沈熄怎么能那么专业地帮你处理？"

"以前我跟他一起，我受了什么伤，他也总是能很快找到应急办法。”

林盏沉吟，怪不得，原来沈熄想当医生啊！

过往种种串联起来，耐心、沉着、细致、有条不紊。

林盏想，他一定会是个很好的医生。

不多久，沈熄回来了。

他把画袋收好后，检查了一下林盏的伤势。还好及时处理了，现在并没有变严重。

反正明天大家也都回去了，不会再有什么隐患。

沈熄嘱咐道：“回家之后记得去医院。”

林盏点头：“嗯，今天麻烦你了啊。”

沈熄抿唇，视线几不可察地飘忽一下，像是想到了什么，半晌才说：“没事。”

沈熄又嘱咐了几句，转身准备回自己的帐篷。

林盏突然想到明天就要回去，可今天连个星星的影子都没见着，心有不甘啊。

她伸手拉住沈熄。

沈熄回头：“怎么了？”

林盏：“你是不是忘了什么？”

见他没反应，林盏往上指了指，有点儿委屈：“不是说好一起看星星的吗？”

沈熄：“你不累？”

折腾了一整天，他挺累的。

林盏：“有点，但是二者比较起来，我还是愿意和你一起累着。”

沈熄抚慰她道：“你今晚还是好好休息吧，早点睡。”

这话里的拒绝意思已经很明显了，林盏有点不甘心，嘟着嘴：“你不是说好陪我看的吗？你答应了我的。”

沈熄：“以后会有机会的。”

林盏："那以后再看？"

沈熄："嗯。"

林盏却没有放开他："你说的话没有可信度了，我们来立个字据。"

沈熄："……"

林盏拿着手机："算了，我这里没有纸，你直接给我留个语音备忘录。"

沈熄无奈转身，却依了她的意思，从她手里拿过手机，问："怎么立？"

林盏思索了一下，道："就说，你今天欠我一次看星空的机会，作为弥补，以后必须再请我看一次，或者接受我的其他合理请求。"

还挺精明。

沈熄按下录音键："我，沈熄，于×年×月×日欠林盏一次机会，作为弥补，以后必须请她看星空，或者答应她其他的合理请求。"

沈熄再次按下那个红色按钮，录音结束。

沈熄把手机还给林盏："这下行了？能好好休息了？"

林盏把语音听了一遍，这才满足地点头："行了，你回去吧。"

沈熄走出去两步，又听到林盏唤他。

沈熄："又怎么了？"

她大拇指和食指相捏，捏出一个简单的心形，放在眼下。

她眨了眨右眼。

"晚安哟。"

第二天中午，大家准时回家。

进入市区，大家陆陆续续在站点下车。

沈熄和张泽先下。

林盏贴着窗户，跟沈熄说再见。

她两只眼睛弯成月牙，眼下那颗小小的泪痣，仿佛变成了一个璀璨光点。

沈熄颔首，算是跟她告别。

不知道昨晚立的所谓“字据”，最后会被她怎么用。

千万不要又做些让他头疼的事。

张泽看沈熄一直在出神想事，也没有说话，只是颊边笑意弥散，说不清，道不明。

回到家之后，大家的生活回归正常，该写作业的写作业，该打游戏的打游戏，该画画的画画。

“假放完了，明天该上课了吧？”叶茜走进沈熄房间，“看会儿书，记得早点睡觉。”

沈熄倚在床头，回应了声：“嗯。”

叶茜看着儿子认真读书的模样，心中欣慰，却又更希望他能多出去走走。

沈熄这习惯随他爸，除了对自己喜欢的事，别的一概不上心。手工课就是那样，因为不喜欢，所以便不上了。

但这样的生活习惯总归是不好的，太单调乏味了，他要多出去透透气，四处看看才行。

希望以后能改掉吧。

叶茜叹息着，把他的房门带上。

读完一个章节，沈熄觉得有点疲乏了。他闭着眼休息了一下，刚睁眼，就看到手机一亮，是有消息来了。

他滑开手机，发现是条语音消息。

语音中的背景音太过嘈杂，像是身处纷乱的街道，承载着人们的大笑和小贩的叫卖声。因此，那道人声很弱，几乎快要被这人潮呐喊给吞并，淹没在芸芸众生中。

调到最大音量，他才听见林盏的声音。

女孩子的声音软糯，鼻音中夹杂着无措的茫然和突如其来的哽咽。

他从没听过林盏那样说话。

她努力在忍，可惜没有忍住，只能加快速度念出那串祈求，像是抛出最后一根救命稻草："沈熄，那个合理请求……我现在可以用掉吗？"

沈熄看了眼时间，八点。

现在出门，会碰到什么?

会碰到这座不夜城狂欢的高峰期，每个烧烤店里都人满为患，他们天南海北无所不聊，直到夜幕沉沉也不肯散场。

会碰上散步的老人或者任何可能出现的人，他们正在进行饭后消食，拉扯着家长里短，放声大笑。

会碰上来往川流不息的车辆，运气不好碰上堵车，声声鸣笛，骂骂咧咧。

那是林盏身处的闹市街。

去还是不去？去了就会碰上他不喜欢的一切。但是不去，就只能留林盏独自一人。

沈熄简单地思索过后，看了眼窗外。

房门打开，在客厅里看电视剧的叶茜看到儿子拿了件外套走出来。

叶茜询问道："怎么了？衣服脏了？"

沈熄轻咳，对母亲说："我要出去一趟。"

叶茜看了看时间，很快同意了。

平时怎么拉都拉不出去，现在他主动要出去，叶茜自然很高兴。

"十一点之前回来睡就行了，"对于儿子，她一向采取放养政策，"怎么，张泽找你吗？"

说话间沈熄已经走到门口，他拧开门锁，顿了顿："嗯。"

楼道里的声控灯应声而亮，沈熄按下电梯下行键，问林盏："你现在在哪里？手机号码给我。"

林盏很快发来自己的手机号，顺带报了自己的地址。

到了光怪陆离的街道，沈熄给林盏打电话。

林盏："喂？"

声音已经恢复了，听起来还挺正常。

沈熄往前看，一排霓虹灯高悬，底下有行色匆匆的人交错而过。

沈熄："我到了，你在哪里？"

林盏提前找好了醒目的位置，道："在一点点这，你看到了吗？"

沈熄找到她的时候，她正看着脚尖发呆。

他站在林盏面前，皱眉问："大晚上跑出来干什么？"

林盏一愣，旋即惊喜地抬头。那惊喜不过一刹，很快，她收敛了情绪，说："我肚子饿了。"

沈熄："……"

虽然看起来已经无碍，但沈熄还是可以看到她眼眶的红没有完全褪去，声音里也掺杂着一点点鼻音，但他没有戳穿。假如她不想说，那他就不问，就像仅仅只是她饿了，然后他选择出来陪她吃个饭。

沈熄："吃什么？"

林盏跳下台阶，摇头："不知道。"

然后她给自己找了个解决办法："边走边看吧。"

说完，她双手插在外套口袋里，径直往前走了。

沈熄跟在她身后。

兴许是想到什么，没走几步路，林盏回头问他："你不是穿了外套吗？为什么手上还要拿一件？"林盏的手指直指他手上那件白色短外套。

沈熄不动声色地动了动外套下的手指，道："出门拿错了。"

林盏恍然大悟般噢了声，转过身继续前行。

她拼命下压嘴角，却还是无法控制地漾出一个笑来。

谁信啊，当她傻吗？

她咬住下唇，感觉那些糟糕的情绪，一缕一缕地冒出来，然后被人轻轻一吹，就全部散掉了。

沈熄解千愁啊。

街道很长，两个人走了很久。

林盏走走停停，漫无目的，看到餐馆就停下来看看门口的菜单，没找到喜欢的，又继续往前。

沈熄就在她身后跟着。

林盏的外套宽大，显得她整个人更瘦。她的头发稍微长了一些。

看她走路这么快，大概脚踝受的伤也好得差不多了。

不知是不是感受到了他的目光，林盏伸手把脸颊边的一簇头发绾到耳后。

微风轻起，吹动她的黑发，发丝飘扬间，隐约能看到她的外耳郭。

沈熄静下心来，开始审视这个城市的夜晚。没有他以往感觉中那么吵嚷。夜灯被穿梭的车影晃出饱满的轮廓，树影婆娑，路影斑斓，拔地参天的高楼上悬挂着巨大的广告牌，广告灯光中透露的一丝蓝，就浮现在林盏肩上。

她突然转身，逆着重重灯光回身看他，短发在空中荡出细微的弧度。

她的脸隐在一片温柔的暗影中。

“我们吃这个吧。”林盏挥手，让沈熄走快点，自己则飞快钻进一边的店中。

走到门口，沈熄抬头一看，她居然大晚上吃串。

林盏点完餐之后，把菜单转到沈熄这边：“你吃什么？”

沈熄摇头，把菜单滑回去：“我没有吃消夜的习惯。”

“生活作息像个老干部，”林盏撇嘴，“不吃消夜不熬夜，不早恋不挂科，不爱打游戏也不参加课外活动。”

吐槽完他之后，林盏把菜单交给服务员：“就要这些，谢谢。”

等待上菜的时候，林盏一边看手机，一边记下里面的店名。

“我们旁边的那家甜品做得特好吃，然后再往前，他们家的手工面包可以买一个，往前300米，对面有家奶茶店……”

林盏嘶了声：“刚刚居然忘记买奶茶了。”

沈熄看着她："你刚刚说的那些，你全都要吃？"

林盏点头："对啊，我都饿了好几个小时了，谁让你来这么晚。"

串串上来之后，林盏很快就开始吃了。咬了一口之后，她拿着竹扦说："我觉得你坐在对面看我吃，我很有压力。"

说罢林盏就伸手去拿："要不你也试着吃一串。"

沈熄的态度很坚决道："我不吃辣的。"

此刻的辣味已经在林盏口腔里蔓延开，灼得她舌尖发烫，口腔发麻。

她没空跟沈熄再拉扯了，喝了一大口水。

这辣来得很迅猛，可怜她刚刚还吃了几大口。

沈熄看她辣得眼泪都出来了，又感觉自己坐在这里什么也不做，确实怪怪的，索性拿走她的手机，看了看她刚刚在备忘录里写的食物清单。

退出页面，就看到这条街上的游行攻略。

刚好，马路对面好像有家大点的书店。

这个月的《物语》杂志他好像还没买。

沈熄站起身："那我先去买本书。"

林盏差点被这辣呛咳了，她喉头哽了一下："嗯，你去吧。"

买完杂志之后，沈熄顺着往前一看，就看到了林盏标记的那家奶茶店。那里已经人满为患，队伍几乎都要排到马路对面去了。

沈熄猜测了一下，在这里买杯奶茶，保守估计，要等上一刻钟。

但是刚刚的攻略上，这家店是五颗星推荐。

反正回去也没什么事做。沈熄叹息一声，站在了队伍末尾。

除了鬼迷心窍，已经没什么词能形容他今晚的所作所为了。

排队的时间他也没浪费，低头翻看杂志。

前面也有穿着校服的学生，有人看到他，拉着同伴窃窃私语，不住议论。

永远都有胆子大的女生。有人率先打破只能远观的矜持，走上前来，问沈熄："Hi，现在第二杯半价，可以和我拼一单吗？"

沈熄头也没抬，看完影评专栏的最后一行字，才不疾不徐地说："不好意思，我买两杯。"

其中意思已经很明显。

那女生大概还是有些不甘心，没想到好不容易看上的人也有了主。

她站在沈熄旁边半天，沈熄始终没有抬头看她一眼。

有人拉着同伴小声说："能和他在一起的，应该也很优秀吧。"

大家浑然不知，在她们讨论声中扑朔迷离的女主角，早就已经吃完了东西，并且发现了在店面下排队的沈熄。

于是那讨论声刚落，林盏正巧走到沈熄身后，拍拍他的左肩，又站在他的右边。本想逗逗他，结果却被自己的口水呛到了。

"喀喀……"

沈熄："……"

可能刚刚的辣意还没散，林盏咳得有点儿重，沈熄下意识地拍着她的后背，道："为什么出来了？吃完了？"

林盏这才顺过气，道："当然吃完了，还等了你一会儿，你知道你出来多久了吗？"那语气，就像是对晚归男友的抱怨。

方才的女生还有些呆愣。

林盏这时也发现了站在沈熄前面、和他面对面的女生，问道："这位是……"

沈熄摇头："不认识。"

那女生见这样，自知再无机会，礼貌地退到一边。方才他们两个人站在一起的时候，看起来就是赏心悦目的。而且看到两人的眼神，她很清楚，他们之间，是旁人拆不散的。

林盏手背在身后，问沈熄："你给自己买了杯水，那我怎么办啊？"

沈熄看她，光色浮动在她眼尾，显得她的眼神灵动而清澈。

半晌没得到回应，林盏已经习惯，掏出钱包就准备自己再买一杯："唉，那我也点一杯奶绿好了。"

沈熄：“我点了。”

林盏自然是想不到的，她说：“你点了算你的，我点的算我的呀。”

拿出一张零钱，林盏问：“难道你不喜欢别人跟你喝同款吗？”

沈熄见她真的是什么都领悟不到，开门见山道：“我点了两杯奶绿。”

林盏正准备递钱的手一顿，整个人在原地停了好久，直到被沈熄拉到一边的窗口。

沈熄：“别堵在收银的地方，别人也要买。”

很快，他们的两杯奶绿做好了。

服务员通过窗口递出来喊道：“46号的两杯奶绿。”

林盏摸了摸杯身，颇有些失望道：“不是冰的吗？”

沈熄接话：“你刚吃了辣，不能喝冰的。”

林盏：“不边喝冰的边吃辣，人生有什么意思？”

沈熄看有人要取餐，拉着她走下台阶：“你以后会发现很多比这有意思的事情。”

林盏还沉浸在常温的悲痛中，恹恹道：“我觉得除了你，没有什么会比这有趣了。”

服务员在她们身后抿着唇笑。

林盏戳开塑料膜，喝了一大口。没有加冰，就显得饮品格外甜。

林盏：“好甜啊。”

沈熄也尝了一口，此时，也颔首附和：“确实有点甜。”

林盏把吸管的塑料衣扔进垃圾桶里，像是想到了什么，回头对沈熄轻佻地说：“没你甜。”

接下来，林盏去甜品店买了个蛋糕，又买了个甜甜圈。

沈熄：“晚上吃这么多甜的，你会长蛀牙。”

林盏：“我不会的，你别诅咒我。”

沈熄摇头，低叹：“这不是诅咒，这是科学。”

林盏："那科学告诉我，我应该吃什么？"

她有点儿不服气。

沈熄神色淡淡，声线平稳："科学说你应该喝杯牛奶，然后早点回去睡觉。"

林盏见要买的也都买了，一晚上，沈熄还陪她走了不少路。

"行吧，"林盏说，"那我们就回去吧。"

不等沈熄说话，她抢先开口："这些我留到明天吃，今晚就喝杯热牛奶。"

沈熄点点头，算是嘉许了。

两人出了甜品店，站在路边，沈熄给她拦车。

一辆蓝色的的士悠悠停下。

林盏拉开后车门，坐进去，摇下车窗："那我走了啊。"

沈熄点头："到家给我发消息。"

林盏伸手跟他道别："好。"

车子启动，司机问林盏目的地。

报过地址之后，林盏一边小口喝着牛奶，一边看这个城市的夜景。

车速很慢，街景在车窗中缓慢地后退，淡黄色的灯在视线中拉扯出长长的轨迹线。这样的夜，很容易让人感受到安宁。

等红灯的空当，司机师傅跟她扯了两句："你男朋友怎么不跟你一起上车啊？这么远了，他还在原地看着我们。"

林盏一愣，转过头往后看。如梭车影中，站着一个人。

林盏握着牛奶杯，轻声说："他还不是我男朋友呢。"

"不是吗？"司机踩了油门，笑着说，"以我以往的经验，还以为肯定是呢。"

"他对人很好的，"林盏说，"无微不至，就算我不是他女朋友，他也很尽力地照顾我了。"

学生会的人也这么说他，说他虽然不爱说话，看起来高冷，却不会真的不尊重人。

也是因为有能力而且有风度，他才会那么受欢迎吧。

车子转弯，行驶入隧道。

林盏到家正好是零点，本以为林政平已经睡了，却没想到他还坐在沙发上抽烟，整个客厅都笼罩在迷蒙的烟雾里。

茶杯整整齐齐摆在桌上，仿佛这个家庭在几个小时之前并没有爆发激烈的争吵，林盏也没有夺门而出，放下狠话。

林盏没有说话，径直走入房间。

蒋婉在房间里等她。

林盏累了，问了句："你还不去睡？明天不上班？"

"马上要睡了，"蒋婉坐在她的床头，"盏盏，你去哪里了？"

林盏收拾着洗澡要用的衣服，说："没去哪里，出去逛了逛，散散心。"

蒋婉劝道："你别老跟你爸吵，他也是为你好。"

林盏不想说这个话题："你快去睡吧。"

蒋婉担忧道："你总不可能永远不比赛的，也不可能永远不用面对压力。你也别总怪你爸，学校的意思也是让你去比。上次金绘你的名次就很好啊，后来出书了，你那幅画就在第三张，老师们都很认可你。"

林盏："你们既然觉得我能行，那就别过问我的意见。不要我已经说了我不想去，你们却跟我说已经报名了，这有什么问我的必要吗？这算尊重我吗？"

金绘比赛前，她失眠了两周，状态奇差，黑眼圈很深。只是当时考场上提起精神胡乱画的，运气比较好，画面效果不错而已。

蒋婉："拿奖高考也可以加分的，你怎么这么排斥呢？"

林盏皱眉："你们养我的意义就是要我拿奖吧？哪怕拿个奖我少活几年都没事吧？我都说了每次比赛对我都是煎熬，我身体扛不住，你们总觉得我是开玩笑胡扯吧？"

蒋婉："妈妈不跟你说了，你早点睡，我劝劝你爸，让他别总给你安排比赛了。"

定了定神，林盏拿好衣服和毛巾，去卫生间洗澡。

她尝试着去理解过林政平，也许他的确希望她好，但他的教育方式永远都是硬碰硬——我认为这是对你好，你就一定要做。

时间久了，她真的无法忍受。

每次说她考前失眠，林政平都会问她："为什么大家都不失眠，就你失眠？找点你的问题。"

失眠这东西不像吃饭，想要吃什么，总可以买到。有时候明明很困，但神经过分紧张，就会翻来覆去一夜难眠。说睡就睡，哪有那么简单的事。

而且林政平他们工作忙，每次比赛都是林盏一个人去，久而久之，酒店的单人房，就成了林盏最不愿面对的东西。

他们但凡能多给她一点鼓励、一点包容、一点宣之于口的关爱，她也不会这么难以面对了吧？！

洗完澡出来，林盏开始整理晚上买的东西。拿出甜甜圈和蛋糕，她发现袋子里还有一个东西，抽出来一看，是个眼罩。

那时候她好像忙着回消息，就把袋子给沈熄提了一会儿。这东西是他装进来的吗？

本来还没什么情绪，看到沈熄给自己装的东西，林盏居然有点儿委屈了。

她知道，关于今天的事情，沈熄应该也猜到了三分。

孙宏跟张泽说过她的事，这点孙宏跟她讲过。

其实林盏不是没想过亲口跟沈熄说，但想了想，还是决定缄口。

她不想在他面前表露那么沮丧的一面。

她希望自己在他面前永远是积极的，虽然做不了他的太阳，但至少能给他带来源源不断的能量。

第四章

她没你好看

当晚，林盏是两点左右睡着的。假如没有沈熄的眼罩，大概她会熬到三点吧。

画室已经有人提前到了，上午要画的是色彩，提前到的几个人都坐在位置上削笔。

林盏捂着嘴打了个哈欠，走到位置上，这才掀开一整天忙碌的幕布。先是贴好水粉纸，然后打好水，洗好调色盘，再回到位置上，把颜料盒的盖子打开。作画过程中难免一口气蘸几个颜色，有些颜色里，免不了就有杂色，用刮刀把它们挑出来。

孙宏来得也很早，见林盏在挑颜料，笑道："来这么早？"

"嗯，"林盏困意难挡，"你作业画完了吗？"

"能不能别提这么沉重的话题，我还差两张速写！"孙宏抱怨，"我昨晚都画到三点了。"

林盏："慢慢来，你会画快的。"

孙宏看林盏精神也不好，便问："昨晚又怎么了，又没睡好？"

"是没睡好，"林盏把刮刀清洗干净，道，"但是昨晚还行。"

昨晚有沈熄陪她。

没到规定的到校时间，一班的人已经到齐了。

沈熄在看杂志，张泽却神秘兮兮地凑过来：“哎，昨晚你妈给我妈发微信，问我们俩去哪儿玩了。”

沈熄：“……”

张泽把他的杂志抢过来，问：“你昨晚去哪儿浪了？”

沈熄低着头开始整理书本，状似不经意道：“朋友出了点儿事。”

“出了点儿事？哪个朋友这么大面子啊，一点儿事就能惊动我们的沈大人夜巡？”张泽吧唧嘴，“你不是说除非我在路上出事故，否则晚上绝不出门吗？”

沈熄看他道：“我指的是你在闹市区。”

张泽继续调侃道：“合着你昨晚不在闹市区是吧？”

沈熄沉默。

张泽讶然，张大嘴：“你昨晚不仅夜巡了，还是去的闹市区？你被何方高人洗脑了？”

沈熄没理他，敲敲桌子：“马上要上课了，你能不能快回位置上预习？”

张泽突然想到，因为沈熄不爱等东西，所以平时中午去吃饭，他们都是提前把要点的东西发消息给老板，所以他和沈熄手机里最多的并不是妹子的联系方式，而是大大小小的店铺老板的联系方式。

张泽意有所指地叹道：“也行，那我就先走了。反正只是闹市区夜巡而已，万一哪天你真的去排队买东西了，哈哈，那我才是下巴都惊到地上了呢！”

沈熄：“……”

沈熄好不容易应付完张泽，结果张泽走出去两步又折返回来。

他推推沈熄的桌子，有点惊惶：“余晴来了，看面色很不善，啊，不是，看面色是来卖惨的。”

张泽：“进来了，我先走了，这个女人太可怕了，我招架不住。”

沈熄坐在位置上整理书，余晴走到他位置边上，嘟着嘴开口：“你现在有时间吗？”

沈熄静静地说：“没。”

“那我长话短说了，”就算沈熄没有理她，她也该把话说完，“那个，你和林盏同学很熟吗？”余晴声音很细，是掐着嗓子故意放软说出来的。

她把一个包装好的蛋糕放在沈熄桌上：“我好像惹林盏同学生气了，不好意思去找她，希望你能帮我赔罪。她可能真的太生气了，昨晚我从校门出来，她就直接把我堵在校门口吼我，我想，也许是我真的让她生气了，不然她不会那么大声的。”

沈熄顺势翻开书，并没看她，话却是对她说的：“昨晚？”

“嗯嗯，”余晴点头，“大概六七点的时候，因为我画画画到很晚，然后出校门，附近都快没有人了，她好像在门口等了我很久，还带了几个男生。”

余晴把蛋糕往这边推了推：“虽然我道歉了，但是她说要我亲自买这家的东西给她才可以赔罪，我，我有点害怕，可不可以请你帮我……”

沈熄这才抬眸瞥她，看她的表情。

余晴慌忙用手捂了捂脸颊：“这、这个应该是她不小心弄的，可能她力气比较大，我相信她不是故意要……”

上课铃响了，余晴捂住脸颊匆匆跑掉：“我先走了！”

沈熄看了看蛋糕外面的盒子，是林盏昨晚心心念念想买的那一家。

林盏给他发消息的时候，是八点。

林盏画完手上这幅画，已经是三个小时以后了。

下课时间，她拉着郑意眠去走廊上透透风。画得太久，两个人的眼睛都有些疲乏了。

幸好学校栽了大片的树，下课时，就能看看油绿繁茂的树叶舒缓一下眼睛。

林盏在一边吃昨晚买来的小蛋糕。

林盏挖了一小口，给郑意眠尝尝："怎么样，好吃吗？"

"味道好正啊，"郑意眠抿唇，"你这是什么时候买的？"

林盏微微一笑："秘密。"

站了两分钟，郑意眠开口了："吃完你的蛋糕，我想下去买奥利奥了。"

林盏："去呗，走，还有时间。"

小卖部离画室这栋楼比较远。不，准确地说画室这栋楼离所有的楼都很远。搞得林盏想去看一看沈熄都嫌路太远太麻烦。

林盏："话说回来，我之前一直没见过沈熄，也是因为画室离教学楼那边太远了，我又总窝在画室里，才错失了那么多次机会。"

郑意眠："画室说'怪我咯'！"

他们艺术生的课表和统考生不一样，有时候在画室一待就是一整天。

两个人到了小卖部门口，里头已经挤得水泄不通了。

林盏看着这战况，不禁蹙眉："你喊个熟人帮你买算了，我感觉靠你自己，肯定挤不进去。"

郑意眠探头看："我也知道要找熟人啊，但不一定能找到。"

林盏眼尖，一下子看到走来的张泽。

林盏："你看饮水台那边，那是不是张泽？"

郑意眠："好像是。"

张泽远远就看到两人朝自己打招呼。

他加快速度走上前去问："怎么了？"

郑意眠："你要买什么吗？"

张泽："买瓶水，买点吃的。要我帮你带吗？"

郑意眠没想到尖子班的学霸一点架子都没有，忙不迭点头："好啊好啊，我要一袋奥利奥，谢谢你了。”

张泽：“没事，我经常帮人带。”

张泽拿了钱之后，就挤了进去，他很瘦，也不高，身影一下就看不到了。

林盏抬头：“眠眠，你看人家，学霸就是学霸，不仅成绩好，连买东西都有种不服输的劲儿。”

话音刚落，张泽就挤出来了，跟坐火箭进去似的。

他把奥利奥递给郑意眠。

郑意眠：“太感谢了。”

张泽笑着，往林盏这边看了一眼，然后愣住了。

林盏以为自己盒子上有什么东西，端到眼前转着看了一圈，也没发现什么端倪。

林盏：“怎么了？”

张泽讶然：“沈熄这么快就把东西给你了呀？那事是真的？”

林盏被他问得一头雾水，皱眉：“什么沈熄给我东西？哪件事？”

张泽：“这蛋糕不是余晴买给你赔罪的吗？”

林盏满脑子问号。

林盏没出声，郑意眠却先抢答了：“盏盏，这就是你跟我说的蛋糕的秘密？”

“不对，”林盏说，“有什么误会吧？什么余晴给我赔罪，她干什么了吗？”

张泽：“就是，刚刚早上，余晴来找了沈熄。我在后面没听清楚，就听了个大概，就是余晴说昨晚六七点你在学校门口拦她，大声吼她，很生气，还带了一大帮子人。说你非要她给你买这个蛋糕赔罪才行。后来上课了，她捂着脸跑了，还跟沈熄说是你力气大不小心才弄的，因为你力气大……”

“你弄余晴什么了？扇她巴掌了吗？”

林盏：“……”

“这个余晴，是drama queen吧？”

晚上回家，林盏左思右想，还是决定找沈熄把话说清楚。

泼脏水容易，解释却没那么简单。

沈熄怎么没跟她提这件事？是信了余晴的话，对她失望了吗？

林盏捧着手机，不知怎么开口，索性直接喊了他的名字：沈熄。

十几分钟后，沈熄的消息回过来，一个简单的问号。

林盏：那个，我听说余晴今早去找你了。

沈熄：嗯。

林盏：她还跟你说了点我的事对吗？说我找人打她，还吼她。

沈熄：嗯。

林盏有点儿慌了：你别信那个啊，她胡扯的。昨晚六七点我在家来着，虽然没什么充足的证据，但我确实不会干那么无聊的事情。

沈熄看着她发来的一长串消息，言简意赅道：我知道。

话真少啊！

林盏继续打字：可是，你怎么都没问问我？

林盏：我觉得这种事总是要求证一下吧，要不是碰到张泽跟我说了，我可能就要背这个锅了。

“你可能会因此误会我”这几个字还没打出去，沈熄的消息已然来了。

沈熄：我相信你不会做，所以没问你。

因为相信你不是那样的人，所以不会求证。

因为从来没有怀疑过你，所以不需要解释。

哪怕时间线重叠得那么微妙，哪怕证据并不充足。

林盏所有的话，被他这么一句，全部堵了回去。

她的手指停在信息输入页面。大脑短暂空白了片刻，像被人抽光了所有遐思，留下一片耐人寻味的纯白。

好似万千烟花齐齐炸响，震得她心跳如擂鼓，林盏颤抖着手，滑出去一张表情。

她不知道自己发出去了什么。

她已经再没有过多思考的能力，整个人像是绿皮火车一般，行驶进隧道的那一刻，漆黑兜头而下，与此同时，爆发出震耳欲聋的轰鸣声。

老天！

林盏难以想象对面的人是沈熄，却又迫不及待地想知道他发出这条消息时的表情，也和以前一样淡然吗？他也会有所触动吗？

林盏翻进被子里，头埋在枕间用力呼吸，而后劫后余生般地翻身，盯着天花板缓着气，嘴角却不受控制地扬了起来。

好像是因为眼睛的形状，自己的视线也网出了两弯月。

今晚要能做梦，祝所有可爱的人，都有一个好梦吧。

她幸福地闭上眼睛。

林盏第二天一整天心情都很好。就算齐力杰拔了她一根天价画笔的毛，就算有一颗果冻颜料干裂掉了，就算孙宏踢翻了她的水桶，林盏始终报以微笑。

“有什么是不能原谅的呢？”

接收到微笑的孙宏虎躯一震，赶快把拖把放回原位，逃也似的回了座位。

孙宏五官扭曲，问齐力杰：“林盏这样，是不是没的治了？”

齐力杰神色复杂：“我觉得她像入了邪教。”

郑意眠默默挪了挪椅子。

林盏今天虽春风得意，但郑意眠却厄运缠身。那个被她拒绝过无数次、写过几十篇情诗的炮灰男，又出现了。

她打水，炮灰男说：“你就是水，在我身边的时候我不懂珍惜，浪子回头才发现你的美丽。”

她回教室拿东西，炮灰男说：“你就是路，如果所有土地连在一起，走上一生……”

郑意眠：“你要干什么？”

炮灰男：“对不起，我现在才发现那些抱怨你的日子是多么愚蠢。”

郑意眠走进教室：“别吟诗了，你这样我真的很困扰，别来找我了。”

她一向不喜欢把话说得太绝，也不想伤害任何喜欢她的人，但这个男生确实太缠人了，如果她不说狠一点的话，他大概就更得寸进尺了。

郑意眠拿完东西，发现炮灰男在外面靠着栏杆等她。

郑意眠就站在教室门口：“你再不走，我就去找黄郴了。”

炮灰男：“什么都无法熄灭我的……”

哗……

话没来得及说完，一大盆水有一半都泼在了他身上。

炮灰男的头发顷刻间塌了，校服也全湿了。

他探出身，往楼上看：“谁泼的水？”

这会儿倒会好好说话了。

唐渊在楼上招着手，笑得颇为“不好意思”：“不好意思啊，我们教室刚刚洗完窗帘，下水道堵了，不知道你站底下呢！”

炮灰男闻了闻自己的手：“你们拿洗窗帘的水泼我？！”

梁寓站在唐渊旁边，眸色深深，唇边却勾出一抹笑。

他垂下眼帘，道：“都说了不小心，你那么大声干什么？”

炮灰男本来一副誓不罢休的架势，一见这人有梁寓撑腰，立刻就软了下来：“学校里，你们本来就不能这么乱来的！”

梁寓抄手，笑了声：“你本来也不是这个班的，站在这里干什么？”

他讲话本就有股子说不清道不明的痞气，让再不惧的人也要惧上三分。此刻又是居于高处低头问话，那股不怒自威的气势让炮灰男的腿抖了一下。

唐渊：“怎么样，大兄弟你还要站那儿吗？我们等下可能还会……”

炮灰男一跺脚，㞞了吧唧，像根蔫儿了的菜叶：“我不在这儿行了吧？”

梁寓出声：“以后也不要去自己不该去的地方。”

炮灰男吓得下唇都在抖，愤怒地哼了声，负气离开。

“我们寓哥泼得好，”梁寓左边的人得意扬扬地笑，“看那男的就一脸猥琐，刚刚还想抱我们嫂子，忒恶心了，呸！”

梁寓轻舒了口气，见底下没再有什么动静，料想到该是最棘手的问题解决了，郑意眠回画室去了。想到那姑娘，他眼尾一挑，硬是荡出一个笑来。

左边的人问：“不过，为什么我们每次都要暗中保护呢？光明正大不行吗？”

唐渊：“你懂个锤子，人家‘三好学生'不谈恋爱，讨厌只知道恋爱的草包，我们寓哥能上去跟人表明心意吗？万一没追到，反而被发好人卡怎么办？”

左边的人摸摸下巴：“啊，原来如此。”

谁能想到刀枪不入的梁寓，居然也有被一个姑娘折成绕指柔的那一刻。

谁能想到从不把别人放眼里的梁寓，居然也有暗恋的时候。

郑意眠跑回画室，拉着孙宏就往外跑。

孙宏：“干啥呢你？”

郑意眠：“我好像知道一直给我放东西的是谁了，你快跟我出来看看。”

为了视野更加开阔，两个人跑到了一楼，站在底下抬头往上看。

高二 三班在三楼，而处于三班正上方的，是六班。

六班门口站着一个人。

他手肘搭在栏杆上，没穿校服，一件深蓝色长袖衫，袖口上挽，露出一截手臂。

他手上拿着一听可乐，正靠在那儿不疾不徐地喝着。

郑意眠往上指："孙宏，需要你的时候到了，那男的是谁？"

孙宏定睛一看，整个人扑哧一下笑出来。

他本来还挺紧张，这会儿整个人都放松了，他拍拍郑意眠的肩膀，道："得了，咱们回去吧。"

郑意眠："为什么回去？你还没告诉我他是谁。"

孙宏："拉倒吧，你找错人了，不可能是他。"

郑意眠不想跟他绕："你先告诉我他是谁。"

"梁寓，崇高两大人物之一，"孙宏嗤她一声，"人家痞帅路线的。"

郑意眠皱眉看他，似乎在思索。

孙宏拉她："得了，咱们走吧。"

郑意眠站在原地不愿意动，像是有些不服气。

"不是，"孙宏真的笑了，"你说谁我都能理解，但你跟我说他暗恋你？梁寓暗恋你？"

郑意眠："……"

孙宏不可置信道："身后追求者排排站的梁寓暗恋你？这不是胡扯吗？这就跟林志玲暗恋我一个意思，明白吗？你跟我说梁寓喜欢谁我都不一定信，但你现在告诉我他暗恋，暗恋啊大哥，梁寓，扛把子梁不羁，他暗恋你？"

郑意眠有些怔忡，又不甘心地抬头往上看了一眼。

上面的人也正好低头，眼神似笑非笑扫过她身边。

郑意眠脱口而出："也许他真的暗恋我呢？"

孙宏："……"

郑意眠抢先笑场："算了，我也觉得不可能，大概是认错了。走吧，回去画画。"

眼见着人影消失在楼里，梁寓在脑中又过了一遍刚刚的片段，笑容里都溢满妙不可言的回味。

他似乎在笑自己不自量力，又像在笑她真是蠢得可以。

他拿着可乐转身进班。

站在柱子旁的人问唐渊："我寓哥今天怎么这么开心？"

唐渊一巴掌拍他脑袋上："你傻啊，刚刚两人对视了没看到啊。"

那人揉揉脑袋："对视了就开心成这样？好久没见他那样笑了。"

唐渊呸他："你这种俗人懂什么，这就是爱情的力量。"

周五的课一晃，很快就上完。

沈熄准时回家。

叶茜看他回得又这么准时，说道："今晚也出去玩玩吧。"

沈熄换了鞋，说："不了。"

叶茜："为什么今天不出去？我看昨天你出去玩得挺好的。要多出去，别老在家待着。"

沈熄："因为昨天朋友出了点儿事，才出去的。"

叶茜眼见也劝不动他，进了厨房，但也没忘了讲话："每天都看书写题目，妈妈真怕你写成书呆子。要多走走，感受一下自然和生活。出去玩了才感觉，其实外面也没你想的那么无聊吧？"

沈熄站在餐桌前喝水，听了这话，没什么多余的表情，只是把玻璃杯放在桌面上，几不可闻地说了句："嗯。"

其实外面，没他想的那么无聊。

沈熄回到房间，一打开手机就收到林盏的消息。

这几乎已经成了某种习惯了。

他不知道她小小的身体里怎么能装那么多话，还有那么多乱七八糟的鬼点子和笑话。

不过今天，她的问题倒很正常。

林盏：下个月就是艺术节了，你们班上出节目吗?

沈熄：不出。

林盏：那你去艺术节吗?

沈熄：去，后台很多东西归我们管。

林盏立刻发来了一张表情图片，后附：那到时候你就可以看我的表演啦!

沈熄：你表演什么?

林盏：你到时候看就知道了，要记得看啊。

林盏班上出的节目是文艺委员安排的，为了活跃气氛，文艺委员决定学网上排一首S　H　E的《Super star》。不是什么正规节目，恶搞的，拿人当话筒，拿人当吉他那样弹奏。

排练的时候，大家都很亢奋。

文艺委员："谁比较瘦?比较瘦的负责被抱着啊，当吉他；会下腰的撑在地上当话筒；然后还有几个弯腰，负责当鼓!"

林盏本来不想参加，但是想到参加了就有机会跟沈熄在后台见面，于是便答应了文艺委员的请求。

她也不用做什么体力活，不用抱人也不用被抱，只是负责唱两句歌词，往前走两步就行了。

文艺委员见林盏在一边干站着，急忙给她安排走位："我们的门面担当呢?快过来!"

文艺委员："你就站这右边就行了，你唱这句歌词，唱的时候就往前走，这个我等下告诉你，你先回去把歌听几遍。你唱歌没问题吧?"

林盏："没问题。"虽然唱得不是很好，但起码是有调子的。

林盏排练了几遍走位，很快就回班了。

郑意眠见她回来了，问道："排练完了吗?"

林盏点头，迫不及待地坐下："我的位置已经没问题了，现在要先把歌词看一下。”

郑意眠靠过来，跟她一起看歌词。

林盏粗略扫了一下第一行：

笑就歌颂

一皱眉头就心痛

我没空理会我

只感受你的感受

林盏舔唇，道：“这不是说的我和沈熄吗？”

郑意眠：“你唱哪里？”

林盏目光下滑，道：“第二段。”

郑意眠：“这个歌你应该听过很多次了，学起来容易，没什么压力。”

林盏：“嗯，我今晚回去听几次就好了。”

晚上画速写的时候，林盏就反复听这首歌，因为这首歌的节奏明快，她画起速写来也更加快了，大腿的线条、小腿的弧度、鞋子的穿插和透视……如鱼得水。她笔调顺畅，干脆利落，又切合重心。

林盏画完五张速写，准备睡觉。睡前，她把这首歌分享给了沈熄。

兴许是听了太多次这首歌，林盏感觉自己已经被洗脑了，大清早醒来之后，脑海里全是这首歌的旋律，宛如魔音灌耳，丝丝袅袅，经久不散。

排练过几次之后，大家能维持着不笑场，整个节目的效果也不错。文艺委员这才组织选衣服。

由于大家一直表示原来选的表演服太丑，文艺委员决定，这次带着大家一起去店里面选。

这家店铺找得不错，不同于市面上辣眼睛的表演服，这家店铺里的衣服简单又好看，款式也全都是新的。

有人喊林盏："这件衣服太好看了，适合我们门面担当，盏盏，快来看看！"

文艺委员此时也选中了一件："你那件没我这件好看，我建议林盏穿我选的这个，绝对艳惊四座。"

这两件衣服，一件是黑色的抹胸短裙，怎么穿都不会出错的款式，A字，有收腰，底下的裙摆是欧根纱的，一层一层，形状很好。一件是薄荷绿的渐变裙，这种小清新的颜色，白皙的人一穿上，就显得仙气十足。两条细细的吊带，领口呈V字，很修饰脸型。

有妹子一针见血："这还不简单，盏盏其实都可以穿，我觉得她的肤色和身材不挑衣服。但是第一个要稍微冷艳一点儿，第二个要稍微可爱一些，看走什么风格了。"

林盏说："我拍下来，问问我朋友。"

拍过图片后，她给郑意眠和沈熄都发了消息：表演要穿的，哪件好看一点儿？

后面有男生看到她发消息，忍不住笑了："你给沈熄发这种消息？他会回吗？"

在他眼里，沈熄除了有关公务的消息，其余一概不回。

林盏点头，笃定道："会啊。"

下一秒，手机提示有一条信息。

林盏点开，举起手机道："看吧，我说他会回的。"

那男生举手投降："那算你牛。"

沈熄发来的消息，三个字：第一件。

居然喜欢这种画风的。

林盏回：好的。

郑意眠的消息也很快进来了：第一件好看啊，你还没有试过冷艳风格吧？到时候化个妆涂个红唇，你就是下一个奥黛丽 赫本，美上天际。

林盏：那我就选第一件好了。

大家的衣服也纷纷选好了，这才结账离开。

艺术节很快到了，定的时间是下午两点到六点，上午全校放假。但是有节目的人，上午就得在学校的大礼堂里排练。

粗略地排练一次后，他们去换了衣服，准备进行一次细致的排练。

沈熄在后台清点东西，划分流程。

林盏带着整个《Super star》剧组到了后台。

“大家衣服都带了吧？现在赶快进去换。”

舞台上，主持人在声情并茂地主持：“有请下一个节目——诗朗诵。”

诗朗诵剧组这才刚刚换好衣服，一股脑地蜂拥而出，赶场子似的跑上了台。

大家都没什么经验，又因为人多，还得换上演出服，后台乱成一锅粥。

因为空间小，所以每次换衣服的人数都不能太多。

林盏：“我不跟你们挤了，你们先去换。”

等着大家的空隙，她发现沈熄在一边做记录。

一边的干事是个八卦的，一见林盏来了，急忙捅了捅沈熄：“主席，有人来了。”

沈熄不知是谁让他这么兴奋，问道：“谁来了？”

“林盏。”

话音刚落，林盏就凑了过来，手在沈熄面前晃了晃：“好久不见啊。”

沈熄：“你们节目不是下一个吗？不换衣服吗？”

他看林盏一件T恤加牛仔裤。

不是之前还让他选演出服的吗？

“换啊，”林盏撇嘴，“位置不够，让他们先去换了。”

沈熄没跟她多聊，继续清点后台的道具。

林盏神秘兮兮地问他：“刚才我们排练，你看到节目了吗？”

沈熄顿了顿：“没，组织签到去了。”

林盏的脸一下就垮下来了。

沈熄看她表情一下变幻，不由带点笑说：“不是还有彩排和正式演出吗？我会去看的。”

她的表情这才缓和一些，道：“那我怎么知道你是不是真的用心看了呢？”

沈熄无语。

林盏：“要不写个观后感什么的，或者夸夸我？”

沈熄：“……”

林盏：“必须要带关键词‘盏盏最美’或者‘盏盏最酷’，要么‘赫本再世’也不错。”

沈熄抬头看向她身后，道：“你朋友出来了，快去换衣服。”

林盏走前还不忘给他打个响指，道：“一言为定啊！”

谁跟她一言为定了？

一边的干事拿着手机，正跟八卦的基友直播消息：

说话了。

眼神交流了，主席看她了。

林盏说要夸她美。

林盏跟主席说一言为定！

……

我瞎了，我看到主席宠溺地笑了。

林盏在更衣室脱掉衣服和裤子，检查了一下抹胸没问题，又检查了一下打底裤。嗯，齐全了。

林盏把身子套进裙子里。裙子的拉链在后面，虽然她手不短，但拉到顶端的时候，难免有点力不从心。把换掉的衣服塞进包里，林盏出了更衣室：“小何帮我拉一下。”抬头一看，面前已经换了下一个节目的表演团队。

沈熄友好地提醒她："你们的节目要开始了，他们都上台熟悉位置了。"

林盏眨眨眼道："那我怎么办？"

沈熄奇怪地瞥她一眼："你当然要上台了。"

林盏问道："我拉链没拉好，万一等下上去裙子掉了怎么办？"

下个节目是双节棍表演，这里清一色的男生。

沈熄同她在吵嚷的后台面面相觑。

半晌，林盏破罐子破摔道："要不你帮我拉一下吧，如果不方便就……"

"算了吧"三个字还没说出口，沈熄把手里的名单和笔放到一边："拉链在哪？"

林盏走近，背对着他，指了指背后："这里，其实已经差不多了，就是后面一点点没……"

沈熄手指一捏，捏住拉链下方，另一只手拉着拉链头往上，很快拉到了头。

因为拉链下部被他捏着，布料就有些往后扯，林盏感觉胸口处一紧，又一松。

沈熄："好了。"

林盏又问了句："上面还有个扣子，扣了吗？"

沈熄这才发现漏网之鱼，悬着手帮她把扣子扣好，一下也没碰到她。

林盏难得脸红，道谢之后匆匆往台上跑。

小干事在一边疯狂地向好友八卦：拉拉链了！好苏啊！

沈熄："李江，你在看什么？"

小干事手一抖，匆忙跑来："啥也没看，真的。"就是八卦了一下你而已。

因为艺术节比较重要，所以整个流程，大家一连排练了三遍。

第二次排练完之后，大家就要带妆了。

由于是上舞台，要化专门的舞台妆——舞台妆大多数都很浓。

林盏不会化妆，这项重任自然就交到了文艺委员身上。

给林盏补过水之后，文艺委员给她上了一层粉。

林盏捧着镜子道："是不是太白了啊？"

文艺委员："你不懂，舞台妆都这么白。再说了，我没给你上多少啊，你本身就白，所以上一点就显得很白了。"

文艺委员："你是要一般的舞台妆，还是要稍微日常点的舞台妆？"

林盏："自然点的吧，我等下还要去吃饭，怕把人吓到。"

文艺委员："那就给你贴一股一股的假睫毛吧，上镜，但是不会太浓。"

最后，文艺委员拿出了哑光的唇釉给林盏涂好。

化完妆之后，孙宏他们正好提前来了。

他看了林盏一眼，惊奇道："哟，奥黛丽　赫本！"

齐力杰："你别说，化了妆真的比以前更好看。"

孙宏："天朝三大神术之一，你说呢？"

齐力杰："但是我有个问题，涂了口红怎么吃饭？我们等下不是要去吃饭吗？"

文艺委员喊他一声："我们等会儿还要再排一次，吃饭前可以卸掉的。"

大家接连化好了妆，新一轮的彩排也要开始了。

这回算是最正式的一次，大家赶着上了场。

林盏也背上了自己身后的一个类似翅膀的装饰物，其实她本来不想要，但是文艺委员已经买了，非说不能浪费，她才不得已背上。

林盏背上这个东西就花了挺长时间，这东西还真有点重量。

上场前，林盏指着自己问他们："不丑吧？"

孙宏：“美得很，美得很，快去吧。”

“掌声有请下一个节目，由高二　三班带来的《Super star》！”

各就各位。

这时候学生会的人也忙完了，站在底下看他们排练。

见林盏上场，底下吊着一口气的干事们，全都活过来了。她还没开始唱歌，他们就在底下鼓掌吹口哨。

沈熄意识到气氛突然热烈起来，转头去看台上的表演。

灯光渐浓。

她被黑色短裙衬得更加高挑动人，肤白胜雪，细瘦的锁骨清晰地显出一个“一”字。发型被人打理过，旁边扎出一个小小的麻花，再收到耳后，不仔细看根本看不出来。是隐于细节处，带着小心思的美。

以往林盏都是素面朝天，整个人看起来是水灵灵的。现在配上这样的妆，给她添了一丝可望而不可即的艳丽，像是古埃及里的神话，有种裹着面纱的神秘。

若即若离，不可接近。

林盏还没开始唱，已经吸引了场内绝大多数男生的目光。

沈熄看了一眼学生会的干事们，他们一个两个，也都笑着看向台上。

沈熄正在转笔的手停下。刚刚忽然有一瞬间，很希望这里停电，不想让那么多人看着她。

这个念头让他觉得微妙，却并不愿去深究。

他一贯是行动派，在念头萌生之前，已经先开口：“学生会的，跟我走。”

这群人站在最前面，近到几乎都快冲上舞台，不像话。

“去哪儿啊，主席？”有人硬是扯回自己的目光，看着沈熄，“看完不行吗？”

他也不知道去哪儿。头一回有种不知如何支配自己的感觉。

沈熄站起身，先往外迈了两步：“出来再说。”

此刻，第一句歌词已经通过话筒传出。

正在准备表演的林盏看到沈熄起了身，霎时一蒙，有种如鲠在喉的无辜。

不是说好看她节目的吗？又变卦？

第一段歌词唱完，顺利进行到属于她的部分。

这时候，沈熄已经快走到门口了。

林盏想也没想，立刻拿过话筒，对着沈熄那边大声开口——

你要往哪儿走

把我灵魂也带走

它为你着了魔

留着有什么用

……

林盏脱口而出的音量着实太大，跟前边儿的声音全都不搭，就跟生生跳脱出来似的。

正往外走的沈熄停住脚步，回转身体，抬头，对上她的视线。

她往前走了两步，大概是设计好的动作，但此刻做起来竟有种出乎意料的应景。

林盏伸出手，朝沈熄的方向转了个来回。

“你是电／你是光／你是唯一的神话……”

刹那间，歌曲节奏把整场表演带入顶峰，灯光旋转，高潮陡然而至，全体合唱喷薄而出，似是汇成一场灭顶的狂欢。

她是独特的。

在大家卖力的表演中，她只负责看着他，目光是流动的水，似水的柔。

她拿着话筒卖力歌唱，撑不住有微小的笑场，用短发掩藏。

那么疯狂的歌，随着她毫不遮掩的爱意一同攀升，在他的脊梁骨处绽开寸寸缕缕的麻。

到底是因为舞台给了她特别的设计，还是她在他眼里，本就是那个特别的人？沈熄无从得知。

干事看沈熄停在原地太久，像在出神，但又忍不住打断："还走吗，主席？"

沈熄眸色晦暗不明，像在酝酿一场欲来的山雨："不走了。"

舞台上的人还在卖力歌唱，男女混声中，林盏那道清越的音色格外有辨识度。

火你是火
是我飞蛾的尽头
没想过要逃脱
为什么我要逃脱
……

简单的几句歌词，却像是一语点醒梦中人。

"挺好挺好，刚刚的表演一点问题都没有，"文艺委员一边下台一边说，"下午还能保持这么高水准就好了。主要还是不能笑，特别是负责抱人的人，一笑容易把人给扔了。"

"林盏，林盏人呢？"

"后头呢，好像高跟鞋打脚了。"

"林盏，林盏！"

"哎，来了来了，"林盏举步维艰地前行，"这高跟鞋太高了。"

这双鞋是她特意去专柜买的，样子简单又不失小特色，酒红色绒布面，一字带，后头还绑了个蝴蝶结。虽然价格不便宜，但是并不代表贵的鞋子就完全不打脚了。

也许是上午走的路实在太多，站在一边候场的时间也太久，她现在感觉大拇指和小拇指火烧火燎的，走一步路就被磨得生疼。

有人过来扶她："就说你不要买这么高的吧，你身高也够，买一般的就行了。"

林盏道："还有一部分原因可能是我没穿过高跟鞋，第一次嘛，多少有点不适应。"

她后面那组节目是双节棍，双节棍准备完毕已经在候场，后一个节目的表演人员里有余晴。此刻大家都在后台准备，自然免不了要打个照面。看着余晴脚下那双恨天高，林盏愣是忍着，连眉都没皱一下，端端正正地从她面前走过去了。

旁边的姜芹问："不疼了？"

走到休息间，林盏才重回原样："疼啊，疼死了。"到位置上脱下鞋一看，发现已经起了几个水泡。

一边的姜芹看得倒吸凉气："去医务室吧，顺便去消个毒，刚好医务室就在楼上。"

林盏想了想，说："行。"

她先上楼去了医务室，发现里头没人，不知道校医去哪里了。

林盏打开创可贴的盒子一看，里头什么也没有，用光了。

过了会儿，林盏给姜芹发了条消息：我发现医务室的创可贴用光了。

姜芹很快回她：没事，我帮你找别人借一下，肯定能借到。

林盏：好的，麻烦你了，么么哒。

姜芹：这有什么，别客气。

与此同时，姜芹正好找到学生会的小干事："同学，你们有准备创可贴吗？我们组的林盏脚磨破了，结果医务室没有创可贴了。"

小干事挠挠脑袋："我没带，但是我可以帮你去问问别人。"

他走到李江那里，挨个问了一遍有没有创可贴，李江说"包里有多的"的同时，沈熄道："谁受伤了？"

"不是我们学生会的，"小干事事不关己道，"是刚刚表演的林、林盏，对。"

李江神色微妙，心想这小干事真是傻得可以，居然用这么事不关己的语气。

沈熄眉一蹙，很快舒展开，问："人在哪里？"

小干事道："医务室吧，说是医务室没创可贴了。"

李江立刻煽风点火："我们学校医务室经常没人，还爱缺东西，真的，有时候我都想拿个炮把那里炸了。"

沈熄清了清手上的资料，抽了几张出来，这才说："我刚好要上去送东西，东西给我，我带上去吧。"

李江从包里拿出创可贴，递了过去。

医务室门被人推开，林盏百无聊赖地回头去看，看到来人后吃了一惊："你怎么来了？"

沈熄没有看她的眼睛，只是晃了晃手里的创可贴："我不来你怎么办？"

林盏立刻狗腿道："那可不，没了你我活不了。"

沈熄："……"

林盏招手："你不是百科全书吗？现在我的脚被磨起水泡了，怎么办？"

她坐在医务室的床上，双脚悬空，笔直的双腿晃来晃去。脚踝骨上扣着一根细细的脚链，随着她的晃动，碰撞出轻响。

她以前没戴过这些，想必也是为了舞台特意准备的。

沈熄扯了把椅子，坐在她身前，伸手就要去脱她的鞋。

林盏缩回脚："你干吗？"

沈熄言简意赅："脱鞋，消毒。"

林盏轻咳一声，掩饰自己的不安："我可以等老师来。"

沈熄看了一眼墙上的挂钟，倒是有心思跟她周旋了："那你等吧，她们下午两点半才上班。"

意思是，现在已经下班了？

林盏："我自己消吧，你先出去。"

沈熄抄手睨她："那你弯个腰给我看看。"

林盏背着那么大的一个类似翅膀的东西，别说弯腰擦药了，她就连给自己脱鞋都做不到。但让沈熄给她擦药，这是不是有点，太隐私了？

趁林盏发呆的空当，沈熄直接俯身，握住她的脚踝，把鞋脱了下来。

林盏："……"

她的脚背下意识一弓，不知该做些什么，只觉得全身上下每一个细胞都开始颤抖起来。不同于上一次受伤时他的冰敷，林盏低头一看，发现他正在观察自己的足尖。

林盏的脸颊几乎霎时红到可以滴血，她有些局促地抓紧了身下的床单。

沈熄抬眸，看她一脸视死如归的样，问道："你很紧张吗？"

林盏咽了咽口水，决定跟他说清楚："在古代，男的看了女的脚，是要娶她的，你知道吗？"

更何况，从小到大，她还没有被人这样看过。

沈熄像是终于知道她在想什么，顿悟的刹那，笑了："你一直在想这个？"

林盏："什么叫我想这个？我想这个很正常好不好！"

沈熄点头应道："嗯。"

林盏："你是不是觉得我很随便？"

沈熄叹息，看她："你觉得这个很重要？如果你觉得这个很重要，你穿凉鞋干什么？"

林盏哑口无言。半晌，她才想到反驳的话："那不一样啊，你现在是没有一点障碍地看它啊！"

沈熄没跟她多说，很快找好酒精，给她消了毒，挑破水泡之后，给她贴好创可贴。

沈熄："对我来说，这就是一个伤口，没别的意义。"

听起来明明是要她安心，她却皱眉问："你的意思就是我对你没有任何诱惑力？"

为了借力，沈熄的手直接抵在床沿，一只手还抓着她不堪一握的脚踝。

"那你要我怎么说？"

林盏从没见过沈熄对她有那样的眼神。一点认真，半分玩味，还有点儿危险。这和几个小时之前的他完全不一样。

刚刚也就唱了首歌，怎么有种掀开了他们之间某种屏障的感觉？

这样的眼神让林盏代入了，且让她产生了一种奇怪的错觉。

在这种错觉下，她觉得自己可以说一些以前不敢说的话。

她眉一挑，说："说你爱我。"

沈熄一滞。

像是意识到自己在做什么，他很快叹息一声，收回了那道意味深长的眼神。

他很快转移了话题："等下还要穿这双鞋？"

林盏点头："当然了，不然我买它干吗。"

沈熄："最好不要穿，不然还会打脚。"

林盏想到余晴那双恨天高。高度代表气势，她不能落于下风。

林盏："不行，我必须穿。余晴老挑衅我，我不能比她矮。"

沈熄默然："……"

贴好创可贴之后，沈熄顺手给她穿上鞋。脚链散发出几声轻轻脆响，像是午后柔顺的微风吹开门口的风铃，风铃转出脆生生的低语。扣上最后一个搭扣，沈熄低声说："她没你好看。"

林盏心里一颤，感觉像灵魂出了窍，又生生被人按回来。有电流顺着后背一路爆炸般扩散，在她骨血中疯狂叫嚣。

轮到下午正式上台，大家都精神抖擞，尤其是林盏。

姜芹上台前还跟她说："我怎么觉得你这个伤受得还挺高兴？"

林盏语重心长道：“塞翁失马，焉知非福啊！”

舞台下坐着大片崇高学子，从报幕中感觉到这会是一个不错的节目，他们纷纷翘首以待。

大家陆陆续续上台。

林盏最后一个上去，底下传来孙宏他们的尖叫声：“林盏！林盏！林盏！”惹得大家纷纷回头去看。

节目还没开始，从前奏刚一响起，有人用抱吉他的方式抱起一个女生后，底下便传来男生们的喝彩声。

“老铁，稳！要坚持别放下来啊！”

“有人下腰了，哈哈哈，艺术班的女生都这么能行吗？”

“最边上那个女生画风清奇，是要扮演女神吗？”

“请来镇场子的吧，有人负责搞笑，有人负责貌美。”

“你别说，看着真的蛮有感觉。”

……

林盏的服装虽然很正规，但表演过程并不正规。她唱歌的时候，有人拿着本子给她疯狂扇风，还有人往她身上撒金粉，场面可以说是滑稽又壮观。

大约是一开始的冷艳和现在的表演形成鲜明反差，加上她的声音又比较哑，台下可谓是惊呼声一片。

前排有人很快发现端倪道：“妹子别老看第一排啊，后面有好多帅的！”

沈熄坐在第一排，靠在椅背上，静静地看着林盏。

张泽说得对，她还真挺受欢迎的。

台上的旋律进入第二部分：

手不是手

是温柔的宇宙

我这颗小星球

就在你手中转动

大概是刚刚医务室的场景两人还历历在目，此刻不过一两句歌词，他们却揣了不同的心思。

林盏是羞于启齿唱出这句词的，怎么唱都感觉意思不太对。

沈熄动了动身子，换了个姿势。

再往后，直到节目结束，沈熄都一直在调整姿势，却觉得什么姿势都不对。

一种突如其来的燥热。

巨大的欢呼随着节目一同落幕，有男生疯狂地捶着桌子，目送林盏下台。

第一排，学生会的干事们也在讨论。

“那个女生人气好高啊，听说是他们班两大镇班之宝中的一个。”

“性格也很好，能放下女神包袱，我看得还挺高兴的，哈哈哈。”

有不怕死的人问沈熄：“主席，你觉得呢？”

有人在桌下拉他，小声道：“你有毛病啊，怎么能问主席这种问题呢，主席高风亮节，才不会关注这种……”

沈熄颔首，道：“挺好的。”

余晴那一组的是舞蹈节目《Boombaya》，亮点不过就是女生们的大长腿。不过，大部分人都很受用。

这两个节目加一个相声节目，构成了全场的三个大高潮。

秉持着“从群众中来到群众中去”的方针，学校最大限度地提高了同学们的积极性，决定用投票的形式来定一、二、三等奖。

有投票权的是每个班的班干部和老师，以及学生会的干事们。一人一票，职务重复也只有一票的权利。

更刺激的是，这回投票全程公开透明，一个人唱票，一个人记录。

台下的同学看得心惊胆战，连连叫好，感觉下一秒就可以决出一个明日之星。

“《Boombaya》175票，暂居第一。”

“《Super star》169票，马上要超过了。”

“相声节目130票，感觉也很有希望啊。”

“接下来还剩下学生会干事的票没开，大家猜猜谁会是第一呢？”

大家众说纷纭，各种声音混杂，有人借着声音大喊：“老子第一！”

哄笑声一片。

轮到学生会的人投票了。先动笔的人先把纸条交上去，抢先唱票。

也许是大家意识到某个节目里的某个人跟沈熄有种妙不可言的关系，本着“主席马屁不拍白不拍”的原则，大家纷纷填了《Super star》。

当然，这个节目本身就很好看。假如没有沈熄，他们大概也会这么填。

于是票数逆转，转眼间，《Super star》就超出《Boombaya》20多票。

沈熄正准备填写节目，坐在一边的林政平开口了：“别让跳舞节目输得太惨了，邓老师为这个节目花了很多心血，给点鼓励票吧。”

再加上最近林盏为了这个节目真是费尽心思，连画画都没太顾得上。他不想支持她做这种事，总要打压一下。一票虽小，但好歹不会让她太得意忘形。

毫无悬念，最后《Super star》拿到一等奖。

大家在后台欢呼雀跃，林盏拿出手机，想给沈熄发消息，才点开对话框，姜芹就按住了她的手。

下一秒，她听到姜芹说：“盏盏，你知道沈熄的那票，给谁了吗？”

学生会的干事们感到，今天，主席的心情一直很不好，跟艺术节当天比起来，简直是一个天上，一个地下。

学生会的例会一般开在周一第一节课下课后。

上个星期五才开完艺术节，这周很多人多少有些力不从心。

例会开始前，差李江一个没到，大家都在等。

有人看到沈熄不停地看手机，却再没有别的动作。

“主席，你最近很焦虑吗？”

沈熄没说话。

小干事又说：“感觉最近经常给你发消息的那个女生，也不怎么发消息了。”

沈熄：“你怎么知道她经常给我发消息？”

小干事：“我眼睛太好了，一瞟就看到了，不是故意的。我保证我没看内容！”再说了，那内容真是够干瘪无味的，中餐、晚餐、早餐都聊一遍，不知道的以为在取材《舌尖上的崇高》。

一转眼睛，小干事又问：“那什么，我能不能八卦一下，你是不是太烦那个女生了，才把票给《Boombaya》的啊？”

沈熄眼神一寒，皱眉道：“谁说我把票给舞蹈节目了？”

小干事：“……”

主席的眼神好吓人。

有人出来说话：“大家都这么觉得的啊，当时不是主任让你写的《Boombaya》吗？”

沈熄的手机在手中转了一下，他神色淡淡，声音却是毋庸置疑的凉：“他让我投什么我就得投什么？我自己没有想法？”

例会简单地汇报了一下近期工作任务后，很快散场。刚一散场，沈熄就拿着手上的东西走了出去，留下一干人面面相觑。

“咱们刚刚是不是说错话了？”

“不是说错话了，是传递错消息了。”

“不会吧，假消息是你传出去的？”

“不仅有人问我，也有人问李江啊，我们俩真的没想到主席会坚持自我，所以说的都是跳舞那个节目来着。啊，好后悔啊，没想到啊……”

“能理解，我也没想到主席连主任的话都不听，要是我早就屁滚尿流地照办了！”

“所以你当不了主席。”

“滚！”

第一节课是最惹人生困的课，下课铃一响，大家屈服于语文老师的催眠魔音，纷纷倒下了。

教室内一下变得很安静。

林盏桌上还摆着她让孙宏给她买的罐装饮料，她伸手拿过来，正准备开了喝，忽然意识到很多人都睡了，而碳酸饮料，开盖的声音会很大。

她轻手轻脚地移开椅子，拿着饮料出了教室。

她昨天刚刚剪了指甲，上面的拉环死活都扯不出来，空有一身力气无处使。

林盏正在和拉环较劲时，一只手凭空出现，吓得她手里的东西都没拿稳，直接把易拉罐递了出去。

沈熄不知道是找到了什么窍门，抑或是像林盏想的那样，反正在她眼里，他做什么都很好。

很快，他扣住拉环，往外一拉，易拉罐里的气体砰的一声蹿出，像是其世界里的一场小爆炸。

这个“爆炸”突如其来，林盏又被吓了一跳。

沈熄把东西递给她。

林盏惴惴，抬头瞄了沈熄一眼。怎么觉得他的情绪怪怪的？

沈熄酝酿半晌，不住地思索该怎么巧妙地表达“你最近为什么没给我发消息”。

看着林盏拿起饮料啜了一口，沈熄状似不经意道：“我昨天没带伞。”

林盏：“啊？啊！”

昨天下雨了。

他没带伞。

一般第二天的天气预报都是林盏头天晚上提前发给他的，别说下雨了，就连降温林盏都要提醒他加衣服。

昨天，不对，从昨天往前推很多天，她一条消息都没发。

林盏咳了咳道：“那个，我爸把我手机收了，我也没去拿。”

沈熄像是能一眼看穿她，问：“为什么不拿？”

她挠挠脖子，说：“没必要嘛。”反正发不发，感觉都一样。

眼见探不出更多话，沈熄往前一步：“李江让我替他向你道歉。”

林盏有点茫然：“道什么歉？”

沈熄：“说有个消息他说错了。”

林盏思索了一会儿，没思索出个所以然：“啥消息？”

沈熄：“不知道，他说是艺术节的消息。”

林盏想起来了，艺术节的时候，她问了李江沈熄投票的事情。

说错了吗？

沈熄：“你问他什么了？”

林盏缄口不言：“没啥，问他节目好不好看来着。”

沈熄低头看她，几乎有点逼问的意味了：“你生气了？”

“你知道什么事还问我，”林盏把眼睛瞥向一边，干笑了一声，“我没生气啊。”

她有什么立场生气呢？左右来说，她算沈熄的谁呢？

沈熄那票，投给她了，兴许是情分，不给她，也就证明他觉得别的节目更好看一点而已。

好比朋友分享给你一块面包，你还贪婪地想要更多的果酱。她虽然想，但知道这到底不对，于情于理，她都没有任何质问和置气的资格。

涉及人感性的那一面，多说多错，那就干脆不要说。

她想先把这一页翻过去，等她完全没有想法了，再去找沈熄。

她目光闪烁，沈熄一看就知道她在说谎。

生气了，好歹不是最坏的结果。

沈熄放下提的那口气，询问道："既然是有关我的问题，为什么不自己来问我？"

林盏笑笑："反正也不是什么重要的事，就不去打扰你了。"而且，问出那种"你为什么不把票给我"的问题，会显得她过于小家子气。

只是一票而已，也许对沈熄来说并不算什么，她也不能上纲上线。

沈熄说："但他们说的都是错的。以后也可能有很多这种事，你宁可去信别人的一面之词也不愿来问我，你让我怎么想？"

沈熄已经说到这个地步，林盏就把话摊开说了："因为平时给你发消息你也不怎么回我，不想给你发这种话题啊，怕你烦我。"

沈熄皱眉道："你每条消息我都回了。"

林盏："回是回了，感觉你都很不情愿的样子。"

沈熄不愿多说，直接拿出手机，解锁后给她看。

林盏疑惑地问道："给我手机干吗？"

她顺着往下滑，发现他大概有强迫症，会话框里只有今天的消息。

点开他和张泽的消息记录，往上翻。

张泽：来打球吗？

沈熄：嗯。

张泽：位置给你占好了，在第四排，我那个包那里。

沈熄：好。

张泽：鳕鱼饭没有了，给你买别的啊。

沈熄：行。

林盏："……"

"张泽为什么还没跟你绝交？"林盏说完这句话，才发现话题好像被自己扯歪了，这才重新正回来，"这么一对比，我的好像还算是高级待遇了。”

沈熄正准备开口，听她继续问：“可不可以办个会员卡什么的？升个级？”

沈熄：“……”

林盏把手机还给他：“这次算我失误了，不好意思，以后能问你的尽量不问别人了。”

沈熄淡淡道：“不一定要来问我。蛋糕那次，我就没有问过你。”

余晴污蔑她的那次，沈熄就没有来问过她，因为根本没有疑惑过。

他的意思是，她也不该对这种事抱有疑惑？

林盏：“那不一样啊，蛋糕那次是人品问题，结果显而易见。投票这事也不是什么原则性问题。”

“对我来说，就算是，”上课铃响前，沈熄意有所指，“我那天准备了很多夸奖。”

“啊？”林盏问，“什么夸奖？”

可惜沈熄已经提前离开了。

“林盏，你还在外面站着干吗？”窗边的齐力杰叫她，“快进班啊。”

“噢，来了。”林盏慌忙应了声，走进班里。

这一节是历史课。

林盏还在想沈熄到底准备了什么，从头到尾回忆自己跟他的交谈。那时候，她说什么来着？

“要不写个观后感什么的，或者夸夸我？”

“必须要带关键词‘盏盏最美’或者‘盏盏最酷’，要么‘赫本再世’也不错。”

对，就是这句。

林盏心头一跃，连带着每个细胞都漾出星星点点的麻。

她勾重点的荧光笔在书上划了一道，她用笔在句子末端按出一个蓝色的点来，了然地自言自语："我知道了。"

班上很安静，她这句自言自语就像是对课堂提问的回答，讲台上的历史老师很高兴。

历史老师："好，那就让林盏来给我们讲一讲启蒙运动的影响。"

林盏："……"

她求救般看向郑意眠，郑意眠扁着嘴，嫌弃地看了她一眼，然后给她在书上指出了地方。

林盏端起书，开始念："一、启蒙运动所批判和主张的内容，为资本主义取得统治地位做了思想和理论上的准备。二、启蒙运动……"

历史老师："好的，可以坐下了。大家要多向林盏学习，她不仅专业课成绩好，上课也积极举手发言，怪不得人家总被表扬。好，现在开始记笔记。"

历史老师开始转身在黑板上写板书，郑意眠靠过来问林盏："你刚刚在想什么呢？"

林盏理了理自己的短发："在准备被表扬。"

郑意眠："……"

林盏心神荡漾，问郑意眠："艺术节的时候，我表演得还不错吧？"

"昨天和前天反复问我'我表演真的难看吗'的不是你吗？"郑意眠倒是很了解她，"怎么，沈熄跟你说了什么吗？"

林盏一边对着黑板抄笔记，一边说："他说他那票是给我的，可能是学生会的传错了。"

郑意眠说得轻巧："我就说他那票应该是给你的。你不知道，就那个表演完了之后，我看今天好多女生都戴脚链了，就跟你那个差不多的款式。"

末了，郑意眠又道："你如果去当明星，很可能成为下一个移动种草机。"

说到脚链，林盏这才反应过来："啊，我脚上那个还没取下来，我本来准备回去取，结果发现后面有个结，姜芹给我打得太紧了。”

郑意眠：“那就戴着呗，本来我觉得一般人戴那个不好看，但是你脚踝细，又白，款式选得也不错，戴起来还挺好看的。”

林盏：“算了吧，我本来也不喜欢戴那种东西，是他们非说契合主题，为了舞台效果我才戴的，下课我就去找姜芹给我解开。”

一下课，课间操的背景音夺命般响起，林盏赶紧转身去叫姜芹：“姜芹！”

姜芹本来正准备出去，听到她的呼唤，又转过身：“啊？怎么了？”

林盏：“那个脚链，你给我打得太紧了，怎么办？”

姜芹愣了一下：“你要取下来吗？那直接剪掉吧。”

林盏：“可以直接剪吗？不是借来的道具吗？”

姜芹：“有的是借来的，这个不是，你放心剪吧。”

林盏：“好吧，那你带剪刀了吗？”

姜芹：“没带。”

问了一圈，没人带剪刀。

体委在门口喊：“林盏、郑意眠，你们两个还在里面干吗？快出来做操啊！”

林盏问郑意眠：“怎么办？万一等下检查的来了，佩戴饰品是要扣分的。”

郑意眠推了推她，淡定道：“放心吧，多少年没检查了，再说了，学校还禁止染发呢，多少人都染发了。没事，别怕。”

就这样，林盏才走出教室，下楼去做操了。

一路上，各个班级来回穿插，林盏倒真的发现有不少同学和她戴同款脚链。

看到之后，林盏要把脚链剪掉的想法更强烈了。

体委领着大家站到三班的位置。

做操开始之前，有一队人马，穿过主席台，直奔乌泱泱的小羔羊们而来。

林盏对前头的郑意眠说："你不是预测学生会不会今天检查吗？"

郑意眠："预测失败了，毕竟我不是算命的。"

林盏捂住脸，认命道："自求多福吧我。"

郑意眠替她打探局势，好半晌才道："好消息，最前头的人是沈熄。"

林盏内心一片灰败，更无力地说："这是好消息吗？沈熄铁面无私，毫无情分可言好吗？"

郑意眠耸肩："我们先看看局势如何。"

局势不甚明朗。

本着就近原则，沈熄抬眸扫了一眼面前的班级。

耳环，没有。

项链，三个。

脚链，10个。

他微不可察地蹙起眉头，看了眼这些同林盏戴的脚链相差无几的款式，几乎没有任何犹豫地拿起笔，在记录簿上记录下来。

高二　十班，风行分扣2分。

他没说话，后面的干事默默记录。

每个班的人都提心吊胆的，生怕下一秒就被人揪出来单独举例。

沈熄沉默地走向下一个班级。

上个班里的人了然地互换眼神：没说话，证明扣分了。

分数倒数，老班是要被批评的。老班被批评了，他们也好过不到哪儿去。

从十班开始，前面的班级就没有一个让人省心的，全都是几个人戴了项链，或者几个人戴了脚链。

学生会的人宛如杀伐大军，他们带着惯有的严肃和认真向这边走来。

他们一路不说话，证明一路都没有满分，这是件让大家很心塞的事情。于是他们每走一步，大家的心就往下沉一分，战战兢兢地等待他们的检查。

操场安静得不行，连交头接耳声都没有。

这些人到三班了。

不知为何，一贯只站在班与班空隙间的沈熄，这会儿往后走了。

坏了坏了，林盏吊着一颗心，在心里默念：来了来了，快到了，往后走往后走……

沈熄在她旁边停下了。

林盏要不能呼吸了。

她虽然一贯没什么怕的，但是这个气氛渲染得着实太到位，整个节奏又把控得刚刚好，一切的前奏都让人觉得是不是有人快要发火，此时正在找寻一位冤大头。

林盏认为自己可能就是那个冤大头了。

沈熄站在她旁边，不会要当着崇高所有师生的面质问她“林盏你脚上的是什么东西”吧？

做贼心虚，林盏违反了校规，在自己心上人是检察人员的时候。所以她颇为忐忑地转了转自己的脚踝，还往回收了收。那是一种本能的规避反应。

沈熄先看了看林盏，又往后扫视一圈，这才不疾不徐地开口道：“高二　三班，10分。”

咬字清晰，些许低沉。

林盏：？

什么鬼？

林盏错愕地抬头，对上沈熄不动声色的回视，只有一秒，而后他移开视线，往二班的方向去了。

只剩林盏一个人在原地发愣，像被搅进旋涡里，整个人一寸一寸地下陷，但是无法抽身。

这、这不是睁眼说瞎话吗？

林盏低下头看了看自己的脚踝。

后面跟着的张泽扑哧一下笑了，缓解了整个操场压抑的气氛。

后面的干事问："主席刚刚说啥？"

张泽严肃道："10分，听到了吗？"

干事："听到了啊，10分，是对的啊。不该是满分吗？"

张泽："没事，你当我随便笑着玩。"

好不容易检查完所有班级，学生会的人纷纷退场，进了学生会的办公室。

张泽低着头，还在抿唇笑，笑得身子一颤一颤的。

沈熄看他："你笑什么？"

张泽立刻板起脸，一脸严肃。

有干事说："我也纳闷，从三班起他就开始笑，怎么的，三班有你的情况啊？"

张泽的语言在口腔中转了转，意有所指道："不是我的。"

沈熄敲了敲记录簿，姑且可以算是解释道："一个人戴是可以忽略不计的，其他班人数都超了。"

张泽了然："我知道啊，一个人的话，分数是可扣可不扣的。"但是你选择了不扣。

第三节课下课，沈熄正在写东西，冷不丁被人唤了声名字。

"沈熄，有人找。"

女生面颊清瘦，眼底勾勒一颗浅色泪痣，他看不清，但能感觉。

林盏站在他们班门口，朝他挥了挥手。

沈熄的心头涌上一阵微妙的感觉，像是有人开了瓶汽水，气体顺着喉头不断翻涌，膨胀。

林盏站在门口，手里拿了个小盒子。

沈熄稳了稳步伐，朝她走了过去："怎么了？"

第五章

打电话给你，只是因为我想

林盏晃了晃手中粉色的小盒子，轻声说："送你的谢礼。"

沈熄的视线落在那个极富少女心的小盒子上："什么谢礼？"

林盏佯装作揖，道："谢谢你让我免于被班主任叨叨俩小时，顺便还有可能被我爸知道的风险。"

沈熄皱眉："分数是我……"

"我知道，"林盏了然于心，向他勾起一个你知我知的笑容，然后大手一挥，把小盒子塞进他手心里，"要记得吃哟，我先走啦。"

她知道什么知道？

沈熄垂眸，看向手里的小盒子，上头系了个蝴蝶结。

班上有人不怀好意地起哄。

同桌捶他："要命吗？沈熄的哄你也敢起？"

路过的张泽一笑："没关系，这个人的哄可以起。"

沈熄走回位置上，坐好，在心里做好了充足的准备之后，打开了盒子，里面是一个马卡龙——浅粉色的，卖相上乘的马卡龙。

盒子上面，被人刚好卡着放了一张小卡片——"今天的少女心是粉色的——林盏”。

张泽回到位置上，正准备看一眼沈熄手里的卡片，却被他迅速地反盖在桌上。

张泽委屈地说：“我也想吃马卡龙。”

沈熄淡然道：“自己买。”

张泽怒而指他：“你变了，你原来不是这样的，原来女孩子送你的东西我可以随便吃的。”

沈熄：“林盏是男的。”

张泽：为了保护自己的东西，已经口不择言到这种程度了吗？

第二天，林盏提前买好马卡龙，却卡在了落款上。

她问郑意眠：“我这次该写什么好呢？”

郑意眠那时正在刷微博，翻到了一条徐志摩的落款的微博，笑着把手机递过来：“你看徐志摩这个落款，真的好可爱，要不你就这么落。”

林盏打了个响指：“好。”

大概是这几天接二连三的事，终于让林盏恍然间感觉到，她和沈熄的关系，是不是可以更进一步了。

送马卡龙，是感谢，也是试探。

她想看看假如自己再放肆一点，沈熄会不会生气。

第二天，沈熄一到班里，就发现了一个浅蓝色的小盒子。

这次，卡片里的落款换了，换成了——盏盏。

第三天、第四天……落款随着日期的推移而逐渐变得亲昵。

第三天，你的盏。

第四天，你的可爱盏。

第五天，你的软妹盏。

第六天，你的宝贝盏。

第七天，因为林盏来送东西前，发现沈熄在班门口跟一个妹子说了两句话。当下，她立刻修改卡片内容，送上了一个浅绿色马卡龙。

沈熄打开后看到，卡片上赫然写着：感觉今天头顶是绿的——你的顶亲亲的盏。

沈熄摊开书，把那张卡片夹入书页中。

一回到家，叶茜就招呼他："先进去休息一下，马上就能吃饭了。对了，你们是不是马上高二下学期了，要上晚自习了吧？"

沈熄脱掉鞋子，进卫生间洗了手，这才答道："嗯，而且星期六也要补课了。"

叶茜来来回回，说得最多的就是那几句话："往后课业负担越来越大，你也要学着自己放松一下。"

沈熄点头："嗯，我回房间了。"

进房间之后，他摊开书页，从里面取出一张卡片，想了想，放进抽屉里。

抽屉角落，7张小卡片摆得整整齐齐。

想起今天，张泽问他："你是不是真有点喜欢林盏了？"

回想起那股子似有若无的失神，以及表演时她灵动的眼神。沈熄摇摇头，他自己也不知道。

头一回，他竟然开始怀疑自己，到底是不是真的动心了。

手机提示音一响，林盏的消息掐着点来了：到家了吗？

看着那个熟悉的名字，沈熄手指顿了顿，这才开始打字：嗯。

林盏：过几天你可能见不到我了，不要太想我啊。

沈熄：去干什么？

林盏：又有比赛了。

她又在后面跟了一个痛哭流涕的表情。

沈熄：听说你比赛前会失眠？

林盏：对啊，后天比赛，我这两天已经有点征兆了。

沈熄：以前给你发的东西都没用？

林盏：稍微有点，眼罩也有点用，但是作用不太大。

沈熄：去哪里比赛？

林盏：有点远，C市。

林盏不想围绕着比赛跟他聊这么多，就问他：今天的马卡龙好吃吗？

不说还好，一说沈熄就想起她那惊世骇俗的落款。

张泽在一边整整笑了一节课。

沈熄：卡片里的落款是怎么回事？

林盏：……

居然真的被他发现了吗？

林盏：我以为你不会看卡片的，哈哈。

为了自救，林盏赶快到微博上找来那个徐志摩落款的微博，一张一张图片地发给沈熄看。

后附文字：落款不是我想的，是徐志摩，这个锅我不背！

沈熄点开一看，发现那是徐志摩的花式署名：你的丈夫摩、你的亲摩、你的“愚夫”摩、摩摩、摩摩吻你、摩吻、摩摩的亲吻、摩的热吻、你的顶亲亲的摩摩。

沈熄：……

林盏：你看吧，我比他婉约多了，好多我都没用上呢。

比如你的亲盏、盏盏の吻、盏的热吻……

虽然有贼心，但没这个贼胆，林盏在心里默默地过了一把干瘾。

不知道过了多久，林盏看沈熄没回，索性又去画了张速写，等画完的时候，才看到沈熄的消息：嗯。

她等了20分钟，沈熄就跟她说了个“嗯”？她还以为他会说什么让人惊喜又意外的话。

林盏：不是说好要表扬我吗？

消息飞速冲进沈熄对话框里，像她迫不及待的心情。

沈熄看了一眼她发来的消息，半晌，抬手，指腹敲击键盘。

沈熄还没来得及回话，林盏又发来一条消息：先存着好了，等我比赛之前再用。

本来以为这条消息沈熄也不会回，但意外的，他居然回了：好，好好比赛。

林盏笑了笑，睡下了。

和之前的很多次一样，第二天，林盏一个人搭车去C市。临走时天色阴沉，浅灰色的流云包裹着楼房，沉沉的，仿佛要压下来。

林盏起得早，把东西全部收进包里，清点了一下数量。

蒋婉听到她的动静，也起床了："都带了吗？画画的工具，还有换洗的衣物。"

林盏低声道："嗯。"

林政平也起来了，他唤蒋婉："不用担心，她都快成年的人了，这些事让她自己去做。"末了，补充一句："钱给够了就行。"

林盏连笑都懒得扯出一个，背好画袋，拎着行李箱出了门。

风大到把门直接给卷上，砰的一声巨响。

林盏低头看了一眼手机上预约好的车，记下车牌号，按电梯下楼。

管他呢，反正考成什么样都是一个结果。无非批评得厉不厉害罢了，反正都是林政平的打压式教育法。

到C市的时候是中午十二点，那边已经有老师在等着她，林盏扯出一个笑，跟陌生的女老师打了声招呼。

这是林政平的朋友，姓刘。

刘老师笑容和蔼："好久没见，盏盏这么大啦？我原来见你的时候你才5岁，那时候老爱笑，我还抱过你，记得吗？"

林盏笑着回道："有点印象。"

刘老师说："现在你不得了啦，一起的小孩子里数你最有出息，奖拿了无数，还长得这么漂亮，怪不得你爸到处夸呢。"

林盏心想，可不是嘛，怪不得到处吹，她一失利，林政平就觉得自己枉为教导主任，颜面扫地。

刘老师带她去吃了饭，席间也不忘说自己的儿子："我们家小刘也还行，就是不如你厉害，不过日常应试什么的也够了。改天我介绍你们认识认识，交流一下经验。"

林盏囫囵应着，看刘老师递过来的她儿子的照片，那上面的人捧着一张小奖状笑得开怀。

刘老师道："我对他的要求没有你爸对你的那么高，只要他上个一本大学，活得高兴就好了。拿奖什么的都是次要，最主要的是学到东西，小奖状也好啊，小的我也喜欢。你爸就不行，非要你拿大奖，小奖都难以启齿。"

林盏口中的辛辣都索然无味，她说："这样挺好的，没有压力，舒心一些。"

刘老师拍拍她的手："你也别太怪你爸，他好面子，也受不了别人的质疑。你是个好姑娘，能力强，长得漂亮，年轻时候吃点苦，大了就少吃一些。可能现在你怨你爸，等你到了我这个年纪，其实什么也不怨了。"

林盏低头吃饭，笑过，算是回答了。

可能她有个缺口，她需要一个正方形，但林政平硬要给她一个大的三角，不能说不对，但是磨合很艰难。

林政平也压根就不想知道她到底需要什么。

中午开了个房间，林盏一个人在里头休息，躺在床上，睁着眼看天花板。

郑意眠给她打电话，问她平安到了没有，林盏说到了。

挂掉电话，林盏又开始发呆。

她拿出画板，随便画了点眼睛、鼻子的写生，顿觉无聊，给沈熄发了条消息：我到C市了，明天要降温，记得多穿点衣服。

沈熄：知道了，晚上少吃点辣，睡前喝杯牛奶，放松点。

林盏发现，虽然比赛对她来说是件较为痛苦的事，但是这时候，沈熄却会稍微给她多两句关心。

好像一直一个人摸索的漆黑通道前方，有隐约灯光晃动。

她长嘘一口气，又继续倒在床上。

下午五点，她下楼去吃东西。

这里的夜到来得很快，等她吃完，天也差不多暗了下来。

这里虽然热闹，但到底还是陌生城市，无法让林盏生出心安的感觉。

她拿着钱包，很快回酒店了。

看了两集电视剧，在公众号里欣赏了几幅名家画作，林盏收拾了衣服，准备去洗澡。

“你今天……有点不在状态啊。”张泽撞沈熄肩膀。

沈熄手上动作没停：“有吗？”

张泽眼睁睁看他在班级那一行写上了自己的名字。

张泽道：“我说没有，你信吗？”

沈熄用涂改带涂掉刚才写错的地方。

张泽耸耸肩，继续写题目了。

林盏洗完澡之后，在床上趴了一会儿。

电视机里正在放养生节目，薏米红豆粥什么乱七八糟的，延年益寿，修身养性。

林盏坐起来，拿了个枕头垫在自己身后，期待着他们能讲点东西，来治疗她的失眠。

不用想，她知道今晚自己大约又睡不好了，想找点东西分散一下注意力，说不定还顺手得来一个什么灵感，明天兴许用得上。

她看了看角落里支起来的画袋。

夜一寸一寸地深了。窗外的细小动静逐渐归于无，越安静，林盏越心烦意乱、翻来覆去。

大家都睡了，而她却不能。

手机屏幕亮起，是有消息来了。

林盏有些惊讶，惊讶之外，还有点兴奋，她不知道是谁这么晚还没睡，不知道这个人能不能陪她挨过这个夜。

看到名字，林盏惊得差点咬了舌头。

沈熄？！

沈熄：睡了没有？

林盏秒回：没有……

后面跟着一个绝望的表情。

沈熄发来语音通话。

林盏有些心虚地往四周看了一眼，这才接起来："喂？你还没睡吗？"问完才发现自己问的是废话。

沈熄坐起身，捏了捏鼻梁骨，道："一个人去的C市？"

"对啊，"林盏找出耳机，塞好耳机之后，把手机放在床上，就那么看着聊天界面里沈熄的头像，笑得像个傻子，"我厉不厉害？"

沈熄："……"

林盏道："我还从来没在半夜接过别人电话呢，你怎么回事，出问题了吗？"

沈熄感觉自己的确出问题了。否则不会从晚上九点就睡了，定了夜里十二点半的闹钟，把自己震醒，并且给她打这个助眠电话。

沈熄打开昏黄的小台灯醒神，眼睛不大能睁得开，伸手捂住："没，今天睡得早，刚刚醒了。"

林盏应声道："那就好，我还以为你特意选这个时间给我打电话。"

沈熄："……"

林盏："不要因为我耽误你的休息时间就好啦。"

沈熄放下手，屈起一条腿，将被子往上扯了扯："嗯。"想想，补充了句：“不耽误。”

林盏美滋滋地展望了一下：“这样正好，深更半夜夜深人静月黑风高，我们不做点什么真是太对不起这个夜晚了。”

沈熄心头一跳。

林盏：“夸我吧，用尽你毕生的词汇。”

沈熄：“……”

听那边半天没声音，林盏问：“怎么，夸我很难吗？”

沈熄：“不难。”

林盏：“那你现在夸吧，初始难度三颗星，要求用十个不同的成语夸奖我。”

沈熄顿了顿，张张嘴，什么都没想到。

林盏失笑：“感觉到你很努力在想，可是没想出来。这样吧，我给你举个例子。”

沈熄受她的感染，也不自觉弯了唇角，道：“好。”

林盏：“闭月羞花、沉鱼落雁、出水芙蓉、眉清目秀、明眸皓齿、顾盼生辉、天生丽质、国色天香、倾国倾城、美得一匹。”

沈熄笑：“最后一个算成语吗？”

林盏：“当然，我最大我说了算。”

沈熄：“……”

林盏敲手机：“哎，你行不行啊，能不能接下去？说好的年级第一呢，学霸人设不能崩啊。”

“考高分需要默背几十个夸人词汇不重样？”沈熄沉默了一下，“夸人又不是我的日常。”

林盏一蒙，旋即，心头荡漾。

她绞着耳机线：“是哦，你又不会撩妹，也不经常夸人，对不起，我难为你了。那我们换个游戏？”

沈熄：“别做游戏了，睡觉。”

林盏说：“你要睡了吗？那你先睡吧。”

沈熄倾身，从床头柜上抽了两本书出来，道：“给你读个睡前故事？”

林盏不胜惶恐，差点把耳机给扯下来：“那什么，你要是困的话快睡吧，不用给我读什么……”

沈熄：“《小王子》还是《月亮和六便士》？”

林盏：“有《金瓶梅》吗？”

沈熄：“没有。”

林盏：“没有就好，我故意试探你的。那就《小王子》吧。”

沈熄翻动纸张，轻微的摩擦声响穿透耳麦，直击林盏耳膜。

她将手机反扣下去，躺平，感觉这样的声音也很好听，细碎的、微茫的、安宁的。

她闭上眼睛的时候，沈熄随便找到了自己曾放过书签的那页，开始慢慢读起来。

这种声音让林盏想到每天的早自习，完整而平和的诵读，有的人会饱含深情句句吐露，有的人只是随便读了两句，就能让人印象深刻。

她很快又想到自己的初中时代，初中时她也是怀着得过且过的心情，每天趴在桌上写题目。和所有乏善可陈的青春一样，她就像杯子里的水，晃荡两下，溅不出水花。

她比任何人都清楚，沈熄并不是她青春期荷尔蒙作祟的产物，他是她的隐蔽之所、理想之国——冷静，沉着，不会因为外物而焦虑，也不会因为突如其来的变化而慌乱。那是她很难做到的。

沈熄的声音让她想到幼时喜欢玩的玻璃弹珠，新买来的，通透又坚硬，阳光下滚动的时候，会载起一个微小的光点。

“‘你们很美，但你们是空虚的。’小王子仍然在对她们说，‘没有人能为你们去死。当然了，我的那朵玫瑰花，一个普通的过路人以为她和你们一样。可是，她单独一朵就比你们全体更重要，因为她是我浇灌的。因为她是我放在花罩中的。因为她是我用屏风保护起来的。因为她身上的毛虫是我除灭的。因为我倾听过她的怨艾和自诩，甚至有时我聆听着她的沉默。因为她是我的玫瑰。’”

沈熄读到这里，声音一顿，转而去听听筒里的人声，是平静的呼吸声，应该已经睡下了。

小王子说，因为她是我的玫瑰，那些虫，是我除灭的。

沈熄看着书上自己手掌的投影，怔忡许久，将书签夹入，把书放在枕边。

第二天早晨六点二十分，两边的闹钟齐齐炸响。

沈熄最先清醒过来，按掉闹钟，却发现声音还是没消散。

困意卷土重来，他捏了捏眉心，调整了一下呼吸，这才拿起手机，眯着眼又看了一遍。

想起来了，昨晚，怕她半夜惊醒后太过慌张，他没有挂电话。

于是这一大早，他听到声音，判断她在被窝里翻转了身子，发出了一声不愿醒来的，抱怨一般的，轻声嘤咛。

只是一声，又低又细，夹杂着一点点缺水后的干哑和女生独有的柔。

沈熄当机立断，切断了电话从未如此迅疾地，他掀开被子，换好衣服，翻身下床。

拉开窗帘和窗户，清晨的凉意带着初冬的凛，把房间内暖和的气息吹散得一干二净。

沈熄打开房门，叶茜做的早餐已经摆在桌上了。

林盏的脸埋在枕头里，依然在和闹钟做抵死抗争。手在屏幕上胡乱划拉着，尖锐的闹铃终于被关闭，她长嘘一口气。

灵魂苏醒了，肉体还在沉睡。

她双手一撑，强迫自己醒来，用了很大的勇气，才掀开被子。

她的爱，她的梦，她的肉躯之壳，她的欲望之源——冬天的被窝。

拖鞋在地上趿拉出碎响，林盏步伐不稳，扶着玻璃门进了洗手间。

她打开水龙头，接了一捧凉水，水冷得她指尖发颤，却还是狠下心，视死如归地捧到脸上。骇人的寒意从毛孔每一寸侵入，林盏立刻清醒过来。出了洗手间，她拿起手机看了眼，显示通话了6个小时。

沈熄一晚都没挂电话吗？

怪不得她刚刚好像听到了闹钟的回音。

来不及多想，她检查了一下东西，背好画袋，出发了。

美术生最怕的是什么？

天冷。

那代表着他们要一动不动，一场画三个小时，并且手全程都露在外面，画色彩的时候还要打水和倒水，有时候还要洗调色盘——纸质调色盘，没有正儿八经的盘子好用。

林盏画完色彩，整双脚已经被冻得不属于自己了，像在冰窖里泡了一晚上。

她颤抖着洗完盘子，跺了跺脚，离开考场。

比赛结束后，她又要马不停蹄地赶回崇高。

强风把林盏呛得咳嗽两声，她手捧在一块儿哈了口气，再把双手插回兜里。

拦了辆车，司机看她一个人，皱眉说：“小姑娘一个人来比赛啊？”

林盏把画袋扔到后座，自己坐了进去，带上车门，司空见惯道：“嗯。”

去酒店把东西整理好，林盏办了退房手续，下楼梯时徒手拎着个大行李箱，走得毫不留恋，风风火火。

车站里，碰到提不起东西的女孩子，她还顺便帮了把手。

那女孩子过意不去，一直跟她说谢谢。

林盏挥手：“没关系，我拎着也不重。”

两个人一路同行，那女孩子说：“我好羡慕你这种力气大的，不像我，总是要麻烦别人。”

“每次都会找到愿意被麻烦的人吧，”林盏笑笑，“我也很羡慕你啊，你看起来就让人有种呵护欲。”

不像她，可以拧水可以换桶装水，能拎起两个大行李箱，甚至比男孩子还好用。

那些需要男孩子做的事情，她自己好像也可以完成。

别的女孩撒两句娇就可以完成的，她一般都亲力亲为。

下午到崇高，正好得到快放寒假的通知。

郑意眠见她回来了，没有多说什么，扔了包纸巾给她，让她擦擦桌子。

他们都很懂她，不会问她画得怎么样，怕影响她的心情。

要放寒假了，大家都很躁动。

林盏买了瓶水，去沈熄班门口找他。

一班门口的男生已经习惯了，看到林盏走到二班，已经快速反应过来，朝窗户吼道：“沈熄！快出来！”

张泽在一边感叹了声：“WOW，归心似箭啊。”

沈熄题目解了一半，放下笔，起身。

张泽愣愣地看着他纸上写了一半的题目，颇为惊讶地瞪大眼。

沈熄没救了。

林盏没出现之前，打断沈熄解题的，都没什么好下场。现在呢？

张泽看了一眼不自觉加快脚步的沈熄，摇了摇头。

沈熄出门的时候，林盏也刚好到他教室门口。

见他出来了，林盏把自己手上的那瓶热咖啡递给他。

沈熄愣了一下，但还是很快接过，一手握住瓶身，一手覆在瓶盖上。

他拧了一下，瓶盖很快松动，但是林盏没注意到。

她侧身趴在栏杆上，俯身看着树上光秃的枝丫，开口道：“你昨晚睡了吗？”

很悠闲的口气，像聊天一样。

沈熄把瓶盖重新拧紧，垂眸确定了一下，这才回答她：“睡了。”

她睡着后没多久，他也睡了。

她把手臂搁在栏杆上，下巴枕在手臂上，喃喃自语：“那就好，我怕因为我影响你了。”

沈熄想起她崴脚时也这么说，她好像很不喜欢麻烦别人。

大概是一直以来她都很能干，很少有需要他人帮助的时候。

所以他这一点点的关心都显得格外珍贵，让她有点惶恐。

他低声说：“不会。”

林盏拍拍手，转过身，朝他轻轻笑了下：“那就好啦，这瓶水作为谢礼，我先走了啊。”

沈熄看她极快转身，不由开口叫道：“等一下。”

林盏问道：“怎么了？”

沈熄递上手里的那瓶热咖啡：“我不喝饮料，你拿去喝吧。”

“啊？”林盏语带惋惜，从宽宽的袖口伸出一只被冻得毫无血色的手，握了握那瓶热咖啡，“咖啡也算饮料啊？还是热的呢。”

交接咖啡的时候，他的食指碰到她的手指，真的是骇人的冰冷。

沈熄指腹揉搓了一下，把那点冷意揉散：“你拿去暖手吧。”

林盏松开袖口，把饮料瓶套进左袖中，然后右手也跟着塞了进去。

两只手就这么交叠插在了一块儿，有点像古代大臣的习惯。

沈熄：“……”

怕他看不懂，林盏冲他笑笑：“防止热气扩散。”

沈熄看她这个样子，竟然出乎意料地感受到了一点儿萌感。

他抿抿唇，唇角漾出一丝笑，轻轻浅浅的。

林盏站在原地，手暖和了起来，脚就觉得更冷了。

她蜷了蜷脚趾，原地跺了两下。

沈熄抬眉，问：“冷吗？”

“冷啊，”林盏当然点头，“我们经常一坐就是三个小时，起来的时候跟高位截瘫了似的，下半身一点知觉没有。”

沈熄道："那是你体内寒气太重了，现在冬天了，每晚都要泡脚，少吃寒性水果，多穿点。"

林盏朝他眨眨眼，半是揶揄地说："知道了，养生大夫。"

他没多说，轻微抬了抬下巴："外面冷，快回去吧。"

到了班上，孙宏首先看到她袖子里垂下来一个大东西，惊奇道："林盏，你带回来一个手榴弹啊？！"

林盏回头，一脸认真："嗯，专门炸你的。"

"不行，"孙宏说，"我不能死，我们家的香火还等着我去续啊！"

齐力杰嗤一声："祖上香火都快弯成蚊香了，还续什么？"

孙宏上去就是一脚："你给老子滚！老子是直男！笔直！"

两个人又鸡飞狗跳地闹开了，林盏回到座位上，掏出那瓶咖啡，正准备拧，就发现瓶盖上的小齿轮没有相接，小拉环已经垂到瓶颈处，是有人打开过了。

不对啊，沈熄不喝，为什么要打开？

林盏仔细思索了一番，想起沈熄接过饮料的手势很自然，但的确不像自己要喝的样子。

大概是提前替她拧开了？

这个猜测让林盏浑身一热，她看着瓶口出神，只感觉沈熄这种绅士行为，实在是让人心动得不行。

临近放假的那几天，大家都不太在状态，开始一心盘算起自己的寒假生活，几乎连走路都是飘的。

最后一节课，连老师都镇不住底下的"窃窃私语"，只差在台上歇斯底里了："安静点，再不安静加10张卷子！"

大家这才勉强控制住自己。

林盏在底下撑着头转笔，兴致缺缺。

对她而言寒假没什么诱惑力，放假只代表她将有大把时间跟林政平面对面——这个认知让林盏感到人生无望且悲惨。

还不如来上学，上学还能看到沈熄。

伴随着一阵敲桌和欢呼，桌椅碰撞的刺啦声此起彼伏，暗示着寒假已经正式开始。

林盏恹恹地把作业整理进书包，幽幽叹气，漫长的17天！

孙宏觍着脸凑过来："寒假出去玩啊！"

林盏欣然问道："可以呀，去哪里？"

孙宏道："还没定，定了通知你。"

寒假，林盏在家保全自我的方法，就是没大事不出房间门。

一个人窝在房间里头写作业画画，两耳不闻屋外事。

但她知道，她不去找麻烦，麻烦是会来找她的。

林政平在一周后推门而入，冷冷地看着她："林盏，你知不知道你上次比赛比成什么样？"

枕边《小王子》又翻过一页，沈熄指腹摩挲着带着纹理的纸张，纸在他手下发出令人难安的声响。

手机屏幕一亮。

他眼明手快地捞起来看，却发现消息是张泽发来的。说不清，一种难言的闷包围了他。

张泽：后天出来玩啊，来不来？

"不去"两个字已经打进对话框，沈熄手一停，又把这两个字渐次删掉，问他：跟谁？

张泽：老朋友，跟上次出去玩差不多的。回完信息，他得意地偷笑，知道沈熄想问什么，但他偏不说。

果然，不过片刻，沈熄消息发来，言简意赅一个字儿：说。

张泽嘻嘻笑着，发过去一串：不知道，你想问谁呢？

沈熄：林盏。

张泽：噫……啧啧啧。

张泽：林盏去的哦，你去不去？

看到这条消息，沈熄退出对话框，点入浮在最上面的对话框。

上面的时间显示，最近一条消息，是在3天前。

她这3天都没给他发消息。

看着默认背景发愣的空当，张泽一个大的感叹号发来。

张泽：啊，林盏，林盏说她不去了！

张泽：什么鬼啊，你们吵架了？

沈熄：没。

张泽：可以前我参加他们的活动，她都特意叮嘱我要把你带去。但是刚刚临时变卦说不去了，这不是因为你还能因为谁？！

他怎么知道。

明明前几天的对话都很正常，她说自己最近在画什么风景，什么颜料没有了，又靠自己的巧手调了出来……

完全没有任何征兆，就这么断了联络。

沈熄眉头紧皱，手指无意识地在桌上笃笃地叩着，思索半晌，他决定顺着她来。

沈熄：那就说我不去了。

张泽：别啊，你真的不去了？

沈熄：去。

林盏几乎是最早到冰雪王国的，大家约好在这里玩，她便提前了一点出来，反正能少在那种环境下待一秒算一秒吧。

冰雪王国是个主题乐园，里面的东西全都是用冰砌成的，有雕塑可以欣赏，也有过山车之类的娱乐设施供人娱乐。

林盏站在门口等人，五颜六色的灯光把周边的一切渲染得触手可及。

她抬头，视线四下寻找，像是等家人归程的小孩儿。

她没有等到别人，等到了沈熄。

他穿了一件纯黑的羽绒服，现在羽绒服半开着，隐约能看到里面那件白色毛衣。毛衣上领勾边细致，花纹简单，但给整件衣服都增加了可看性。蓬松的羽绒服衬得他那双腿更是笔直修长。

他从夜色中走来，面容逐渐明亮，直到艳色灯光拂上他的发梢，林盏才后知后觉地回神。

她低下头。

被骗了。

不是说不来吗？

现在好了，她连开场白都不知道说什么好了。

关键是这么一个正经的娱乐场所，出于设计师某种恶俗的审美，居然把门口的灯光搞得像声色场所一样……

问题是，这种稀烂的灯光，居然没能顺利拉低沈熄的档次。

他看起来依然像一朵任何人都无法采撷的高岭之花。

沈熄双手插兜，很自然地问她："你就穿这个？"

林盏立刻低头看了一眼自己的装束："我穿这个怎么了？"

他很远就看到她了。

她穿了一件红色的呢子斗篷，说实话，红色是极其挑人的颜色，但她驾驭得很好。

灯光下她的皮肤又白又细腻，一双眼睛顾盼生辉，真的像从童话里走出来的小仙女。

看得出她只穿了一条裤子，应该是带一点绒的，把她两条腿的轮廓勾勒得一览无余，笔直细瘦。而她脚下还踩了一双至少增高5厘米的黑色靴子。

沈熄垂眸，毫不避讳地看她："里面零下八度，你穿这么点会冷死。"

"还好啊，"林盏说，"我穿得挺保暖的，一点都不冷。"

沈熄不由分说，将手里的袋子递过去，晃了晃："穿上。"

直到把衣服从袋子里抽出来，林盏才后知后觉地意识到："不用穿了吧，我真的不冷。"

少女纤细的手指拎着衣服的一角，将它从袋子里扯出少许，就这么拉着，抬头跟他打商量。

路人频频侧目，对着他们俩低声碎语。

沈熄了然，道："嫌它丑？"

林盏心道：这种经典款，不丑也说不上好看，不会过时就是了。可是，穿沈熄的衣服就等于要跟沈熄扯上关系，跟沈熄扯上关系就等于一定会被人往沈熄那里推，跟沈熄待在一起等于要聊天，聊天就等于沈熄有可能会问她前几天发生了什么。

林盏飞快地在脑海里完成等量代换，遂决定拒绝。

沈熄把袋子收回来，挂在手腕上，无所谓道："那你就不穿吧。"

林盏舔舔唇，试探道："这衣服是给我带的吗？"

沈熄淡淡的，声音听不出情绪："不然呢？"

林盏耳后温度急速攀升，大脑皮层发出高温预警。

她一狠心道："你以为我会感动吗？"眉一皱，低头呢喃，"不会的！"

沈熄把她的面部表情变化尽收眼底，侧了侧头，朝着空旷的地方轻笑一声："嗯，不会就好。"

"孙宏，你一个人偷偷摸摸看什么呢？"

郑意眠刚到，朝着猫腰偷看的孙宏问了句。

孙宏食指抵在唇上："你看，他们俩气氛真好，舍不得去打扰。"

郑意眠往那边一看，就看到沈熄低头藏笑，可惜张扬的灯光暴露了他，让他流露出的那一抹温存无所藏匿。

林盏低头藏脸，可惜腾起的红晕是滴在锦帛上的墨水，只能一个劲儿地往外扩张，铺开一层层的绯色。

真挺美好的。

路人都一直回头看。

齐力杰的声音从天而降，他大笑一声：“你们提前到了哇？哎，那边，孙宏和郑意眠，到得好早啊！”

孙宏咬牙切齿道：“这个笨蛋，老子真想把他削成片。”

5个人很快会合，等了没一会儿，十几个人全都到齐了。

大家检票入场。

里头的景致和外头张扬如红灯区的配置明显不同。

雕刻起的冰雕庞大而恢宏，雕工细致，连边角都削得细致入微，尖锐的冰凌在灯光下泛着冷色。

灯光是冷清的蓝，蓝中掺杂着薄荷淡绿，把整个城堡冰雕衬得大气而不失梦幻。

周边有一簇簇红色树木点缀，极白的盛光营造出璀璨夜景，每一道点缀都像即将绽开的火树银花。

孙宏说：“老子的少女心啊！”

越往里走灯火越辉煌，像小时候经常看的迪士尼动漫，每一场极尽篇幅去描述的盛大场景，就这样呈现在眼前。

饶是林盏这种一贯对梦幻不感冒的人，现在也有些入迷了。

不愧是冰雪造起的王国，真是名副其实的……冷。

大家纷纷穿上自己带来的外套，没带外套的人，就去里面租衣服。

林盏瑟瑟，回过头，沈熄就站在她身后。

他的袋子仿佛在对她嘲笑她的不知好歹。

林盏伸出一只手：“想要衣服。”

本以为沈熄会问她“你想要我就给吗”，但没想到她想要，沈熄真的就给了。

包装袋是硬卡纸袋，林盏接过的时候，不小心看到了牌子。

她决定好好爱护这件衣服。

她本来打算装模作样地披一下，谁知道羽绒服太大，一个劲儿地往下滑，她又拎着袋子，刚用右手把左边的衣服扯到肩上，右边的衣服又掉了下来。

林盏：……

沈熄看她手忙脚乱，活像个没有自理能力的婴儿，忍不住向前两步。

他双手伸出，钳住羽绒服肩线，然后往前拉了拉。

林盏一下愣住。

沈熄没注意到她的眼神变化，把羽绒服最上面的那个用来扣帽子的扣子扣住，然后身子再低一点，找到拉链，上拉。

整个过程一气呵成，行云流水，堪称扣衣服的典范。

林盏双腿打战。

沈熄很自然地接过她手里的袋子，嘱咐道："穿好，不然会冷。"末了，没什么悬念地接了句："你本来就体寒。"

林盏被他这突如其来的类似于宠溺一样的动作给弄蒙了，半晌，随便发出了个什么音节应付一下，然后，缩了缩脖子，把整张脸缩进羽绒服的立领里。

前面的孙宏和齐力杰已经率先进入水手迷宫。

走着走着，大家真的分成了一组组地前行，选择了各自觉得正确的路线。

郑意眠跟姜芹拐进一边的时候，姜芹还有些恐惧道："好怕我们还没走出去就在里面冻死了。"

郑意眠道："相信自己，我们肯定能出去的。"

沈熄走得慢，林盏又跟在他身后，亦步亦趋地跟着。到最后，自然就脱离了大部队。

林盏抬头一看，问："他们人呢？我们走散了？"

沈熄手上的袋子轻微晃动，他为林盏阐明事实："嗯。"

林盏："……"

现在好了，又是独处了。

林盏两只手攥拳，放在口袋里，这么一个带着防御的姿势让她比较安心。

沉默地同行了两步，沈熄放慢脚步，和她并肩。

整个景区租赁的棉服偏多，只有他们俩，穿着疑似情侣服的纯黑羽绒服。

袖口和上身摩擦了一下，带出一阵布料相蹭的声响。

沈熄率先打破沉默："这两天，睡好了吗？"

按理来说，没有比赛，她应该不会失眠。

林盏一副料到的样子，敷衍道："一般吧。"

她不太想聊这个话题。

沈熄不想跟她绕来绕去，索性直接道："你最近在躲我。"发消息也是，出来玩也是，好像不大想见到他。

林盏舔舔唇，不知怎么回答，低头，用脚尖一点点踩地下的小冰粒。

沈熄的心思根本不在走迷宫上，他专门挑些僻静的地方走，给他们制造能够聊天的机会。虽然不是很想这么问，但好像也找不出什么别的理由。

沈熄喉头一滚，问她："新鲜期过了？"

林盏想了一万种他可能会问的问题，结果没想到问她，是不是新鲜期过了。

她皱着眉："啥？"

"没有没有，"意识到他说什么之后，林盏急忙否认，"没过，还是新鲜的，我一直保鲜着。"

沈熄问道："那为什么不想看到我？"

林盏咬着下唇内的软肉，低眉，不答。

有一小块冰碴已经蓄积上了她鞋尖。

见她不说话，一边看地上一边往前走，沈熄停下脚步，就站在这条道路的中间。

林盏依然往前走。

沈熄沉声叫她："林盏。"

林盏硬着头皮，退回去，扒了扒自己的刘海。

她顺势看他，见他是难得的认真。再遮掩下去也没什么必要了，林盏一咬牙，终于说："没有躲你啊，只是觉得对不起你。"

沈熄眉间"川"字更深。

林盏慌忙解释："当然啊，肯定是没有给你戴绿帽子的。"

沈熄的脸色这才好转了一点。

"既然你非要问，那我就说了。"林盏用力眨了眨眼，有些踌躇地开口，"就是之前的比赛，前一晚你给我打电话，我睡得还不错，但是考得挺差劲的，什么奖都没拿到。觉得很对不起你啊，浪费了你那么长时间，却没什么好的成果来证明你的付出是有意义的……"

从林盏说出比赛成绩不好的那一刻，沈熄就知道了原委。

就好像自尊心很强的小姑娘，被老师花了心血重点栽培后依然毫无进步，觉得面上无光，更不好意思面对老师。

也好像很多复读生，一旦考不上好的院校，会觉得对不起陪读的父母。

林盏就是这样。

她觉得自己占用了他的时间，睡得比每一场比赛前都好，但成绩却不尽如人意。

因此，她无颜面对他，更不想在风口浪尖跟他相会，被他提起比赛的事。

她还在喋喋不休地解释，大约是想让他知道自己并不是无缘无故疏远他，也解释了自己这么多天的心路历程。

林盏说："不是不想看到你，只是想再拿到什么好点的成绩的时候，再通知你。"

沈熄不自觉放轻声音，他说："你理解得不对。"

林盏道："什么不对？"

他微微俯下身，看着她道："那是你站在你的立场上认为的，那你觉得，我为什么要给你打电话？"

为什么要哄你？

林盏抿唇："想要我好好比赛吧。"

"不对，"沈熄说，"给你打电话，并不是只想让你取得一个好成绩。所以，也并不代表你没有考好，就像没完成我给的任务，觉得没脸面对我。"

林盏后知后觉，心尖冒芽，好像生出一束一束绕藤而起的花："那是为什么？"

沈熄直起身，云淡风轻道："我只是希望你压力不要太大，睡个好觉。"

仅此而已。

打电话给你，只是因为我想。

沈熄又重新往前走，林盏定定地在原地站了一会儿，思索着他这话中更加深层次的含义。

好像和以往的相处不太一样，但不一样在哪里，她也说不出。

往前走了几步，不知道到底是上天眷顾还是真理掌握在少数人手中，沈熄凭借着过人的第六感，顺利找到出口。

踏出那一步的时候，头顶上方的广播突然传来倒数，林盏不明所以，抬头望了一眼，看见灯光次第昏暗，还没反应过来，整个场馆一切活动停止，咔嚓一声轻响，黑暗笼罩下来。

旁边传来女孩子的惊呼，只是低声，并不是尖叫。

大概大家都知道这里的习惯。

林盏胡乱想着，漆黑让她看不清东西，只能凭听觉确认。

手腕上扣上一个温热的东西。

沈熄在黑暗中摸索着询问："林盏？"

林盏下意识回应："我没……"话只来得及出口一半，伴随着刺啦一声电流通过，整个场馆刹时通明。

沈熄一回头，恰巧碰上林盏抬眸。

两个人的视线撞了一下。

旋即，林盏移开视线。

“这什么意思？”林盏四下看了看，“难道有什么惊喜吗？”

眼见到现在也没出现什么惊喜，林盏眉一挑，想到了什么。

她抬头问沈熄：“奇迹来了，看到了吗？”

温软的粉色灯光给她整个人揉上一层赧。

沈熄问道：“什么？”

林盏眼珠一转，眸中明媚笑意流淌，那颗泪痣都变得滚烫。

“在你面前的，这不是仙女吗？”

这不是她第一次说这种话。但沈熄却头一遭仿佛被烫到，他飞快松开手，感觉掌内都留下了灼伤人的热意。

他听到了几声很确切的跳动声响，来自他的。

林盏盯着自己的手腕看了一会儿，依旧保持着那个笑。

“你们出来得这么快啊！”齐力杰从出口出来，“站在这里，是在等我们吗？”

林盏：“……”

她不好意思说实话，自然顺着台阶下：“对啊，不过没等多久。”

孙宏也跟上来了：“我们在里面弯弯绕绕走了好久，头都昏了。本来做好了一个选择，结果因为迷之‘告白十秒’出现，等光一亮，又不知道自己要去哪儿了。”

林盏问道：“‘告白十秒’？什么‘告白十秒’？”

孙宏说道：“你不知道吗？就门口贴的啊！你进来前在干吗啊？”

林盏：“……”

她在低头走路。

孙宏好意解释：“就是告白的一个东西啊，刚刚灯不是暗了10秒吗？这是这里的一个小特色。

“起源就是很久前的某天，有个人要告白，委托这个场馆做了黑灯的10秒钟，好让他能顺利牵起女孩子的手。后来这10秒就被称为告白神器了，好像说的是什么，在10秒内牵手就在一起啥的。”

场馆门口也有告示，说是转钟时会断电10秒，断电前会停止一切娱乐设施，保证大家的安全。

可林盏当时只顾着低头，没有察觉。

齐力杰的情绪有些激动：“滚滚滚，谁说牵手就要在一起了？”

林盏奇怪地看了一眼齐力杰。

姜芹在一边说：“刚刚黑了，孙宏牵了齐力杰来着。”

孙宏道：“老子夜盲症！吓到了行不行？真是gay者见gay。”

齐力杰：“……”

姜芹跟郑意眠说：“我发现了，他们俩的日常就是互相说彼此是弯的。”

郑意眠道：“没输过，他们还可以互怼一百天。”

接下来的活动里，沈熄都表现得有点魂不守舍。就连冰上过山车这种项目，都没能抹平他眉间的“川”字。

扣安全带的时候林盏问他：“你想什么呢？”

沈熄一愣，旋即摇头：“没想什么。”

林盏期待地看了看前头的轨道，这才说：“你有心事啊？我都跟你坦白了，你怎么还一副忧心忡忡的样子。”

沈熄垂眸。因为另一件无法控制的事，在他身上发生了，并且发生得清清楚楚、明明白白，他没法否认。

而此时，这件事的始作俑者，抑或是这种情感对应的女主角，居然就坐在他旁边。曾旁观过这件事的张泽，就在他身后。

他几个月前说过什么？

“喜欢她，我名字倒着写。”

沈熄在心里尝试着，倒着写了一下自己的名字。

更见鬼的是，他现在质问自己的并不是“为什么会喜欢她”，而是为什么要说“喜欢她名字倒着写”这种鬼话。

过山车起航，急速下行时，一边的林盏抱着身前的栏杆大叫，呼啸的风吹开她细碎的刘海，轰隆的声响卷过。

后面的张泽大喊：“好刺激啊！！”

满腹心事的沈熄，从始至终都在思考，怎么让名字倒着写，变得跟过山车行驶一样流畅。

散场是凌晨三点。

这是个非常危险的时间段。

于是大家商议，顺路的男孩子送女孩子回家，以免女生碰上意外。

商议后决定，跟谁都不顺路的沈熄送林盏回去。

沈熄就近拦了车，拉开车门，侧身看了一眼林盏，让她先进。

林盏还处在兴奋中，叹了声，佯装失落道：“第一次有男孩子给我开车门。”

沈熄道：“大概是你没给他们开车门的机会。”

林盏拍了拍他的肩膀：“真会说话！”

沈熄家很远，送完林盏之后要绕三条街才能回去。但饶是如此，他依然把林盏送到了她家楼下。

林盏今晚真的很雀跃，像喝了酒。

她站在楼道口跟沈熄挥手告别：“感谢你花了这么长时间送我回家，晚安啊！”

回去的路上，沈熄踩着自己身下被拉长的影子，黑魆魆的。

莫名其妙地，他想到了《小王子》里的那句话——你在你的玫瑰花身上耗费的时间，使得你的玫瑰花变得如此重要。

今晚林盏对比赛的坦白，也终于让他后知后觉地再次确认，其实她对他而言有多不同。

不到她问出那个“为什么要给我打电话”问题的时候，他也不会明白，原来自己是那么想的，只是想要打给她，安抚她。

原来当她毫无征兆地同他失去联络时，他竟然会焦虑。

寒假时间不长，假期结束，大家完成作业，准备去上学。

这是高二下学期开学。

虽然教育局三令五申不准补课，但过了风口浪尖，课依然是要补的。

高二下学期，学校加了晚自习和周六补课。

半年后升了高三更惨，晚自习加一小时，周日上半天课。

简直虐待祖国花朵。

面对突然的加课，大家都有点“水土不服”。

突然累积的课程和延长的时间，给大家带来一股萎靡不振昏昏欲睡的疲惫氛围。

大家窝在位置上，撑着脑袋，一副永远也睡不醒的样子。

郑意眠跟林盏说：“盏盏，我觉得大家的睡眠水平已经向你靠拢了。”

林盏趴在桌子上，拿着小本子浑浑噩噩地背上面总结的知识点。

陡然变天，她有点儿感冒，脑袋有点儿迷糊，讲出来的音节也像缠在一起的。

背完10个单词，她叹一声：“啊，想要一个哆啦A梦。”

郑意眠靠着墙角，问她：“沈熄？”

在一起这么久，林盏无数次说过沈熄是她的哆啦A梦了。

林盏道：“不是，这次是真的哆啦A梦，想要一片记忆面包。”

郑意眠说：“一块非全麦面包，是很长胖的。”

她的关注点倒是很独特。

林盏打起精神，强撑道：“那我不要了。”

她们被自己的逻辑精神感动了。

孙宏提醒她们：“别做梦了，好像真的有面包给你吃似的。换个说法，齐力杰，我问你。”

齐力杰这会儿不困，精神着，几乎可以说是精神抖擞了：“啥？”

孙宏：“现在有一个特别可爱的软妹，娇小玲珑的，还有一个高冷女神，长腿的。”

齐力杰耐心道：“然后？”

孙宏：“你听这么认真干什么，这两个人跟你有什么关系吗？”

齐力杰一脚踹上他的椅子：“老子选软妹！软妹！”

闹过一阵后，齐力杰问林盏：“你最近跟沈熄进展如何？这都开学俩月了。”

“还能怎么样，”林盏抬抬眼皮，“就那样啊，没新的进展了。”

之前，由于两个人还有隔阂，一点点打破之后，关系似乎进入了瓶颈期。

友达以上，恋人未满。

不知怎么行进了。

孙宏：“咋样算进展？”

林盏：“照目前这个情况看，只有恋爱算进展，或者让沈熄给我告白。否则我们俩现在就是好朋友，像我们这种。”

“恋爱或者告白吗？”孙宏想了想，“那可能真的不会有进展了。”

林盏：“滚，别咒我。”

孙宏：“是不是你没给他什么暗示啊？就是，也许他在等你表露心意？”

林盏惶惶：“我从半年前开始所做的一切，哪件没表露我的心意？我就差在脑门上文‘沈熄’俩字了。”

郑意眠想想，说：“我觉得，你们俩可能还差一个什么机会吧？就是，那种气氛和场景都刚刚好的机会，那时候他应该就会表露自己了。”

林盏做了个很可怕的假设：“万一那时候他还没告白呢？”

四个人都沉默了。

林盏："你们说话。"

齐力杰："万一天时地利人和都具备了，面对女孩子的示好男方毫无表现，那就是真的不喜欢了吧？"

孙宏换了尊称："盏姐，你要试试吗？"

"不知道，"林盏揉揉太阳穴，"看情况吧。"

林盏一方面觉得不能这么下去，但另一方面又觉得，这样子虽然不能得到他，但好在也不会失去他。

《小王子》里头说什么来着？

想要驯服一个人，就要冒着掉眼泪的危险。

想要一试，就要想到捅破窗户纸后可能面临的窘境，也许她和沈熄连现在的关系都无法保持了。

真头痛。

她扶着脑袋，决定还是好好背单词。想要驯服英语，就要冒着刚背完单词就会忘的危险。

一节伤筋动骨的英语课过去，林盏想出去放放风。

她趴在栏杆上往下看。

校园里的树抽新芽了啊。

沈熄从旁边的楼梯走上来。

林盏倚在门口看他，挥了挥手，算是打过招呼，又重新趴在栏杆上。

沈熄走近，重复标准的台词："别趴在上面，脏。"

"你不早说，"林盏没挪，"我现在都已经趴了。"

沈熄："那你起来，我给你擦干净。"

"啧，反正我都用袖子擦过了，回家洗衣服就可以了。"

沈熄拿纸擦过一遍，居然没有灰。

"估计已经被你擦干净了。"

“本来就不脏嘛，不是人人都跟你一样有洁癖啊，”林盏碎碎念，“也就我能忍你了。”

沈熄听出她的鼻音，问她：“感冒了？”

林盏撇嘴：“好像有点儿，变天了，班上也有人感冒。”

沈熄：“喝药了吗？”

林盏：“没，不想喝，药好苦。”说话的时候，显得鼻音更重。

沈熄问她：“多久了？”

林盏：“三四天了吧。”

三四天前她的感冒还没这么严重，现在已经越来越明显了。再拖下去，大概只会越来越严重。

沈熄：“不行，还是要喝药。”

林盏蔫蔫的：“喝冲剂还是胶囊？”

沈熄：“冲剂。”

林盏下意识往后退了两步：“我不想喝冲剂，太苦了。”

沈熄抬眉：“那你就想这样病着？”

上课铃响了，林盏催促他回班：“你先回去吧，我买点胶囊吃一下。”

感冒病毒来势汹汹，她不想跟沈熄靠得太近，免得把自己的感冒传给他。

第二天一大早，学校买的新辅导书下来了，要班上派几个男生去搬。

三班男生少，就10个。

有人站在门口招呼：“盏姐来不来搬啊！”

林盏揉揉通红的鼻头，糯着声音说：“去啊，等我。”

因为订的书太厚了，学校的班级又很多，所以这次书全放在一个废弃的空教室了。

教室原来是表演用的，后台还有很多缠在一起的电线，几块木板靠在角落里。

林盏问道："我们班书在哪儿呢？"

有人往角落一指："英语的在那里，上面写了三班。"

林盏："这次有四个科目的书对吧，那我先去搬英语的。"

教室里头的线缠得很乱，林盏仔细地辨别着，以免摔跤。

找到了班上的书，林盏蹲下来清点数目，外面跑进来一个女生，高高壮壮的。

林盏猜测，力气大概很大。

那女生走到她旁边，也开始清点数目，她看了林盏一眼，问："需不需要我帮你抱啊？"

啧，反差萌，这女壮士居然有这么细的声线。

林盏笑了下："不用了，谢谢，我搬得动。"

那女生还在说："你们班男生也太那个了吧，连你这种都不放过，我还以为只有我这种会被派来搬书。"

说话间，女生已经站起来，抱了10本厚的新辅导书："太重了吧！"

林盏直起身，抱了17本。

那女生惊讶了："哇，你抱得动啊？！"

林盏笑道："抱得动。"

要不是书摞得太高遮住视线了，她还可以搬。

"你力气怎么这么大啊，看起来瘦瘦弱弱的。"那女生边走边惊叹，要说话，还要扶正手里歪斜的书。

因为刚刚的观感给她带来的震撼实在太大，她好半天没回过神。没注意脚下，绊了一跤。脚下扯住的线正好缠住一边的木板，那女生往前扯了扯腿，一边的木板发出一阵吱呀响声。

那女生吓得一缩脖子，两眼一闭："啊！"

林盏急忙往前跑了两步，拿腿抵住木板，又用手肘往后推了推："小心啊。"

那女生看着一边的木板，仍旧心有余悸："吓死我了，以为要被砸了。"

林盏："脚下很多线，你注意一下。"

往外走了一点，那女生大惊道："你手臂怎么流血了？"

"是吗？"林盏扭过头看了一眼，小伤口，大概是刚刚被木板划的，"小伤，一点血，过两天就好了。"

女生充满歉意："啊，真是对不起。"

林盏摇摇头："真没事，这伤口挺浅的，连创可贴都省了。"

不是安慰她，这伤确实很浅，就跟平时自己走路不小心撞到东西一样，根本不严重，也不疼。

但那女生大概是于心不忍，心中有愧，这才一个劲儿地道歉。

一班的男生紧随其后，也来搬书了。

路过的沈熄正好看到女生不停地询问林盏的伤势。

林盏把书搬回班里之后，男生们也陆陆续续回来了。

他们在讲台上清理书，然后核算没有问题了，就发下去。

发完书之后，林盏用清水洗了一下伤口，就没再管。

刚刚那女生跨班，送来了一瓶酸奶。

林盏撕开酸奶盒，沿着两边顺着口子一推，就可以开始喝了。

自习课的时候收到沈熄的消息：听说你手受伤了？

林盏咬着奶盒的纸，一句"不严重"收了回去，她惨兮兮道：是的，很严重，快死了。

她也没打算让沈熄信，毕竟假如真的很严重，她这会儿就在手术室里了，哪有时间玩手机。

沈熄看到她发来的消息，想到刚刚抱着十几本书依然健步如飞的林盏。

很严重，快死了？

沈熄顿了一下，没有拆穿她：那你好好休息。

林盏：本来很郁闷的。

沈熄：嗯?

林盏：看到你发的这种关心，更生气了。你为啥不让我多喝热水?

沈熄看到她的消息，抿唇笑了。

过5分钟，消息来了。

沈熄：多喝热水。

林盏咬着酸奶盒，一点点笑开。

她飞速打字：不错嘛，现在会get到我的笑点并且承接了，望再接再厉，争取下次为我创造笑点。

郑意眠在一边看着她："林盏，你现在的表情像个痴汉。"

林盏舔唇，回味草莓酸奶的味道："本可爱是软妹。"

郑意眠："……"

黄郴进来了。

今天不是个好日子。

当林盏抬头看到黄郴阴沉的表情时，在心中落实了这个想法。

她以为黄郴是来收她手机的。于是她把手机往里推了推，又推了推。手指无意间在包装盒上叩了一下。然后林盏光速拿起笔，假装在写题。

黄郴："今晚不上晚自习，大家早点回家画画。"

说完这句话，来去如风的黄郴就走了。

就因为这生气?

班上人在讨论。

"怎么不上晚自习了？"

"教育局的下来检查了，所以不能上。"

"那老黄这么严肃干啥？"

"可能怕我们回家偷着玩，哈哈哈。"

果然，黄郴很清楚他们这群人的禀性。

一下课，孙宏凑过来："你们俩，放学去玩呗？"

“又去干吗？”郑意眠问，“不想去，太累了。”

“去咖啡厅坐着画画吧，”孙宏说，“我不想老在家画一样的东西，我想去外面画画。”

“哟，”林盏扶着额头，“你开窍了？”

孙宏笑：“这不是马上要联考了，我着急嘛。”

林盏无所谓道：“好啊，我可以去，就我们几个吧？”

孙宏：“嗯，就我们几个。”

最后郑意眠先回家了，他们三个去的咖啡厅。

林盏刚找了个舒服的位置坐下，沈熄就打了电话过来。

林盏有点疑惑，但还是接起：“怎么啦？”

沈熄开门见山，问道：“你现在在哪里？”

林盏换了个姿势，把速写板撑在腿上，用肩膀和脸夹着手机：“咖啡厅。”

沈熄站在三班门口，朝空空的教室再次看了一眼：“地址？”

林盏抿出一个笑：“你要来找我呀？”

沈熄：“给你送药。”

她的鼻音还是好重，昨天肯定没听他的话好好吃药。

林盏沉默了一下：“苦吗？”

那边跟着沉默了一下，沈熄在思索过到底要不要说实话这个问题后，还是决定坦白：“苦，但是好得快。”

林盏苦着脸：“那你别来了吧。”

虽然这么开玩笑，但林盏还是把地址报给了他。

“记得带颗糖啊。”

沈熄：“糖要少吃。”

林盏唇角下压，挂了电话，跟他们抱怨道：“谁跟沈熄结婚真的倒了大霉了，十七八岁的，活得像个40岁的人。”

孙宏和齐力杰用一种关爱智障者的眼神看着她。

林盏顿了顿，在跑偏之前顺利地找回了自己的轨道，及时转了回来：“——我不入地狱，谁入地狱？是吧？”

齐力杰嘴角一抽：“咱们盏，真是大爱无疆哈。”

林盏笑着喝了口咖啡：“好说好说。”

孙宏看她画速写，问道：“最近怎么都没看见你画色彩？你上次那幅我觉得就很好看啊。”

林盏道：“最近比较惨，没灵感。一般我很长一段时间没画，会忽然来一个灵感，等着吧，也许明天我就能把遇到沈熄时画的那幅画完。”

想到沈熄要来，孙宏和齐力杰主动换了位置，到一边去了。

林盏则在暗暗打算怎么样才能不喝药。

沈熄点了杯咖啡，和咖啡一起端来的，还有林盏的药。

那味道只是在她面前飘了一下，便阴魂不散地冲进她的鼻腔里，直达神经。

林盏下意识就想跑。

咖啡厅的老板人很好，连感冒药都是特意拿玻璃杯冲好的。

林盏恨恨地想，否则她也不会看到这独属于中药的褐色液体了。

杯子搁下后，沈熄把药往她这里推了推。

林盏下意识皱眉：“闻味道就知道很难喝了。”

沈熄看她五官皱在一起，嫌弃之情溢于言表，笑了：“治病的，当然不能用好喝来形容。”

林盏跟他打商量：“我昨天有吃胶囊。”

沈熄：“可是不管用。”

林盏：“……”

好吧，确实不管用。

沈熄催她：“快喝吧，再不喝就凉了。”

林盏心一横，做无谓的挣扎：“我手受伤了，你看见没，我现在右手不能动，一动就好痛。”

幸好郑意眠非要给她贴一个正方形的大创可贴。

看起来，这话还蛮有说服力的。

沈熄装作理解万岁般地点头："那你想怎么办？"

"我不想喝。"林盏继续晓之以情："除、除非有人喂我，不然我怎么喝，我是个残疾人了现在。"

虽然知道最后还是得喝掉，但是能拖一秒是一秒，她现在还没做好准备。

长这么大没闻过这么苦的药。

万一沈熄看她负隅顽抗，愿意在里面加点糖了呢？万一喝完给颗糖呢？

这就应了鲁迅先生那句名言：中国人性情是总喜欢调和、折中的。譬如你说，这屋子太暗，须在这里开一个窗，大家一定不允许的。但如果你主张拆掉屋顶，他们就会来调和，愿意开窗了。没有更激烈的主张，他们总连平和的改革也不肯行。

林盏深谙此理，首先就提了一个严苛激烈的要求，等待着沈熄按照那句名言，来进行适当的"折中"。

果然，沈熄站起身了。

沈熄消失了。

林盏还有点不敢相信，自己竟然只靠着三分功力，就逼退了沈熄。

不知道他去拿什么了，不一会儿，又回来了。

沈熄道："你刚刚说什么？"

大概是贼心不死，还想再确认一次。

林盏当然要守住底线，以免轻易被收买："除非有人喂我，不然我不……"

"好。"沈熄端起杯子，把刚刚拿来的勺子放在里头搅了搅，盛了一勺出来，他抬起头，把勺子送到林盏嘴边："张嘴。"

林盏感觉自己的内心受到了很大的冲击。

她、她还没做好准备。

沈熄难道不会折中说个“喝完给你吃颗糖”什么的吗？

她一个人坐在那里，内心演了一出跌宕起伏的大戏。

沈熄见她没动，勺子贴上她的唇，在她唇线处滑了一下，是要她赶快喝的意思。

流动液体碰到林盏的嘴唇。

很痒。

没有办法，防线已经被人撬开，她只能张嘴。

温热的液体滑进林盏口中，什么味道她全尝不到，只是感觉勺子似乎跟自己牙齿轻轻触碰了几下，打出颤巍巍的响声。

她视线忍不住流转了一下，去瞟沈熄的神色。

他的表情一切都很正常，只是耳朵尖，爬上一层隐约的绯色。眼睫下掩盖的，是深浓的、涌动的情愫。

林盏被他不自然的神情撩得别开眼，齿关却一闭。

“林盏，”沈熄低声说，“别咬。”卡了一下，他这才把话说完，“勺子。”

林盏：“……”

她松开。

爆炸之后，林盏很快恢复了理智。

她飞快伸出手，从沈熄手中夺过杯子：“我自己喝吧。”

沈熄手一空，握到一团空气。

这样暧昧又不点明的氛围，仿佛连空气都不再流通，闷到让人呼吸困难。

时间流速变慢，咖啡厅的背景乐隐于虚无，那些断断续续的人声被隔绝在外。

就像这里真的只剩下他们两个。

林盏喝药时的吞咽声，并不明显的颈间起伏，以及四下游离的眼神，沈熄尽收眼底。

最后一点药剂被饮尽，林盏停了一下，微微仰起的头恢复正常的角度。

她把杯子放到桌面上，还没来得及喘息，没来得及完全吞下苦味，嘴巴里又被塞进一颗圆形的东西。

林盏睁大眼唔唔了两声，像在表达她的不满，控诉他又做了什么不得了的事情。

沈熄转过头，说："是糖。"

林盏一下就乖了。

她这才用舌尖舔了一下。

甜的，但不腻。

抹茶的香甜和药材泛出的苦味中和，方才所有的味觉都被压了下去。

这是悠哈的抹茶硬糖。

她以为他会折中，可是他没有。

他满足了她折中的小心愿，也满足了她最大的贪念和奢求。

第六章

不要走

和高二上学期比，这学期的生活就显得乏善可陈了。

一方面是因为活动和假日没有上学期多，另一方面则是即将步入高三，学校都全副武装起来，把大多数副课撤掉，换上主课填补。

太过繁忙冗杂的生活，自然翻不出多少趣味来。

对于美术生来说，比高考更迫在眉睫的，是12月份的美术联考。

现在已经4月份，时间所剩不多了。

林盏过联考自然是稳的，只是假如成绩能更好，她的竞争力也会更强。所以她也一刻不松懈，时刻保持着紧张感。

她想考的是Z市的蔚大，美术专业排名全国前三。

如果专业课成绩能再提高10分，文化课成绩再提高30分，报这个学校就稳了。

最吸引她的是蔚大的专业水平，其次就是远离W市，她不用老面对林政平了。

林政平手也伸不了那么长，去给她在别的市报比赛。

假如关系得到缓解了，那就放假再回去看看。

青年节那天，学校要组织一场活动。告家长书下来的时候，班长一边发一边抱怨：“组织活动还不如放半天假呢，学校太抠了！”

林盏问：“组织的是什么节目啊？”

“讲座呗，”班长说，“我最讨厌听讲座了，讲几个小时，全是心灵鸡汤。生不如死。”

林盏想想，又问：“座位是排好的吗？”

班长说：“这我就不知道了，估计分一个大区域，然后自由坐吧。”

青年节当天，被班长说中了。

一个班一个区域，高二　二班在一班后面，三班在一班旁边，四班在三班后面，以此类推……

林盏她们先到，她坐在三班最靠边的位置上，左首边正好是一班。

她占了两个位置，然后给沈熄发消息：你和张泽的位置，我帮忙占了。

正式开场前，大家都陆陆续续到了。

林盏撑着脑袋百无聊赖，找了本美术专业的书翻了会儿，沈熄就来了。

林盏福至心灵，一抬头就看到他们班的队伍，一眼就看到了沈熄。

沈熄往里坐进来之后，好多女生叽叽喳喳地低声议论，有胆子大的就直接靠着张泽坐了下来。

林盏看了眼，又低下头继续看书了。

主讲师很快就来了。

一番短暂的预热过后，林盏靠着软趴趴的椅子，也开始有点困了。

她强打精神，拍了拍前面的孙宏：“有水喝吗？”

孙宏朝她摊摊手：“没有。”

她重新靠回去，跟郑意眠打了商量：“等一下我们出去上个厕所，顺便买瓶水吧？”

郑意眠还没来得及回答，已经被另一道声音抢答了。

“我有。”

林盏立刻侧头：“你带了啊？带的什么？”

沈熄：“咖啡。”

上楼的时候，张泽拉着他一起买的。

林盏双眼放光：“正好我困了，你现在喝吗？”

沈熄摇头，把一边的咖啡拿来，扣着拉环开了一下，才递给林盏。

林盏顺着拉环拉开，喝了一口。

在一边写东西的郑意眠开口了：“5月了，马上要出去集训了吧？”

林盏愣了一下：“好像是，几月集训？”

郑意眠：“7月或者8月吧。”

集训就是集体训练，那段时间他们就不上文化课了，专心学专业，一直到联考结束。

有的人会继续留在学校学专业，有的人会自己去外面画室报名，给学校写了申请书之后，那几个月就不在学校了。

孙宏听到她们的讨论，也回过身问：“你们留在学校还是去外面啊？”

林盏说：“应该去外面吧。”

孙宏：“画室找好了吗？”

林盏：“锁定了几个，但是还没决定。你呢？”

孙宏：“我也不知道啊，感觉这边的画室都差不多。”

林盏一听，笑了：“那干脆去Z市或者X市。那边是集训大户，有很多好老师。”

孙宏：“你出去吗？”

林盏骗他：“说不定呢，我也许出国去。”

孙宏一看她的表情就知道她在瞎说，嘁了一声，转过头去。

沈熄坐在一边，一言不发。

林盏喝完咖啡，倒是精神了。

她把空罐子放到一边，把拉环单独拿出来玩。

这个牌子的咖啡是拉环和罐子分体的设计。

她把拉环底下的东西扯掉，只剩上头的一个环状物。

台上的老师还在讲，天南海北地聊，林盏伸出手，把环状物套上了自己的无名指。

看到了全过程的沈熄：“……”

孙宏像是听到什么好笑的，转过头准备跟林盏聊两句。

结果这里头的灯光太亮，显得她手上那个指环更加明显。

孙宏：“你手上戴的是个啥？”

林盏想了想，准备按照之前大家的想法，试探一下沈熄的反应。

“不知道吧，”她晃了晃手指，对着孙宏展示了一下，“这是定情信物来着。”

孙宏恨不得把自己那张脸透过椅子的缝隙钻过来：“谁给的定情信物？”

林盏神秘道：“你猜。”

孙宏眼珠一转，看到沈熄：“我没脑子我也知道谁给你的。”

“那你刚刚还问。”林盏把底下尖尖的那一面转过来，吓了吓孙宏。

“林盏，”沈熄敲了敲椅子间的把手，“别戴着，危险。”

林盏不情不愿地把东西摘下来，定了定神，终于有了点勇气，敢正面问了。

但事到临头，还是有点怂，所以她只能装作开玩笑一般问道：“那就这样把定情信物扔进罐子里吗？”

沈熄没有听出她话中的潜台词，只是点点头：“别戴了。”

她爱乱动，划到自己就不好了。

林盏转头，把那个小拉环扔进易拉罐里，叮当一声响，是跌到底了。

她举起罐子晃了晃。抿了抿唇，吹了下刘海，就又开始看书了。

晚自修时，老师发卷子下来做。

林盏写完题目之后，还剩10分钟。

她撑着脑袋发呆，突然想起李初瓷。

李初瓷就是她那个初中同学，暗恋一个男生，把男生朋友间的关心当成暧昧，初中毕业时告白，却被毫不留情地拒绝了。

于是李初瓷告白了一次又一次，结果，还是没能成功。

最后一次二人见面，是在李初瓷上高中的时候，男生跨了一个区说要来看她。约定的时间是下午五点，她从四点就开始等，等到快八点人才来。

她给林盏打电话的时候，声音哽咽，几乎像是悲鸣："你说，他就是仗着我喜欢他吧？要是这是他喜欢的人，他不舍得让我等这么久的吧？"

林盏握着电话，心中情绪复杂，连一句徒劳的安慰都说不出口。

挂断电话后过了一个小时，李初瓷静静地改掉了自己的签名——你真的没有和我说再见，你说的是永别。

林盏心一凉，急忙打电话过去，李初瓷接起来，语调已经恢复正常，只是嗓子还是哑的。

她在那边装作若无其事，跟林盏说："盏盏，我不等了。"

林盏问："到底怎么了？"

李初瓷自顾自地，语调像释怀，释怀里却夹杂着深重的绝望："我以前总以为只要我努力，我们总会有结果的。你说，再蠢的人刮奖，都知道'谢谢惠顾'里刮出'谢谢'就可以收手了，为什么我还是这么固执，为什么我还不停手？"

"我以为我再努力一点，也许就能看到惊喜了呢。也许那四个字是谢谢中奖呢。"她终于忍不住哭出来，"可是我刮到底了，我再也没有办法了。"

"我不要张牧之了，他怎么样都不会爱我的。"

那天W市的小雨来得毫无预兆，淅淅沥沥，断断续续，就像整个城市陪李初瓷哭了一场，哀悼她无疾而终的追逐。

她耗费了3年青春去爱慕的人，事到临头，只能这样了，不能如何了。

她在爱这个人的时候，快乐过，也满足过，因为他的关心而沸腾过，因为他的眼神而心跳过。那些暗恋里，他给她的快乐是真实的，痛苦也是真实的。

暧昧通往的分岔路口，一边是两厢情愿，另一边是一个人的狂欢。

林盏无意识地按着笔，想到自己，也想到沈熄。

他们现在的关系较以往已大有进展，甚至也在朝着某种方向发展，但得不到回应和表明，她心中总是没底。

看来，的确如孙宏他们所说，她需要一个契机，来把这段感情梳理清楚。

不管沈熄对她是什么情感，无论最后结果如何，也许她会得偿所愿，也许她会成为下一个李初瓷。但她起码需要一个答案。

郑意眠推了推林盏："想什么呢？都放学了。"

林盏这才回过神来，笑着摇摇头，开始清东西。

刚下晚自习，人潮拥挤，有男生风似的掠过，去赶末班公交。

已经是5月，夏初的风初露端倪，显出淡淡的干涩和燥热来。

新生的枝叶在风中飘摇。

林盏用力呼吸了一口，吸进鼻腔里的全是挥之不去的闷。

她想到了今天的事。

林盏踢了踢脚下的石子，又用脚后跟踱了一下，轻轻喟叹一声："我真的不知道沈熄喜不喜欢我。"

郑意眠一愣："怎么说到这个了？"

林盏说："今天我试探了一下他，可是失败了。"

那时候郑意眠在低头写题，隐约听到了一些。

林盏说这是定情信物，沈熄说这东西容易划伤，要她扔掉。

她问真的要丢掉定情信物吗，沈熄说别戴了。

确实，容易让人有误解。

更何况林盏还反复强调了这东西是定情的。

林盏又重复一遍："我真的不知道。

"我跟你说过李初瓷吧？她和张牧之在暧昧期的时候，张牧之在情人节给她送过巧克力，在她给她妈打电话的时候说'你给我岳母打电话啊'……

"我刚刚想到了李初瓷，我觉得很害怕。

"他们那个时候明明看起来那么要好，让人感觉十拿九稳了，可是最后，张牧之还是拒绝了她，并且拒绝了很多次。他真的从来没有喜欢过她。"

她抬起头，看着郑意眠，很认真地说："所以一个人喜不喜欢自己，是不能靠自己感受的，因为你永远不知道自己猜对了没有。"

郑意眠心疼道："所以你试探了，这是对的。"

林盏继续说："沈熄喜欢一个人，可能是像这样，爱管着；也有可能是凡事迁就呢？他喜欢谁，只有他知道吧？"

"他喜欢一个人时是什么样子，我们都没见过吧？"

郑意眠："他对你是特别的，能看出来。"

林盏扯着嘴角笑了下："那能确定他把我当喜欢的人还是当朋友吗？不行吧？"

上个月的讨论，和李初瓷的经验都告诉林盏，她不能再止步不前了，她应该去尝试。

郑意眠给她出主意："我觉得拉环这个还是太隐晦了，可能沈熄根本就不知道你想表达什么。你下次试探，换一个明显的，他一定能懂。我觉得，沈熄是喜欢你的。"

6月底，林盏他们一行人，趁着周末放假，又出去写生了一次。

这次要去的地方很近，也没什么安全隐患。

大家选择了步行。

沈熄感觉到今天的林盏很活跃。

在路上，她问他："沈熄，你喜欢长头发的女生，还是短头发的女生？"

沈熄看了她一眼。大概是很久没去剪头发，她一头齐耳短发长长了不少。

他转过眼，道："无所谓。"

"嗯，"她装模作样地点点头，"四舍五入的话，你就是喜欢短发的女孩子了，对吧？"

她挑起一边眉毛，眼里有试探。

该怎么说？

沈熄想了一下。

她这到底算短发还是中长发？

再三权衡，他开口道："都可以，中长发也可以。"

林盏："……"

她挠挠头发，表示知道了。

因为她也不知道自己的头发算短发还是中长发。

中午停下来休息的时候，大家互相交换带来的吃的。

林盏在那边清理，沈熄在一边跟张泽说话。

有人说："我带了酸梅膏，要不冲一点大家分着喝？"

孙宏："好啊，正好天气也挺热的。"

刚好那个人也带了纸杯，一个杯子里倒一点，拿水冲开。

到最后一杯的时候，林盏搞起了恶作剧。

她多倒了一些酸梅膏进去。

分给大家的时候，沈熄并没有接。

他不喜欢喝饮料。

林盏劝他："你就喝一口嘛，这个真的，和别的味道不一样。"

沈熄接过杯子，看林盏饶有兴致地在他旁边坐下。

光是看她不自然的小表情和杯子里明显不对劲的液体，他就能猜出来是怎么回事了。

但他还是问林盏："这杯颜色怎么这么深？"

林盏当然是只能信口胡诌了："颜色本来就这么深的，因为味道独特。你尝一口，真的，试一下。"

沈熄用唇抿了一口，味道太浓了。

他下意识皱起了眉。

林盏在一边得逞后大笑："猜出来了吗？这杯是没冲过的。"

大家也附和着她一块儿笑。

正当林盏以为自己终于把握了一次主动权时，沈熄却早已经想好应对办法。

他握住纸杯，淡淡地说："我知道，但我以为你不会骗我。"

林盏的笑容僵住了。

顷刻间，她就像个自以为是的负心汉，沈熄是被欺骗的小白花。

她苍白地解释："我、我不是那个意思。"

看着林盏须臾间软下来，张泽跟一边的人发表感言："看见没，这就是撩妹的最高境界。把自己变成受害者，既让妹子感受到你的信任，又让妹子愧疚于辜负你的信任，然后你们就可以……"

"可以怎么样？"

"自己想。"

临近傍晚时，四下静谧，四周只剩下大家在水桶中洗笔的声音。

沈熄坐在一边看书，张泽在打游戏，大家各自都找到了事情做。

虽然还有件事吊在心中没解决，但林盏还是感觉到了一种久违的舒适。

这是一种非常适合创作的氛围。

大家一起工作，但又很安静。

沈熄坐在她旁边，林盏的一只耳机里还放着舒缓的音乐，开头是海浪拍打暗礁的冲刷声，让人仿佛置身海边。

哗啦，哗啦。

天地万物，沧海一粟。

她终于把一年前搁置的那幅作品再次拿了出来。

看了一下，不太满意。

她决定重画。

用铅笔打过一层浅浅的形之后，又用勾线笔蘸着熟褐色，把形稍微修改清晰些。

她开始铺大色块。

风清浅地掠过，不带出声响，树叶唰唰地扫动。

她觉得自己甚至可以听到沈熄翻动书页的声音。

这样的柔和静谧简直是天赐良机，她感觉自己飘浮了很久的心，突然间就冷静下来了。

什么都不再重要了。

无论林政平是不是要再把她送去比赛，无论沈熄是不是喜欢她，无论最后的画室要去哪一家……

至少在这幅画里，她找到了完全的自我，并且主宰了自我。

透蓝澄澈的海水上，浮出一座废墟。

海浪的波纹层层叠叠，像是姑娘爱穿的淡蓝色百褶裙，每一道褶皱都将废墟扭成不同的形态。

灰败的废墟在倒影中竟显出一种出乎意料的温柔，也因为林盏在海水中自由发挥，而让废墟的倒影色，被赋予了一种浪漫情怀。

而真正的废墟却要极端写实，精细到从砖块中伸出的钢筋，以及支离破碎的瓦砾。

林盏用了6个小时才画好海面，废墟没时间处理了，明天再塑造吧。

等她一抬头，发现天色已经黑了。

大家的东西好像也都没了。

看到一边的画具全被收走，林盏心里猛地一跳，赶快往另一边看去。

沈熄坐在一边。

她提着的一口气放下来。

沈熄看她倒完水回来，把书合上："画完了？"

林盏的声音里夹杂着雀跃，她说："画完了三分之一，拖了一年的画，终于找到感觉继续了。"

沈熄嗯了一声，开始清理东西："刚画完，你的画怎么装？"

"就不装了吧，我就这样抱着，"林盏兴冲冲地说，"等它干，还可以沿路欣赏。"

沈熄扫了一眼她的画面。

天色昏暗，他只能看个大概。

尽管只瞥了一眼，但他就觉得这画一定好看。

沈熄："十点了，叫个车回去吧。"

林盏这会儿才觉得眼睛疲劳，闭上眼舒缓了一下，才说："沿路走走呗，我坐了几个小时，身子都僵了。"

沈熄帮她把画袋收好，这才点头道："好。"

林盏准备把画袋背起来，沈熄已经抢先拿了过去："我背吧。"

林盏一只手抱着画板，用另一只手揉了揉脖子。

今晚没有月亮。

她仰起头，轻声说："沈熄，你觉得今晚的月色怎么样？"

沈熄用着"学术派"的思维方式抬起头，却什么都没看到。

他下意识道："今晚有月亮吗？"

林盏沉默了好半天："……"

"今晚月色真美"的意思就等于"我喜欢你"，这点沈熄不会不知道吧？

林盏踌躇了一下，道："虽然没有月亮，可我觉得今晚月色很美。”

是因为你在我旁边，所以觉得，今晚夜色，很美。

沈熄顿悟。

想了想，他不想用这样大众的方式表露自己的心迹。

他抬起头，眸色一深，讲出来的话却云淡风轻：“我觉得……一般。”

“没有你美”4个字方才酝酿到位，正准备选个好机会说出口，山雨欲来前，风声灌楼，沈熄跃跃欲试。

后面的鸣笛嘀嘀嘀连按3下，还开了个双闪。车子停在他们旁边，司机摇下车窗，探出一个浑圆的大脑袋：“打的不大兄弟？”

沈熄：“……”

林盏抱着画板坐了进去，心里又开始默默叹气。

沈熄到底知不知道？

总不可能拿把大刀抵在他脖子上质问他“你到底想不想和我在一起”吧？

她显然是累极了，没等到自己把这个问题思索完，已经靠着椅背睡着了。

车很快到她家楼下，沈熄看了看她熟睡的脸，虽然不忍心，但还是抬手拍了拍她：“林盏，到你家了。”

她无措地睁开眼，眼里还是雾蒙蒙的，表情呆滞，一副没睡醒的样子。

“嗯？”她看了眼沈熄，又看了眼窗外，稀里糊涂应道，“嗯。”

她困倦地小幅度伸了个懒腰，然后抱着画板就要站起来。

沈熄提前发现她的动作，赶快伸手在她头上护了一下，才让她的头免于撞到车顶。

林盏窘迫地推开门，晚风一吹，才清醒了许多。

她揉揉太阳穴：“我睡傻了已经。”

沈熄把她送到楼下，看她正准备转身进楼道，及时叫住了她。

林盏在半明半暗的光中回眸：“嗯？”

沈熄定了定神，道：“以后晚上搭车，不要在车里睡觉，很危险。”

“知道了，”林盏嘟囔着，“因为你在我才睡的。”

搞得那么严肃，她以为他要说什么呢。

沈熄张了张嘴，半晌才开口道：“好，进去吧。”

林盏踱着小碎步：“行，你也早点回去吧。”

沈熄看她进了电梯，这才转身离开。

前行时抬头看了看天幕，空荡荡的，只剩下几颗星在闪烁。

那句话，算了，总有机会再说的。

进了在路口等待的车内，沈熄报上了自己家的地址。

司机透过后视镜看他：“这么远还来送……你女朋友啊？”

精挑细选之后，林盏和郑意眠把目标锁定在了“汀莫画室”。

汀莫画室也算W市比较大的几家画室之一，林盏和郑意眠这种有一定水准的，会被分去精英班。

因为今年的联考提前了，所以画室集训也提前了。

汀莫画室决定7月1日正式开始集训。

精英班也一样，有从外地专门请来的顶级老师，给他们按个人情况制定对策。

6月30日晚上，林盏她们准备办一个小型的联欢会，跟大家道个别，毕竟她们马上就要离开半个学期了。

谁知道还没到晚上，他们这批要出去集训的人，就被老师叫去谈话了。

好像是美术组的组长。

路上，孙宏还在跟她们俩八卦：“我听说不是我们的锅，是因为学校有几个实验班，专门搞文化的那种，里面好多人都要出去学艺术，学校觉得半路出家风险太大，就召集在一起谈谈话，想把一些未成形的想法，扼杀在摇篮之中。”

林盏说：“半路出家的确有点危险，学校要管管也正常。”

结果他们失策了，老师不仅劝了那些想半路出家的学生，还劝了林盏和郑意眠。

“你们两个被黄老师带的，水平已经很高了，我觉得你们不用出去，对吗？要对学校的师资力量有信心，后期训练强度会加大，黄老师也会更认真。”

毕竟大批学生出去，对学校还是有些影响的。

可崇高是以理科闻名的，文科也不错，艺术相对而言就没那么好了。林盏她们接受一种观念太长时间，也需要经验更加丰富的老师，来帮她们更上一层楼。

而且那边的师资条件，着实太诱人了。

但是老师苦口婆心劝了很久，她们也只能点点头，说：“好的，我们回去再和家长商量一下。”

出了办公室，孙宏问她们：“你们真的要考虑吗？”

林盏头痛：“不知道他们怎么想，其实我无所谓的，7月不去8月去也可以，差不多，还可以多留一个月学学文化。”

郑意眠也是这么想的，她说：“我回去再跟我爸妈商量下。”

虽然不知道明天到底走不走，但大家似乎都默认了她们明天还会来。

姜芹要留在学校，她给林盏和郑意眠都买了礼物。

“不知道你们到底走不走，礼物就先送了吧，怕以后没机会了。”

同班一些关系比较好的，都给这些要走的人送了礼物。

回家之后，林盏收到沈熄的消息：不走了吗？

想了想，她回复：不知道，我家里人还在商量。

沈熄看了一眼桌上的浅绿色盒子，这是买给她的礼物，本来准备今天送的。

但是，又听张泽说老师找她们谈了话，大概又不走了。

这东西就没送成。

林盏回完消息之后，开门往外看了一眼。

蒋婉和林政平在商量。

蒋婉想让她明天就去画室，为联考和校考做准备。

“还有学校校考要画色彩头像，她们学都没学，当然要多留一点时间画画了。”

林政平则认为不急，可以晚点再去。

“考色彩头像的学校少，再说了，那都是联考完再学的东西了。林盏现在没必要去那么早，去得早的都是底子差零基础的，她这段时间只要保持手感就行了。”

眼看短时间内争不出个所以然来，林盏又把门关上，开始继续之前没画完的画。

废墟处的细节难处理，画到后期几乎全是用小笔触来塑造，一小处就要用掉她半个小时。

中途，蒋婉进来了一趟。

看她在画画，把牛奶放在她床头柜上，轻声说：“不早了，你画完早点睡。”

林盏腾出工夫问了句：“你们商量好了吗？”

蒋婉：“你是怎么想的？”

林盏耸肩：“我无所谓，反正一个月对我来说进步也不会很多，保持训练也不会退步。”

她现在主要想的是怎么把这幅画画完，怎么把这幅画画好，其他东西她不想管。

蒋婉：“我跟你爸还没商量好，你画完早点睡吧，去画室的话我明天早点叫你。”

林盏：“画室八点上课。”

蒋婉：“但是第一天，要早点起来收拾。”

蒋婉带上门离开，林盏又继续调色，蓝灰橘红调和，避免颜色太纯。

画到十一点多，林盏出去洗了个澡，蒋婉和林政平还在四处打电话，询问以前出过美术生的家庭。

林盏："……"

有必要吗？

她跟沈熄道过晚安，提前睡下了。

第二天一早，闹钟刚响，蒋婉就进来了。

"盏盏，起来，我们决定还是让你今天去画室。"

林盏还没完全醒，被蒋婉这么一吓，迷迷糊糊地应了声，而后去摸自己的闹钟。

蒋婉："收拾一下快起来啊，今天颜料什么的都要带去！"

汀莫画室，从她家搭车过去要40分钟，她还有一个小时可以整理。

不去学校，就可以穿自己的衣服了。

一边找衣服，她一边开免提给郑意眠打电话。

郑意眠的声音也是迷迷糊糊的："嗯？"

林盏："你今天去学校还是去画室啊？"

郑意眠打了个哈欠："我去画室。"

林盏说："我也去，你家去画室不是要一个小时吗？小心迟到啊。"

"嗯，"郑意眠说，"我这就起来了。"

"好，那我挂了。"

"拜拜。"

林盏把颜料清了清，装好画笔，带个桶，就差不多了。

画室有画板和画架。

林盏把头发整理了一下，就出门了。

汀莫画室的环境很好，带着纹理的微晶石瓷砖，宽敞的教室，早上

8点的阳光刚刚好，金粉似的倾倒一地。

画室每年都要重新装潢，而今纯白的墙壁实在让人通体舒畅，墙上挂着几幅老师的画作，不远处的写生桌上，摆着几个没有沾灰的石膏，看得出常有人清理。

林盏推开门，对着戴眼镜的老师道了声好。

这是宋老师。

宋老师笑笑："你好，随便坐吧。"

林盏找了靠窗的位置坐下，宋老师问："你叫什么？"

"林盏，双木林，灯盏的盏。"

"我知道你，我以前在获奖集上看过你的作品。你的风格太独树一帜了，好好把握，校考一定能拿非常棒的成绩。"

林盏笑笑，说："那就要拜托宋老师指点一二了。"

郑意眠踩着点准时进来，还在喘着气。

她在林盏旁边卸下画袋，揉了揉自己酸胀的肩膀："幸好你给我打电话，不然我就睡过了。"

"快坐吧，等下要开始画了。"

宋老师看全员到齐，自我介绍了一下："大家好，我姓宋，是你们的色彩老师，你们叫我宋老师就好。

"今天是第一节课，我说说我的规矩，大家在门上看到了手机收纳袋，没错——这就是拿来放大家的手机的，上课不允许玩手机。"

底下传来一阵倒抽凉气的声音。

宋老师继续说："好，现在每个人要么关机，要么把手机调成飞行模式，放到一边。假如家长有急事会打我的手机，其余的乱七八糟的消息，全都不是你们该管的了。"

大家纷纷哀叹，但只能交上手机。

林盏长按电源键，关了机，把手机放进收纳袋里。

郑意眠看她："你关机啊？"

林盏耸耸肩："反正平时也没人找我，没事。"

郑意眠："我也是，那我也关机好了。"

回到座位上，林盏问郑意眠："孙宏他们也找好画室了吧？"

郑意眠开始一样样往外拿东西，说："是呀，但是离这里好远。"

"几家大画室应该都挺严的，"林盏把折叠的水桶展开，站起来去接水，"估计他们也得被收手机。"

接水的时候老师发了画，要他们在三个小时内画完。

画上的静物很多，时间有点赶。

郑意眠画这种是最得心应手的，一个浅蓝的背景加点颜色铺上去，初落笔就很漂亮。

宋老师："不错，但是白有点多，下次加少点，不然背景退不到后面去。"

"林盏，你这个亮面稍微有点灰，提亮点。"

一整天，林盏都投入在画面中，尽可能地去适应新老师。

下午下课之后，林盏和郑意眠饿得不行，一下课就冲出去买吃的了。

吃完回来之后，距离晚上的课只有10分钟了。

林盏跟郑意眠串通了一下："我先去看看手机里有人找我没，你帮我看着老师啊。"

这汀莫画室的老师太严了，连下课都不让看手机，只有等晚上九点半下课后，才能拿回手机。

林盏的手机没有关机提醒未接来电功能，故而这一开机，别的看不到，只能看到QQ上发来的消息。

最上面的消息是姜芹的。

姜芹：你今天没来啊，已经去画室了吗？

既然先点开，林盏就顺手回了：嗯，已经到画室了。

正准备退出的时候，姜芹的消息很快来了：你怎么现在才回我啊，刚刚吓我一跳，看消息以为你刚刚才到画室，我以为你出国去了呢。

姜芹：你是在哪个画室来着？

林盏打出“汀莫画室”4个字，看着姜芹发来的消息，笑了笑，玩笑似的道：Austin Mo，中文名奥斯汀 莫奈。

姜芹的脑回路确实是异于常人，林盏总爱捉弄她。记得以前林盏跟她说“富兰克林 盏”的时候，她还认认真真地问：“真的有这个人吗？不会真有人说过‘挖我白颜料者虽远必诛’吧？”

这次，姜芹也上当了。

姜芹：你真的去国外了？

姜芹：不过国外好啊，黄郴之前也说你这种画风就是那种很高级的感觉，去呼吸一下资本主义的空气，学习一下那边的技巧，简直不要太赞！

姜芹：不过老黄之前就说要你出国，你不同意，现在咋回心转意了？

姜芹：不过我好担心啊，你去国外学习不同的技巧，联考会不会手法不一样，过不了怎么办？

林盏：人是会变的。

捉弄完了，感觉姜芹真的上当了，林盏准备解释。

“你别卖蠢啦哈哈哈我没有出国”这句话才打了前面两个字，郑意眠推她：“快点，我看到有老师到楼下了。”

郑意眠这么一推，林盏就顺势把“你别”俩字发了出去。

刚刚打开的时候顺势看了一眼，全是大家问候的消息，林盏来不及看，退出之后，关机了。

唯有姜芹对着那边欲言又止的“你别”两个字，犯了难。

犯了许久的难之后，她对一边的同伴说：“我知道了……她要我别说出去吧。”

下课铃响了，崇高的学生接踵而出，趁着这半个小时去买晚餐，好饱着肚子应付接下来的晚自习。

一贯不紧不慢的沈熄，这回也加快了动作。

张泽从后面赶上来，搭着他肩膀："怎么，想吃啥？"

沈熄快速走出班级，应付道："随便。"

路过三班的时候，正好，最后一节课是数学课，老师拖着堂，没下课。

沈熄站在窗前，扫了一眼里面。

班上看似排得很满，与平时无异，但沈熄一眼就看出，林盏的位置上，坐着别人。

最后一排都是空的。

张泽在一边道："现在才想起来看啊，人家都一整天不在了。"

沈熄脚步一顿，继而转身往前走。

放在口袋里的手机突然开始振动，他心里隐隐有预感，拿出手机一看——是张泽打来的。

张泽在后面笑了："怎么，这么快，以为是谁打来的？"

沈熄按下红色的挂断键，不置一词："……"

张泽："我就说你怎么今天一整天老在看手机，原来是在等人找。不是我说，别人没找来，你不能去找别人吗？"

沈熄蹙眉，垂眸掩去眼底神色："我找了，可是找不到。"

第一次这样，原来都是她找他，他总有办法从别人那里知道她的消息，知道她在哪里。

这是第一次，就算去找她，她都没有回应。

他找不到她了。

这样的焦灼让他整个人都处于一种不知如何解释的心境中，沉不下心来，好像……好像怕她真的就这样消失了。

"怎么找的？发消息了吗？"

"发了，没回。"

"打电话了吗？"

"没接，关机了。"

"郑意眠呢？孙宏呢？齐力杰呢？"

“我没有他们手机号。”

张泽想了想：“我有孙宏微信，我发个微信问问他。”

沈熄晚上没吃多少，整个吃饭过程中，脚都无意识地在地上打着拍子。

好像很难耐。

张泽跟他在一块儿这么久，这是第二次看他这种魂不守舍的样子。

张泽被他感染了，过一分钟就去看一眼手机，看看孙宏回消息了没有。

“奇怪，这家伙以前都秒回啊，这都十几分钟了，我给他打个微信电话看看。”

张泽打了微信电话，孙宏还是没接。

张泽道：“可能去别的画室了，第一天集训比较严，就没看消息吧。”

沈熄不语。

他宁愿是这样。

张泽问：“林盏有跟你说她去什么画室吗？”

沈熄摇头：“昨晚还没决定今天到底去哪，就没有跟我说。”

张泽：“那她今早也没跟你说不来吗？她不知道你也准备了礼物要送吗？”

沈熄压下心中的不安，道：“应该是太急了。”

张泽想了想：“这样，我们等下去问问姜芹，她跟林盏关系挺好的，问问她知不知道林盏去哪个画室了，你实在放不下心，可以去找找。如果姜芹都不知道，那就应该是林盏画室太严了。”

话音刚落，张泽看到外面，姜芹的身影一晃而过。他拿着手机飞速追出去：“哎，姜芹姜芹！”

姜芹听到身后的呼唤，转过身：“谁啊？张泽？怎么了？”

张泽咳嗽一声，摸了摸嘴角，回身去看从店内走出来的沈熄：“那什么，想问问你，你知道林盏去哪个画室了吗？”

姜芹脸上的疑惑立刻转化成骄傲：“来得早不如来得巧啊，我刚刚吃饭正跟她聊完天呢！”

说话间，沈熄也来了。

张泽问姜芹：“你刚刚跟林盏聊了天吗？”

沈熄也说：“她手机一直是关机的。”

“那我不知道，”姜芹说，“我一个小时之前给她发的消息，她刚刚回的我。”

张泽：“说的什么？”

姜芹有点为难：“她不让我说。”

张泽斟酌着看了一眼沈熄。

沈熄屏息问道：“她刚刚跟你聊天了，而且，不让你说她去了哪里？”

姜芹本身就对沈熄怀着那么点仰慕的心思，此刻被他这明晃晃的眼神给看着，整个人都不自觉紧张了起来。

她扭捏了一会儿，见沈熄依旧不放过自己，只好道：“那我说了，你们不要跟别人说啊！”

沈熄自然点头。

姜芹说：“她出国了，去国外学画画去了。”

张泽被这消息震惊得张开嘴，半天才吼一句：“怪不得一上午关机呢，飞机上呢吧？！”

沈熄眼睑一颤，却一句话没说，嘴唇抿成一条线。

张泽继续道：“为什么出国不能跟我们说啊？”

姜芹：“这我就不知道了。”

“好了，”沈熄不愿多说，深吸了一口气，抬眸看张泽，“我们走吧。”

一路上，张泽都喋喋不休：“不至于啊，出国又不是什么大事，为什么非得瞒着我们？”

“郑意眠、孙宏他们这些都是帮凶吧，怪不得全不接电话呢！”

“就算要瞒着我们，也得给个合理动机吧？不说我，我跟她没关系，但是你跟她那么好的关系，她凭什么跟姜芹说不跟你说？姜芹跟她哪有跟你这么好？”

说到这句，二人皆是一愣，仿佛正中箭靶红心。

张泽艰难地吞了一下口水，道：“不会是为了躲你吧？只有这个选项了，其他都不成立。”

沈熄脚步一滞，道：“我不知道。”

“你不知道？那你想想，你最近有没有做什么事情惹她生气？回忆一下，可能会让她失望的那种行为？”

“失望？”沈熄回想道，“怎样算失望？”

张泽：“比如她向你示好什么的，被拒绝了之类的。”

沈熄一顿：“之前出去玩的那次，她说‘今晚月色真美’，我说‘一般’。”

张泽：“嗯，还有吗？”

沈熄：“没了。”

张泽：“还有吧，那次听讲座，她把你给她的咖啡拉环当定情信物，结果你要她扔掉，她还问过你是不是真的要扔定情信物，你说是。我当时就感觉她情绪有点不对。”

沈熄：“……”

张泽看他蹙眉，问：“怎么，没想起来？”

“想起来了，”沈熄眸色渐暗，“但我当时不是那个意思。”

张泽：“我当然知道你不是那个意思了，但人家误会了也说不定啊。你要想，她一个女孩子，这么主动了得有半年多了吧，也许这两次她是鼓足了勇气来说的呢，但是你传递了错的东西，可能失望攒够了，就放手了。”

张泽继续道：“而且这次她走得很平静，也没有告诉你，大概也是猜到你不会挽留了。我之前在网上看到一句话，大意就是，真正决定走的那次，关门声最小。所以她才那么冷静吧。毕竟是女孩子，有的话不好说得太直白，感觉已经到那个度了，就只能收了。”

沈熄踩着碎石往前走，踢过石子的时候，突然想到，这是林盏很喜欢做的动作。

他没说话，想起她每次想顾左右而言他的时候，都会重复这个紧张的小动作。

她说谎的时候眼神闪烁，他一眼就能看出来。

可昨天他们没有见面，他没法看到她的眼睛。

一刹那，像是被人抽光了力气，沈熄脚步慢下来。

张泽于心不忍，道：“人走都走了，你别这样了。现在操心的不该是她怎么误会你这件事，毕竟已经误会了，最该操心的是，希望她别在那边谈恋爱了，你也知道，国外的小哥们又浪漫又帅，追起人来很有手段，林盏又漂亮……”

沈熄侧眸，头一回用那样的眼神斜张泽：“闭嘴。”

张泽：“我说实话而已，你能不能别这么有杀意。”

张泽尝试着让他往好的方面想：“算了，大不了就不强求了呗，你也不喜欢别人，就不要吊着别人了。”

沈熄脚步蓦地一停，像是这么多天的情绪终于找到一个发泄口，洪水般奔涌而出：“我不喜欢她还这么对她，我有病？”

“你终于承认了吧！磨磨叽叽这么久，还是承认了吧！”张泽暴跳起来，“早点说多好，早点说人就不会走了！”

路过的人用奇怪的眼神看着张泽。

张泽恢复正常，抱臂道：“老子这么激动干吗，又不是老子的妹子跑了。”

激动之后，张泽这才理智地说道：“如果她还在，你这么讲也许能力挽狂澜。但是现在人已经走了，怎么样都没办法了，怪就怪你这家伙太被动了，假如能重来一次，你还这么被动吗？”

说完，不等沈熄说话，他道：“我要是你，我一定主动到让对方害怕。不过说这些都没用了，你没有重来的机会了，沈熄。”

这句话让本来并不明晰的悔恨加倍放大，无孔不入地爬满沈熄的每一寸肌肤。

张泽说得对，无论如何，他没有重来的机会了。

假如还能重来？

他一定不会让她走了。

可惜，已经没有这个机会了。

张泽到了教室，开始清书包："我今晚篮球队有个活动，就不上晚自习了，已经把假请好了。你，今晚一个人回去，可以吧？"

沈熄低声问："什么活动？"

张泽："上回赢了个比赛，这次庆祝一下，一块玩玩，喝点酒唱点歌啥的。"

未作多想，沈熄抬头："我跟你一起去。"

张泽："你平时不是最讨厌这些活动了吗？去干吗啊？"

沈熄："不想上课。"

这节是数学晚自习。

林盏她，最不喜欢数学课。

沈熄请假很容易，给老师发条消息，不用说原因，老师立马同意，还让他好好休息。

张泽在一边骂骂咧咧："这么特殊化啊，我上次请个假差点就没说自己得抑郁症了，那家伙，给我审问的啊，三堂会审似的。"

晚上九点半，汀莫画室终于下课了。

大家拉着长长的叹息，伸了个懒腰，去拿自己的手机。

林盏和郑意眠没动。

林盏今晚速写画得快，提前半小时就画完了作业，现在正在位置上补自己那幅没画完的色彩，废墟已经完成了一大半，还剩下三分之一没有画完。

为了防止自己画细节的手颤抖，林盏用左手扣住右手手腕，这样托着作画，会稍微稳一点。

一个破碎的砖块就用了她10分钟。

老师在身后，看着她调色盘中一小块儿一小块儿的区域，问道：“还不走吗？”

林盏挑了团朱红，用绿色融合了一下，才说：“画完再回去吧，没事，家里不着急。”

老师：“画挺好的。我发现你还是适合这种没有框架的作画，不会压抑你的天性。这幅画准备处理到哪里？有想法吗？”

林盏：“目前还没找到，画完再说吧。”

老师：“好，画完跟我说一下，我认识几个专门负责比赛和画展的老师，可以给你介绍。”

林盏道了谢，老师又往郑意眠那边看了一眼。

郑意眠还在画速写，非常细致，里里外外的条纹全不一样，而且透视也很到位。

这两个小姑娘关系好，画画也都是一流水准。

“郑意眠以后可以往联考状元那个方向培养，林盏往个性画派的方向走，挺好。”

“走的时候记得锁门啊。”

“好，老师再见。”

画到十点半，林盏手脚发酸。

郑意眠正好削完一支笔，问她：“饿不饿？”

林盏立刻心领神会：“那咱们下去吃个消夜吧，我也该回去了。”

刚刚跟蒋婉打了电话，蒋婉知道她的性格，说要是灵感到了，今晚不回去，就在画室外面开个房间也行。

“你今天那个背包里，妈妈给你放了一套换洗衣物。”

林盏：“这你都放了？我怎么不知道？”

蒋婉：“我看你最近几天都在画画，怕你到那边也画得很晚，就给你准备了一套。这样你就可以在附近休息一晚上了，免得回家来耽误你创作的黄金期。大晚上回来也不安全，你就跟郑意眠一起开个房间也可以。”

林盏在外面比赛时经常自己开房间，蒋婉还是不担心她的自理能力的。

但林盏今晚已经不打算画了，还是准备回去。因为郑意眠没带换洗的衣物。

锁好画室门，郑意眠已经靠在楼梯口等电梯。

林盏晃了晃手上的钥匙串：“想吃啥？”

郑意眠舔唇：“我刚刚发现底下有烧烤，还有红豆饼，刨冰什么的也有，你想吃什么？”

林盏：“我都行。”

她们出了电梯，暖橘色的灯光在视线里渲染开一大片。

夜晚的街市温柔，凉风夹杂着各种味道，从远处一直飘进楼里。

林盏推开防盗门，感叹了一声：“真香啊！”

沉默了两秒，她同郑意眠面面相觑：“我们俩是不是没拿手机？”

郑意眠低头，语调很凄婉：“假饼害人。”

要不是方才她们在画室里尽情展望接下来要吃什么，给自己画了个十成十的大饼，也不会兴奋到连手机都忘了拿。

“算了，”林盏重复一贯的口头禅，“也不会咋样。顶多回去用我妈的手机跟沈熄聊天。你呢，你就比较惨了，没人跟你聊天。”

郑意眠：“哦。”

两个人先是买了串香肠，撒上芝麻和甜辣酱的烤肠在案板上嗞嗞响着，像两条搁浅在岸上挣扎的鱼。

老板抽了张纸巾卷住木扦下头，一边递了一个。

郑意眠没带现金，林盏付钱，付完之后正准备开始吃，被郑意眠的一句话吸引了注意力：“那个酒鬼长得有点像沈熄啊。”

“造谣是要负法律责任的，”林盏抬头一看，“沈熄？！”

隔着一条马路，那边人的两只胳膊被人扛在肩上，步伐沉重，几乎可以说是在被拖行着往前走。

稀疏的灯光清浅一道，从他的下颌线条一路往下坠，跌坐在他的锁骨上，又沉进他的衣领中。

他仰着头，喉结凸起，双眸紧闭。

东西也顾不上吃了，林盏趁着绿灯跑过去，惊魂未定地再次确认了一眼。

"沈熄？"

张泽累得半死，现在眼睛都睁不开，仔细看到面前的人之后，差点把肩上沈熄的那只胳膊甩出去。

"不是，见鬼了？"

林盏看了看意识被剥离的沈熄，伸手拍了拍他的脸，问张泽："怎么回事啊？"

张泽差点把舌头咬了："林盏，你没走？你不是出国了吗？！"

林盏："谁说我出国了？我在对面画画啊。"

说完，还指了指画室的方位。

"你们怎么在这儿？"张泽激动得要命，不光语言很激动，手上的动作也很猛，指着林盏，"你没出国？"指着左边，"姜芹说你出国了啊！"指着沈熄，"他以为你出国了，喝得天昏地暗，老子发现他的时候他正吐得胆汁都快出来了！他都喝成这样了，我们当然得送他回家啊！可是……你居然就在他家对面的画室画画？那他还喝成这个样子……"

这是他第一次看到沈熄喝酒。

不对，用专业术语来说，是吹酒。

起先以为沈熄能喝，张泽劝归劝，也想让他发泄一下。

张泽不过分了分神跟朋友讲了两句话，再回头，人就不见了。

他跑到天台上往下看，以为沈熄一头栽下去了，整个人冷汗嗖地一下蹿上来，连话都说不清，问别人沈熄人在哪儿。

好在沈熄并没一头栽下去，有人说他去了洗手间。

张泽以为没掉下去算是好的，但看到沈熄的情况，忽然想，也许这样的折磨还不如让他解脱。

他双手撑在洗手台边，因为用力，指尖呈现一种异样的青白色。青筋凸起，掌骨明显。从脖子往上全是涨红的，连耳尖都红得像是能滴出血。

为了调节这种难受，他不得不弓起脊背，每吐一下，肩胛骨起伏，整个人都不可避免地抖动。

衬衣在他身后深深陷进去一大截。

水龙头被人开到最大，如注的水流哗哗地响着，那么大的声音，也盖不住沈熄声音分毫。

他眼角有水渍，分不清是刚刚洗了脸，还是异样感觉带来的生理反应，抑或是在哭。

不知道沈熄吐了多久。

最后，他洗了一把脸，水珠沿着脸颊一股股往下滚，张泽想，这些液体，大约不全是冰凉的水。

沈熄眼底红血丝遍布，眼角眉梢泻出来的全是疲惫，以及失落。

他闭着眼，靠在身后冰冷的瓷砖上："我知道这些是我应该付出的代价，她之前过的，大约不比我好。这是我该得的，我认。"

张泽咬牙，皱眉看着他，却是一个字也说不出来。

沈熄苦笑了一声："但是这个玩笑，是不是跟我开得太大了？"

他抬手遮住眼帘，声音颤动："怎么能说走就走，什么都不留呢？"

他终于沉沉地滑到地上，似乎已经彻底支撑不住，在酒精的作用下昏昏沉沉地睡着。

等不及散场，张泽叫人一起，硬是生生把他从地上拽起来，拖回家。

过马路的时候，看到了林盏。

林盏捧着沈熄的脸颊，心都快碎了。

“我跟姜芹开玩笑的，后来也跟她说别信了，可能消息没发完。今天一天在画室，没来得及看手机。

“真是不好意思啊，你们也不说拦着点。我这才走第一天，怎么就确定我一定不回了啊？这进展也太快了。”

沈熄嘴唇全都白了，面上也一点血色都没有。不知道到底喝了多少。

一边跟张泽一起把沈熄拖回来的篮球队员说：“你也别太心疼了，主席没什么事，就是酒喝多了一点而已。哪个男子汉不喝醉几次啊，又没酒精中毒，这不算什么。而且，知道你走之后主席是真的挺难受的，估计是后悔自己没留住你。这对你们俩也有教育意义，以后要……”

张泽也逐渐接受了林盏并没有走这个现实。

既然一切的伤春悲秋都不成立了，他放下心来，飞快地站到了沈熄的对立面。

他打断道：“对林盏没有教育意义，对沈熄有，叫他不懂珍惜，走了才知道后悔吧？他最爱跟我说什么以后总有机会，其实是没个屁机会，他性格太被动，这么刺激一下他挺好的。”

“林盏你也别太放在心上，沈熄从小被众星捧月，想要什么都不用明说就有人送上来，所以他才这么个性格。我觉得这个误会挺好，挺有必要，避免你以后被沈熄吃得死死的，让他也有点危机感。”

篮球小哥说：“还说他呢，不是你煽风点火，一直说什么林盏走了没法回来了，可能是彻底对沈熄绝望了，还可能在国外谈男朋友。不是你这么刺激，他能跟你一样激进吗？”

张泽忍不住死命翻白眼：“都怪老子是吧？”

林盏看他们俩就要在这里吵起来，赶快道：“先把沈熄送回家吧，看他这么站着挺难受的。”

郑意眠先回去了，林盏跟着他们一起去了沈熄家。

到了家门口，林盏斟酌道：“那我就不进去了，免得……”

“进去呗，”张泽说，“沈熄爸妈今晚不在。”

林盏一愣：“今晚不在？”

这是什么暗示？

张泽拍了拍沈熄肩膀：“钥匙哪儿呢？开门啊！”

沈熄垂头不答。

“是睡着了吧。”为了避免张泽再拍沈熄第二下，林盏把手伸进沈熄书包里摸索，“别叫他了，我能找到。”

张泽小声说：“啧，这就心疼了？”

林盏摸到一个冰凉的东西，抽出来，钥匙在手上叮当作响。

她转到前面去：“我开门吧。”

开了门之后，两个男生把沈熄扔在沙发上。

张泽看着林盏，笑得意味不明：“那我们俩走了啊，解酒的东西放在桌上了。”

林盏抬头，声音有点无措：“这就走了？”

张泽：“不然呢，我们俩大男人也不会照顾人啊。”

林盏踌躇：“我也不会……”

张泽：“煮点东西应该会吧？”

林盏：“你会吗？”

张泽：“我不会。”

林盏：“我煮的东西，怎么说，一碗粥下去，沈熄可能会死。”

张泽：“……”

张泽：“算了，能理解，毕竟你是搞创作的，不用为这种事儿发愁。”

张泽退到门口，道：“沈熄会，实在不行你给他戳起来，强迫他煮点东西。”

砰的一声，门关上了。

林盏：“……”

沈熄躺在沙发上，手遮住眼睛，皱起的眉头从手掌缝中隐约可见。

林盏低声问他：“灯太亮了吗？”

她走过去，把客厅的灯关掉，换了一盏小灯。

害怕沈熄父母半夜回来，她去把门锁了，又快速在沈熄房里的浴室冲了个澡，换好衣服出来。

今晚大约得耗在这儿了。

她烧了壶水，掺了点凉水，给沈熄兑了杯温水。

沈熄已经睡着，但睡得并不舒服，整个人缩成一团，手不再遮住眼睛，而是转移阵地到了腹部，眉头紧紧皱着。

林盏伸出两根手指，放在他眉骨上方，轻轻将食指中指分开用力，把他眉间的“川”字抚平。

“老皱眉，也不怕长皱纹。”她手掌垫在他后脑勺，拖起来一点，揉揉他的头发，“醒一下，喝点水。”

沈熄的眉头以肉眼可见的速度皱起，林盏飞快地把杯子放到桌上，温热的手掌贴紧他额头：“不准皱眉！”

手下的触感真的变得平坦了。

林盏撇撇嘴，说道：“沈熄，我认为你是抖M，热爱被虐。”

沈熄低声咳嗽，似乎不满。

林盏跟哄小孩似的，一边颠着一边说：“好的吧，你不是。”

“那我们来喝口水吧，不然嗓子干。”

她坐上沙发一角，把沈熄的头抬起来，玻璃杯贴住他嘴唇，一点点调整着角度抬手腕。

流动的液体碰到沈熄的嘴角。

林盏吞了吞口水。

半天，林盏发现自己的角度没有变化，但是水依然是那个高度。

“你骗我？”林盏问，“你居然一口都不喝吗？”

她让沈熄靠在自己肩上，伸手掐住他的下巴，打算凶一点：“本总裁命令你喝水，听到了吗？”

结果沈熄一动，杯子一歪，水泼了他一身，沾湿的衣料呈现深蓝灰色。

这也太不乖了。

林盏抽纸给沈熄擦了擦衣服，又兑了杯水，重新递到他嘴边。

这回沈熄终于知道喝了，一小口一小口地吞着，林盏拿了张纸，在底下接着，怕他唇角滴下的水又沾到衣服上。

喝完一杯之后，林盏问他："还喝吗？"

他闭眼不答。

林盏把他脑袋放好，给他垫了个枕头，就准备起身去洗杯子。

人才站起来，突然被一股力道拉住。

手腕上传来烫人的触感。

沈熄低声，似絮语，似恳求，夹杂着被磨过一般的哑："不要走。"

林盏刹那间失语。

还没来得及回头，整颗心软得一塌糊涂。

她轻轻晃了晃手臂："我只是去洗个杯子。"

手上的力道禁锢一般，出奇地大。林盏转了转手腕，没能挣脱。

沈熄的手指是滚烫的，那灼人的一圈压在手腕上，像撩起骇人的火。

林盏认命般叹息一声，把水杯放到桌上，就坐在地上，任由他拉着自己。

"好吧，那我就不走了。"她靠在沙发成直角的角落里，屈起腿，把自己的胳膊放在腿上，就这样观察着沈熄的手指。

看一遍觉得不够，还想继续看。

张泽说他今晚醉成这样是因为她，他以为她出国了……

林盏哭笑不得，万万没料到自己不过跟粗神经的姜芹开了个玩笑，被曲解过之后就变成了这个样子。

想着想着，林盏靠着沙发就睡着了。

半梦半醒游离间，听见沈熄低声唤她名字，字字句句，极尽缱绻：

“林盏。”

她勉强能抽神应答，用尽全身力气问了句：“嗯？”

然而他没再说话。

林盏睁开迷蒙的眼，看到沈熄还是维持着方才睡去的姿势，才意识到，可能他是在做梦。

她没多想，又睡着了。

第二天一大早，在所有的一切都陷入酣睡时，闹钟锲而不舍地响了。

手机是张泽进来时顺手扔在客厅桌上的。

此刻，那个小小的东西怀揣着“我还在工作你们死也不能继续睡”的巨大能量，在远处的桌上震得不亦乐乎。

沈熄的生物钟和闹钟强迫他从宿醉的昏沉中醒来。

他抬起手，捏了捏眉心，发现全身上下每个地方都像被拆解后重组过似的，又沉又重，且配置极差，完成大脑的每一个指定动作，都很吃力，睁眼的那一刻差点分不清自己在哪儿。

天旋地转，摇摇欲坠。

他太阳穴涨痛，脊椎发麻，身体若有指示灯，此刻该是待休克状态的闪烁红灯。

他扶着沙发站了起来，一路维持着眯眼的姿势，走到桌边，一手撑着桌子，一手按掉闹钟。

世界清静了。

他蹒跚似老人，踱进房间，拿了换洗衣物，然后进卫生间洗澡。温热的水把身体里那股子颓靡全冲了出去。

洗完之后，沈熄顺便做了一套颈椎放松操，才开始擦头发。

这下算是清醒了一点。

他围了条浴巾走到客厅，那些破碎的片段一帧帧上涌，空掉的座位、惋惜的解释、张泽的激动。还有什么？还有酒瓶、洗手台、镜子里充血的双眼……

昨晚，他喝醉了，而且醉得很厉害。

他扶住脖子，伸手解开手机锁屏，点开消息那一栏，林盏依旧没有任何回复。

他的字典里从来没有“悔恨”二字，也不该有。

这次的误会，他要解释清楚。哪怕就算解释了她也回不来，哪怕她是真的要放弃他，他也不该就这么放弃。

他不甘心。

沈熄伸手调到张泽的号码，拨通。

响了三声，张泽接起：“不是我说，这一大早你不好好干正事，给我打电话干吗啊？”

沈熄垂眸：“要说到正事了，你能找姜芹要到林盏画室的地址吗？”

张泽：“你要干啥？”

“买张飞机票，我去找她。”笃定地说完这句话，他转身，平视前方，准备看一看墙上的挂钟。

挂钟下站着一个人。

站在他对面的林盏：“……”

沈熄的表情、动作，一切的一切，仿佛都在这一刻停止运行了。

林盏揉了揉眼睛，吃力地站起来，揉了揉昨晚被他紧攥的那只手。

与此同时，张泽爆发出怒吼：“你有毛病啊？难道林盏现在不在你家吗？买个屁飞机票啊？我们单身狗没有人权是不是？”

听筒里的人声被掐断。

破天荒，林盏头一遭在沈熄脸上看到了一种类似不可置信的表情。

他伸出手，再次捏了捏自己的眉心。

林盏猜到他此刻内心一定在说“见鬼了”。

沈熄睁开眼，林盏依然站在他面前。

刚刚，他说要买飞机票去见的人，在他家里。

看情况还是在这里睡了一晚上。

“我是真的，”见他不说话，林盏率先开口，“如假包换的中国林盏，没出国。”

林盏想，这下不说痛哭流涕地来个失而复得的大拥抱，最起码得有个情真意切的琼瑶式告白吧。

她吞了吞口水，思索了一下要面对沈熄惊涛骇浪的情感时，自己该有的反应。

是的，我知道你爱我，否则你怎么会连睡觉都喊我的名字呢!

快速看了一眼林盏身上的衣服，沈熄感觉某种情绪在面对她时就荡然无存了。

有些话如鲠在喉，最终，拼凑成一句死也不该在这种场合出现的话：“你怎么在这里？今天不用上课吗？”

林盏：？

她满脸的不敢相信：“你准备了3分钟，就跟我说这个？你问我今早上不上课？沈熄，昨晚在沙发上你可不是这么说的！”

沈熄：“……”

昨晚，在沙发上？

“昨晚沙发上，我说什么了？”

林盏就差两滴眼泪来应景了：“你为了哄骗我，一个17岁的花季少女，喊我小甜甜，你不记得了吗？”

沈熄喉结一滚：“我哄骗你什么？”

林盏神色为难：“你对我说，哈吉吗（韩语：不要走）。”

沈熄二话不说，伸手拉着她的手腕就要往外走：“没出国？那就证明今天要上课，快去画室。”

“你的心也太狠了。昨晚喝酒喝吐了，情真意切地要我留下来不要走的不是你吗？现在我，你梦寐以求的我，失而复得的我，就在你面前，你不想说什么做什么来挽留吗？”

沈熄沉默了一下，转而道：“你先去上课，下课了我去接你。”

有些说辞，他还得酝酿一下。现在他整个人都神志不清，不适合讲那些话。

林盏撇着嘴："好的吧，那你要记得来接我啊！"

沈熄："会的。"

林盏："还有，记得把昨天的衣服洗一下，上面有点脏，水……"

沈熄看她："你昨晚对我干什么了？"

"我对你干什么？"林盏简直想撒泼了，"我一介女流能对你干什么？！"

她指着沙发角落："昨晚是你，一口一个小盏盏，拉住我的手让我别走，我的手腕现在还有点酸呢。"

沈熄及时捕捉到了重点："我昨晚到底叫你什么？"

林盏意识到小甜甜和小盏盏的口供没对上，只沉默了一瞬，下一秒，扬起一个志在必得的笑："小甜盏。"

沈熄："……"

沈熄去房间换了衣服，这才出门。

"你在哪个画室？"

"汀莫，就你们这栋楼对面。"

林盏又说："你知道富兰克林　盏吧？"

沈熄："这不是你给自己起的……"思索半晌，找了个合适的词形容，"艺名吗？"

"怎么说呢，"林盏就昨晚的情况进行了解释，"我们画室管得挺严，一大早就收了手机，我趁老师不在偷偷玩了一下，看到姜芹的消息。她问我在哪个画室，还说以为我出国了。

"我就顺便骗了一下她，说我在奥斯汀　莫奈画室，正准备跟她说'你别卖蠢啦哈哈哈我没有出国'，老师来了，我就打了'你别'两个字出去。结果姜芹误会了，跟你们说我出国了，是吗？"

沈熄锁好门，背对着林盏。

这个姿势，林盏看不到他的表情，只听到他有些乏力的声音："她还跟我说，你让她不要告诉我们。"

林盏："……我的错，我知道姜芹有时候有点蠢，我没想到关键时刻她给我掉链子。我以后不会开这种玩笑了。"

沈熄伸手按了电梯，摇头道："可以开玩笑，这次不是你的问题。"

很明显的玩笑话，姜芹会错了意，张泽煽风点火，加上他自己……

出了电梯，林盏才开口："不过，你昨晚喝得也太多了，差点酒精中毒吧？！"

"你身为一名准医生，不应该很清楚要爱惜自己的身体吗？"

沈熄没有答话。

林盏也习惯了，在楼下买了个面包带去画室。

幸好沈熄闹钟响得早，现在才七点多。

离画室开门还有一段时间，现在门口没有人。

林盏掏出钥匙开门，这才抱怨道："我也有罪，昨天下楼发现没拿手机，但是太懒了，又觉得应该没什么大事，所以没上来拿。下楼了才发现你醉成那个样子了。"

她抽出钥匙，回头，发现沈熄站在身后，就那样静静地看着她："我当时，是真的以为你就那样走了。"

光柱在空中起伏不定，微妙的光线将他们的影子糅在一起。

林盏很快反应过来，朝他轻轻地笑了。

她仰起头，弯着眼睛道："你在这里，我舍得去哪里？"

那天清晨分别的回合，以林盏调戏沈熄大获全胜而告终。

沈熄算着时间下楼，以免迟到。虽然迟到了应该也没什么关系。

林盏去得早，画室又安静，她就坐在位置上继续画昨晚没画完的画。

这样的时间总是过得很快。

趁着早上的一个小时，加上提前画完色彩后还剩半个小时，林盏终于把那幅画画完了。

宋老师站在她身后仔细品："先贴墙上等着干吧，让大家欣赏一下纯艺术的感觉。"

林盏顺着纸胶把画从画板上揭下来，贴上一边的墙壁。

宋老师问："我有个朋友最近要办画展，你想不想去？"

林盏心下一喜，道："可以吗？"

宋老师："可以的，我先把你这幅画拍给他。"

画传过去之后，那边很快就有了回复。

宋老师扶了扶眼镜，对林盏道："你给这幅画起个名字吧。"

郑意眠笑着跟林盏说："八成是成了，真好。"

闺密之间，要在你落魄时真心实意扶上一把，很简单；但要在你真正小有所成时为你开心的，却很少。

很幸运，郑意眠是这样的。

林盏看了一眼画面，有点儿举棋不定。

宋老师笑道："没事，随便起就行，别太晦涩了就可以，毕竟画是最主要的。"

她想到自己画这幅画的缘由。

那是一个毫无章法的梦。

梦里面，她见到李初瓷。李初瓷穿一条淡蓝色纱裙，随风一吹，猎猎起舞。

她在回忆张牧之："其实我觉着，虽然他给我的痛苦是挺多，但那时候，给我的浪漫也很多。"

林盏问她："你觉得浪漫是什么？"

李初瓷意味蒙昽，似叹似笑："浪漫是废墟筑起的城堡啊！"

梦醒后，她构思这幅画。

海是浪漫，但浪漫的对立面，不过是废墟而已。

林盏说："那就叫《浪漫废墟》吧。"

旁边有人叫："这个切题！好听！"

宋老师笑道："跟你的画风挺搭的，又浪漫，又颓靡。得了，后续有什么事儿我通知你啊。”

晚上九点半，画室下课。

林盏是第一个站起身往外冲的人。

老师笑她：“林盏，今天怎么走得这么早啊？”

门一拉开，门外的沙发上坐着一个人。

灯光把他的影子稀稀疏疏地拓在墙上。

沈熄收起手机，看向林盏：“下课了？”

当他用微哑的嗓音说出这句话的一刹那，林盏感觉到一种从未有过的满足和温暖，心上腾涌起一阵热意。

她说：“嗯，下课了。”

一下课，你就来接我了。

身后，老师意味不明地笑：“我就说怎么走这么早，有小男朋友要见啊？”

“我要看，我要看！”画室里一个小胖子冲出来，站在林盏身后往外看，“哎哟，不错哟！”

大家全沸腾了，在林盏身后站成一个小纵队，探着头去看沈熄。

有女生低声议论，相互推对方肩膀。

沈熄揉了揉后颈，问她：“走吗？”

林盏一愣，旋即说：“走啊，当然走。”

你都来接我了，我当然得跟你走啊。

林盏回头：“那我走了，大家快收拾东西回家吧。”

大家用暧昧的眼神上下审视了林盏一遍，才终于肯放她走了。

郑意眠已经找好同行的朋友一起回家。

林盏轻快地跟着沈熄走下楼梯，她的影子在石阶上一晃一晃地蹦跶。

沈熄走在前面，虽不能看到她的动作和表情，但从影子中，就能窥见三分。

“林盏，”沈熄提醒她，“别跳，小心摔跤。”

林盏："我没有跳呀。"但一头短发却随着跳跃的动作起起伏伏。

沈熄一回头，林盏立刻收敛动作，小步小步地走下楼梯。

她朝他眨眼："你看，我说我没跳吧！"

沈熄："……"

沈熄转过头，继续下楼，才刚刚迈出一步，人影又开始晃荡。

他回过头，林盏故技重施："我真的没有跳，我发誓。"

沈熄没跟她多计较，复又往前走，低头的瞬间，突然发现自己头上多了两个东西，两个状似兔耳朵的东西。

林盏在他身后比出两个剪刀手，为了配合沈熄的动作，他每走一步，她就弯一下自己的手指。

"小白兔，白又白，两只耳朵竖起来。"到最后，她居然还唱起了歌。

沈熄索性停在原地，让她把整首童谣唱完。

唱到最后，她跃下最后一级台阶，戳他后背："你怎么不走了？"

"玩够了？"虽是问句，语调中却并未有丝毫不悦，反而夹杂着淡淡的无奈，"边走边这样很危险。"

林盏没等他说完，急忙摇头："没有。"

沈熄："什么？"

林盏义正词严："我还没有玩够。"

沈熄："……"

楼底下的夜市依旧热闹又嘈杂，有人卖着糖葫芦还晃着拨浪鼓，不放过任何年龄段可能会成交的生意。

林盏放松着有些疲劳的神经。

沈熄指着一边的小吃说："有没有什么想吃的？"

林盏颇为讶异地问道："你平时不是不让我吃东西的吗？"

沈熄停顿片刻："今天不一样。"

"今天为什么不一样？"林盏穷追不舍。

沈熄："……"

因为怕我告白的时候你又说一些很可怕的话破坏气氛。

一个卖玉米的老婆婆听了这话，笑着问林盏："你男朋友管你这么严啊？"

林盏故作严肃："是啊婆婆，我平时在家里没有人权的，可惨了。"

说完这句话，她看向沈熄。

沈熄没有皱眉，但也没有显露出高兴的样子。

她嘟着嘴垂下脑袋，百般思忖，这才踢着石头问他："沈熄，我到底变成什么样子，你才能喜欢我呢？"

沉默了一秒。

面前有女生们挽着手臂，有说有笑地从林盏身边走过。

沈熄开口，很简单的一句话："你变成什么样子都不会让我喜欢你。"

林盏心一沉，像被人泼了盆冷水。

沈熄看着她，目光幽深："因为我喜欢的就是现在的你，不需要你做任何改变。"

林盏手一颤，错愕地抬起头来。

什么？

沈熄刚刚说什么？

林盏在脑海里过了一百遍他的话，确定这话确确实实就是她所想的那样——林盏双唇微启，却不知道自己要说什么。

脉搏加速、心跳加快、血液上涌，林盏所能感知的一切都在急速飞升，直冲云霄，里程太远，火力不足，林盏有点头晕。

她喉头动了一下。

这、这个人太恶劣了吧，告白都要欲扬先抑，显摆自己有文化是吗？

沈熄站在白色灯光渲染出的巨大背景中，没有动作，没有声音，似乎在等她完全消化。

每一秒都被镌刻成永恒般漫长。

但他涣散的目光暴露了自己有点紧张。

初次告白，不太熟练。

但是临场发挥得还不错，起码林盏此刻的表情大大地取悦了他。

不知道过了多久，碎石摩擦的声音重新在林盏脚下响起——她朝他走来。

拥抱？牵手？亲吻？

沈熄那一刹那在脑海里列出了所有的备选选项，并且试图用数学思维去计算哪一个发生的概率最大。

看着她明亮的眼睛，他算不出来。

随便吧，反正发生哪一个都行，就是最后一个，他还没准备好。

林盏停住脚步，手背在身后，微微仰头看他。见鬼了，呼吸有点不顺畅。

林盏语调狡黠，像偷了腥的小猫还在等自己的下一条小鱼干开胃。

“你刚刚说什么啊？我没有听见。”

沈熄：“……”

他错开目光，抿了抿唇：“好话不说第二遍。”

“喊，”林盏受伤一般低头抱怨，“谁要你说的话就跟阅读理解似的啊，一点都……不明显。”

“我喜欢你。”

两道声音同时响起。

趁着林盏自说自话的空当，某人飞快地说。

林盏：“什么？我、我没听见啊这次。”

沈熄垂眸：“这句话也只说一次。”

林盏控诉：“你这人怎么这么小气啊，什么都说一次干脆以后干什么也都……”

“我喜欢你。”

快速的、迅捷的、趁着林盏还在说话尾音未落的工夫，沈熄再次插播一遍。

林盏：“哎呀，你还会举一反三了，有种你……再说一次啊！”

“我喜欢你。”

又是同时响起，沈熄又卡着她没说完话的节点。

林盏要跳脚了：“你这个人讲不讲道理啊？我……”

她停下来，以为沈熄会上当。

可是并没有。

林盏板着脸：“你觉得自己聪明是不是？我告诉你我……”

再次停下。

不上当啊怎么？

林盏要哭了。

她瞪着他：“你倒是真的不怕这样干，以后孤独终……”

“我很喜欢你。”

这次说得更快了。

像是为了报复她在楼梯间里等他一回头就停止动作一般，他就挑她没准备好的时候说。

林盏一跺脚，气急败坏道：“你这个混账！”

她的脸红扑扑的，像染了一层胭脂，佯装生气的时候脸颊会鼓起来，很可爱。

沈熄被她逗笑，笑到眯起眼来。

林盏看他笑得都快停不住了，撇嘴：“是不是很好笑啊？啊？沈熄同志，玩弄我你觉得很有成就感是不是？”

沈熄笑到弯下腰，双腿屈起，手撑在膝盖上。

这个角度刚好可以同她平视。

他看着她的眼睛，声音温柔得像暮春的微风：“是啊。”

林盏第一次，这么近距离地观察沈熄的脸。然后她很不争气地心痒难耐了。

她不自觉放轻声音：“我觉得这个时候，按照偶像剧的套路，我应该给你一巴掌，因为你调戏了我，一个良家少女林盏。”

沈熄：“……”

林盏继续说：“我恼羞成怒，无法反抗，给了你重重的一耳光。”

沈熄循循善诱：“嗯？”

林盏：“但是我不会，因为我是个软妹。我只会跳起来给你一个么么哒。”

他眉一挑，像是听到了什么了不得的话。

于是他，站直了。

林盏看着沈熄，突然绽开一个笑。

她报复般，对着那个明显在做着什么准备的人说：“么么哒。”

半晌，沈熄无奈地妥协，道：“走吧，送你回家。”

穿行过吵嚷的街市，把叫卖声和大笑声抛在身后，这条小路安静又平坦。

这样的场景勾起了她的回忆。

林盏慢悠悠地说：“我第一次见你，就是跟这差不多的地方。那时候我在画画，可是找不到灵感，那种沉静的气质只有在你身上才能找到，我就鬼使神差地跟着你走……后来你躲进小巷子里，还拿石头堵住入口，太坏了。”

沈熄看她语速缓慢，声音真诚，再度确定，她是真的没有认出他。

他咳嗽一声：“因为总有人喜欢跟踪我，我不得已才那么干的，没想到你能把石头搬开。”

“这有什么，”林盏小声说，“我还能扛桶装水呢，还能扔铅球拧水瓶，没我不能做的。”

她问：“对啦，你那天为什么没有穿校服啊？孙宏后来一直说要带我去看一班的沈熄，但我想到你没穿校服，所以才没去找你。”

沈熄：“那天洗的校服没干。”

林盏哑然。

真相往往就是如此让人无语。

她没说话，沈熄却把话题引回来：“你还扛桶装水？”

“对啊，有时候班上没男生，大家想喝水，就是我换的。”

她讲话声音很平静，没有丝毫不对，仿佛已经习惯了。

沈熄不悦：“你们班一群男的，要你一个女孩子换水？”

谁给他们的胆子？

“他们心里把我当男的嘛，我基本上跟男生都是一起行动的，搬书、扛椅子什么的。你别说，真的有女生跟我告过白”她开始数，“不少于5个呢。”

“以后不要换水了，要换就来班上找我，我帮你换。”沈熄道。

林盏有片刻怔忡。

好像从来没听过这样的话。

在她说自己什么都可以、在她铆足了劲儿往前站的时候，有人说，别干那些事了，让我来吧。

大家知道她力气大，分配给她的都是复杂一点的事情，她也没觉得有什么不对。因为对她来说，这并不算什么。

好像她从小就是厉害的那一个，不畏惧，不退缩，甚至连眼泪都很少。

她有颗泪痣，却很少哭。当年从楼梯上滚下来，摔得鼻青脸肿，年幼的她都一声不吭。

但是为什么，在这个晚风都温柔得不像话的夜里，她会有想流泪的冲动?

大概是，从来没有体会过，被人呵护是怎样的感觉吧。

她在心里默默地想，哪怕沈熄连告白都说得那么模糊，但有这句话，已经足够了。

这样下意识为她着想的小细节，比那些甜言蜜语更真实，也更可靠。

他不是靠嘴上功夫喜欢她。

他是用心。

送至家门口，林盏拿出门禁卡，回头问沈熄：“明天你还会来接我吗？”

沈熄淡淡道："看情况吧。"

"哎！"

沈熄失笑，说："会的，每天都会去接你。"

当晚，林盏陷入了一种难以言明的情绪中。

具体表现为——无论看什么都觉得很可爱，无论看什么都很想笑。

蒋婉都注意到她明显亢奋的情绪，问："今天有什么好事？这么高兴。"

"啊，"林盏随便应付道，"画画完了，老师答应给我送去画展。"

林政平坐在沙发上漠然道："比赛的时候不好好画，平时就为这点事高兴。你这股叛逆的劲儿什么时候能收？"

林盏没理他，进了房间。

现在就连林政平的冷言冷语都没法熄灭林盏心中的火焰。

她百无聊赖地坐在书桌前，把手机打开再关上，都不知道自己想做什么。而具体开始做点什么，又很难集中注意力。

她盘腿坐在桌前，指尖点桌，把木质书桌敲得铛然作响。声音是带着节奏的，一排排的。小拇指敲完了就挨个往前滑，四个手指轮流，再重复。

敲了好几分钟手指，她觉得手有点麻。于是决定收拾衣服，先去洗个澡。

因为明天也要见沈熄，所以林盏顺便洗了个头。

吹干头发之后，她躺在床上，双手交叠枕在脑后，就那么直直地盯着天花板。

小泪痣

鹿灵 著

[下册]

青岛出版社
QINGDAO PUBLISHING HOUSE

第七章

我很喜欢你

沈熄告白了……

她还没来得及进行那么光明正大的告白，居然让他抢先了。

林盏手抓住被子边，腾地一下拉到眼睛下方。眨了下眼睛，就闭上，用力地吸了一口床单上洗衣剂的香味。

她对着门外大喊："妈，下次出太阳记得把我的被子扔出去晒啊！"晒过之后，就和沈熄有同款香味了。

正当她觉得还有大把时光可以蹉跎的时候，手机屏幕亮了一下，是沈熄打电话过来了。

原来本不觉得有什么，但此一时彼一时，过了今晚，一切都不一样了。

林盏看了眼门口，这才接起电话。

"喂？"

"在干什么？"

预料到今晚于林盏而言大抵又是个"不眠之夜"，沈熄特意早早挂好耳机，打了电话过来。

林盏肯定不会说实话："在认真学习，怎么了？"

听到那边吧嗒一声，大概是沈熄在调整台灯。

他的声音传过来，很清楚，仿佛近在咫尺："早点睡觉。"

林盏说："好吧，我尽量。"

刚刚才经历过那种事，说睡就睡，以为人人都跟你一样泰然自若啊？

想到这里，林盏笑着说："可能以后有天天塌了，大家全部都慌不择路，结果就你一个人站在那里，跟我说，莫慌。"

"不会，"沈熄语调轻松，"我会拉着你跑。"

林盏说："可是跑也跑不到哪里去了啊，这时候按照你的说法，你应该跟我说，'林盏，你要相信自然的道理，该死就是死了。'"

沈熄："如果是我一个人，可能就不会跑了。但是有你在，就算只有一线生机，我也不会放弃。"

"啧，"林盏叹了声，"你今晚，嘴巴很甜嘛。"

因为失而复得，已经是人世间最好的词汇了。沈熄如是想。

如果不是失去，他根本不知道自己有多珍惜。

"好了，"沈熄屈起手指敲了敲木质书页，砰砰响了两声，"快睡觉。"

林盏躺下来，盖好被子，道："那你给我唱首歌吧。"

气氛诡异地沉默了3秒。

林盏及时改口："那读一段别的什么也是可以的。"

就好像年岁尚小的孩子，每晚都要拉着大人来读一段睡前故事。

仿佛在故事里，他们才能感受到安宁，感受到被爱。

沈熄想，林盏大概也是这样，但不同的是，她比孩子思虑得更多。

只有在听故事的时候，她才能完全抛开那个要不断担忧的自己，不用想着哪场比赛失利会被人怎么说、下一场到来的比赛会是什么题材、学校对她寄予了多大的期望……

她看起来像上天的宠儿，但与此同时，她也背负了太多东西。

天赋，对她而言是把双刃剑。

当晚，林盏倒是顺利在半个小时内进入酣睡状态。

号称泰山压顶依然沉稳自若的沈熄，失眠了。

这是他人生中第一次失眠。

清早起床，沈熄自我宽慰道，大概是昨晚难得地紧张了一回，身体机能被调乱，才会出现这种荒唐的情况。

去了学校，刚坐下，张泽就从后面跑过来，很八婆地问："你昨晚干什么去了？"

沈熄看他一眼，没理。

张泽指指自己的眼下，又指指他："你看你黑眼圈有多重。快，如实招来，昨晚是不是……"

沈熄睨他："你很闲？"

张泽不恼，继续道："昨天肯定有大事，不然你不会失眠！什么大事，快快快，我想听！"

沈熄淡淡地道："没什么大事。"

讲话的时候，张泽正好收到学委发下来的卷子。

张泽提着卷子上头的两端，看着分数问沈熄："啥？"

沈熄云淡风轻地说："我告白了而已。"

刺啦，张泽把自己的卷子撕了。

张泽："你说什么？"

"张泽，你在前面鬼叫什么呢？"有人在后头喊，"吓我一跳。"

张泽瞠目，回头道："地震了，海啸了，山崩地裂了，河水逆流了。"

"什么鬼？什么地震乱七八糟的？"

张泽走到那人身边，伸手扳住人家肩膀，用力地摇晃了一下："你不懂，我刚刚遇到了比我上面说的所有还要灵异的事件。"

"什么事件，你卷子撕碎了吗？下节语文课，老张要是发现你把卷子撕了，会要你抄10遍的。"

张泽："……"

坐在后面的张泽，眼尖地观察到，自从林盏不在学校了之后，沈熄基本就不出教室了。当然，除了上厕所。而后，沈熄的所有课下活动，变成了：看手机、看手机、看手机。虽然每次看完之后都没反应。

张泽想，可能是林盏画室管得严，很少玩手机。

沈熄虽然知道，但就是控制不住自己，怕自己错过林盏的消息。

任何男人只要一动真格的就完了。

放学的时候，张泽冲到沈熄旁边，幽幽道："沈熄，你完了。"

沈熄把卷子叠好，扔进卷夹中，除了一个改错本和这周布置下来的作业卷子，别的都没带。

张泽又说："那你们这不算异地？"

"她画室就在我家对面，不算异地。"沈熄说，"我可以去找她。"

"哟，看来经过上次那个乌龙事件，你挺长记性啊，"张泽拍他的背，"不错，孺子可教也。"

沈熄凉凉地道："那也多亏了你。"

张泽："所以，我经过你们俩的事发现，这世界上的恋爱都是互补的。林盏人缘那么好，那么好玩儿，结果喜欢你这个闷葫芦。"

沈熄眼底覆上一层薄薄的冷。

张泽："我没说完呢！虽然林盏比你有意思，但她心理素质没你好啊，所以，你们俩真的是天造地设的一对。"

"她不是心理素质不好，"沈熄皱眉，"她只是要担心得太多了。"

"哎哟哟哟，我这才说一点什么啊，你就这么着急地给她扳回形象，这么护内啊！"张泽一脸笑。

沈熄："……"

终于等到周五，林盏长嘘一口气，可以休息两天了。

临近放学，林盏正在一边临摹鞋子。

速写老师无聊，开了门，冲着门外说了句：“进来坐吧，外面怪冷清的。”

随着大家的起哄声，沈熄走了进来。

郑意眠笑着说：“盏盏，这完蛋了，我感觉有女生会悄悄去要沈熄联系方式的。”

林盏：“沈熄不会给的。”

郑意眠：“你太小看一些女生了吧，沈熄今天穿的是崇高校服，我觉得不用打听别人就知道他是谁。”

话音刚落，对边画架缝隙里，就传来几道女声。

“这是沈熄还是梁寓？”

“万一都不是呢？”

“有可能，传闻中他们俩清心寡欲不近女色，这有可能是崇高的某颗遗珠。啊啊啊，早知道我就去崇高读书了，起码还能看帅哥。”

“现在不也能看嘛，就在我们那边沙发上坐着呢。”

“现在看有什么用，这个小帅哥已经被别人打上标签了。”

“被打上标签”的沈熄坐在休息区的沙发里，身后是轮廓硬挺的雕塑。

林盏耳根一热。

沈熄觉察到她的目光，抬眸扫她一眼，眼神就说了三个字——快画画。

林盏朝他做了个鬼脸。

等到下课，老师布置了作业，才放他们回家。

林盏什么都没背，拿了手机就出了画室。

路上，林盏对着影子比了比头发：“长长了。”

沈熄嗯了声。

林盏侧头提议：“要不明天我们出去吧，你陪我剪头发？”反正现在她什么请求都敢提了。

沈熄不出所料地点头：“好。”

“剪完头发，我们再去附近转转。”林盏问，“你平时喜欢去哪里玩？”

沈熄：“我平时不出去。”

林盏：“一个人在家不无聊吗？”

“有点。”

“所以啊，你要多出来转转，老闷在家也不好，闷了吧唧的。出来看看多好啊，开阔眼界，还能放松，反正我是不爱待在家的。”

沈熄说：“你想去就去吧。”

反正有她在，就不会太过无聊。

林盏眨眨眼：“沈熄，你的人生真的太乏味了。”

沈熄没回答，只听她得意扬扬道：“我一定是你干枯沙漠中的一片绿洲了。”

沈熄失笑：“嗯，你绿？”

林盏放慢脚步，在自己头上比了比：“那你当然只能选择原谅我啊。”

次日上午，林盏在理发店剪头发，把长长的头发全都修成齐耳的长度。

其实别的发型她也留过，但由于性格原因，还是这样清爽利落的短发最适合她。

理发师在那边折腾了一两个小时，到最后用吹风机给她往里吹了吹，才算是剪完了。

林盏准备付钱，前台的人却说：“已经付过了。”

林盏往一边看，沈熄坐在椅子上玩手机，看起来好像很投入。

她恶作剧心起，绕到他身后，准备去看看他在玩什么。

蹑手蹑脚地走到他后面，林盏看了一眼屏幕，猿题库。

他在刷题？！

跟她一起出来，他居然还有心思写生物题？

可以，这个学霸人设真是立住了。

沈熄把题算完，才终于意识到什么。回头一看，林盏正撑着脸滑手机。

沈熄转身："在看什么？"

林盏："背英语单词。"

沈熄："……"

出了理发店，林盏搜了一下附近的景点。

林盏："有科技馆和水族馆，你想去哪里？你应该喜欢去科技馆吧。"

沈熄无所谓道："都可以，去水族馆也可以。"

她应该更喜欢水族馆一些。

最后还是决定去水族馆。

林盏问："你平时坐地铁还是打的？"

沈熄："哪个快就坐哪个，不过更喜欢坐的士。"

林盏了然："因为安静对吧？"

"嗯。"

但是周末容易堵车，所以两个人最终还是选择了地铁。

地铁是通往商业街的，有点挤。

沈熄找到一个直角区域，扶住最上面的扶手。

林盏感觉自己被人往旁边一拉，身体撞上冰冷的车厢，鼻腔内盈满令人窒息的、阳光的味道。

沈熄侧眸看了看一边身形魁梧的男人，又伸手，抓住另一边下面的扶手。

林盏被他禁锢在这个小小的空间中。

她屏住呼吸，半点不敢动弹，却又忍不住，轻轻闻了闻。空气里不再是她厌恶的车厢内混杂的味道，而是沈熄身上的味道，干干净净，又温柔，又阳光。

林盏忍不住抓着扶手，往前蹭了蹭。

从后面看起来，她的手穿到他背后，这个姿势像极了拥抱。

林盏揣着不能言的小心思，沉浸在自己制造的浪漫中。

好想把头埋在他胸口蹭一蹭啊，一定很舒服。

于是她又不动声色地往前挪了两步。

沈熄低头，看到她毛茸茸的脑袋："很热？"

林盏茫然地抬头："啊？还，还好啊。"

沈熄皱眉："那怎么一直动，脸还红了。"

林盏抿了抿唇，低头说："热的。"

地铁到站，他们靠着车门，沈熄先出去。

出去的那一刻，为防止被人流冲散，他背对着她，手往后扬了扬。

林盏没反应过来，已经大跨步地走到了他身侧。

沈熄："……"

走出地铁站，林盏神秘兮兮地凑到沈熄耳边。

沈熄："嗯？"

她抬起手指，动了动，眼里盛着璀璨星河："沈熄，你刚刚是不是想牵我啊？"

估计是第一次遇到这种事还要拿出来说的，沈熄低头，默不作声。

林盏又靠过去，用气音低声道："你脸好像红了。"

沈熄忍无可忍，抬头道："你还想不想去水族馆玩了？"

林盏背着手，正经得不能再正经："水族馆哪有你好玩啊？"

水族馆中一片碧蓝。

林盏才踏入一步，整个人顷刻被吞没进无边的暗涌中。

灯光浮在上空，海面上折射出破碎的光华，明亮而刺目。

各色生物在水中摆动尾翼，身后跟出道道不明显的浪花。

礁石、水草、珊瑚。

林盏缓慢地往前挪动，前面有情侣正在拍照。

沈熄问："你想不想拍？"

林盏眼睛一亮："好啊，但是你会拍吗？"

"没什么不会的，"沈熄说，"你站好。"虽然他的确没拍过人像。

旁边那个好像是摄影师，一边拍，一边让自家女朋友换角度。

沈熄看他整个人半蹲，意思是要把人拍得更高挑。

他看了一眼，很快就摸到了点门道。

林盏看沈熄也屈起腿，半蹲下来给她拍照，忽然忍不住，就笑开了。

沈熄及时抓拍，问她：“笑什么？”

林盏仰起头，细碎微光劈开湛蓝海面，筛到她的鼻尖：“笑你呀。”

沈熄把手机递过去，说：“看看。”

林盏本来没抱什么期望，结果看了一眼，竟意外发现还不错。

“不错，你学习能力挺强啊。你做别的事，学习能力也是这么强吗？”

她原本的意思，就只是这句话的字面意思。

说完才感觉到有哪里不太对，轻咳一声，本来想糊弄过去，一抬头，看到沈熄正看着自己，目光幽深难辨。

林盏摸了摸脖子，干笑一声，又听到他波澜不惊地答道：“嗯。”

你以后就会知道了。

林盏垂着眼笑了声，顺着人流前行。

女孩子大约都喜欢这种地方，除了成群结队的女生，其余的全是情侣。

林盏沿着巨大的玻璃一路往前走，蓝色的水光映衬到她的面颊上，恬静柔和。

沈熄突然感觉到，原本让他很排斥的出行，其实并没有他想的那么无聊和浪费时间。

这个世界，其实也是很美的。

他破天荒地想。

临近傍晚，沈熄把林盏送回家之后，自己也回了家。

叶茜在屋子里收拾东西，见他回来了，面上还挂着一点笑，不由问道："怎么了，今天出去还挺好玩的？"

沈熄应着："嗯。"

叶茜笑道："你呀你，平时妈妈叫你都不出去，现在总算愿意出门了，怎么，是张泽劝动了你？不过，多出去走走确实好，放松一下心情，感受一下周围的事物，你以前真的太闷了，以后找女朋友，只怕人家会嫌你没趣啊。"

沈熄脑海中浮现了林盏各种各样的小表情，她背着手若有所思，她眨着眼溢出点点星光，她吃瘪时垮下的嘴角，她心无旁骛创作时难得的认真。

和同龄人相比，她是有目标的，她很清楚自己想要去哪里。只是路上难免荆棘丛生，困住她的脚步。

沈熄意有所指道："那找个有趣的女朋友不就好了。"

叶茜笑他："你以为这么好找的？"

语毕，她又叹息："妈妈以前也这么觉得，到后来才发现，要在生活里找到一个能时时刻刻和你有话可说、你说的话她全听得懂接得住的人，很少了。"

沈熄笑而不答，转身进了房间。

他想，他已经找到了。

当晚睡前，林盏给沈熄打电话。

她绞着耳机线，慢悠悠地说："沈熄，我们明天去图书馆吧？"

沈熄未作多想，很快道："好。"

林盏越说越兴奋："你不知道的吧，我以前有个情结，我特别想让学霸辅导我写作业。"

沈熄笑了，尾声拉长："为什么？"

林盏："因为那样我就不用动脑子了呀。"

沈熄嘴角的笑凝滞了一下。

半晌，沈熄截断她的遐想："跟我在一起，你只会动更多的脑子，只是会用比较简便的方式。"

林盏沉默了一下，而后，似是斟酌一番，她仔仔细细、还带着点儿绝望地问：“沈熄，跟我一起在图书馆里，你还能做得下题？”

沈熄：“……”

跟林盏聊过之后，沈熄回忆了一下今天出去玩的片段，好像的确太正统了。

正在沈熄思索该怎么改善这种氛围的时候，张泽的消息发过来了：老铁，明天出去约会不？

沈熄回：嗯。

张泽：我刚刚琢磨了一下，感觉你可能不太懂约会是什么样子的，遂，决定来开导你一下。

沈熄：你是情圣？

张泽：我不是教你！我是开导你！男人嘛，很多本领都是与生俱来的，只是看有没有人能给他点开那个聪明孔。你学习全校第一，这点道理都不懂？

好比做题，并不是一味埋头苦写就能得高分，最重要的还是要找准知识点和正确的解题思路。

张泽：其实我只要说一句话，你就什么都明白了。

沈熄：？

张泽：反正现在你们已经互相确定了心意，你就把那些原来碍于关系不敢做的事，全都做出来。

沈熄：……

张泽及时补了一句：我是褒义的，你不要想歪，我指的想做的事，是正常的事。比如，牵手啊、撩头发啊什么的，我不信你之前没想过！

沈熄呼吸停了一下。

张泽：你可能天生有点被动，但是经过前几次的教训，恋爱中，被动是不可取的。既然林盏踏出了一步，你多走几步就成了。关键就是要撩，要哄，要浪漫，懂不？

张泽：还有，别老冷着脸，在她面前，你想笑就笑，别让她觉得得不到回应。我不信你对着喜欢的人，不是时时刻刻都想笑的。

张泽：想牵手就牵手，别闷在心里不说，我相信你学习能力这么强，看两部韩剧就知道怎么撩妹了。

沈熄想想，问：那我为什么要撩她?

张泽：您真是一枚不用鉴定的钢铁直男。

张泽：为了让她更爱你，更离不开你啊!

张泽的话，好像顷刻就打通了沈熄的任督二脉。

第二天，林盏绝望地带上了三张数学卷子。

沈熄学理科，她学文科，有三个科目对不上，但好在语数外还是一样学。

林盏的语文跟英语没问题，就是数学，老在及格线左右晃荡，一不留神，还可能不及格。只要数学再提升20分，她考蔚大就稳了。

沈熄昨晚让她多带几张卷子，看来是真的打算给她好好补习了。

林盏唉声叹气，把卷子夹进书里，还带好了笔盒。

她没谈过恋爱，以前接触过一些女生，约会的时候都特别喜欢让男孩子等，说是等得越久，代表男孩子对你的喜欢越深。

她不这么觉得。

她觉得这东西是相互的，既然她不愿意等人，她也没道理让别人等她。

林盏提前出发。

她提前5分钟到图书馆，沈熄已经到了。

他还准备了水。

林盏那边的是一杯加冰奶茶，他自己这边是一杯白开水。

林盏默默腹诽：这么养生，不活到一百岁上天真的对不起他吧。

听到身后有脚步声，沈熄回过头，看林盏怀抱着神秘的笑容朝他走来。

他突然有种不太好的预感。

林盏笑着把身后那杯有颗柠檬放在桌子上。

她小声说：“还记得一年前你拒绝我的那次吗？”

沈熄没说话，林盏啧一声：“真是伤害了一颗纯真的少女心。”

“毕竟我那时候没想到，”他眉目泻出淡淡温柔，“你会是坐在我对面的这个人。”

她背后一热，强撑着坐到位置上，低头咬住一边的吸管。

桌下的鞋尖被抵住，她呼吸一滞，抬眸。

沈熄若无其事地将身体前倾，含住另一边的吸管。

她想要的，也是他想要的。

既然如此，做就是了。

两人之间的距离，大概是10厘米。

她看到沈熄根根分明的睫毛。

她匆匆低头，没敢再看他一眼。

是她先撩，她先㞞。

听到沈熄似乎是低低地笑了一声，她就在他勾出的尾音里被烧成灰烬，连放在桌下的指尖都忍不住蜷起来。心头发痒，耳垂滚烫。

沈熄松开口中的吸管，看林盏的眼神虚得像做贼一般，忍不住心头发笑。

他家的小兔子，也就这么点胆子了。

他伸出手，捻住林盏的吸管。

那截水流被他截断，林盏挣扎似的吸走上半截，含混不清地问他：“干什么？”

沈熄悠然：“吸管好吃吗？”

林盏这才后知后觉地松开嘴，用状似瞪的眼神娇嗔地看了他一眼。

落到他眼里，女孩儿的眼里盛着流光，没有半点威慑力。那颗泪痣，很生动。

林盏兀自拉开书包：“你不要耽误我学习，我要好好学数学了。”

沈熄敲了敲桌子：“这水不是你放上来的吗？”

“沈熄，”她碍于这里是图书馆，连叫他都只能掐着一点点细小的声线，“这才一天不见，你变了。”

“变怎么了？”

林盏声音细如蚊蚋："变得……更帅了。"

沈熄心里一动，仿佛能看到张泽在自己面前骄傲地说："看吧，我说的撩妹方法多管用。"

他含着笑，摇摇头，继续写题了。

他们坐在楼上，人少又安静。

一楼倒是不准大声喧哗，往上走大多是培优机构，下课了，大家都说说笑笑玩作一团。

林盏解到选择题最后一题，已经有点黔驴技穷的感觉了。

她转着笔，撑着脑袋看那些小孩子边跑边跳。

沈熄问她："不会写？"

她舔舔唇，突然想和他谈个条件。

"沈熄。"

"嗯？"

"我选择题对10道有什么奖励吗？"

沈熄看她一脸天真无邪，问："想要什么奖励？"

她咬咬唇，下唇被牙齿咬出一片淡淡青白色，又随着牙齿移开，重新变得粉红而饱满。

"你，你亲我一下？"说完这句话，她的脸，以沈熄肉眼可见的速度，红了。

沈熄挑眉："林盏，现在是在图书馆。"

"怕什么嘛，"林盏说，"那要不，我们去外面，偷偷地，找个隐蔽的位置？"越说越离谱了。

沈熄皱眉，弹了一下她的脑袋："快写题。"

写完卷子是两个小时之后，沈熄掐着时间，不让林盏再多写一步。

林盏："再给我两分钟。"

沈熄不留情面："以后高考，不会多给你两分钟。"

林盏皱皱鼻子，抱怨道："就知道掐时间，谁不会啊，以后我也掐时间，精确到毫秒。"

沈熄摊开答案簿，拿出一支红笔，起先，并没有意识到林盏在说什么。看到选择题的第一个答案时，沈熄像是明白了什么。

他眉一皱，低声道："林盏！"

林盏不甘示弱，梗着脖子："怎么？谁还不会计时了咋的？"

语毕，她嘤咛一声，装作很可怜地低下头："我就是单纯地想给你以后的1000米计个时，没别的意思。可是你，自己想歪了居然还怪我。"

真是可怜。

沈熄用红笔把她错的地方圈出来，道："你这些心思能分一半到数学上，超过我指日可待。"

"数学多无聊啊，它能哄我睡觉吗？不能吧。"林盏说，"那我还是把那部分心思花在你身上比较好，低投资，高回报。"

沈熄笑，瞥了一眼她的草稿本："你这题算了这么多过程？太长了。"

说完，他在卷子上用红笔写了几行公式："以后用这个。"

"简便公式？"林盏老老实实地去看，"你总结的？"

"嗯。"

"那我是除了你第一个知道的？"

沈熄眉一挑，从唇边散出一个浅淡的笑来。

他看着她，点点头："嗯。"

她满足地拿出小本子记公式，沈熄在一边提醒道："错题全都要记下来，明天晚上我检查。"

她下巴垫在手臂上，一字一顿说："知道了，沈老师。"

她就这么懒懒散散地抄着错题，沈熄扳住她肩膀，拉起来："坐直。"

她照办，捏着笔，一点一点地写。

她有轻微的近视，写题目时就会戴着眼镜。

镜框架在小巧的鼻梁上，很稳，没有往下滑。

林盏视线没有动，却是笃定道："你在看我。"

沈熄："看你有没有偷懒。"

这下，林盏动了，水红的中性笔在数字尾端打了个点，她将笔转了一个来回，按动笔头戳在桌面上，按了两下。

她看他，语带揶揄："你们学霸都这么冠冕堂皇的吗？"

对于大部分高二学生而言，高二升高三的那个暑假是他们狂欢的最后时限，时限一过，就代表着炼狱。

这个暑假短得跟寒假无二，并且还有寒假两倍的作业量。

放暑假当天，张泽转着一本作业走到沈熄面前。

沈熄睨他一眼，看他手上的作业本转得跟篮球似的，淡淡道："还记不记得上次你们20多人集体转张丽江的作业本，她让你们在走廊上转了个够，还没吸取教训？"

张泽心有余悸，手一停，把作业抱怀里。

"你别说了，我的噩梦。那次我们20多人站在走廊上，被来来往往的学生当猴子似的围观，身为火箭班的学生，我就没受过这种耻辱。"

"谁让你们转书。"

"那不是流行吗？你这种闷葫芦懂个屁！"

沈熄点头："嗯，那你转吧，争取每本作业都转出花样，以后找不到工作了，还可以去东北唱二人转。"

张泽哽了一下，竟然觉得他说得很有道理。

"你就不好奇我来找你干吗？"

沈熄："干什么？"

张泽："我来对你说，以后我——张泽的暑假作业，被你承包了。"

沈熄言简意赅，淡淡吐出三个字："想得美。"

"不过，"张泽过来，跟沈熄说，"你有没有发现，你跟林盏在一起之后，变幽默了。"

"话也变多了，"张泽笑道，"这是好事啊。"

身后有人说："好事好事，反正话再多，也没有你多。"

张泽一本书扔过去："你给老子闭嘴。"

当晚回家的路上，沈熄跟林盏说着学校的事。

知道大家抱怨作业多的林盏表示：“他们就知足吧，我们连小长假都没的放，还要收手机。每天都是朝八晚九，作业跟小山似的，普通人受得了这个？”

沈熄皱眉：“真不放暑假？”

“对啊，就只有周末。”林盏惋惜说，“你放假在家吗？”

“在。”末了，他补充道，“我爸妈不在，平时要上班。”

林盏突然警觉，问他：“……你这是在暗示我什么吗？”

“不是。”沈熄道，“你们画室沙发不是很小？那中午睡午觉怎么办？”

林盏：“就在椅子上凑合一下，我打算买把躺椅或者和她们挤着睡。”

人行道靠马路那边有车，沈熄把林盏揽到里面来，这才说：“那中午可以来我家午睡。”

林盏本想避嫌，但想到画室沙发睡觉实在太难挨，每天中午都疲惫得像是跑过几千米……她有点屈服。

而且，想到沈熄的为人，她也觉得沈熄是个正人君子，是柳下惠，是会坐怀不乱的。

“好啊，”她说，“那我中午睡哪里？”

沈熄：“总有地方给你睡的。”

第二天恰巧是一个周末，等到周末一过，林盏立刻践行了午睡这个重要事情。

去之前，她再三跟沈熄确认：“你爸妈真的不在家吧？”

沈熄好笑地看她一眼：“你觉得我会趁他们在家的时候带你过去？”

林盏的书包被他背着，伞也被他举着，她两手空空，只能顺势抓着他的袖口。

“说不定呢。”

说不定他会顺势跟父母介绍自己呢。

对此，沈熄表示："你想多了。"

他怎么可能会在这个时候带她去见叶茜?

只要见一面，叶茜绝对能认出她，然后把他幼年时期的"光荣事件"公之于众。

林盏届时会做出什么反应?

他光是想到就脑仁疼，这两个人一拍即合，起码还能再笑他10年。

到了楼下，沈熄收好伞，拿钥匙开了最外头的防盗门。

电梯徐徐上升。

林盏："你从小就住这里吗？"

沈熄停了片刻，道："搬过两次家。"

林盏笑眯眯地寻找共鸣："我也搬过一次，不过那时候太小了，才五六岁，什么都不记得。后来搬到这边，就在这边上学了。"

他不置可否地点头，门开后按住开门键："走，出去吧。"

沈熄家里很宽敞，而且很整洁。

双面朝阳，明亮的光从阳台一路蜿蜒到客厅。

林盏顺着光线看去，看见阳台上晒着沈熄的两件校服。

想了想，林盏说："你妈妈一定是个很温柔的人吧。"

沈熄指尖微动，问："嗯？"

林盏："虽然第一面见你，你冷冰冰的，但是身上的味道很好闻，不是洗衣液的人工香味，是光的味道。所以我猜，能够在你衣服上留下这种味道的阿姨，一定很温暖。"

她又说："不是人人身上都有这种味道的。"

沈熄抿唇，这才道："行了，没时间多说了，你先把鞋换了，去睡觉。"

林盏脚上是匡威的一脚蹬，她左鞋尖抵着右鞋后跟，很快就脱了下来。

"没事，就不穿鞋了，我穿了船袜。"

"不行，"沈熄毋庸置疑道，"夏天这样……"

林盏急忙趿了双拖鞋，憋笑道：“我知道，对身体不好。”

她换上拖鞋，目光一转：“我睡哪里？”

“你就睡我床上吧。”

沈熄带她走进自己房间，调好空调，林盏还在跟他谈条件。

“24℃吧，比较凉快。”

沈熄：“我被子薄，只能开26℃，不然你出去，冷热交替，容易着凉。”

“好吧，都听你的。”她耸耸肩，跳上他的床，手一够，就抓到一本床头柜上的书，“《小王子》？都几个月了，你怎么一直在看这本？”

上次来是情况特殊，这算是真正意义上第一次到他家，她显然有些兴奋。

她低头说：“我最近看了本《爱德华的奇妙之旅》，我觉得没有《小王子》好看，还有《夏洛的网》，电影版好看点。”

沈熄：“你爱读童话？”

“没啊，只是刚好一系列嘛……而且这些也并不是完全的童话故事，都挺有意义的，批判、救赎，只不过用浅显的方式写出来了而已，我们画画不也差不多……”林盏及时打住，“为什么我在你家，我们要讨论这种话题？”

沈熄收回她手上的书，催促道：“快睡。”

林盏身体下滑，一头栽倒，手伸到枕头底下，然后翻了个身。

她做了一件自己觊觎已久的事情。

林盏把脸埋在沈熄的枕头里，用力吸了一口。

她嗡着声音道：“我刚刚那一刻，忽然有一个超脱凡尘俗世的想法。微博上吸猫吸狗吸猪算得了什么啊，他们一定是没有吸过沈熄的枕头了。”

“吸沈熄的枕头，简称，吸熄，还是叠音，多可爱。”

沈熄：“……”

林盏继续抒情：“啊……阳光的味道……”

沈熄一忍再忍，终究没有忍住，开口道：“……那是烤蛐虫的味道。”

林盏抬手，佯怒地拍了一下枕边：“就你会破坏气氛！”

半晌，她没再说话。

她就用那个姿势睡着了。

沈熄就坐在一边看着她缓缓入睡，见她呼吸声稳了，将凳子移了移，靠她更近了些。

睡着的林盏，比以往更动人。

伸出手，他把她长及眼睫的刘海，轻轻顺到一边。

沈熄抖了抖一边的被子，给她盖好，带上房门，出去了。

沈熄提前一刻钟把她叫起来。

刚醒，林盏还是迷迷瞪瞪的，她揉了揉眼睛，去洗手间洗了脸，才清醒了些。

沈熄倚在门框边：“下午画什么？”

她抽了两张纸，擦干净脸才说：“素描，人像。”

最近一直画画，她手上都起了茧。

沈熄把人送到画室，说晚上再来接她。

郑意眠也才醒，问她：“你跟沈熄干吗去了？”

林盏想了想，没有省略主谓宾地说：“我和沈熄睡觉去了。”

“……”

郑意眠指了指窗外，示意林盏和艳阳打个照面：“朋友，现在是白天。”

林盏：“所以？”

“别做白日梦了，快画画吧。”

林盏：“……”

枯燥的集训生活，因为沈熄在，而变得没有那么乏味。

每晚放学后，他们会沿着街市搜罗所有被埋没的民间小吃，找不到小吃的时候，林盏就会买一杯双皮奶。

晚风拂面，灯火玲珑。

虽然沈熄管得严，不让林盏总吃这些乱七八糟的东西，但假如林盏真的很想吃，他也只能让步。

那晚林盏出画室，发现一边有卖转糖的。

她走过去，看老人从锅里舀起一勺糖浆，铁勺在案板上敲了敲，旋即，很快勾画出一只蝴蝶。

蝴蝶的翅膀极为对称，上头的花纹也并不简单。

林盏原来小，看这个只觉得厉害，到现在自己能够单独作画了，更加体会到其中的不容易。

熟能生巧，这样熟稔的功夫，岂是一朝一夕能够速成的。

老人看林盏看得入迷，问："小姑娘，想要买一个吗？"

林盏抿抿唇，反问道："我可以自己画吗？"

老人笑开了花："这勺子很重，而且画这个并不简单，我怕你半途而废啊。"

林盏挑眉道："我是美术生，而且我力气很大的，要不让我试试看？不试试怎么知道不行呢。"

沈熄站在一边，脸上是宠溺的笑。

老人说："那好吧，就让你试试，失败了的要买走哦。"

林盏："没问题。"

她朝沈熄露出一个标志性的、志在必得的骄傲小神情，而后走进摊位里，看老人示范一次。

"这样，先盛起来，然后从这个小口处往外勾画……"

"看懂了吗？"

"懂了，"林盏跃跃欲试，"给我试试吧。"

她坐进那个小凳子里，表情变得严肃、认真。

她平时比谁都爱开玩笑，到了正经场合，却又比谁都认真。

沈熄很喜欢看她这种心无旁骛的样子。

蒙眬的夜给她镀上一层柔光，她垂着头，嘴唇抿成一条直线。

碎发轻轻飘荡。

林盏不费吹灰之力举起勺子，老人在旁边笑："力气大倒是真的。"

她微微歪斜着头，举着勺子一点点去描绘图案。

林盏平时画东西习惯了打形，第一次这么徒手画，有点紧张，没画对称。

老人拿竹扦摁下去，等糖浆干了再把它戳起来。

"虽然形状有点歪，但是可以吃，没问题。"

"还画吗？"

林盏作为美术生，怎能屈服于这样简单的一个转糖下。

她道："画啊。"

第二个、第三个……

沈熄隐约已经看出她在画什么。

但是林盏本着精益求精的精神，一直没停，到最后没毛病可挑了，才收手。

老人摸了把胡子："小姑娘不错啊，第四个就画得这么好了。作为奖励，我就收你前三个的钱吧，这个送给你。"

林盏邀功似的看了沈熄一眼。

眼睛下的那颗小泪痣，仿若微小星辰闪动。

沈熄不自然地移开眼。

林盏把最后的成品拿起来，把口袋里的零钱付了，这才跟上沈熄的脚步。

她举起那个转糖，说："给你画的，好不好看？"

那是个灯盏，灯盏里一颗小灯泡。

"实在没办法用简笔画画出熄灭的灯，我只能把里面的灯丝换成奇怪的心形。"

路灯把转糖照得剔透，一同展示出的，还有她晶莹剔透的心思。

她把竹扦夹在自己的指缝里，把右手的东西换过来。

"这是我刚刚拿的一个，搅搅糖，你听过没？"

沈熄："没有。"

"就是这样，一边拿着一根竹扦，然后来回搅动，就这样挑来挑去……"林盏看着沈熄，"你连这个都不知道，你有没有童年啊？你的童年是什么？"

沈熄思索了片刻："珠心算。"

林盏："……"

林盏玩了一会儿，把东西递给沈熄："来，你玩一下，真的很有意思。以前我们班上很流行玩这个，可以玩一中午。"

搅搅糖一开始很稠，只要一不留神，糖浆就往下掉。

沈熄是第一次玩，难免有些不顺手。

加上他素来是慢动作，等他把糖挑了一部分出去，中间那部分就要掉了。

林盏着急，直接把刚买的转糖含在嘴里，腾出双手为沈熄指点迷津。

"你别@#￥￥@可不可以快些￥%……"

"沈熄你@#￥%……"

"气轰我你真是@&*@￥……"

沈熄失笑，故意闹她："你说什么？"

说到最后，她索性直接上手，一手抓着沈熄一边的手腕，自己开始动作了。

含着东西的嘴也不停。

"看没，我厉害不？"

两个人边闹边笑，沈熄最后已经没力气，让她一个人在那里尽情翻搅。

直到最后，麦芽糖成形。

林盏累坏了，把嘴里的转糖拿出来，瞥向一边双眸微眯的沈熄。

她咬了一口转糖："怎么，好笑吗？"

沈熄看她咬着糖，全然忘记刚才说"我是给你画的"时候的模样。

他问："这不是给我画的吗？"

“我反悔了，女人是很善变的，”林盏说，“所以你不要太胸有成竹，指不定我过几秒就换了想法。”

沈熄垂眸不答。

林盏继续道：“所以你要时时刻刻提起一百万分精神，来讨我欢心。”

说完，为了给自己增加几分信心，她自我肯定般咬了两口转糖。

沈熄沉着声：“知道了。”

抬眸的时候，发现有一粒小小的碎糖，沾在她唇边。

他很自然地伸出手，把那粒小小的碎糖给拂落，皱着眉：“多大了，吃东西还会留在嘴边？”

突如其来的亲密动作让两个人都是一怔。

他的手还悬在半空中，落也不是，再往前伸也不是。

林盏侧过头，一点点温热的吐息洒在他指腹，热流激荡。

他的指尖仿佛仍旧存留刚才的触感，碰到碎糖那略有些刺的感觉，以及她嘴边皮肤的柔。

林盏在夜色中沉醉，醉得漫无边际。

不过两周，秉承着“时时刻刻都要搞事情”原则的孙宏，挑了个周末，喊大家出去唱歌。

林盏和郑意眠挑了个时间，去那边的画室找孙宏和齐力杰。

那边的画室因为有了这俩活宝，自然比较热闹。

孙宏一回头，看到林盏提着水来了，立刻站起身来：“朋友们，看到没，这就是我说的林盏！签名五毛一个，要排队。”

林盏把水放在桌子上，跟齐力杰说：“齐力杰，揍他。”

画室里有人吹了声口哨：“这俩有男朋友没？孙宏，给我介绍个？”

“哎，徐志明，我发现你长得不美画得不美，想得倒是挺美啊。”

孙宏开始如数家珍般跟人家吹林盏，仿佛林盏那些奖都是他得来的似的。

他在一边侃大山，林盏就跟齐力杰讨论正经事儿。

“你们这儿忙吗？作业多不多？”

“真的挺多的，但是没有你们那个画室严，我们画室好多富二代，天天打游戏。”

“你们俩有进步没？”

“孙宏有一点，上回速写及格了，虽然手画得像鸡爪子，我真的笑岔气了，哈哈哈哈。”

三个人聊了两句，齐力杰问：“你们俩考校考吧？”

郑意眠：“考啊，肯定得考。”

“我跟孙宏就不考了，我们打算重点学学文化课。你们去考挺好的，你们俩适合。”

郑意眠想想，道：“不过我打算考的学校，不设校考。”

林盏：“你联考分肯定高，够你吃的了，不如回去学文化课。”

郑意眠想考的是T市的美院，排名也很高。

几个人在那里聊了会儿天，说了说对未来的规划，像是好久没有这么清晰过，自己到底该去向哪里。

第二天一去KTV，孙宏当仁不让，点了首《三百六十五个祝福》。

前奏开始时，他激情澎湃：“这首歌送给大家，祝大家都考上心仪的学校啊！”

齐力杰抄手陷在沙发里，一脸无语：“一开头就点这么一首歌，我差点回到20世纪90年代。”

“一年有三百六十五个日出，我送你三百六十五个祝福……”

情至高处，孙宏选择了美声唱法。

齐力杰抄起话筒，大声喊道：“孙宏！”

孙宏：“啊？”

齐力杰：“一年有三百六十五个日出，我送你三百六十五个滚！”

底下有人大声叫：“好！”

林盏被大家闹得直笑，跟郑意眠说：“好久没见他们俩闹腾了，还真有点不习惯。”

很怀念学校里的那段日子。

后来，大家在底下玩真心话游戏，林盏和郑意眠跑到一边去点歌。

前头孙宏点的一首还没唱，林盏接下来。

桌上的酒瓶缓缓转动，停在沈熄面前。

这会儿，学生会的几个人面面相觑。

不太敢提问。

平时在学校，沈熄就是那副不苟言笑的模样，很少跟他们一起出来玩。

现在虽然在一个桌上，大家心里多少还是有些顾忌的。

“我问我问，”孙宏赶快抢过话头，“沈熄，你和那边那个唱歌的，是什么关系？”

握着话筒的林盏忽然感觉到大家的视线，她稍微把身体偏转一点，看向沈熄。

没有过多疑惑，她以为大家在看她唱歌，索性直接转了身子，朝沈熄的方向开口道：

爱要坦荡荡

不要装模作样到天长

……

请你坦荡荡

世上没有满分的浪漫

只唱了这么几句，众人顿悟，纷纷折回身继续玩了。

很多问题无须明说，一个眼神就能找到答案。

唱完歌，大家准备去附近玩玩。

出了大门，孙宏瞥见一个人影。

他戳戳林盏：“我看见余晴了，她怎么阴魂不散啊。”

林盏往边上看了一眼，确实看到余晴身后尾随着一行人，朝他们这边来了。

当时余晴给自己加戏，非说林盏找人围她，林盏倒是想知道，她怎么还能这么若无其事地出场？

看来真是丝毫不心虚。

林盏站在一边，看余晴挂着虚情假意的笑，走到自己面前。

“林盏，你们也来这边玩啊？”

林盏笑了笑：“我在哪里，你应该比我更清楚吧？”

分明是在影射那次余晴杜撰她在场的事情。

余晴的笑容僵了一下，然后甜甜地说：“我哪里清楚的呀，我相信你是无意的，都是巧合啦。”

孙宏看余晴虽然还带着笑，说出的话却刻薄得不行，又暗暗把矛头推回林盏身上，自我说服了好久不能骂女生，但到底忍不住，他侧头，低声跟郑意眠说：“我真快无语了。”

林盏不想跟余晴多说，低头玩手机。

余晴问一边学生会的小干事：“你们在这里干吗？”

一行人里就差一个沈熄，不用脑子想都知道大家在等谁。

一边的张泽有些尴尬。

他手里还提着沈熄的一个包。

张泽开口道：“我们边走边等吧，他等下应该就来了。”

有人靠在一边的柱子上，听了这话，懒散地起了身，往前走去。

余晴：“我跟你们一起吧。”

虽然没多少人理她。

林盏他们走在后面，余晴刻意放慢脚步，和林盏并肩。

眼见离大部队很远，余晴这才开口。

“你别太得意，沈熄现在谁都没选，我们是公平竞争。”

孙宏听了暗自发笑，说：“谁都没选？”

齐力杰接茬：“公平竞争？”

孙宏道：“公平竞争我们当然欢迎，就怕有人动机不纯，暗地里也要搞破坏。”

余晴皱了皱眉，正要反驳，一抬头，神情秒变。

得，孙宏心想，沈熄来了。

这位应该去学川剧，一会儿一个样，一边观众一个样。

林盏走在里面，余晴本来站她旁边，这会儿挤到外围去，生怕沈熄不能一眼看到自己。

走到十字路口。

沈熄掉转自行车，一个转弯，改变轨迹，骑到林盏身侧。

林盏不作声，没动作。

沈熄一路慢骑跟着她，到最后，妥协了。

他长腿往地上一支，按了按自行车上的铃铛。

“走这么久腿不累？”

只问了一句，余晴就感觉到不对劲了。

这种语气，这种动作，是沈熄平时绝对不会有的。

沈熄看着林盏，语调几乎可以算得上是宠了。

“你不是说没坐过自行车后座？我刚刚特意去找人借的。”

林盏手上拿着手机，没背包，有点不方便。

沈熄直接接过她的手机，放到自己口袋里。

看她完全坐好了，才转过头。

整个过程中，眼神都没离开过她。

余晴嫉妒得发狂。

林盏坐在沈熄车上，自然很快就跟身后的人拉开一大截距离。

她手抓着自行车坐垫后面，声音闷闷的：“你找谁借的？”

“这附近有个卖车的店，我表哥在那儿工作，顺便借了一辆。”

“那你很厉害……”

话还没说话，沈熄猛地一个加速，林盏还没反应过来，整个人就被颠簸的路晃了一下。

她没抓稳，整个人往前一扑，手也顺势往前滑。

那是应急时人下意识的反应——她抱住了沈熄的腰。

还挺细。

林盏心里一荡。

她低声道："你这是，故意的还是……"

风掠走她最后几个音节，沈熄没太听清，但已经知道她想表达什么。

他看着眼前的路面，没有说话，甚至连回头看她一下都没有，真可谓波澜不惊。

直到走到下一个红绿灯路口，他停下来等红灯，看到腰上那双纤细漂亮的手，虽然他若无其事地移开目光，但上扬的嘴角，泻出一个得逞的笑。

最后大家找了一家鱼庄吃饭。

余晴在后头遥遥看到林盏下了自行车，还跟沈熄聊了两句，不想再给自己添堵，去饭桌上找不痛快，趁沈熄停车的工夫，她走到林盏面前。

她表情不善："我知道，你报名了繁星杯，整个三班，黄郴全给报了。"

"繁星杯的评委也是联考那种风格的，喜欢亮堂的，不喜欢你这种，"余晴笑了，"我也报名了，我很擅长哦。"

余晴扬扬得意，就是想拼命打压林盏。

……

看着余晴三两步离开，孙宏凑上来，问："刚刚余晴来跟你说什么呢？那表情也忒狠了点吧？"

林盏无所谓道："余晴，刚刚来给我下战书了。"

孙宏："下什么战书？打架啊？这不是找死吗？你力气那么大……"

林盏斜他一眼："当然不是打架，是画画，她也报了繁星杯，而且一副志在必得的样子。"

孙宏无语："她脑子秀逗了？！就算是用她的强项比你的弱项，她也未必能赢啊！"

林盏笑道："也许她觉得自己可以碾压我吧。"

这话说得轻巧，做起来却没有那么简单。

林盏这么多年一直采用自己的画风，并不是因为不会画应试派的内容，只是因为，过于禁锢自己往另一个方向靠拢，反而会适得其反。

但这并不代表她不会画。

更何况，她旁边还坐着可以冲刺联考状元的郑意眠。

速写和素描没什么太大的问题，主要是林盏的色彩偏暗。

对她来说，只要是绘画，她都能提起兴致，用自己的方式画多了，偶尔换个手法，也很有新鲜感。

画画这东西好比写作文，无论素材换成哪一种，只要摸准了其中的门道，就不大可能失手。

一周后，比赛准时开始。

上午色彩三个小时，林盏两个多小时就画完了，剩下半个多小时修修补补调整一下，然后就交了。

这算个小比赛，林盏丝毫不紧张，再加上这次也不是全校只有一个名额能参赛，她的压力也小了很多。

比完之后，就安心等结果。

第八章

学霸的底气

她到画室的时候是晚上六点，见她回来了，老师问道：“不回去休息吗？”

林盏抿唇：“没事，我再画两个小时吧。”

今天沈熄也要来接她。

林盏到位置上，先到的郑意眠低声问她：“画得怎么样？”

林盏：“还可以，正常水平。”

“余晴跟你一个考场吗？”

“好像不是，不过到时候成绩一出来，就知道了。”

这种小比赛，她没太放在心上。

眼见剩余的时间不多，林盏就开始在一边画一些局部的细节，比如手和鞋子，还有头发。

老师拍了拍前排一个男生的背，说：“何蒙，林盏的手画得很好，你去看看她的，学习一下。”

沈熄进门的时候，何蒙正好从位置上起身，站在林盏旁边。

来了太多次，沈熄已经可以自如地进出画室了。

林盏听到推门声，回头看了一眼沈熄，顺带扫了一眼何蒙。

她对何蒙稍微有点印象。

剃着板寸头，不爱讲话，总是一个人缩在角落里。

何蒙其他两科都很不错，就是速写差了点。

林盏画了两只手，跟何蒙说："你画板给我看看，我看你哪里有问题。"

何蒙涨红了脸，把手上的速写板递出去，手在空中悬着，有些激动。

林盏想到了孙宏，笑道："你的画风有点像我一个朋友，他也不会画手。"

"其实也没什么大问题，就是比例不太对，你的手太小了，一般手都是跟脸一样大的。老师肯定跟你说过，但是这个下意识的习惯不好改，你可以多临摹一下。还有，这个骨节转折你画得太生硬了，像直角，不够软。画的时候放松一点，把肉感画出来。"

一边讲解，林盏一边做着示范。

给他画完一只手，她抬头问："看懂了吗？"

何蒙推推眼镜，抹了一把鼻尖上的汗，说："嗯。"

接过画板，何蒙逃回座位。

沙发上的沈熄，很明显地看到他通红的耳根和飘忽的眼神。

一直到下课，何蒙都没从激动中回过神。

林盏去找沈熄的时候，正好经过何蒙的位置。

看老师在那里驻足，她也去看了一眼。

何蒙的手虽然画得不好，但可能是多年浸淫在动漫王国中，他的人脸画得特别不错。

林盏在速写里，很少见能把人画得这么好看的。

下楼的时候，林盏还在琢磨，何蒙是怎么把脸画得那么好看的。

假如她也能把脸画好看一点，速写分又可以高一点了。

走下最后一级台阶，沈熄含糊地开口道："那个男生……"

"谁？"林盏挑眉，"何蒙吗？你别看他像个宅男，手画得不好，脸倒是画得挺好的。他在画室话超级少，我们一起聊天他都不说话的，一个人捧着手机在B站看动漫……”

沈熄声音稍沉：“你很了解他？”

林盏摇头：“不了解啊，没说过几句话，他沉默得太特立独行了，让人想不关注都难。这种跟孙宏他们就是两边的人……”话讲到这里，突然感觉到什么，停了。

沈熄凉凉道：“不说了？”

“噢——”林盏抑扬顿挫地拉出一个叹词，手背在身后，弯腰，身子探出去，回过头看沈熄的表情。

只见他眉间勾勒出一个隐约的川字，抿起的嘴角，一切都在暗示着这具身体的主人心情并不是很好。

但是林盏心情很好。

她眼角眉梢都染上鲜活的悦色，眉眼弯弯，笑意流淌。

她咬住下唇，一边眉轻挑，戏谑道：“你吃醋啦？”

沈熄立刻答：“没有。”

“好吧，”她耸耸肩，一副很欠揍的样子，“你说没有就没有……”

“你以为我会信啊？”

沈熄避而不看，一个眼神都不给她。

林盏想了想，拿出自己的手机，亲了一口。

沈熄：？

林盏挑衅道：“吃醋没？”

沈熄喉结一滚，半晌，移开目光。

“神经病。”

她戳了戳他的肩膀，说：“就是多说了两句话多看了两眼而已，我对他真的一点兴趣都没有……”

她笑道：“一个你已经够让我神魂颠倒了，我脑袋里哪能装下第二个人啊？”

一个月后，繁星杯的成绩公布了。

是直接公布在学校。

当天中午，林盏和郑意眠快马加鞭地去了一趟学校。

站在操场中央，还能听到广播的声音。

余晴就站在她们前面。

看到林盏来了，她回头笑道："要公布结果了哦，我这次发挥得很好呢。但是我知道你发挥不稳定，而且这次画的是特别不擅长的题材。"

林盏漠然。

"三等奖：沈安安、余晴、李胜。"

余晴轻笑一声，朝林盏露出一个胜利者的笑。

"二等奖：姜璇。"

余晴嘴角的笑越来越大。

"一等奖的获得者是，林盏、郑意眠、徐辉。"

"让我们恭喜获奖的同学！"

余晴嘴角的笑霎时僵住。

孙宏在一边捧场地大叫："哇，盏姐和眠眠牛啊！"

郑意眠也道："我还好，我擅长这个，盏盏不擅长，能拿一等奖很厉害了。"

林盏只是站在那里，没说什么，却用事实告诉余晴——她不画，不是因为她不能，只是因为她不想。

当晚放学，沈熄走在路上，正计划着去林盏画室的时间时，面前突然晃过一个人影。

是余晴。

她拦住他，用一种很可怜的姿态。

沈熄目光掠过她，看了一眼她身后的马路。

余晴闭了闭眼，说："我知道这样可能会打扰你，但我实在忍不住。我喜欢你比林盏喜欢你的时间还要久，虽然我们是公平竞争，可我……”

“不是公平竞争，”沈熄打算速战速决，垂眸看了一眼腕表，“我喜欢的人是林盏。”

繁星杯落幕之后，一切又步入正轨。

余晴也没有再出现过。

悠闲下来，林盏才想到打理自己那个名叫“阿栈”的账号。

最近太忙了，许多事都应接不暇，她连个喘气的时间都没有，更别说玩微博了。

几个月没上，粉丝涨了几百个。

这个账号，本来就是玩玩的。

当时高一高二很闲，就画点喜欢的小说的同人图，Q版人设也画过，也被原作者转发了，后来慢慢地，粉丝就多了起来。

前几个月没怎么看小说，放在微博上的，都是一些即兴涂鸦，或者是风景画。

除了二次元，她在现实生活中很少用这个马甲，除了那次美术馆投稿的《赐》。

那会儿她和林政平正在冷战，有个大型比赛她失手，林政平一边说着她膨胀了退步了，一边让她参加这个画展投稿。

林政平喜欢用她的成绩来衡量她画的价值，这点林盏非常不认可，投稿时，毅然决然就用了“阿栈”这个名字。

果不其然，林政平发现整个美术馆没有录用林盏的作品，回来后又批了她一通。

她那时一言不发，绝口不提自己是阿栈的事，好像这样就能和功利的林政平相抗，好像这样就能显示出她的作用，是绘画，不是拿奖。

她不想让画画变得越来越不纯粹。

那幅画的灵感，与其说是灵感，不如说是爆发和释放——在那幅画下面，她落了一行字——“赐我荣光，还赐我白绫万丈。”

写给林政平，也写给她又爱又恨的天赋。

她随便画了个沈熄的Q版——其实画手底下的Q版都差不多，谁也分不出是谁。

林盏发了条微博：好久没上线了，涂了个喜欢的人。

大家立刻就在底下猜测起来，这到底是谁。

大大好久没出现，我还以为退圈了，哇哇大哭。

分不出来啊，这个意中人是二次元还是三次元的啊？

「阿栈」回复：是个盖世英雄。

大大，什么时候我们有肉吃啊？

「阿栈」回复：可能要等到一千年以后。

画风好可爱，想让你出画集啊！买买买！

好不容易发了条微博，潜水的大家纷纷冒出头来留言。

第二天中午，林盏和沈熄在咖啡馆吃了午饭，她照例拿出手机，回复了一下消息。

有个人给她留言：大大以前说过自己在读书，最近是高三了吗？要准备联考了吗？大大画得这么好可不可以给我们一些指导和意见啊？

林盏转发了那条微博：我的粉丝里有美术生吗？有没有想要联考小技巧的，人多的话我就开几个小专题讲一下速写之类的呀。

刚转发完，旁边传来一声轻轻的提示音，叮咚。

林盏看向沈熄："你在干吗？"

沈熄："没。"

林盏探头去看："你是不是背着我跟别人聊天了？"

沈熄把手机往下拍："没有。"

"那你为什么怕我看你？"

沈熄："……"

林盏："你是不是外面有人了？你有秘密了沈熄！"

沈熄皱眉："我没有。"

林盏伸手："那你给我看。"

沈熄定住，没动。

"怎么回事啊你，"林盏这下有点想哭了，"我在你旁边你还跟别人聊天……”

“不是，”沈熄看她真要哭了，才慢慢解释道，“是以前特别关注的一个博主，发消息会给我提示。”

“干什么的博主？发资源的？”

“你在想什么，”沈熄安抚她，“当然不是，你别哭。”

“可你为什么鬼鬼祟祟啊，我们这才多久啊，才几个月就……”

“我没躲你，”沈熄说，“我怕你看到会多想，受刺激。”

林盏握拳：“这位是你的……白月光？”

“不算，算欣赏的人。”

林盏夺过手机：“一个博主而已，我能受多大刺激？你就是骗我……”

声音戛然而止。

林盏一下什么话都说不出了，如鲠在喉，只剩下眼睛这唯一一个感官。

屏幕中间，显示着特别关注的ID，分明是她熟悉得不能再熟悉的两个字——阿栈。

林盏觉得这下，自己真的受了刺激。

沈熄的特别关注是她的小号？！

她刚刚还在吃醋，还以为有人给自己戴了顶绿帽子！

林盏很快反应过来，轻咳一声，道：“这个阿栈啊，我知道她，人美技术好，你会爱上她很正常。”

沈熄：“我没……”

“你肯定已经爱她到无法自拔，我懂，毕竟她是这么有魅力。”林盏挑起一个地痞流氓式的笑，“看不出来，沈熄，你居然是一个如此关注他人内在才华的人。”

沈熄无奈扶额，正要开口说话，那一刹那，仿佛有一盏灯火照亮灵台，他的脑中霎时一片清明——

林盏。

阿栈。

取林字一半，盏字一半，为栈。

手指堪堪顿住，放在桌面上，没了动作。

窗外影绰日光晒进，拉出一片稀疏投影。

沈熄张了张嘴，竟不知道该说什么。

……

他在现实生活中关注的，和在网络上关注的，居然是同一个人。

林盏看沈熄一下不知如何反应，忍不住眯起眼笑开，伸手挑了挑他的下巴，轻佻地把他的脸转到自己面前。

须臾，林盏严肃地说："沈熄，没想到你爱的不仅是我的脸，还有我的才华。"

沈熄："……"

林盏摸了摸自己的脸，叹息道："我这么优秀，说实话，我也不知如何是好。"

"不知如何是好就吃蛋糕吧，"沈熄把那份抹茶蛋糕推到林盏面前，"让我消化一下。"

林盏戳了块蛋糕，咬着叉子问他："这很难接受吗？在你心里我林盏就是个草包？"

"不是，"沈熄敲了敲桌子，"只是没想到，我在两个地方关注的人，居然是同一个。"

林盏神棍样地说："那证明什么知道吗？"

"什么？"

"证明无论在哪个世界，我们都会彼此吸引啊，这不是缘分，这是命运。"

她一本正经。

沈熄道："不过，为什么当时你用的是阿栈这个名字？你作画一般不都落真名吗？"

"那幅画不是比赛画的，是我自己在家画的，当时就很喜欢，我知道一定能进画展。我爸总喜欢用一幅画是否得奖来判定我画得好不好，我不同意，就想跟他对着干，非不让他知道我拿奖。"

“果然，他后来还不是说我画得不好，其实我画得挺好的。”

沈熄想到她在那幅画下落的句子。

他低声说：“嗯，你画得一直都很好。”

吃过午饭后，林盏本来要回画室。因为今天是周末，沈熄父母在家，不能去他家午休。

沈熄拉住她，说：“今天我爸妈不在家。”

最后当然是一起回家了。

林盏在沈熄家越折腾越熟，几乎把这当自己家。

而且在沈熄家，比在自己家更加舒服。

路过水果店，看到新鲜的水果，她就会捎几个带去沈熄家。

林盏看中一个火龙果，问沈熄：“你吃火龙果吗？”

沈熄看她一眼：“无所谓，你不吃吗？”

“我吃啊，但我吃不了一个，”林盏颠了颠，“刚刚才吃了午饭，只能吃下半个。”

老板磨刀霍霍，道：“那我给你们切开呗，你们俩一人一半，送俩小勺子。”

沈熄道：“好。”

切开火龙果之后，沈熄把它提回家。

正要上楼的时候，他打开门口的报纸箱，从里面拿出了今天的报纸。

林盏：“……”

“这报纸是你爸订的啊？”

“不是，”沈熄说，“我自己订的。”

林盏愣了好半天：“你现在还看报纸啊？”

这种她爷爷才会有的习惯……她已经很久没见过了……

沈熄点头：“嗯。”

林盏：“现在不是有手机APP吗？不能在手机上看新闻吗？”

沈熄："不舒服。"

林盏笑着走进去按电梯，沈熄问："你笑什么？"

"没什么，就是觉得你的生活作风，很像退了休的干部。"

沈熄："……"

到家之后，林盏还挂念着自己的火龙果。

林盏洗过手，站在桌前："我就站这里吃吧，免得滴到你床上了。"

"不然……"沈熄侧眸，"你平时都在床上吃东西？"

"对啊，"林盏说，"夏天的时候抱半个西瓜坐在空调房里，一边看综艺一边吃西瓜，人间仙境。"

沈熄没应声，只是去一边的房间里拿了个什么垫子出来，走进自己房间，铺好。

"进来吧，"沈熄说，"就坐在里面吃。"

林盏面带难色："这样……不好吧？"

语毕，林盏很快就坐下了，还发出了一声满足的叹息。

沈熄把半边火龙果和勺子递给她。

她在房间里自娱自乐，沈熄就在外面收拾了一下东西。

收拾了四五十分钟，到她去上课的时间了。

他推开门，发现林盏已经不出所料地睡着了。

她蜷缩着，侧着身子睡，手还压在脑袋底下，看起来睡得很熟，小腹缓慢起伏。

沈熄看了一眼表。

算了，再让她睡10分钟。

他走上前去，发现有一缕头发，贴在她的脸颊上。

于是他轻轻抬手，将那缕碎发拨到一旁。

沈熄正准备起身。

他目光只是移动了一点点，就看到她的嘴唇。

兴许是刚刚吃完火龙果，她的唇被果汁染色，覆上一层淡淡的红。

就像是从滴管里滴出来的一样，果汁一小块一小块地散着。

他想，应该是因为他素来有强迫症。

没别的什么能解释了，一定是这样。

所以他伸出手，用指腹摩挲了一下林盏的唇。

鬼迷心窍般，他看着自己手下的红唇，温温软软，触感很好。

可是分布不均的果汁，并没有因此延展开。

于是他垂下头，仔仔细细，又将两片薄唇擦拭了一遍。

手指刚离开，沈熄来不及有更多动作，林盏眼皮一颤，睁开了眼。

她是醒着的。

沈熄看着她的眼睛想。

下一秒，林盏翻过身，变成完全平躺的姿势，吐息纠缠，缭绕，如丝如缕。

她望着他的眼睛，下一秒，勾出一个狡黠的笑。

她的手搭到他肩上，状似诚恳地发问："沈熄，你刚刚是不是想亲我呀？"

沈熄咬了咬后槽牙，喉结上下急促滚动两下，而后，认了。

他说："……嗯。"

林盏抿着笑，将头微微侧开，咬了咬下唇，轻声道："不给亲。"

明明是拒绝的话，却将整个氛围蒸腾得更加旖旎，呼吸声都被燥热的空气搅动得更加明显。

沈熄直起身子，径自走出卧室。

晚上叶茜他们准点回家，还带了张泽。

张泽笑得很不要脸："路上碰到的，阿姨邀请我来吃饭。"

沈熄扫他一眼，转身回房间里写题。

张泽一进来，看他似乎是在认真思考，就想往他床上坐。

还没沾上呢，沈熄一记眼刀就扫了过来。

张泽悻悻地站起来。

"你这臭毛病真是一点没变，把床宝贝得跟什么似的，谁也不让碰。”

“唉……遥想我们一起睡的第一夜，你是让我打地铺的，就想哭。”

“你也可以坐。”沈熄淡淡道。

张泽喜上眉梢：“真的啊？！”

沈熄继续补充：“只是可能会看不到明天的太阳。”

张泽：“……”

张泽：“哼，不坐就不坐，我自己……我去！你这床上是什么？沈熄！”

张泽大惊小怪，沈熄皱着眉回头：“什么？”

张泽指着他床上一滴红色液体印迹道：“这上面怎么有血？”

沈熄想也不用想，问他，“你色盲？这是紫红色，哪里像血了？”

“这还不像？”张泽就差把床单扯起来了，“乍一看真的很像啊！这到底谁干的啊？你怎么不生气？

“说好碰你床单你要杀人的呢？”

沈熄：“林盏中午吃了火龙果，可能汁滴上去了，也有可能是我给她的时候不小心滴的，不清楚。”

张泽：“……”

“你居然让林盏坐你的床？！还让她在上面吃东西？！”

沈熄抬眉：“有问题？”

说完，他站起身，看了一眼那滴浅色的火龙果汁液。

联想是个很不好的东西。

他想到了中午的时候，沾在林盏嘴唇上的不均匀液体。

张泽张嘴：“你在欣赏吗？你不会觉得这个东西的形状，还滴得挺圆吧？”

沈熄挑眉，说：“嗯，猜对了。”

张泽：“前有古人爱屋及乌，现有沈熄爱盏及盏的一切。沈熄，你知不知道你现在什么样子？”

“什么样子？”

“你说句话都是爱她的形状。”

“……”

崇高的假期并未持续多久，很快，沈熄又恢复了家、学校、林盏画室这三点一线的规律作息。

秋分那天，天气隐有凉意。

回家的路上，沿途有人卖点小玩意儿。

其实这条街，初初看到时还挺惊喜，百逛不厌，到了现在，林盏已经提不起什么兴致了。

她甚至觉得自己可以默背出每家店所在的地方，以及主要经营的产品。

但是这次，路边多了家小摊子。

横梁上悬挂的东西，还挺漂亮。

林盏停下脚步，看了一眼。

店主也不过二十来岁，很年轻，看林盏表现出了一点兴趣，于是问道：“喜欢吗？”

“这是手作物品，我亲手做的哦。”

林盏看着正中间，挂着一个她说不上名字的东西。

有点像风铃，但是比风铃要大，一根绳上拴着一个圆环，圆环底下吊着很多东西，羽毛、琉璃珠、流苏……

很精致的东西。

店主解释道：“这是捕梦网哦，印第安人用它来净化梦境，过滤掉噩梦和纷繁的杂思。网的中间有一个洞，只有好梦才能通过，噩梦会留在网内，随着第二天阳光的到来而消散。”

“买了这个挂在卧室里，你每晚都会睡得很好哦。”

“可以自己做吗？”林盏问。

店主：“当然可以啦，我这边有很多女生都买回去自己做呢，送给朋友当生日礼物。用捕梦网当礼物，是很珍贵的意思哦，代表送他一个好梦境。”

林盏有些心动，想了想，又回头取笑沈熄道："哎，好像你最不喜欢上手工课了吧？我第一次看到你，就是因为你没上那个手工课。"

沈熄点头，答道："嗯。"

思忖了一会儿，林盏说："是有点想买，但是我最近太忙太累了，可能没时间做。"

店主人笑了笑："没关系的，我以后还会来，等你有空了再买也可以的。"

跟店主告了别，林盏在回去的路上问沈熄："你真那么讨厌手工啊？"

"嗯，浪费时间，"沈熄若有所思，"而且感觉做的东西也很傻。"

"男孩子做那些的确怪怪的，像我，我小时候特别喜欢做手工，还自己做过小抽屉什么的，那时候班上还有人出高价买呢。"林盏说，"不过后来就没有做了，因为越来越忙了，有那个闲工夫不如睡会儿觉。"

"马上要联考了？"沈熄忽然问。

林盏愣了一下，这才道："还有两个多月呢。"

他沉吟半晌，道："紧张吗？"

"联考？"林盏失笑，"联考倒是不紧张，一般只有那种众人瞩目的情况下我才会紧张，我觉得联考还不如下个星期的比赛让我紧张。"

"比赛？又要比赛了？"

"对啊，"林盏怅然，抬头看了看夜空，"前天我爸跟我说，我都没什么情绪，可能是麻木了。但是前天晚上就没睡好。"

她踢着小石子，跟沈熄抱怨道："你不知道，这次全校又只有一个名额，而且……这次还是一个外省的比赛，跟我们这边画风完全不一样，在这边设立了分赛区。我那天晚上就看了看那个省的画风，真的很头疼，因为跟我完全不一样……我怎么改变都很难完全靠拢……"

"那就不用改了，"沈熄柔声说，"你要相信你自己，只要发挥出的是你最真实的水平，就没关系。"

顿了顿，他补充道：“你画得很好。”

林盏缄默。

沈熄继续道：“其实我以前，因为被寄予厚望，也经常压力大，导致发挥失常。

“后来想通了，比赛并不是我人生的全部意义，这场失败了，就下一场再来。”

晚风里，他的声音轻柔得几乎让人鼻子发酸。

“心理学上有个术语，叫聚光灯效应，说的是人会把自己的小过失放得无限大。有人觉得，当自己做错了事，人家一定会注意到并且不断耻笑，其实不会，大家只会记得当时那一刻，事后很快就会忘掉。”

他不擅长安慰人，这么长一段，想了很久很久之后，攒起来，想在她徘徊迷茫压力大的时候，讲给她听。

“你这一场没考好，大家只会讨论一下，不会一直记得，也不会持续关注，等着你出丑的那天。热度过了，其实就没了。

“你不要觉得大家总是在看着你，其实并没有人看着你，真正看着你的，是你自己，林盏。”

一字一句，像一双手，抬起她心上压了很久的那块巨石，被阻碍住的血液，终于开始缓缓流通。

可能是太久没有得到这种开导和肯定了，导致林盏给了自己一个错误的暗示，然后不断将它进行下去，最后压垮自己。

其实这么久了，最大的压力并不是来自林政平，而是来自她自己。

她总是想，万一自己做得不够好，浪费了最宝贵的一个名额，会遭大家嘲笑。

她从小自尊心就太强，不想让自己有狼狈的时刻。

她说：“嗯，我知道了。”

沈熄与她并肩而行，却像站在她面前漆黑甬道的尽头，那里载着灯光，载着希望。

“你不要想万一自己做得不好会怎么样，你不用在意别人的看法，你只要问心无愧就好。”

今晚他的话似乎格外多，每句话都是说给她听，全切中她最在意的部分。

她不知道自己是怎么三生有幸，才能让沈熄讲这些话给她听。

见他第一面的时候，她开玩笑说，他是她的“希望之光”。那时候，她单纯是指作画，她会在他身上找到平和的心境。

但那一秒，心动的那一秒，她分明比任何人都清楚——沈熄可不就是她的“希望之光”嘛。

他的冷静和沉着，会帮助她，克服她人生中的一个个瓶颈。

他的那些优点，恰好全是她缺失的。

当晚回家之后，林盏又迫不及待地在画板上贴了张纸。

她很多画灵感的来源，都是因为突如其来的一句话。

她花费整整20个小时，用了10天，画完这张画。

她给它起名叫《Survivor》（幸存者）。

主人公站在即将崩塌的悬崖上，喉咙上悬着一把刀。

刀上系了两根绳子，一根绑在头顶的树梢上，好让刀柄正常悬挂。而另一根绳子，绑在主人公手上。

她只有向前伸出手，才能拉扯着绳子，让刀刃离开自己的致命区域。

她只有向前方的人伸出手，才能避免不幸降临。

画完最后一笔的时候，林盏内心触动，连带着胸脯起伏。

她想，是了，我是在爱他，更是在自救。

张泽近日发现，沈熄手机里存了若干小视频，并且时不时就拿出来看。而且，每当他想要凑近去看沈熄在看什么的时候，沈熄都能先一步发现，并且成功躲过他的视线。

张泽：“你为什么不能和我共享？”

沈熄睨他：“我为什么要和你共享？”

张泽奇了：“有共享，我以后也可以发给你啊。”

沈熄：“谢谢，不需要。”

一个已经够他头疼了。

张泽不放弃：“我看你这么偷偷摸摸地看，真的很好奇。”

沈熄：“我光明正大看的。”

张泽：“我想看。”

沈熄：“你看不懂。”

张泽：“我为什么就看不懂？还有我看不懂的？”

沈熄：“因为我看不懂。”

张泽挺胸：“你看不懂我就看不懂吗？再说了，这有什么看不懂的，来回也就那些……”

沈熄被他烦得不行，把手机递过去，开口道：“好，那你看，看你懂不懂。”

“嘁，怎么会有我不懂的！”张泽把手机接过去，准备向沈熄展示一下自己的智慧。

张泽看清楚屏幕里的东西：“……”

沈熄敲桌：“5'34"，那个线是怎么穿进网里的？”

张泽：“……”

沈熄继续道：“10分钟的时候，最后一针是穿进哪个洞口的？”

张泽怒发冲冠，直接从桌上跳起来：“我都准备好了，你就给我看手工教程？！你不是最讨厌这些乱七八糟的玩意儿吗？连课都不上。”

“现在怎么回事？你开始热爱这些穿针引线的活儿了？”

沈熄言简意赅，眼皮都没动一下：“少废话，看懂没。”

张泽抓抓脑袋：“这个，我可能要请教一下女同学。我也，我也看不太懂。”

于是当天，大家看到张泽四处乱窜，嘿嘿笑着从口袋里掏出个东西，与女同学低声，共同研读。

张泽只帮沈熄忙活了一天，沈熄却忙了一个多星期。

林盏要去比赛的前一晚，沈熄终于顺利把东西做好。

沈熄清书包的时候，张泽探着脑袋四处瞟。

"那个，你今晚送啊？"

沈熄淡淡道："嗯，她明天有比赛。"

张泽了然地点点头，嗤笑一声，说："从没见你对谁这么上心过。

"哎，那什么，你之前不是跟我说，手工课特浪费时间吗？

"怎么样，现在觉得打脸不？"

沈熄："……"

反正，从发现自己喜欢上她的那一刻开始，他就做好了这样的准备。

晚上沈熄去接林盏，一路很沉默，像在思索开场白。

林盏望他一眼："你今晚怎么像有心事？"

沈熄没答，问她："明天什么时候去比赛？"

"明天九点开始，大概六七点就要起来了。"

"在家睡吗？"他问。

林盏点头："当然啦，不然去你家睡啊？"

"晚上给你打电话吧。"他说。

林盏笑了："你不是每晚都打电话吗？"

"今晚……长一点，"沈熄低声，"有个东西要给你。"

林盏来了兴趣，挑眉道："什么啊？"

沈熄从书包里拿出那个方方正正的小盒子，递给她。

盒子是浅绿色的，上头还绑了个蝴蝶结。

看着还挺精致的，林盏晃了晃，又问了一遍："这什么啊？"

说罢就想拆开看。

沈熄及时阻止了她，道："回去再看。"

"这么神秘啊，好吧，那我回去再看。"

到家之后，林盏先去洗了个澡。

擦干头发之后，她坐上床，打开明天比赛的公众号，上面推送了一些评委老师喜欢的优秀作品。

她仔细看完，觉得心里有点儿惆怅，但是并没有原来那么紧张和颓丧，摸了摸心跳，是正常的。

她看了眼时间，估摸着，沈熄快打电话过来了。

他每次打电话，都差不多固定在一个时间。

果然，林盏刚插上耳机，沈熄的电话就打了过来。

林盏这才把他送的那个盒子放在床上，以一种很虔诚的跪拜姿势，跪坐在盒子前。

“我准备好了，可以打开了吗？”

沈熄语带从容：“嗯，开吧。”

林盏打开那个手工盒子，一件精美的手工作品呈现在她眼前。

捕梦网？！

她有点愣，伸手提起捕梦网最上头的绑带，将整个捕梦网一扯而出。

那天遇到卖捕梦网的店主，回家之后，林盏自己做了一点功课。

捕梦网最中央的圆环上布着一张网，是由人亲手一针一针地穿插而成。

圆环本来是铁的，颜色也是最基础的银色，是需要人用一根磨砂的皮绳，一点一点地缠绕起来，覆盖住原本的颜色。

因为皮绳并不细，横截面是四方的，所以绑的时候容易打结，需要顺着角度去缠绕，否则缠出来的就不好看。

圆环下垂坠的羽毛，也是人为用胶水粘在皮绳上的。

除了有浅绿色的羽毛，皮绳上还套着一些同色系的小圆珠，来丰富整个捕梦网的样式。

林盏对着话筒，问：“这是你亲手做的吗？”

沈熄：“嗯，我做的。”

在那个功课视频里，老练的女店主都用了40分钟才做了个大概。

林盏可想而知，沈熄一个根本就不喜欢做这个，且没怎么做过手工的人，需要用多久，才能把这个东西做好。

林盏心间，仿佛注入了一股热流。

沈熄在那边，笑着问她："喜欢吗？"

即使知道他看不到，林盏还是重重地点了点头："喜欢啊。"

有关于你的，全部都喜欢。

"今晚睡个好觉，"沈熄道，"压力别太大。"

"嗯。"林盏手里拨动着那几片柔软的羽毛，感觉整个人也被羽毛回赠温柔的抚摸。

"那我先睡了，晚安。"

沈熄在那边，笑道："晚安。"

挂断电话，林盏揉了揉跪得酸胀的膝盖，站在床上，把捕梦网挂在了床头。

她按灭电源开关。

一片漆黑中，捕梦网轻轻摇晃。

沈熄挂断电话后，一个人发了许久的呆，回过神来，又看着自己的手心。

失笑片刻，他伸手，将台灯拧到关闭状态。

还有句话，他忘了说。

但他想，捕梦网会帮他带给她。

——我的姑娘，一夜好梦。

那晚，林盏没有失眠。

第二天一大早被闹钟闹醒，她扶着脑袋清醒了一下，才后知后觉地发现，昨晚居然没有失眠。

洗过脸之后，她收拾好画板、画架，出发了。

W市已是秋天，早晨的风渗着些微凉意，林盏到了考点之后，才去附近的早餐店买了碗粉解决早餐。

顺着路牌找到考场，门口的老师审核完身份证和准考证，才让她进去。

她在位置上，手脚麻利地支好画架，等待发纸。

这场比赛只比色彩。

那天的题目很中庸，不难也不简单，林盏画足三个小时，交了卷。

回到家里之后，蒋婉照例问她："怎么样，难吗？"

林盏一贯不回复，这天却破天荒道："还行，正常发挥。"

这句话简直让蒋婉惊喜，因为林盏很少说这种正常发挥的话，基本每场考试回来，她的情绪都很不好。

这次居然是个例外。

但就算是林盏正常发挥，到底扛不过与评委老师大相径庭的画风。

联考的前一天，这场比赛的结果出来了。

林盏拿到了三等奖。

无功无过。

但林政平很生气。

这次，他尽力克制自己的情绪，但没法完全控制住。

"最近这么多比赛，你就繁星杯那个一点没含金量的奖项拿了一等奖，其他的全部都没有。

"林盏，就你这个心态，真的是不行的，明天还要联考，你永远畏惧困难，怎么可能迎难而上？

"每天看起来在房间里认真画画，怎么一点进步都没有？"

林盏："那你觉得我是在房间里偷着玩？"

林政平："这我可不知道，你自己心里最清楚。"

林盏咬了咬牙，还是忍住，只是说："我不跟你争了，影响心情，明天要联考，我先回房间了。"

林政平在背后厉声道："联考考不好，手机没收，高考前也不准出门。"

林盏握住门把手，一忍再忍，没有忍住，冷笑道："那你全都收掉好了，也别让我出家门一步，明天联考也别考了，反正你觉得我学了这么久也没学出什么东西来。"

"你还跟我犟上了！"林政平一拍桌子，"天天就知道拿画风不对敷衍我，你和联考画风不对你自己不知道改？你看别人喜欢什么样的不知道学学？”

“对，反正又不是你画，你当然觉得容易了。一边要我画个人风格强烈的去拿奖，一边要我画应试派去应试，”林盏深吸一口气，“你最好看清楚，你女儿就这么大点能耐，想用我的奖状去吹牛，还是别抱这个希望了。”

林政平怒不可遏：“我为你好，你反倒说这种话？！”

“为了我好就一定对吗？”

蒋婉急忙来打圆场：“好了，别吵了，盏盏明天要联考，你别影响她情绪。”

林政平：“我看就是能影响她的太少了，她才每天无病呻吟，说什么压力大。她要是个男孩子，老子早就一皮带抽上去了。”

林政平跟林盏说：“这几年，我手下每一届的前几名，我告诉你，每一个都是被家里逼出来的！”

林盏反锁上门，一言不发。

每次都这样，她已经习惯了。

隔壁高中，去年有两个高三学生，因为压力大，跳楼了。

父母开始也并不在意，直到事情无法挽回，才悔不当初。

青春期的情绪猛烈又脆弱，家庭反复施加的压力会接连堆叠，然后成为压死骆驼的最后一根稻草。

太常见了。

林盏扯出一个笑。

林政平就差架把刀在她脖子上，要她次次争第一了。

她整理了一下心情，跟沈熄聊了两句天，并跟他说今晚不要打电话来。

眼下情况比较特殊，不能跟沈熄打电话，不然被林政平发现就麻烦了。

她开始强迫自己入睡。

翻来覆去过了会儿才睡着，中途醒过两次，清晨就来了。

她揉揉眼睛，坐了起来。

蒋婉进来叫她："快，盏盏，起来收拾一下，等下送你去考场。"

蒋婉请了假，要把她送去联考考场。

联考对林盏来说，其实并不是什么大事。

因为蔚大不承认联考分数，是看本校校考和文化课成绩招生的。

她当天状态一般，只是旁边坐了个不太让人省心的考生，那考生看她画得轻车熟路，一直在偷瞄她。

林盏往一边侧了侧画板。

其实抄她的，她本无所谓。但她的色彩旁人学不来，弄不好就是邯郸学步，不仅学不到她的精华，还会把自己的画面给扔掉。

以那人现在的卷面情况来看，大约可以打50多分，抄了她的，估计只有40多分了。

一边的人哪知道她的心理活动，看她不愿意给抄，有些愠怒，起身换水的时候，把林盏的水桶给踢倒了。

她算是在帮他，他倒好，恩将仇报?

林盏皱眉，又去洗手间换了桶水。

她倒不会被这点事给惹怒，毕竟对她而言，考试时间充足，而且画面也很简单。

但几件事叠加，她有点郁结。

一整天画完之后，林盏松了口气。

现在，可以专心准备蔚大的校考了。

蔚大很喜欢她这种画风，当时黄郴也说过："林盏你重点考蔚大校考，以我的经验来看，正常发挥前二十，超常发挥前三，你肯定能过。"

校考，林盏只打算准备蔚大一个学校。

刚出考场，沈熄的电话就打过来了。

他的声音也是难得的放松："考完了？"

"第一道关卡过了，"林盏揉揉脖子，"还有两……"

林盏话没说完，一抬头，发现沈熄站在考场门口。

考场门口人满为患，但她第一眼就看到了他。

他也是。

可能是来得匆忙，他甚至没有换下校服。

林盏傻了片刻，听到他问："怎么，没想到？"

"是没想到啊，"林盏回，"我以为你今天下午有课来着。"

"是有课，但我请假了。"沈熄的声音在嘈杂的环境中依然悦耳，"不想让你那么累了，考完还得一个人走。"

因为考前，她跟他说，考完蒋婉不来接她，让她自己回去。

林盏一边顺着人流往外走，一边噙着笑问："我好怕因为我，影响你的成绩。"

"不可能的，"他语气笃定，"除非你不理我，不然不可能影响我。"

啧，她就是喜欢他这种字字句句都透着自信的感觉。

特别有魅力。

人太多，连举电话的空隙都不留给她，林盏只能先挂了电话。

眼见着就快要出去了，林盏如同涸辙之鱼寻找汪洋一般，迫不及待地想滑出去。

无奈身边的人实在太能挤，像是平日里挤地铁公交挤出了心得，一个个急不可待地往前冲。

林盏被锁在原地好几分钟，不知道怎么动作，视线里，伸过来一只白净的手。

几乎没有任何犹豫，也来不及感叹，林盏伸手拉住。

她闭着眼，感受着来自他手心的温热和力量，获得了一种从未有过的心安。

热意互相传递。

她头昏脑涨。

沈熄很快将她拉出战斗圈，她才来得及休息片刻。

沈熄的手松开了。

她心一沉，空落落。

他伸手卸下她的画袋，自己背好。

林盏还沉浸在他刚刚放手的失落中，头微微垂下。

紧接着，在她还没反应过来的时候，沈熄手向后一扬，轻轻地，勾了勾。

林盏抿唇，小碎步跟在他身后，装作很冷静、很自然、很熟练地，握住了他的手。

这次的感受和上次不太一样。

测评师林盏如是想。

这一次，感觉他的掌心比刚才要更烫一些。

她心里仿佛生出一朵又一朵无穷尽的花来，脸上却尽力维持着镇定，很自然地走路。

很快，相握的手掌蕴出汗意。

林盏咬唇，又重复自己的标准姿势，探出身去看他的表情。

沈熄咬肌紧了紧，问："看什么？"

林盏先撩为敬："看你脸红了没有啊。"

按照常理，沈熄应当被她撩得更加脸红，运气好的话，耳根也会红起来。

这个猜测让林盏觉得愉悦而知足。

然，下一秒，沈熄带她停在一家店的门口，示意她往左侧看。

林盏看到一面镜子。

"怎么了？"

沈熄声音里藏着丝丝笑意："你看看，我们谁的脸比较红。"

火几乎顷刻间烧上林盏脊背，她脑中轰隆一声，低头道："我不看。"

说完这句话，她却还是抬头看了一眼。

沈熄的脸倒是红润得正常，她却是从耳朵到脸颊都红透了。

她还在这里装很熟练的样子！

林盏信口胡诌，强装镇定："我这个其实是肌肤缺水，现在大风天气，加上刚刚在室内闷了很久……"

“嗯，”沈熄含笑道，“我不信。”

林盏：“……”

她装凶神恶煞道：“你不信也得信！”

“好吧，”他妥协，“可我还是不信。”

很久之前的一个晚上，她问沈熄是不是吃醋，沈熄说没有，她说，嗯，我不信。

沈熄像是刻意学她似的，一字一句全都加倍奉还，她恨不得立刻隐身。

林盏：“你显摆你学习能力好是不是？”

把她撩他的全反撩回来？

沈熄沉默了片刻，道：“我学习能力好不好，你以后就知道了。”

为了有针对性地参加蔚大的校考，林盏又换了间画室，专门找蔚大的老师来给自己上课。

联考完后，她就有更多的时间来学文化课了。

考完不过半个月，成绩出来了。

林盏这次发挥得不大好，比平时成绩稍微低了几分。

没办法，不可抗力，当时心情不太好，自然画不出什么特别好的东西来，而且她并不是很在意这个联考分数，反正靠联考招生的学校她也不打算上，只要不出意外，她是可以稳上蔚大的。

意料之中，郑意眠考得很好，整个W市，排第三名。

林盏也考得不错，240多分，在整个W市也能排得上名。

但林政平是不满意的，他觉得是自己这段时间纵容了林盏，林盏才会一直退步。

于是蔚大快校考的那段时间，他每天都盯着林盏。

林盏像个装满水的气球，林政平是根针，随着时间的推移，林政平就往前挪动一分。

她觉得自己快要爆炸了。

幸好，蔚大的校考，没过多久就来了。

比赛的场地在另一个区。

蒋婉跟林盏商量，要不要陪她去。

“妈妈这边确实抽不开身，如果要去，让你爸爸陪你去。”

林盏摇头：“没事，不需要陪我，我一个人也能去。”

“这考试挺重要的，妈妈怕你……”

“我要真考不好，你们陪我我也考不好。你们陪着不能改变什么，就别陪了，你让我爸陪我会起反作用，他非把我烦死不可，算了吧。”

商量过后，林盏决定一个人去。

无所谓，她已经一个人很多次。

说来好笑，这最重要的一场考试，她竟然没有前几次比赛那般紧张。

可能是因为沈熄的开导，也可能是没有那唯一一个名额的压力，更可能是她已经对林政平的叨叨产生了抗体。

林盏捧着手机跟沈熄说这个的时候，自己都忍不住想笑。

那边只是停顿片刻，很快道：“那我陪你一起去吧。”

“啊？啊！”林盏眨眨眼，“你陪我？”

她下意识掐住自己的指腹，话都没捋清楚。

沈熄心疼道：“说你一点不紧张，不可能的。”

他多了解她，最近的几次考试或是比赛，几乎没有一场的结果是她满意的。

她为了不让他担心，为了让他觉得他那时的安慰有用，故而一直装作很镇定。

其实不是。

最重要的一场考试，几乎是决定了她能不能完成自己梦想的考试，他都有点紧张，更遑论最近几次都没发挥好的她。

那天中午在咖啡厅午睡，她说了一句梦话，被他听到了。

她在梦中惶惶无措，自己问自己：“我是不是不会画画了？”

她对自己产生了质疑，非常非常需要肯定，也非常需要一个支柱。

就好像这么多年的学习，就只是为了那三天的高考。

林盏一直以来这么努力，也是为了顺利考上理想的学校。

林盏吞吞口水："那你上课怎么办？我又要耽误你了。"

她心里，是希望他陪同的。

和他在一起，她会觉得心安，觉得平静。

沈熄很简单地表示："我一周不去上课都不会有问题，更何况掉一天的课，当天的补习内容自己复习一遍就可以了。"

当年老师说前几年基础打得牢，高三就不会伤神费力每晚熬夜。

他现在算是知道了，他前几年打牢基础的原因，是为了今年能抽出空陪她。

林盏还有点犹豫："笔记张泽会帮你记吗？"

"不用问了，就这么定了。"沈熄抢先拍板，"什么时候考？"

"下下周四，我们周三下午要到。"

沈熄暗自计划了一下，似乎，还有时间。

第二天晚上，他去了林盏联考时待过的汀莫画室。

那个给林盏和自己朋友画展牵线搭桥的老师，听了沈熄的话，问道："所以你的意思是，如果画展能提前，最好提前到林盏校考之前？"

沈熄点头："是的，因为她最近有点缺乏自信，我的安慰很苍白，只能用这种方式，想增强一下她的自信。当然，假如实在无法提前也没关系，毕竟我来得太突然了。"

"不，也还好，其实画展最近是要办了，"老师说，"当时拿到林盏的《浪漫废墟》之后，我就跟我朋友把这事提上了日程，当然，他真的非常喜欢林盏这幅作品。"

老师继续道："我们原本打算在林盏校考前后办，但是这个时间很自由，想提前也可以，租好场地就行了。林盏和郑意眠都是我很欣赏的学生，假如能帮到她们，我当然很乐意。"

"这样吧，你留一个自己的联系方式给我，我今晚跟他联系了，再通知你。"

“好的。”沈熄留了联系方式，这才起身道，“谢谢老师，麻烦您了。”

老师道：“别客气，大家都是一家人了。”

“假如以后林盏办画展了，一定要记得请我啊，教过她，我也是很荣幸的。”

沈熄把自己买好的礼物留下，道过谢，才离开。

第二天沈熄就接到消息，说给一周的准备和宣传时间，一周后就可以办画展了。

办完画展，不过几天就到蔚大的校考。

一切掐得刚刚好。

沈熄是学生会的，自然有很多宣传渠道，除了帮着宣传，放学后他也经常去帮忙布置画展。

一周后，画展如期举行。

林盏提前两天才知道这个消息，她几乎是惊喜到有些说不出话了：“啊？这么快就好了吗？我的作品被摆在正厅吗？天，太谢谢老师了，好，一定去。”

挂断老师的电话，她有些不可置信地看着沈熄。

“难以想象，我以前从来没有和别人合办过画展，很多优秀的老师作品和我的摆在一起，简直难以想象……”

说到这里，她有点儿哽咽：“我太幸运了吧？！”

沈熄伸手，拍了拍她的脑袋，说：“这是你应得的。”

画展开办那天，W市一扫之前的沉郁阴雨天气，罕见地放了晴。

林盏穿了件加绒卫衣配紧身裤，简单地打理一下，就出门了。

沈熄在大门口等她。

他们到场馆门口的时候，画展已经开始10分钟了。

画展的人流量不错，担得起门庭若市这个形容了。

他们进入正厅，整个画展都布置得井井有条，画作被完整地裱好，挂在墙上。

墙上布着灯光，小小一束，投射在画面上。

大家一边看，一边拍照。

林盏小声说："也不知道我的画在哪边……"

沈熄侧侧身子，指指左边道："在这边。"

林盏顺着他指的方向走过去，果然看到左边的墙上挂着她那幅《浪漫废墟》。

画前站了不少人，林盏站在人群外，心里有种根本无法形容的巨大满足感，好像是这么久的努力，终于看到了回报，得到了证明。

《浪漫废墟》下落的是她的真名，旁边还有个小小的简介条。

很多人拿出手机拍照。结伴而行的朋友们还在低声探讨。

"绝了，画这幅画的人居然才17岁。"

"是吧，我也觉得好好看。每来一次画展，就感觉自己被画家的实力狠狠碾压，so sad。"

"我以前都不知道这个人的名字，不过画得还蛮好的，居然和这么多有名气的青年画家并列，是后起之秀吧。"

大家低声讨论了两句，拍完照看完后，就顺着长廊往前走，继续欣赏其他画作。

沈熄侧头对她说："大家都觉得你画得很好。"

这段时间，她都没怎么笑过，就算笑，也并不是由衷高兴。

半晌，林盏抿抿唇，笑起来。

她说："嗯，知道了。"

走出展厅，林盏的心情很明显变好了，而且也更加放松。

她回头跟沈熄开玩笑说："这也太巧了，过两天我就要参加校考，居然这时候就刚好办了画展给我加油打气……"

沈熄微怔，而后道："嗯，这样不是很好吗？"

"是很好呀，就是，太巧了，觉得很惊喜，像中奖了似的。"感觉自己，像是被庇佑着。

半晌，沈熄模糊地搭了个音，口袋里的手指动了动。

他为她做的那些，没必要让她知道，知道了只会徒增她的压力。

只要他自己知道，这些事都是有意义的，就很好了。

蔚大校考的前一天上午，林盏就准备好东西出发了。

坐车到考点差不多要三个小时。

沈熄已经先叫好了车，在林盏家前面的便利店门口等她。

林盏很快顺着车牌号找到车。

沈熄往后看一眼，出来给她把箱子和画袋放好，这才吩咐司机往考场去。

蔚大离W市太远，故而就直接在W市里设立了考点，本地的考生直接去考点考试就可以。

林盏坐进车里，裹了裹自己的棉衣，这才跟沈熄计划了一下："我们到的时候应该是下午，去附近开个房，明早我去比赛，你就可以在酒店里复习了。"

沈熄："明天几点？"

"八点。"

沈熄点头，算是知道了。

车子行驶在平直的公路上，车内的林盏已经昏昏欲睡，最后，终于靠着靠背睡着了。

一睡着，人就变得软塌塌的，林盏的脑袋一点点低下……

沈熄看了一眼，而后，靠近她一些，调整了一下肩膀的高度，让她枕在自己肩膀上。

前面的司机透过后视镜看了一眼，笑了。

车子稳稳停下。

林盏睁眼的那一瞬，发现自己正枕着一个东西。

前排的司机回过头道："小姑娘，到了。"

她迷迷糊糊地闭了闭眼，直起身子，说了句："好快啊。"

"不快了，"司机笑眯眯的，"这都三个小时了，你睡得挺好，你男朋友可是一动不动坐了仨小时呢，刚刚过减速带，他都托着你的头，怕把你颠醒了。”

刚醒，林盏脑子还是轴的，她啊了一声，就把车门打开下车了。

沈熄已经先下车，去后备厢拿她的东西。

两个人看过考场之后，林盏这锈掉的脑袋才像是终于转了起来。

“你刚刚在车上，一直没睡啊？”

沈熄摇头：“我不困。”

她点点头，去找可以住宿的地方。

这地方不像市中心那么热闹，有点荒、有点偏，能住宿的地方，大多是居民自家的出租屋。

他们俩找了相对干净和环境好的一家，开了两个房间。

老板娘人好，这地方装修得也颇有情调。

他们选好房间后，老板娘还在说：“这两个房间中间有个门，你们如果不需要，我就把它锁上。”

“不用了，”林盏说，“钥匙给我们就行，我们到时候自己锁。”

老板娘：“行。”

交代完一些必要的，老板娘就走了。

沈熄先开了林盏房间的门，林盏把拖着的箱子放在一边，沈熄把画袋放好，就要转身。

林盏：“你去哪儿？”

他竟像是沉默了一下：“……我房间。”

“晚上再去啊，”林盏说，“我们又不是第一次共处一室，你这么急着跑干什么？”

说完，林盏试探地笑了笑：“怕我对你做什么？”

沈熄顿住脚步，回身看她。

林盏拍拍床榻：“快坐下，让我给你按摩一下。”

沈熄站到她身前，语气幽深：“按摩什么？”

“刚刚让我枕了那么久，一定很累吧！”林盏说，“给你按按肩膀。”

沈熄：“……”

林盏一边按一边说：“你为什么这么嫌弃的样子？我技术很好的，以前我妈总让我给她按。”

“不过，听张泽说，你有套那个什么……颈椎放松操？是独门秘籍吗？”

“不是，”沈熄说，“你想学，我可以教你。”

林盏头摇得跟拨浪鼓似的：“我、我、我不要，我觉得只有老年人才会做那个。”

沈熄：“……”

林盏想了想，又问：“你还有什么老干部似的喜好吗？比如，喜欢转核桃啊、听戏曲啊，或者是什么其他的。对了，你是不是喜欢用微信看那种养生文章？”

“那些有什么意思啊，还没我有意思。”最后，林盏发表了自己的观点。

沈熄想，自己如果真能早点遇到她，可能真的就不会对那些感兴趣了吧。

她好像的确比那些有趣得多。

关于晚餐吃什么，林盏是有自己的想法的。

但是沈熄考虑到明天有比赛，不让她吃得太辣，也不让她吃那些路边摊。

两个人选了一家火锅店。

周围几乎全是去蔚大参加校考的学生，他们有父母陪同的，也有同学组队的。

林盏嘟哝：“好像还没有你这种来陪考的同学。”

沈熄看了眼菜单，道：“我不放心你。”

林盏心头一热。

好像无论她曾经是什么样，能做成什么事，在他眼里，她永远都是需要被保护的那个。

换水是，独自考试也是。

她突然想到自己之前在哪里看到的一句话——“愿你独立到无须有人宠爱，但依然有人宠有人爱。”

吃完饭之后，林盏回房间练习，找找手感。

沈熄在旁边看学校今天要复习的内容。

两个人各自忙了一阵子，就到了该睡觉的时间。

他们在自己的房间洗漱整理，十点左右，林盏上了床。

沈熄敲了敲中间的门，问她：“洗好了？”

林盏拿了个枕头垫在腰后，说：“洗好了，你过来吧。”

沈熄换了件睡衣，亚麻色，看起来就很舒服。

来自睡衣沈熄的诱惑。

林盏啧了一声：“我还没看过你穿睡衣呢。”

沈熄搬了张椅子，坐到她床前，把手上的书随便翻了两页。

林盏撇嘴：“还给我读睡前故事啊？”

沈熄：“不然？”

林盏躺下，低声说：“陪我聊聊天呗。”

他声音清亮，道：“好。”

林盏问：“你以后想上什么学校啊？万一我们以后不在一个城市了怎么办？”

她要去的Z市，离这里很远。

难不成以后要异地恋？

沈熄似乎早就想过这个问题了，听她这话，也没显出丝毫意外的情绪来：“Z市有好几所排名靠前的医科大学，我都可以考虑。”

“是吗？”林盏有些惊喜，“离蔚大近吗？”

“有一所，就在蔚大对面。”

林盏放了心，蹭着枕头跟他说：“眠眠不参加校考了，现在已经回学校学文化课了。你有见到她吗？”

“没注意。”

“等我考完这场，再考两场保底的，我也要回去啦，”林盏闭上眼睛，“只剩四个月复习时间了，头疼。”

“你底子不错，复习不会很难，基本的知识点都学通了就可以，”沈熄用手指轻轻敲着书封硬壳，“有不会的，我会教你。”

过了一会儿，她没再说话。

沈熄起身把灯关掉，看到旁边的林盏翻了个身，幽幽叹息了一声。

她还是有点紧张。

这么多年的努力，就为明天那一场考试，能不能成功，全在明天了。

沈熄把书放在床头柜上，俯下身，坐在床沿。

“别害怕，我等你睡着了再走。”

思索片刻，他伸出手，把她的手包裹在掌心。

他温热的掌心，在向她输送力量。

他沉稳的呼吸，让她也渐渐平静。

林盏说：“嗯，我不慌。”

不知道过了多久，她的呼吸声渐渐平缓。

沈熄慢慢放开自己的手。

房间很暗，唯有窗外如水的月光映照，她的面庞隐入灰暗中，像黑白复古画。

鬼迷心窍般，他拨开她的刘海儿，在她的额头上，落下一个吻。

第二天早晨，沈熄去叫林盏的时候，她已经穿好衣服了。

两个人趁早出门。

冬天五六点钟，正是冷的时候。

天色都没亮透，灰蒙蒙的。

风很大，能看到白色小冰碴。

幸好林盏没在意自己的装束，穿了件特别厚的黑色羽绒服，此刻把帽子一戴，就不那么冷了。

吃完一碗热气腾腾的馄饨，林盏元气满满地进了考场。

沈熄站在门口目送她走进考场大门。

走了一段路，林盏回头，发现他还在原地，并且朝自己挥了挥手。

林盏长嘘一口气，站在门口，递上自己的准考证。

三场考试在她意料之中，并不难，都是她擅长的东西。

最后一科速写收笔的时候，她一颗心落了地。

她提前几分钟交卷，就是为了不挤在人群中。

一出大门，果不其然，沈熄已经站在那里等她了。

时有小雪，一片片雪花落在沈熄头顶，她抬手，帮他轻轻扫下来。

雪很快在指尖融化，一片冰冷。。

林盏问："等很久了？"

他摇头："没有，刚到。"肩膀上却明明有一大片雪落的痕迹。

她笑着看他，不作声。

沈熄也抬手，替她把发丝上的雪絮摘掉。

林盏抬头跟他说："我觉得我可以上蔚大了。"

沈熄手一顿，继而抬起一些，又滑落，摸摸她的头顶："嗯，你很棒。"

考过两场简单的校考后，林盏返校了。

本来家里是打算让她去专门的培优机构上课的，但再三斟酌后，认为培优机构还是没有崇高的教学资源好，而且课也比较单调，管得也不严。

半年多没上课，跟不上是肯定的，但是只要跟着老师走，以林盏的底子，听懂是没问题的，更何况三班本来就是个艺术班。

林盏刚回学校上课那天，孙宏他们搞了个欢迎会。

她开始并不知道这个欢迎会是什么样的，以为只是单纯的玩闹。

直到那天早上，林盏正跟沈熄说着话，门一推开，一堆乱七八糟五颜六色的东西就直奔自己面门而来。

沈熄动作快，急忙把她拉到身后。

那绚烂的气雾彩带，就全部招呼到了沈熄身上。

齐力杰看了一眼龇牙咧嘴正喷得起劲儿的孙宏，一脚踹上去：“看清楚是谁没？你还喷？！”

孙宏猛地被踹了一脚，这才缓过神来，看到沈熄身上凌乱彩带的那一刻，他吞了吞口水：“你怎么不早点说！”

林盏看沈熄一身霓虹色，笑得不行，一边给他清理一边说：“挺好的，开门红。”

“这话也就你敢说了，”齐力杰说，“除了你，谁说谁找死。”

林盏问：“除了这个欢迎仪式，还有什么吗？”

果然，有了他们，就算是大清早的，也够热闹。

“这个，”齐力杰摸摸下巴，“孙宏为你准备了一段艳舞。”

林盏：“别了吧，这个欢迎我不要了。”

孙宏跳脚：“林盏，别说老子一个铮铮铁骨的男人根本不会干这种事，你为什么还一脸嫌弃，看起来我像是真的会跳的人吗？”

站在一边的郑意眠终于开口了：“像。”

孙宏：“……”

跟沈熄告别，林盏回到老师安排好的位置上，拿了书温习。

她问郑意眠：“上到哪儿了你们？”

“不多，”郑意眠指了指进度，“你应该能跟上。”

正所谓好事不出门，坏事传千里。

中午，接到情报的张泽笑嘻嘻地凑到沈熄身边：“听说你今天去丈母娘家，被热情相待了？”

沈熄蹙眉道：“什么丈母娘？”

“三班啊，听说你今天回门，被喷了一身彩带，”说着张泽乐从中来，“笑死我了哈哈哈，三班那两个逗比，没少想奇葩法子，跟他们在一块儿林盏还能安稳活到现在，不容易。”

沈熄：“……”

张泽："我跟你说，万一到时候你们结婚，然后孙宏他们堵门，哈哈哈哈哈，我想到就乐死了，绝对能把你堵在门外四五个钟头。"

沈熄睨他："你每天都在想什么？"

张泽："哦，那你别结婚，我……"

话没说完，沈熄思索了一下："不过我没把你说的算进去，因为堵门不都是伴娘干的吗？"

张泽："什么叫算进去？合着你也想了吧？那你凭什么对我表示不屑啊！你这个做作的人！

"虽然堵门是伴娘干的，但是万一孙宏他们非要去呢，那也拦不住，是不？这么一想也蛮有意思的。"

沈熄："……"

前桌的男生听得直叹气。

现在，水深火热的时期，大家全都摩拳擦掌蓄势待发，后面两个学霸，竟然在商量以后结婚的事，可能这就是学霸的底气吧。

第九章

他在全校师生面前写下：息火旡三

相隔大半年，好不容易重新聚到一起，孙宏自然要约大家出去玩一次。

挑了个周日，大家约好在学校门口集合。

郑意眠最后一个到，来的时候手上还拿了个快递包裹，一路走，一路撕扯快递包裹。

姜芹看她："眠眠你行不行啊？作为一个女的，居然不能徒手拆快递。"

郑意眠："被林盏惯的。"

说话间，林盏接过她手上的包裹，连工具都没用，找到一个小口，然后，直接把整个快递盒顺着开口给撕开了。

姜芹："说实话，平时我可能会惊讶一下，但是徒手拆快递这个技能，我也有的。"

拆完快递，林盏潇洒地把盒子扔进垃圾桶里。

头一次目睹这种情景的男同胞们齐齐愣住，孙宏身子一下站直，说："盏姐，小的刚刚想到一首诗，非常符合您方才的飒爽英姿。"

林盏微笑："讲。"

孙宏咳了咳，豪迈道："力拔山兮气盖世，盏兮盏兮奈若何！"

林盏："……"

"滚，别咒我死，盏英雄是不会穷途末路唱垓下歌的。"

"得，"孙宏作揖，"盏皇万寿无疆。"

齐力杰一脚踹过去："角色扮演玩够没，要不要我给你买点别的装备？"

郑意眠提议："我觉得水手服不错。"

孙宏："我觉得不行。"

齐力杰："我觉得OK。"

一行人有说有笑地去了欢乐谷，路上欢声笑语。到了欢乐谷，大家都有点渴了。

进便利店买了水，郑意眠身上有个bug，除了一个牌子的矿泉水，其余的她都拧不开，于是她轻车熟路地把水瓶递给林盏。

林盏熟练地接过，轻轻一拧就开了。

孙宏见此情景，叹道："我记得有一回我中午带了瓶老干妈，死也打不开，最后是林盏打开的。"

林盏笑笑，从沈熄手里接过自己的水，还没拧，轻轻一旋就开了。

后来大家去前面玩，林盏跟沈熄走在后面，他低声同她道："以后和我在一起，我能动手的，不需要你动。"

林盏一愣。

他继续道："在我身边，你不需要那么累，别的女生什么样，你就什么样。"

林盏感动之余，还是接口道："那这样我不就成那个什么了？"

"什么？"

"一个肤浅的花瓶，只有华美的外表这样。"

沈熄："够了。"

离高考还剩三个月的时候，林盏找了一对一的家教，专门补习自己的弱项。

沈熄每周都会给她整理必要的知识点，并且监督她背诵。

有时候两个人正聊到兴头上，沈熄会忽然叫她的名字。

沈熄：林盏。

林盏：干啥？

沈熄：分析怎么说？

林盏：……

林盏：分析说，林盏真好看。

沈熄：……

林盏：analysis。

才回答了一个单词，立刻问：我果然是很聪明的吧？

沈熄：出道数学题，解出来才算你聪明。

然后他发来一道题目。

沈熄：开视频给我看，不准百度。

林盏：……

林盏：沈熄，你是想搞死我。

再后来，林盏跟沈熄几乎都不聊学习之外的话题了，两人的聊天和视频记录像习题册，全是历年高考题和模拟题。

他每天都会鼓励她，说再坚持100天，就可以解脱了。

某天晚上回家的时候，林盏跟他说："我现在有一个想法。"

沈熄："嗯？"

林盏："可能是解题后遗症，我现在听别人说话都想做阅读理解和文章概括，出去买水都想列个方程解答，看到美剧截图忍不住背单词，看到有人纠结就想跟他分析矛盾的普遍性和特殊性，沈熄，我要挂了。"

沈熄失笑，道："这是好事。"

林盏咬了咬牙："对啊，好到我现在看着你，都觉得你一定很好吃。"

沈熄："……"

是他理解得有问题，还是林盏这个人有问题？

一个月后，蔚大校考成绩出来。

林盏考了蔚大全校第二。

查到分数的时候她自己都有点不敢相信，看着那几个阿拉伯数字愣了好久，直到郑意眠发消息来：你查分数没？279分！蔚大全校第二，W市第一名！

林盏愣愣地点开对话框，手和心都在颤：我看到了。

郑意眠：你高考随便考就行了，这个分数，你闭着眼睛都能上蔚大，我的老天。

林盏脑子里有片刻的空白，随即退出对话框，去找沈熄的聊天窗口。

林盏：我查到分数了。

林盏：279分。

林盏：全校第二。

看到消息的沈熄一愣。

他想到她应该会考得还不错，但没想到考得这么好。

沈熄胸中被一股难以言明的情绪缠绕，像是纠缠的水藻终于被拨开，让人能酣畅淋漓地呼吸。

沈熄顿了一下，这才回：考得很好，口头奖励一下。

林盏很快回：口头奖励是用什么奖励？

沈熄：？

林盏：你不说话那就是用我刚刚那句的第一个字奖励。

沈熄：能不能矜持点。

林盏秒回：我对你不需要矜持。

天还没聊完，汀莫画室的宋老师在微信群里发了祝福：带了这么多年学生，这一届的最有出息，郑意眠联考第三，林盏蔚大校考第二，范沪×美第十七，全线过联考，考校考的大部分也都过了，真给我们长脸！作为奖励，老板请吃饭，大后天晚饭在盛棠酒店见啊！

江城：盛棠酒店巨贵啊宋老师。

范沪：哇，这不是下了血本吗?

李梅梅：好的，一定到。

林盏：OK。

郑意眠：好的。

群里沉默了一会儿。

江城：同框截图留念。

李明：拜学神，保佑我校考过过过。

拜完她们俩，这段对话才算完。

饭桌上气氛热烈，大家饮料、红酒捧着喝，全都在畅谈对未来的计划。

后来宋老师一个挨一个地谈心聊天，顺便为他们的高考加油打气。

轮到郑意眠的时候，宋老师拍拍她的肩膀："带过很多届，你是我手里出来的分最高的一个，加油，高考只要好好考，985院校随你挑。"

两个人聊了几句，到了林盏。

宋老师朝她笑笑："我知道你是个很要强的孩子，能力越强压力越大，但是不要时时刻刻把自己绷紧，否则心态失常，适得其反。"

林盏点头。

宋老师继续道："一直在你旁边的那个男孩子，还不错。"

林盏愣了愣，半晌回过神来他可能是在说沈熄，含含糊糊地问了句："谁？沈熄吗？"

"嗯，"宋老师笑，"你校考之前，他来找过我。"

林盏怔怔。

吃过饭后是晚上七点多，大家在暖意融融的大厅里散了。

郑意眠家里人不放心她，特意赶在这时候来接。

林盏推开门，看到沈熄站在如梭的车影中。

他背后有一棵魁梧而繁茂的树。

春天已经过去大半，新生枝叶斑驳而齐整，风一来，随风摆动。

沈熄感受到她的目光，朝她挥挥手，示意自己在这里。

林盏眼眶一热，直接冲上前，一把抱住他的脖子，头埋在他的颈窝。

他比她想象中还要高。

她需要踮脚才能够到。

沈熄抬手，感受到颈间的温热吐息，一时无所适从，手抬起来，虚虚搁在她头顶，却没有更多动作。

“怎么了？”

他身上依然是她熟悉的味道，炽热而舒适的阳光香气，让她觉得自己眼眶更烫。

这个人，真的是自己的“希望之光”。

刚刚宋老师说的话又重新涌入她脑海——

“就在你考蔚大校考前，他私下找到我，跟我协商画展的事情。他说希望能在顾全大局的情况下，尽量把画展提前几天，好给你考试加油打气。本来我们那时候打算月底办的，但是想到提前也可以，况且还能帮到你。”

那时林盏完全愣住了，这个消息来得太突然，她根本没有做好准备，也根本想不到，原来事情居然是这样的。

宋老师还告诉她：“因为提前了，所以宣传期和准备期就有些紧，他就帮我们宣传，每天中午放学，都会来帮我们布置场地。他也能吃苦，那么重的画框来回提，还有雕塑和聚光灯，看你的表情，这些，他都没和你说吧？”

林盏启唇，却什么话也说不出来，只是艰涩地憋了一个“嗯”出来。

宋老师：“学生时代的感情很干净，老师祝你们修成正果。”

一想到这些，她就忍不住鼻子发酸。

她还真是傻，还觉得天底下真有什么老天庇佑。

庇佑她的人，一直就在她眼前啊。

那样浓烈的感动，几乎将她袭击得手足无措。

她眼眶发烫，轻声说："我都知道了。"

沈熄："知道什么？"

她喉头滚动一下："画展那件事，是你帮我的。"

没有画展给她的信心和勇气，她断不可能信心百倍地奔赴蔚大校考考场；没有那晚他一遍遍的安抚，她断不可能一身轻松地在清晨睁开眼睛。

这么好的成绩，有一大半，其实都是沈熄的功劳。

她的"希望之光"听到这里，才算是松了一口气："我以为发生什么事了。"

沈熄揉揉她的脑袋，说："就知道你会情绪失控，果然，不告诉你是对的。"

他颈间一凉。

他抬起她的脑袋，哭笑不得地用指腹把林盏眼角的泪抹干："好了，哭什么？"

回程的路上，林盏步伐缓慢，盯着水泥路面上一个个小凸起，再踝过。

她一字一顿地说："沈熄，我以后会对你很好的。"

沈熄笑着看她一眼，喉结一滚，含笑道："嗯。"

她今晚实在感性得不像自己，她知道。

"很好很好的。"她补充说。

沈熄低声回她："已经很好了。"

最后一轮复习眼见着已要步入尾声，从高三伊始就绷着弦儿的崇高学子，临近高考时，反倒难得地放松了。

只剩一个多月，一切已成定局。

对很多学了三年的学生来说是这样，但对于以三班为首的几个美术班来讲，大家却更加发奋起来。

对他们来说，最重要的不是那些拔高题，而是基础题，能多巩固一分基础，就多一分胜算。

林盏正在位置上享受着“特殊待遇”——来自沈学霸亲自挑选的试题。

还别说，沈熄选给她的题，虽然有一些做起来并不简单，但她却不觉得烦躁，反而越写越来劲，越写嘴角的笑容越大。

大概只要是有关于他的，就算是乏味至极的东西，于她而言也是甜的。

孙宏出门打水，瞥见林盏写题写得心情大好，以为她是在做什么有趣的阅读题，凑过去一看，发现她在写数学题。

孙宏：……

他跟郑意眠说：“我活到现在，第一次见身边的人写数学题能这么满足，还带笑的。”

林盏抬头看他：“不然呢？”

孙宏：“我一般都用数学题来压抑自己。比如说我喜欢上一个女生，但我知道我和她不可能，可我又没法放弃，那我怎么办呢？”

齐力杰问：“跳楼？”

孙宏：“滚。”

随即孙宏又对林盏说：“那我就为她写一道数学题，幻想一道道数学题就是我追她路上的一道道坎，后来我做了一道三角函数，回去就把她的联系方式删了，三年，再没想起她一次。后来我想，爱情算什么呢，只要能不做数学题，单身我也认了。”

林盏：“……”

林盏低下头继续写。

齐力杰饶有兴致：“其实我比较好奇的是，你还会喜欢女的？”

郑意眠：“认同。”

林盏腾出精力答了句：“附议。”

孙宏看着齐力杰，举起手上的杯子：“看到我手上的玻璃杯没，下一秒它就在你头上。”

二人推搡着出去打水，林盏正纠结着手上这道导数题，咬了咬笔杆子，跟郑意眠说：“眠眠，我有点想放弃沈熄了。”

郑意眠：“……”

看到林盏又在抓头发，郑意眠说：“别抓了，再抓你就要秃了。”

林盏列了几个式子，一笔一画地算，广播里还在放歌：“手中的铅笔／在纸上来来回回／我用几行字形容你是我的谁……”

她在草稿纸上胡乱画了下。

“我用几行字形容你是我的谁？”语毕，林盏抬笔写下一行字：沈熄，林盏夫也，盏皇甚宠之。

林盏敲敲书壳给郑意眠看：“我写的三行情诗。”

郑意眠：“……”

两个人正闹着，有人喊林盏：“盏盏，饮水机没水了。”

林盏起身：“知道了，来了。”

每天送桶装水的人，会把水放在教室门口。

林盏走到教室门口，把水提起来，正准备往里走。

外面的沈熄一眼看到她，两步走过来，扶住她的手。

“我来吧。”

林盏一下没反应过来，看着他提着水走进教室。

她站在原地没动作。

直到有人发现不对劲，朝沈熄喊道：“喂，这谁啊？”

“主席，你走错教室了吧？”

林盏这才三两步赶上去，但是沈熄已经把水换完了。

有看热闹的人，连觉都不睡了：“哇哇哇，买一送一啊！”

林盏斜他们：“胡说什么呢？”

“哎哟，说都不让说了，我们盏姐，可以可以，这次干得好啊，给我们三班找了个上门女婿。”

林盏睨他们：“快写题吧你们，整天就知道胡扯。”

“有八卦不看的是狗！大家说是不是？”

“对对对！”

林盏推沈熄：“你快走吧，你再不走我们班就要炸了。”

沈熄点头，瞥见她神色不自然，很正经地问：“这么迫不及待地赶我走？”

林盏：“……”

林盏被他这么撩了一下，很快反客为主，朝他眨了眨眼。

林盏：“今晚再见嘛。”

沈熄：“我先走了。”

高考前五天，崇高提前放假，给大家留一段自主复习时间。

放假那天晚上，黑板上贴了一张大大的纸，纸上画着一棵树，每个人都拿着画笔上去画了一片叶子，并在叶子里写下了对以后的期盼，像勾勒一幅对未来的美好蓝图。

黄郴在讲台上说：“以后大家也许会见面，也许再也不会见，可能过了很多年拿出毕业照一看，啊，这个人，我已经不记得了。”

“我觉得缘分是件很微妙的事情，那么多班级，是大家被分到了一起，是我来当你们的班主任。没有谁会一直陪着谁，有可能到最后大家已经把彼此忘掉了，但是我觉得能在一起走过一段路，共度一段青春，就很美好了。”

“在这个班上，你留下的笑声也好，洒下的汗水也好，流过的眼泪也好，或者不满的争执，到这一刻，全都结束了。”

“接下来迎接你们的是一段崭新的征途，祝大家前程似锦。”

“最后，我和大家拥抱一下吧。”

走出班级，很多人都红了眼眶。

林盏和郑意眠最后走。

黄郴说：“你们俩占据班上之最，郑意眠是我最不用担心的学生，林盏是我最担心的学生。希望你们以后都能各自有所建树，我相信你们。”

拥抱过后，林盏把自己收拾好的东西装进大箱子里。

整个校园，沿路都有人推箱子的声音，塑料的箱底跟不光滑的路面摩擦，带出一串长长的摩擦声响。

离开的时候，林盏回头看了一眼，有点舍不得。

站在操场上，她笑着和沈熄说："我第一次和你说话，就是在这里。"

崇高承载了太多关于她的东西：她的迷茫、她的荣耀、她的青春和她的初恋。

她在这里慢慢学会和并不完美的自己相处。

遇见他后，她学着放平心态，相信自己，克服考前焦虑的情绪。

而沈熄，则是学着逃离枯燥的生活，慢慢地，一步步地走进繁华的世界。

没有什么是完美的。

林盏想。

但至少自己，从来没有后悔过。

高考前两天，林盏安安静静地在家背基础的知识点。

高考第一天，蒋婉送她去考场。

她们到的时候考场外已经有很多人了，林盏坐在车里吃蒋婉做的自创三明治，吃完之后，就去找郑意眠他们。

郑意眠没找到，看到了在一边坐着的沈熄和他的妈妈。

林盏忍不住多看了两眼。

叶茜正在嘱咐儿子多吃点。

她从保温桶里舀出一勺粥："再吃一点，吃饱了才好考试，你吃得太少了。"

沈熄："妈，我真的饱了。"

看沈熄鲜少有这么无奈的时候，林盏幸灾乐祸地笑了。

沈熄警示般看了她一眼。

叶茜察觉到儿子的目光，这才顺着他的视线回过头。

看到林盏的那一刻，叶茜几乎要脱口而出："这不是……"

“妈。”沈熄眉目一凛。

叶茜看着他：“怎么了？”

沈熄道：“快回车上吧，我爸在车里等你。”

叶茜道：“不是啊，我觉得刚刚那个女生好面熟。”

沈熄拧眉，立刻道：“你看错了，眼误。”

叶茜将信将疑：“是吗？”

沈熄点头：“是的，快回车里吧。”

眼见叶茜又要回头确认，沈熄扳正她的肩膀：“妈，别耽误我时间了，我要进考场了。”

叶茜赶忙收回视线：“好，那妈先走了，你好好考试啊！”

沈熄松了口气：“嗯。”

林盏进了考场大门，不过一会儿沈熄就追了上来。

她笑眯眯地说：“我就说阿姨肯定是个很温柔的人，果然是。”

沈熄还没从余悸中回过神，随便答着：“嗯。”

林盏：“你怎么心不在焉的，紧张吗？”

紧张，为别的事紧张。

沈熄避而不答：“你紧张吗？”

林盏摇头：“不紧张啊，这有什么紧张的，反正我也能上蔚大了。”

沈熄：“好，那你好好考。”

第一场考语文，林盏拿手。

第二场考数学，有两道题，是沈熄让她写过的题型。

第三场考文综，无功无过。

第四场考英语。

考英语前，想到自己马上要解脱了，林盏在进考场前跟沈熄兴奋地提议：“有时间一起睡觉啊！”

沈熄：“……”

沈熄回头，她已经先溜进考场了。

他脚步乱了两拍。

最后一道铃声打响。

监考老师起身："全体起立！"

收过卷子后，林盏出了考场。

沈熄几乎也是同一时间出的考场。

林盏还没来得及和沈熄讨论题型问题，沈熄抢先问她："刚刚你跟我说什么？"

他在考试的时候因为这句话，走了三次神。

林盏装傻："啊？我刚刚没跟你说话啊？"

沈熄："进考场前。"

林盏抓抓嘴角，道："呃，我是说，有时间一起吃水饺啊！怎么，你不喜欢吃水饺吗？"

沈熄："……"

林盏："那个俗话说'好吃不过饺子，好玩不过嫂子'……"

沈熄眉一皱，林盏立即说："我听孙宏说的。"

人声鼎沸，大家纷纷开始庆祝，嘈杂的环境里，林盏也被大环境感染。

她缓缓凑近沈熄耳边，吐气道："水饺多少钱一晚？"

沈熄一开始并没有听懂她在说什么。

过了一分钟，他发现了同音词。

他耳尖忽地一热，低声叱道："林盏，这话你跟谁学的？"

林盏委屈地说："水饺不是五块一碗吗？你这么凶干吗？"

"你想歪了怪我咯？"

沈熄看她："每次反咬一口，你最擅长。"

"胡说，我最擅长的明明是爱你嘛，"林盏笑嘻嘻地看他，笑着说，"爱您哦。"

沈熄看她，无奈地叹了口气。

林盏："你为什么不跟我说？"

沈熄："说什么？"

林盏：“爱我哦。”

沈熄看了她一眼，顿了一下，旋即，抑扬顿挫，声音低沉，似乎是挣扎了片刻。

林盏满心雀跃。

沈熄启唇：“爱我哦。”

林盏：“……”

“沈熄，我看你是想失去这个可爱优雅美好娴静的我。”

月底，高考成绩公布。

一切都没什么意外，林盏考得不错，可以上蔚大。

沈熄依然保持着高水准的发挥，只不过比他预估的要低3分。

林盏问：“为什么低了3分啊？哪几门扣的？”

沈熄停了片刻：“全是英语扣的。”

“啊？这次英语不对你的路子吗？”

“不是，”沈熄高深莫测地看了她一眼，“你忘记你进考场前跟我说过什么了？”

——“有时间一起睡觉啊。”

林盏撇嘴：“就这句话动摇你的军心了啊？说好的镇定自若呢？”

沈熄不说话。

若是有关她的，他还能镇定自若，那只怕真的是神仙了。

讨论间，群里已经炸开了锅。

考得好一点的全都开始在群里浪，孙宏估计是考得不错，此刻正在群里狂刷表情包。

过了一会儿，他私戳林盏。

孙宏：盏姐，考得咋样？

林盏：正常发挥。你考得很好吧？

孙宏：比我预估的还高两分，惊喜！

林盏发了张表情包：恭喜恭喜。

孙宏：感觉周围的人都考得不错，齐力杰也考得还行。对了对了，八卦一下，沈熄正常发挥了吗？

林盏问沈熄："你看你们班上其他人成绩了没？你第几啊？少考了3分不会影响你吧？"

"你想多了，"沈熄淡淡道，"该是第几还是第几。"

林盏回孙宏：嗯，还是第一。

孙宏：到时候有空出来玩啊，下周要回学校拿成绩单了。

林盏：拿了成绩单就可以走了吗？

孙宏：不行吧，还有个全校表彰大会啥的，给考得好的颁奖发奖金，然后激励准高三的学生。

果不其然，第二天，黄郴就找到了林盏和郑意眠，问她们俩谁想上去发言。

表彰大会除去表彰考得好的学生之外，文科班、理科班、美术班都要出学生代表，代表学校发言。发言的内容无非就是总结自己的学习技巧，然后告诉大家努力和勤奋的重要性。

郑意眠跟林盏私下商量："要不你上吧，我估计一班出沈熄，你们俩一起，可以感受一下情侣档的滋味。"

最后定下林盏。

回学校拿成绩单那天，大家都比较兴奋。

林盏和郑意眠已经成为大家口中的神话，一路走，一路有人回头看她们。

她们到得早，在门外倚着栏杆说话，讨论着自己最想去旅游的地方。

不一会儿，沈熄从靠右边的楼梯走上来。

一边的张泽像是突然明白了什么。

"我就说，明明我们从左边楼梯上楼更近，你怎么总是从这边上！原来是为了看人啊！"

张泽一嚷，林盏也回了头，笑着跟他们打了招呼。

张泽喋喋不休："要这么算的话，嗯，你从很早就开始喜欢从这边上了。”

沈熄：“……”

张泽：“你那么早就开始喜欢林盏了啊？”

沈熄：“……”

林盏看他们走近，问：“在说什么？”

沈熄及时开口：“在说等下发言的事。”

张泽毫不留情地戳穿：“不是，我们在说他什么时候喜欢上你这件事。”

林盏一愣，也来了兴趣：“什么时候？”

“很早了吧，”张泽回忆道，“大概是在他立下flag没过多久之后。”

沈熄抓住张泽往前走：“张泽，我们先回班。”

林盏把人拉住，饶有兴致道：“什么flag啊？我怎么不知道？”

张泽笑得幸灾乐祸：“哦，他没跟你说这事啊？”

沈熄用眼角的余光睨他。

张泽一抖：“林盏，我害怕。”

林盏招手：“没事，来我这边，他不敢把你怎么样。”

“什么flag，说来我听听。”

张泽咳嗽两声，吊足了林盏的胃口：“就是有一次，你把他自行车砸了，你还记得吗？”

林盏：“记得。”

张泽：“我看他也不打算追究，就问他，是不是喜欢上你了。”

林盏和郑意眠都等着下文。

张泽一笑，突然站直身子，收敛笑容，摆出一副没什么表情的面孔。

“他跟我说——”

张泽学着沈熄，一板一眼道：“‘喜欢她，我名字倒着写。’”

林盏：“……”

“大概就是这样了，”张泽嬉皮笑脸，“打脸来得猝不及防啊，主席？”

林盏低头，沉默不语。

沈熄瞪了张泽一眼，张泽立刻噤声。

沈熄走到林盏面前，探询道：“生气了？”

林盏吸吸鼻子。

沈熄：“我不是……”

林盏突然抬起头，眼角眉梢分明都压着灵动的喜悦。

“所以，后来把名字倒着写了吗？”

沈熄：“……”

张泽道：“没有！”

林盏抓了抓脑袋，装作很为难的样子：“那准备什么时候倒着写呢？”

张泽一脸看好戏的样，问：“那准备什么时候倒着写呢？”

林盏说：“沈熄，一言既出，驷马难追啊。如果你现在不喜欢我呢，就可以不用。”

沈熄：“等会儿。”

林盏憋笑：“等会儿干吗？”

沈熄深吸了一口气，道：“等一会儿，把我的名字，倒着写。”

张泽难得看沈熄吃瘪，拍着栏杆就开始大笑。

笑完之后，看了一眼沈熄，他想哭了。

“我有种我活不过今晚的错觉。”

“你的错觉很多，”沈熄笑，“这条最准。”

表彰大会上，校长在台上慷慨激昂。

“这次我们学校的一本率是全省第一，同学们，这都得益于……”

林盏在底下顺着自己等下上去要讲的演讲词。

这次的表彰大会在室内举行，阶梯教室坐满了人，大家都坐在位置上听校长长篇大论。其实大部分人都没在听，都在玩手机。

好不容易校长把琐碎的事儿全部讲完。

“好，下面我们有请三位高考成绩优异的毕业生，为大家传授一下他们的经验。”

“第一位，是高三　一班的沈熄同学，他从进校起几乎就维持着年级第一的高水准，好，让我们来听听他的学习秘诀。”

底下传来一阵骚动，大家都开始就沈熄这个人，讨论了起来。

有女生找同伴借眼镜，只为了能看一眼往台上走的人。

郑意眠：“沈熄怎么什么也没拿？脱稿演讲吗？”

林盏：“不知道，我还没问过他。”

沈熄从过道中穿过，骚动慢慢平息，台下的人安静下来，等着他开口。

沈熄走上讲台。

话筒就在他跟前。

但他一言不发，只是拿起一边的粉笔，向身后的黑板走去。

大家讨论：“这是要干吗？”

他抬手，在全校师生面前，一笔一画地写下：息火冘三。

郑意眠死命戳林盏：“天哪，沈熄在干吗？”

林盏差点一口气把自己噎住。

她想到他可能会写，但没想到他会在这种严肃得要死的场合写。

果然，就在他写下这四个字之后，除去知情人，大家全都一头雾水。

“什么鬼啊，我怎么看不懂？”

“是不是学霸的脑子跟我们的不一样？”

“我第一天知道原来沈这个姓还能这么拆。”

“倒数第二个字读啥？”

……

短暂讨论后，大家齐齐安静下来。

他们无比期待沈熄接下来的发言。

骚动过后，沈熄沉着地开口了：“人的名字有很多种写法，可以拆解，也可以倒着写。”

他停顿了一下。

“我这么做，主要是想告诉大家，要跳脱出原有思维的框架，尽可能用不同的思维去看待一件事情，也要会用不同的角度来学习。

“第二，倒数第二个字，与犹豫的‘犹’同音。它还有第二个读法，和吟唱的‘吟’同音，是指多人行进。

“这是我要表达的第二个观点，学无止境，可能很多时候，真正的知识就在我们身边，甚至就在我们每一个人的名字里。我们不能仅仅满足于书本上的题目，要怀着一颗探索的心，不断地学习、进取。”

一本正经地胡说八道。

就是沈熄现在没错了。

林盏默默地想。

偏偏，他这胡说八道让不知情的人听起来觉得真是豁然开朗，妙趣横生。

他只说了这么几句话，便下了台。

台下响起一阵热烈的掌声。

林盏现在有种众人皆醉我独醒的奇妙感。

“下一位，是来自艺术班三班的林盏同学，林盏同学不仅在美术方面为学校带来了许多荣誉，这次高考的发挥也很不错，下面，让我们有请林盏，来听听她是如何做到多方面发展的。”

林盏手上本来是有演讲词的，但是沈熄这样开了头，她再照着演讲词念，未免太干瘪无趣。

她起身的时候，有人在后面拍着桌子叫喊。

她走上台，也没说话，拿起粉笔，在黑板上写了两个字——木，戋。

台下的沈熄：“……”

有人发现不对劲了。

“哎，怎么回事，情侣档？”

“他们俩关系本来就很好吧！”

林盏清清嗓子，开口了：“我叫林盏，双木林，灯盏的盏。你们在黑板上看到的两个字，分别是林和盏的一半。

“遮住戋字，会发现木只是一个单独的木。同样，遮住木字，戋也是单独的戋。它们都是从我名字里分裂出来的，都是单独的个体。但是，将它们放在一起的时候，就组成了一个新的字。

“每个人身上都有别人看不到的另一面，每个人身上都有无限可能。你从小就开始学习，但这不代表你不能从事艺术。做你们想做的，一切皆有可能。

“这就是我的想法，谢谢大家。”

胡扯结束，林盏居然觉得自己这个随机应变的胡扯听起来很有道理。

大家同样回以热烈的掌声。

孙宏佯装群众，感激涕零道：“说得太好了！”

齐力杰：“林盏，你是我女神！”

林盏：“……”

是不是太假了?

回座位的时候，她特意看了一眼沈熄。

沈熄收起那副微带惊讶的表情，笑着朝她指了指手机。

林盏坐下，拿出手机。

沈熄发了个视频。

她把声音调小，然后点开。

是她刚刚在上面演讲的视频。

她问他：你录这个干吗?

沈熄：很有趣。

他下台到她上去，只有不到10分钟的准备时间，她竟然能靠10分钟就胡扯了这么长一串，很有意思。

林盏：其实我本来还有想说的。

沈熄：嗯?

林盏：人都有双面性，比如你并不知道原来在你仰慕一个人才华的时候，她的脸也这么好看，欢迎对号入座。

沈熄：……

郑意眠过来，跟林盏说："你们俩刚刚在台上，有一种……"

林盏："什么？"

郑意眠："胡说八道的夫妻相。"

林盏："……"

从来没有哪一个学校的毕业典礼时间这么长。

林盏如是想。

从下午一点，开到晚上六点。

散场之后，大家拿着毕业证去吃饭。饭桌上，男生嚷着豪言壮语，抒发雄心壮志，恨不得把整个世界收入囊中。

聚餐结束，林盏和沈熄顺着这条街逛夜市。

路上有卖棉花糖的小摊位。

林盏驻足看了两眼，沈熄就知道她想干什么了。

他凑上前，问老板："这个可以自己做吗？"

老板笑着说："可以啊。"

做这个也简单，直接顺着一个方向把机器里出来的棉花糖裹在一起就好了。

林盏上手快，很快就做了一个出来。

她做完了一抬头，发现沈熄不见了。

猜测他可能是去买什么东西了，林盏就在原地等他，顺便吃了两口棉花糖。

酥软的棉花糖入口即化，唯一的不足就是很黏嘴巴。

林盏刚吃两口，肩膀就被人拍了一下。

她以为是沈熄，回头问："你去哪儿了？"

结果面前却是一张完全陌生的脸。

林盏愣了一下："你是？"

面前的人有些局促，手里拿着两张电影票。

林盏越过他往他身后看，看到某个栅栏边站着一群人正往这边看，边看还边讨论。

她不是第一次遇到这种情况，很快就明白了当下发生的事情。

男生清清嗓子：“那个，我刚刚在一边看到你搅棉花糖，觉得很可爱，你可以……”

“不好意思，”身后一道男声乍然响起，如珠落玉盘，清脆而沉缓，“她有男朋友了。”

男生一惊，看了一眼沈熄，喃喃了两句对不起，就往自己小伙伴那边跑去了。

林盏连原先要问的问题都不管了，直接挑眉问沈熄：“谁说你是我男朋友了？”

沈熄低头看她：“……”

她的目光很真诚，好似真的对这个问题很疑惑。

沈熄启唇：“应该不是男朋友，是准男友。”

她不依不饶，又是笑：“这个准男友也是你自己封的？”

沈熄：“……”

林盏耸耸肩：“我可什么都没说啊，也没答应你。”

沈熄：“……”

林盏双手背在身后，一副比他更郑重的样子：“这个，在沈熄同学心里，准男友是个什么意思？”

沈熄难得语塞，沉吟了好半晌，才道：“等待盖章的男朋友。”

“等待盖章？”林盏啧了一声，“我可没答应给你盖章啊。”

相处这么久，沈熄难得落于下风，林盏可不想放弃这个调戏他的机会。

但沈熄是何许人？

沈熄举一反三的时候，林盏还捏着画笔在家画苹果呢。

于是他很快找回主动权，波澜不惊道：“不是你给我盖，是我给你盖。”

林盏："什么、什么东西？"

沈熄耐着性子回答她："是我给你盖章。"

沈熄手掌往前伸，碰到她的手，沈熄将女生柔软细腻的手握在手心里。

然后他抬手，在林盏手背上亲了一下。

"像这样。"沈老师如是示范道。

剧情极快反转，急速推进，林盏像坐在婴儿车上，被人晃了两下，有点跟不上节奏，头晕了。

她张了张嘴，不受控制，又再次脱口而出："就这？婴儿车？"

沈熄："……"

沈熄皱着眉，脸上显出一个问号。

眼见自己的造诣马上要超过沈老师，秉持着"不撩就输了"的理念，怀揣着"青出于蓝而胜于蓝"的想法，林盏很快承接道："有种你别亲手啊。"

沈熄：？

林盏仰了仰脸："有种亲脸啊！有种亲、亲我鼻子以下下巴以上的部位啊！"

这下，再次换沈熄沉默。

林盏嘲讽地笑了声，那是胜利者睥睨众生的姿态。

"呵，也就这点胆子。"

面前的场景须臾间变幻瞬移。

光怪陆离的街市向右飞快撤退，只来得及在林盏的视线中拉扯出一串长长的叠影，而后，被一片青灰色覆盖。

当青灰色被人掀开，林盏看清，自己被沈熄抵在一条窄窄的巷子里。

窄巷不过一步宽，她后背紧挨着凹凸不平的砖瓦，身前是沈熄炽热的胸膛。

林盏：……

眼见着事情似乎在朝着某种不可描述的方向发展，林盏认怂了。

“我、我刚刚随便乱说的，你别放在心上，沈……”

他似乎并不打算放开她，低头，声音几乎是贴着她耳郭滑进：“再说一遍。”声音，是哑的。

林盏：“……”

这方小小的空间里，给予二人呼吸的氧气都不甚充足。

更何况这么个姿势，林盏的需氧量也大大提升。

她感觉此刻自己有点喘不上来气，做不了别的动作，只是整张脸烧得通红。

沈熄用手扣住她的手腕，象征性地捏了一下：“你刚刚的话，再说一次。”

缺氧让林盏什么都想不起来，只是木然地吞吞口水，有些无措地抬头问他：“沈熄，你、你黑化了？”

沈熄垂眸，又往前逼近一步，林盏鼻腔中盈满他身上的味道。

那味道无孔不入，一点点将她蚕食。

她气息不稳。

沈熄贴在她脸颊边，轻声道：“面对黑化的沈熄，你能逃走的概率是零。”

林盏尚在蒙中没回过神，就感觉唇上落下一个温软的物体。

林盏乱七八糟地想着，这个人身上简直处处是矛盾，却又处处矛盾得让她喜欢。

那个吻一触即离，说是蜻蜓点水也不为过。

林盏怅然若失，不自知地抬手抓住他的衣领。

下一秒，第二个吻落下。

不同于初次的触碰，第二次带着明显的试探和辗转。

他的吻和他本人一样温柔，只是轻轻吻着她的下唇，再没有更多动作。

尝试着加深的每一次，他的眼皮都会轻微颤动一下。

林盏甚至慌张得忘了闭上眼睛，睁眼看着沈熄，看他长睫轻颤，双眸微闭。

须臾，他温热的手掌抬起来，遮住她的眼帘。

她顺从地闭上眼睛。

这个吻带着棉花糖的清甜香味儿，纵使只是浅尝辄止，那股甜还是顺着唇齿蔓延开来。

林盏攀住他的肩膀，嘴角漾开一丝清浅笑意。

当他们两个人脸颊通红头发散乱地从小巷子里挪出来的时候，林盏感觉到，很多路人都向他们投来了奇怪的目光。

林盏："……"

反正什么也没干，林盏心道，她不心虚的。

倒是沈熄，估计这种事情算得上他循规蹈矩的人生中难得的一次出格，沿路他都没有讲一句话。

林盏计从心来，扯扯他的袖子："你害羞啦？"

沈熄："没。"

林盏摇头晃脑："还没呢，看你耳尖都红了。"

沈熄礼貌回敬："你也没好到哪去。"

林盏："……"

林盏忽然瞥见手上的棉花糖，因为刚刚被他拉进巷子里时太突然，导致糖撞到了墙上，现在已经不能吃了。

林盏："都怪你太粗鲁，你看，都弄脏了。"

沈熄几不可察地蹙了眉："……"

林盏往前走了几步，找到垃圾桶，把棉花糖扔掉。

这段路说长不长，说短也不短。

很快就走到了林盏家楼底下。

林盏开了门禁，拉开大门后，没有急着上电梯。

大门是小区标准的防盗门，中间是一整块铁皮，上下有四方的铁块条分布，铁条中间有5厘米左右的缝隙。

沈熄隔着门看林盏。

她是弯着腰的，大半张脸被铁皮挡住，只留下一双笑意盈盈的眼睛。

她的手指扣在铁条缝隙中，指尖微微探出一点，粉白粉白，煞是好看。

沈熄猜到，她可能是有话要说。

“要说什么？”

她眼下两个卧蚕月牙似的倒挂，眼中一片难言温软，稠密欲滴。

“沈熄，你嘴唇好软。”

沈熄还没反应过来，林盏已经带着包飞快往电梯处跑去，进了电梯，火速关上门，像只怕被猎到的小狐狸。

沈熄在原地踟蹰一会儿，转身走了。

走出两步，沈熄似有所思地，伸出舌尖，舔了一下嘴角。

三天之后，林政平在学校的事情忙完，回来的第一句话，就是跟林盏商量大学的问题。

不，也不能算是商量，大概是命令，带着他一贯的毋庸置疑的语气：“你这分数一般，就在W大上……”

林盏开口道：“我不想在W市读书了，我想去Z市的蔚大，而且蔚大校考我也考得很高，可以分个好专业。”

“你不过是考了个第二，”林政平皱眉，“林盏，我以为你准备了这么久，拿第一是没问题的。

“我告诉你，你考成这样完全没达到我的预期。

“你也就在崇高能混个什么优秀毕业生了，你出去跟更厉害的比试试，人家还有学美术的，文化课考600分，你怎么不比比？”

林盏看他：“我不想跟别人比，跟我自己比，我发挥得确实不错。”

“你跟他们不一样，人家都没参加过多少比赛，你呢，你参加的比赛加起来是别人的多少倍？到最后，你居然还输给了一个没怎么参加过比赛的人，有什么不错的？”

“参加比赛不代表画得好。”林盏说。

林政平："别跟我犟，也就你自己觉得你考得好了，我觉得你考得一点都不好。别去什么蔚大了，就留在本地，下个月有场很大的比赛，你先代表崇高去比，我有关系，让你晋级。

"晋级之后代表整个W市，然后是省。我会给你找个好老师，也会给你打点好，到时候让你作为老师的徒弟进入大家的视野，再找几家报社采访一下，给你宣传宣传。"

林盏冷笑："然后呢？"

"然后？然后你就过上了不愁吃穿的日子。"林政平瞪她，"你那是什么表情？爸难道会害你吗？！

"只要旗号打响了，别说大学了，你就是不读大学，一幅画开天价都有人买！我给你铺了这么久的路，只要再……"

"对，你给我铺了这么久的路，哪怕你女儿并没有看起来那么天才，你也要给她打上天才青年画家的烙印。"林盏说，"为了什么？为了满足你的面子，还是为了自欺欺人？

"你平时要我比赛就算了，你现在居然还要给我在比赛里作弊？你这样公平吗？你让那些比我画得好的人怎么办？"

林政平更怒了："这还不是怪你不成器！你若是门门拿第一，我至于为你费这么大心思吗？"

"怎么可能门门拿第一，怎么可能有人什么都是第一，"林盏深吸一口气，"永远有人比我画得更好，我又不是没见过。"

"你只是把这些当作你无能的证明，林盏。"

林盏终于忍不住爆发了："好，我无能，那现在你去宣传一个无能的人是天才，会怎么样？会遭人耻笑，让人看笑话。

"你这样给我带来的不是名气，是虚假的人气，就像一具空壳一样，看上去好看，但风一吹，它自己就倒了。

"我现在的能力配不上名号，怎么能站得住脚？"

林政平怒斥："你就是不想学，不想挑战！"

"随你怎么想吧，"林盏说，"比赛我是不会去的，也绝对不会让你暗箱操作。你不是帮我，你是在打乱我的脚步，你只会摧毁我。"

蒋婉在一边拍林盏："你不要这么说，没你说的那么严重。其实你的能力在省里也靠前的，给你什么名号你也受得起，而且到时候一边比赛一边还会充电的，我们会给你找更好的老师。盏盏，机会难得，这是给你的未来铺路啊，过几年等你想要，你爸手上也不一定有名额啊。"

"既然是我的人生，为什么不按照我的选择来？"林盏笃定道，"我有我的计划和目标，你们这样盲目地为我好，和揠苗助长有什么区别？"

林政平笑了："你有目标，你有什么目标？"

"我的目标，"林盏一字一顿道，"就是有多大的力气，就爬多高。你这么做无非就是想让我成名，没有你这些操作，我自己一样可以，靠的是我的真本事。"

"你可以？你怕是还没见过这社会的险恶！"

林盏看他："要是我做到了呢？"

林政平根本不相信她能做到。

"别说什么成名的大话了，下个月的比赛，你要能不靠老子的关系进十强，你想去哪里读就去哪里读！"

事情发展到这步，她已经无路可退。

于是林盏顿了一下，很快答道："好。"

已经过了能被家庭束缚住的年龄，从现在开始，她要完完全全按照自己的想法来活。

她需要给林政平一个彻底的回击。

她相信自己一定可以做到。

那晚睡前，林盏问沈熄："你明天有空吗？我有话想和你说。"

幸好还有他，林盏想，在自己感觉无助和迷茫、感觉失去支撑的时候，幸好沈熄还在。

第二天，林盏在沈熄房里，抱着枕头，靠在床头，不确定地问他："我做得对吗？"

沈熄并未思考很久，拍拍她的头，说："你做得很对。"

她咬唇，犹豫道："可万一我失败了呢？万一我做得不对呢？"

"不要去想这些，"沈熄坐在她身边，道，"你总是太注重结果，其实没必要，只要在过程里努力了，获得快乐了，就应该知足。"

林盏靠在他的肩膀上，幽幽叹气："可是我好没底。"

沈熄手穿过来，托着她的头，慢慢道："我不是在安慰你，我是觉得你做得很对。如果叔叔一开始就给你太高的位置，你衬不上，外界会有很多声音，你自己压力会很大，心里也会有愧。"

林盏抱着枕头，说："是啊，我就是觉得心虚，明明没有那种能力，却要挤掉比我更加厉害的人。"

"成名得太早未必是好事，"沈熄说，"我认识一个奥数天才，初中的时候就很有名了，结果因为年纪小，心态也很浮，有段时间特别自负，不愿进取，现在也不知道去哪儿了。"

他拍拍她的头："别想那么多，你画得很好，一定可以做到的。"

她往前蹭了蹭，额头的皮肤蹭到他柔软的脖颈。

这个人，真是太好了。

她问他："万一我没有进十强怎么办？"

"山不走到我这里来，我就到它那里去。"沈熄揉揉她的头发，"我会和你共同进退。"

林政平当时提出那个条件，估计没想到林盏会答应，因为按照林盏的性格，她不会答应自己一点把握都没有的事情。

但就是那个电光石火的瞬间，林盏想起来，自己还有幅画，从来没展出过，是那幅《Surviver》，画的主题是"爱与自救"。

而这次比赛的主题，恰好就是爱。

林盏调整了下呼吸，将画投递过去。

林盏赶在截稿期前把画稿投递过去，大概三四天之后，就会出结果。

还赶得上填报志愿。

等待结果公示的时候，林盏很迷信地说要去庙里拜拜。

去山上的时候，她问沈熄："你会觉得我很迷信吗？"

"不会，"沈熄笑，"我外婆也很喜欢弄这些，中、高考前，都会去祈祷我考好点。"

"你外婆只许这种愿吗？"林盏问。

沈熄："不然？"

林盏笑了："比如希望自己的孙子赶快找个可爱伶俐乖巧懂事长得美会画画身高165厘米短头发穿西柚色短袖的老婆。"

本来沈熄还想问她是不是在说她自己，听到最后，发现自己预料得没错。

没等他说话，林盏继续说："她应该求过了，上天看她心诚，就派我下凡了。"

沈熄看她："那还要谢谢你满足我外婆的夙愿？"

林盏摆摆手，旋即眨眼道："好羡慕你外婆哦，有一个这么可爱的孙媳妇。"

他难得没有沉默，笑了声，算是应答。

两人往庙里走，沿着一条街往前去，有一棵魁梧的树。

树上被人系满了红色的线和小木牌。

林盏问一边的师傅："这个怎么卖啊？"

师傅："六元一对。"

她自然是要写的。

沈熄把牌子递给她，发现她完全没有思考，落笔飞快，倒像是在画画。

沈熄写完之后，发现林盏才刚刚停笔。

沈熄问她："你写了什么，写这么久？"

林盏美滋滋地把牌子给他看——

沈熄老婆=女的

林盏=女的

林盏=沈熄老婆

沈熄："……"

林盏继续美滋滋，仰头道："我数学的等量代换学得很好吧？"

沈熄哑然失笑，陪她走到树前，把东西挂好。

她整张脸上全是明媚的得意，顾盼生辉。

沈熄先挂完，转身朝着更深处的小路走去。

林盏很快跟上来，手绕过来，穿过他的指缝。

她用指尖，轻轻地挠了一下他的掌心。

沈熄难耐地动了动，低声跟她说："不用等量代换。"

"啊？"

林盏起先没反应过来他在说什么，半晌后才意识到他是在说牌子上的文字。

他一字一顿，慢慢地说："不用代换，你直接就可以是了。"

有幼鸟在上空迂回婉转地鸣叫，细腻又底气不足的奶音，带着试探和对这个世界的期待与向往，却又唯恐声音太大，惊扰了底下来往的人群。

林盏脚步渐慢。

手掌被人握住，每一寸皮肤和纹路都能切实沉浸在他的温柔中。

她又问他："那你在牌子上写了什么？"

他笑，但不说。

"秘密。"

落有"沈熄"二字的木牌在风中打着旋，木牌上，他的字遒劲有力，却只有短而深情的一行——

"愿她美梦成真。"

他这一生别无所求，只希望她能得偿所愿。

不过是这么简单而已。

两个人下山的时候，迎着瑰丽的夕阳，林盏问他："你说你外婆爱来这里，那你外公呢？"

沈熄抿了抿唇，低头道："我外公过世了。"

林盏愣了一下，赶忙道歉：“不好意思啊。”

“没事，”沈熄说，“你又不知道。”

林盏怀着某种奇妙的小心思，把这件事记下了。

回家之后，她就找张泽问：你知道沈熄有个外公吗？

这问的是什么？

林盏：你知道沈熄外公的事吗？

张泽：知道一点点，怎么了？

林盏：那给我讲讲？

林盏：沈熄生日快到了，想给他点惊喜。

张泽：是这样啊，嘿嘿。

张泽：不过我也不知道多少，就知道小时候他外公经常带他出去玩，然后经常带他出去做陶艺，就是做那种马克杯你知道吧？

张泽：然后，好像在他外公离世前，他答应要回家一趟陪老人家做个杯子，结果……

张泽：反正那段过去我是没参与的，只是听他讲的时候，还是有一点点难过。

林盏握着手机，看了半晌，起身，决定做点别的。

在屋子里晃荡了一会儿，压下心中的酸涩，林盏开始搜索附近可以自己DIY马克杯的地方。

她素来是行动派，找好了地方，自己挑了个时间，就出发了。

陶艺吧离她家不算太远，但坐车也要半个钟头。

她背了个小包，先进去了解了一下情况。

大概一周左右，就可以拿到自己的成品。

老板问：“你想做个什么样子的？”

林盏：“就一个马克杯就好，可以自己刻字是吗？”

老板：“可以的。”

有人领着她进了单独的小包间。

林盏洗过手之后，师傅很快教她上手。

“我们现在来拉坯。”

师傅把泥料放在坯车上，打开坯车电源后，开始转动。

师傅给她示范：“像我这样，双手这么压下来，让它变平滑……”

林盏以前在电视上看过很多次，接受起来自然就比较快。

她开始上手，一遍遍自己制作。

刚开始失败了好多次，师傅让她不要着急，慢慢来，她就坐在椅子上，沉下气来，一点点推出自己想要的形状。

这么一做，就做到日暮西沉。

东西还得上釉，老板要林盏一周后来拿。

好不容易等了一周，林盏看天气好，挎了个小包就去取自己的东西了。

她想，到时候应该怎么把东西给沈熄。

说来真是奇怪，出门的时候明明是晴朗的好天气，等公交到站，居然下起了稀稀拉拉的雨。

林盏抬手，用手掌给自己遮雨，抓着包跑进店里。

她运气还算好，没有被淋湿。

等到她取了东西，走出去一会儿，发现雨突然大了起来。

W市的天气虽然阴晴不定，但她还是头一次遇到这么突然的暴雨。

更可悲的是，她现在离公交站还有一半的路程，回店铺避雨也不划算，只能看看附近有没有什么地方可以躲雨。

这空旷的大马路，哪有地方躲雨。

林盏一咬牙，抱紧怀里的杯子，就开始往车站跑。

林盏的头发被淋得湿漉漉的，一缕缕贴在面颊上，雨水顺着发丝往下淌。

她伸手抹了一把脸，把东西抱好，正准备加速的时候，就听到前面传来声音。

“林盏！”

来人的声色林盏实在是熟悉，就算雨声狂乱，隔着倾盆大雨，她还是立刻分辨出来了。

她强撑着抬头，沈熄三两步跑过来，把手上那把黑色大伞举过她头顶。

雨被伞面遮挡，沿着伞骨，降下大片大片雨帘。

这么着急的时候，林盏来不及问沈熄问题了。

她抓住他的手臂，同他一起艰难地行进在瓢泼大雨里。

走过这段人烟稀少的道，终于有车经过，沈熄拦了一辆车，开门，让林盏先进去。

他随后进去。

司机问："去哪儿？"

沈熄报了林盏家的地址。

林盏不自然地咳了声："你怎么知道我在这儿？"

沈熄拿出一边的袋子，纸袋已经被淋湿，幸好里面还有层塑料袋。

他把袋子里的毛巾递给林盏。

"你妈问郑意眠你在哪里，说你出门没带伞。郑意眠问了孙宏，孙宏问张泽，张泽跟我说了。"

这意思是，张泽也说了她在这里做陶艺的事儿？

林盏擦了把脸，闻到毛巾上熟悉的温暖味道，才觉得周身的凉意逐渐减了一些。

她又一点点把头发擦干。

沈熄跟司机说："可以把空调关了吗？她淋雨了。"

吹空调容易感冒。

司机点头，把空调关掉。

一直到楼下，沈熄始终没开口说话。

林盏被淋成落汤鸡，身上还披了件沈熄带来的外套，下了车，她张张嘴想说什么，却被沈熄打断："你先上去洗澡。"

林盏："那你呢？"

沈熄说："我在楼下等你。"

她连忙应声，小跑进楼道里。

这鬼天气，沈熄不在的时候乱下雨，沈熄在了，雨又停了。

现在的天幕虽然是阴沉的，但却滴雨不降。

林盏回家冲了澡，换好衣服，就要下楼。

蒋婉问她："还下去做什么？"

林盏洗澡时就想好了借口，她说："刚刚没带钱，现在下去给司机钱。"

"行，"蒋婉道，"快点去吧。"

飞也似的下了楼，林盏有些黑线地看着手里的东西。牛皮纸袋被她保护得很好，只是边角沾了点雨水。为了这东西，她可是把自己淋成狗了。

林盏忐忑地打开大门，沈熄站在门外，手里的黑色伞面上还有点点雨滴，时不时汇成一股往下坠。

林盏头发都没来得及吹干，还有点湿湿的。

沈熄听到响动，回身看她："怎么不吹头发？"

她咬唇："怕你等得久了。"

沈熄伸手，示意她到他身边来，拿出袋子里的毛巾，给她把头发又擦了一次。

他双手揉在她的脑袋上，林盏就任他摆弄，一颗小脑袋随着他的动作晃来晃去。

她抬头看他。

擦完之后，林盏把怀里的东西递过去："喏，这个给你。"

沈熄垂眸，打开牛皮纸袋，看了一眼里面的杯子，眸色深沉，仿若化不开。

林盏小心翼翼地问："你生气了吗？"

沈熄："老实说，有点。"

林盏吞吞口水："你嫌我做得丑啊？"

"怎么可能，你做得很好。"

"那你……为什么这么……"

沈熄把袋子合拢，看着她的眼睛："刚刚大雨，出意外的几率很高。如果我没到的话，等你回了家，十有八九会感冒。你一感冒，一两个星期都难好。”

林盏嘟囔：“我不知道会下雨的呀……天气预报也没说有阵雨。”

沈熄捏了捏眉心：“所以说，不知道该气谁，就是很无力。”

林盏踮脚，给他揉了揉太阳穴：“别气嘛，一点小事而已。”

“不是小事，是我明知道你在困境中，但不能立马赶到。”

这样的情绪，很糟糕。

怕你出事。

也怨我自己怎么不早点知道你这些天的行程。

林盏有点犹豫：“可我万一告诉你了，就不叫惊喜了。”

她垂着头，鼓着嘴，有一点点委屈。

沈熄问她：“为什么要瞒着我做这些？”

林盏被他问得更委屈，眉皱成八字，说：“你为我付出了那么多，我能做的，也就这么一点……”

“我知道，”他声音变柔，“我没有怪你，我怪我自己。”

林盏想到沈熄为她做的，鼻子一酸：“我也想好好爱你。”

沈熄俯下身子，伸手，指腹擦过她眼下那颗小小的泪痣：“但是在爱我之前，你要先学会爱你自己。”

爱你自己，比爱我，更加重要。

比赛结果在填报志愿截止日期前下来了。

当天中午，林盏还在家吹着空调睡午觉。

中途蒙蒙眬眬地醒了，看了一眼手机，直接被沈熄的消息吓得睡意全无。

沈熄：结果出来了。

林盏：怎么样怎么样？？

过会儿，林盏又说：就算没进前十也没关系，志愿我可以自己偷偷改的。

沈熄：进了，第五。

林盏松了口气。

出了房门，发现林政平比她更早知道了这个消息。

蒋婉搓了搓手："盏盏，你真的要去蔚大吗？"

林盏点头。

蒋婉："那就去吧，在那边也要好好学，别松懈。"

林政平笑："我不在，我看她是想翻天。"

"林盏，你想去别的城市也可以，你要向我保证你在那边也在进步。"

林盏："怎么保证？"

林政平："既然你不想让我给你规划未来，那你就自己规划，但殊途同归，最后成果得是一样的。七年之内，你要是不能做到单独撑起一场画展，那就证明你没有那个自己成名的能力，乖乖按照我给你的路走。"

林盏站在客厅里良久，说："好，要是我做到了，你不要再干涉我任何一个选择。"

这条路，既然已经走了，她就不会退缩分毫。

这是一场自由之战，更是她的能力与荣耀之战。

决定要去Z市上蔚大后，林政平更加不怎么管她了。

他笃定她不能在七年之内名气大到开一场画展。

林政平心里，林盏就是一个风筝，就算跑得再远，只要他扯扯手上的线，她还是只能乖乖地回家。

他笃定她飞不远，也剪不断那根线。

林盏则暗自跟林政平较着劲儿。

他觉得她不行，她就四处搜罗专业书看，找自己喜欢的画家临摹，也不停地在家写生。

录取结果公示是在一个下午，林盏顺利地被录进蔚大，沈熄那边也很顺利。

她给郑意眠打电话，问郑意眠被录到了哪里。

郑意眠没选择出去，而是留在了本地，上了省内首屈一指的W大。

大家要各奔东西前，孙宏又组织着吃了顿饭，是火锅，辣得要了人老命的火锅，有人一边吃一边吸鼻子。

有个女孩子可能被辣出了眼泪，她说："我再也看不到喜欢的人了，可他到最后也不知道我喜欢过他。"

林盏说："以后你也可以约他出来啊。"

女生摇摇头："我没什么借口和理由来约他了。"

林盏莫名其妙地想起多年前，初中毕业之后，李初瓷也是这样，红了眼眶，小声跟林盏说："我们可能永远不会再见面了。"

也许对很多人来说，毕业意味着短时间的分离，日后总有机会再见，所以他们不哭不闹，只是惆怅着不知何时才能聚齐那一大波人。

但他们不明白，没有了同一所学校的支撑，有的人已经失去了所有能见到爱慕之人的机会。

她们已经再没有堂堂正正的理由，躲在草丛后面看喜欢的男生打球，在他回头一笑的时候红着脸躲避；在经过他班级的时候被朋友大声喊自己的名字；在桌角含笑写下他的名字，最后被岁月腐蚀。

她们的喜欢，英勇，又克制。

那是青春里最平凡的一群人，做最平凡的事情，就像是早餐时顺手捎的那杯豆浆，时日推迁，因为太过平凡，而失去了被人铭记的资格。

最后散场的时候，林盏看到那个女孩子正跟大家告别。

林盏知道，她真正想要交谈的，只是那群人中的一个。她用这样的方式遮掩自己的喜欢。

果不其然，她祝前面的每个人都是一帆风顺，轮到最后一个，她说："你要每天都开心啊！"

男孩子大约不怎么记得她的脸，只是礼貌地笑着说："也恭喜你考上心仪的学校。"

有什么可恭喜的。

转身的时候，林盏看到她哭了。

饭店门口有一块大的留言板，每个人都可以用马克笔在上面写字。

那女生伏在板子上，噙着眼泪把那句话写完——

祝我们前程似锦，各奔东西。

你我前程锦绣，你我一拍两散。

多心酸，多无奈，多舍不得。

只有我自己才知道。

正式去报到那天，蒋婉把林盏送到校门口，林盏一个人提着行李进去了。

沈熄在学校里等她。

新生报到，学校里真是热闹。

林盏的学费在卡里提前划扣，她寻着指示牌去一边登记。

蔚大的美术系真不愧是出了名的，一路上，仅靠打扮林盏就能八九不离十地分辨出哪些是美术生，就算五官并不算精致，很多女孩子靠着妆容和穿衣搭配，也足够耐看。

林盏看了一眼推箱子的沈熄。

沈熄的目光从指示牌上移开："看我干什么？"

林盏一副公事公办的语气："看你有没有背着我偷看别的女生啊。"

末了，添一句："去了别的学校敢看别的女生，我就……"

沈熄挑眉："就怎样？"

林盏："你居然还真动这种心思？"

继续道："那我就把对面那所医科大一炮夷为平地。"

可以，这很林盏。

沈熄抿唇，笑了："不会看别人的。"

从喜欢上你的那一刻，就只看得到你了。

林盏还在计划着："等下你去报名，我也要去看看。去侦察一下你们学校的情况。"

就在说话的这段时间，沈熄就引来了不少注目。

原来是高中，大家多少还有点忌惮和羞涩，现在到了大学，很多束缚自然而然全没了，大家看沈熄的眼神，就又不一样了。

林盏："沈熄，我现在想给你戴个防毒面罩。"

沈熄：？

"最好全身上下都裹起来，然后把你束之高阁，不让任何一个人看到。"

"可以，"沈熄难得同意了，"那谁帮你推箱子、背包？"

林盏想了一会儿，说："那别束了，你下来吧。"

沈熄："……"

现在是万事实名制，排队登记的时候，沈熄不能替，是林盏自己排队的。

虽说蔚大漂亮姑娘多，但林盏在人群中，依然算得上是出挑的那个。

她穿一件白T恤，底下一条假两件系腰格子裙，简单的搭配，把身段展露得淋漓尽致。

有一句话，说是美人之美，美在不自知。

若是太顾忌、太注重自己的美貌，就显得做作。

她随意地站着，还在跟沈熄说话，干净得像是幽谷盛开的一捧铃兰。

前头记录的人，有人敲着桌子小声说："怎么样，是不是老五喜欢的款？"

被叫老五的人抬头看了眼："可惜有男朋友了。"

一边的女干事说："那男生叫沈熄，低我一届，当年在学校几乎快是个传说了。我们学校小姑娘肯定得哭死。不过女生也不错，高二的时候就拿很多奖了。"

"谁追的谁啊？"

"林盏主动的，"女干事迎来下一个新生，递上纸笔，"所以说也不是女追男就低一等，现在两人照样关系好，主要还是看脸。"

一边的人："……"

合着说这么久，听你说了一堆废话？

登记完，两个人往寝室去。

到寝室的时候，寝室里已经有一个女生了。

一个扎马尾辫的女生，身高一米五左右，长得还不错。

女生朝林盏笑笑，说："还剩三个床位，你选吧。"

"好，"林盏把箱子推进来，"我叫林盏，你呢？"

"洛洛，"女生说，"好记，姓洛，名洛，都是洛阳的洛。"

洛洛眨眨眼，问林盏："后面的是你男朋友吗？"

"是啊。"

"挺般配的。"

林盏在一边整理东西，沈熄就帮她把衣服装进衣柜里。

他个子高，女生寝室的东西又做得低，整理完之后，一抬头，不小心就碰到她柜子顶。

林盏正在贴墙纸，突然听到一声闷响，诧异地转头去看。

沈熄修长的五指捂在被撞伤的地方，头发从张开的指缝钻起来。

他皱着眉，扶着柜子，有些微不满地看着林盏，像一只树袋熊。

林盏笑出声，委屈道："你看我干吗，又不是我撞的你。"

沈熄看她一眼，长睫毛重新垂下，去做别的事情了。

他们出了寝室之后，站在光线昏暗的走廊里，林盏拉着沈熄一只胳膊，踮脚凑在他耳边说："你刚刚有点可爱哦。"

沈熄眸色未变，眼尾的光滑出来一点，等她把话说完。

林盏竖起一个大拇指，低声道："可爱，想睡。"

第十章

蛋糕是你的，你是我的

林盏跟着沈熄去了医科大。

医科大女孩子们的平均颜值还是不比蔚大。

林盏放下心来。

这次，想把对方束之高阁的变成了沈熄。

眼见林盏一路走一路有人侧目，沈熄宣示主权般，把林盏往自己这边拉了拉。

林盏皱眉，不耐地看向沈熄。

沈熄一顿。

林盏开口问他："我有钱长得帅是我的错吗？"

沈熄："我的错。"

刚进沈熄寝室，发现其他三个男生都到了。

这三个戴眼镜的男生和沈熄风格迥异。

标准的理科男，寸头，黑框眼镜，衬衣扎进牛仔裤里，运动鞋。

林盏松了口气，幸好，沈熄作为她的男朋友，在她的耳濡目染下，审美还不错，不至于这么像钢铁直男。

三个男生似乎没预料到，这最后一个室友，居然像是从另一个次元来的。

寝室里鸦雀无声了三秒。

林盏敲敲门，道："大家好，可以进去了吗？"

有人说："啊，可以的。"

考虑到沈熄是慢热且不爱说话的性格，林盏帮他收拾桌子的时候说："他叫沈熄，熄灭的熄。"

其余几个人纷纷介绍了自己。

有人胆子大，看林盏好说话，这才道："我们刚刚还在猜最后一个室友戴不戴眼镜，没想到来了个帅哥。"

林盏要接茬，被沈熄截断话头，他说："嗯。"

我知道那是你的口头禅，我也知道你是不想让别人跟我聊天，但是面对夸奖，咱们好歹矜持点好吗？

靠门右边的男生叫吴鹏，他自我介绍完之后，就指了指林盏，问沈熄："你女朋友，对面蔚大的？"

沈熄一边整理衣服一边回答："嗯。"

林盏回头，笑了："他话比较少，你们别介意，人还是很好相处的。"

看到林盏把东西摆上桌子，有人笑："有女朋友的就是不一样，加倍关怀啊。"

帮沈熄把东西清好，林盏洗了洗手。

她问："大家出去吃饭吗？"

沈熄道："我请。"

"不用不用，你们俩去吃吧，我们就不当电灯泡了。听说前面100米有家店特好吃，你们可以去试试看。"

聊了几句，林盏和沈熄先出门，去找地方吃饭。

出了学校，林盏叹了口气。

沈熄："叹什么气？"

林盏看着沈熄的脸："我小时候做过关于医生的梦，你知道吧，就是那种脸很好看手也很好看而且特别温柔的医生。长大了才知道，这种医生只存在于小说和电视剧里。没想到，现在，遇到了活的江直树。"

想了想，又抱紧沈熄胳膊："你以后当了医生，肯定有很多颜控只预约你的号，想想就太可怕了，而且医生又是特别有职业光环的那种，可能你救了一个，然后那个妹子就疯狂地爱上了你，天天来找你看病……"

沈熄道："一般是会戴口罩的。"

林盏更严肃了："戴口罩就能遮住你的美色吗？不能啊。"

想了想，沈熄问："江直树是谁？"

林盏抓抓脑袋，道："就是形容一个钢铁直男直得像棵树，你这样的。"

沈熄："……"

报完名没过几天，就开始军训了。

正逢开学季，虽然太阳没有毒辣到W市那种程度，但在日光下暴晒几个小时，皮肤也会缺水和不适应。

幸好开学之前林盏就买了很多防晒的放在包里，以备不时之需。

整个军训持续15天。

当林盏从包里抽出三瓶防晒霜两瓶防晒喷雾之后，整个寝室都表示了自己的叹服。

"你买这么多防晒啊？"洛洛看着自己手上的小金瓶，"虽然经常要补防晒，但是一瓶撑20天应该没问题。"

"是吗？"林盏看了看自己桌上的瓶瓶罐罐，"我们多久给次时间补防晒啊？"

"两个小时休息一次。"

林盏点点头，说："那我给沈熄两瓶好了。"

洛洛看她："他会涂吗？我长这么大就没见过直男涂防晒。"

当天中午出去吃饭的时候，林盏软磨硬泡，终于把防晒塞进了沈熄口袋里。

沈熄依旧不怎么情愿："黑了就黑了，没什么大不了的。"

林盏咳嗽了一声，慢吞吞道："我会嫌弃你的。"

嫌弃倒不会嫌弃，只是在阳光下暴晒的坏处很多，还有可能被晒伤。

说嫌弃，只是想吓他。

"一定要记得涂啊。"分开的时候，她再三叮嘱，"我会检查的。"

军训开始。

站了一个小时的军姿，练了一个小时的左转、右转后，教官终于肯松口。

"全体解散，休息10分钟！"

沈熄走到树荫下，从包里抽出一瓶矿泉水。

沈熄喝水的时候，同寝的几个人朝远处投去艳羡的目光："防晒！"

沈熄往那边看，就看到有几个人正在涂防晒。

"我怎么完全忘记这茬了呀，"有人抱怨，"我都快被晒脱皮了。"

"别做梦了，有女朋友的人才有资格享受防晒，我们就只有被晒成狗的命。"另一个人苦笑，伸手揪了一把脚底的草。

突然，大家想到什么，齐齐看向沈熄："大佬，你有防晒吧？"

沈熄："……"

他不情不愿，身边的几个人倒是很不见外，从他包里抽出喷雾和小瓶子，煞有介事："我看看，这两个有啥区别吗？"

沈熄复述了一遍林盏的话："瓶子里是涂脸的，喷雾是喷身上的。"

几个人把整块地方喷得乌烟瘴气，玩得不亦乐乎，沈熄身子动都没动一下，被几个人当实验品似的喷了一身。

"快快快，大家手臂伸过来，喷完我们去集合啊！"

他们这里热闹得很，惹来一片注目和哀嚎，大家都面带羡慕。

负责喷喷雾的那个人道："背靠大树好乘凉啊，我现在觉得我们像贵族一样。"

“还不都仰仗沈熄。”

于是，整场军训里，沈熄就这么被迫防晒，到最后，居然真的只黑了一点点。

后来林盏掂着他的防晒罐，有些诧异：“你喷得这么勤快啊，这就用完了？我都还剩一大半呢。”

沈熄：“我们寝室四个人都在用。”

搞不懂为什么那几个室友对防晒事业能表现出那么大的积极性。

林盏看穿了他的想法，解释道：“你这是身在福中不知福，知道吗？万一有一天你没有女朋友，你也会羡慕人家的。”

把这件事跟室友洛洛讲，洛洛在一边大笑：“我跟你说个更逗的，原来我一朋友看上一个男生，进男生朋友圈一看，发现有朋友抓拍他敷面膜的照片。我当时就说，这男的肯定有女朋友。”

“你猜怎么着，真的有女朋友，哈哈哈！”

“敷面膜的男的，要么是艺人，要么有女朋友。绝对，不信你去试，百试百灵，屡试不爽。”洛洛总结道。

Z市不同于W市，一到夏天热得跟火炉似的。

虽然在军训，但Z市的太阳没有那么毒辣，15天的军训下来，虽然被晒黑了一些，但是并不太明显。

就是不知道W市那边怎么样了。

于是林盏在群里向W市的郑意眠和孙宏发去了慰问。

孙宏：我倒是还好，就是新得了一个称号。

齐力杰：傻狗？

孙宏：非也。

孙宏：非洲黑人。

郑意眠：我一天涂五次防晒，还是黑了一点，不过我经常翘军训。

林盏纳闷：你怎么翘的啊？我们这里翘军训要开请假条。

郑意眠：我遇到了崇高的校友。

林盏：谁啊？

不一会儿，郑意眠的电话打过来。

林盏接起来，问她："你碰到谁了？这么厉害啊，还能带你翘军训？"

郑意眠舔舔唇，道："梁寓。"

林盏皱眉："梁寓？谁？"

"你没见过吧，"隔着电话，郑意眠在比画，"就是很高，然后很瘦，长得也很不错，第一天军训就引来了好多送水的。"

"那只是长得不错吗？那是长得很不错吧？"林盏顿悟，"我想起来了，我听过这人的名字啊，六班的对吧？好像很厉害。"

郑意眠笑了："我没仔细看，没跟他很熟。"

"没跟人家很熟人家还带你翘军训？"

郑意眠斟酌道："挺巧的，我第一天去报到，就是他接待的我，一路上还给我介绍了整个学校，带我找到我的寝室，还帮我把角落的蜘蛛网给弄下来，人挺好的。"

林盏："……"

江湖传言的那个梁寓，好像也很高冷，郑意眠说的这个是个温柔小哥哥吧？

这说的是一个人吗？

林盏："感觉你说的这个梁寓好温柔，可惜我没见过。"

郑意眠："还可以吧，主要是人好，我运气好，也老碰着他。"

林盏抱着怀疑的态度挂断了电话，又怕是自己想多了，发消息给孙宏。

林盏：孙宏，梁寓是谁？

孙宏：帅哥。

林盏：为什么这么肤浅。

孙宏：你怎么也问梁寓啊？哈哈哈哈哈，我想起之前，郑意眠巨搞笑，她跟我说梁寓可能暗恋她，这个梗我真的可以笑到去世，哈哈哈哈哈哈哈哈哈哈！

郑意眠：你现在也可以去，我不拦着你。

林盏看着屏幕若有所思，下面的洛洛喊她：“盏盏，我们马上要有新生欢迎会了，我们寝室要不要参加节目？”

洛洛是文艺委员，负责节目的安排，节目弄不齐她很难搞，只有自己上。

林盏说：“我都可以啊，假如缺人可以上。”

洛洛记了一笔：“哇，你真贴心，好的，我记下了。”

洛洛又说：“唉，不过我看群里说，这次迎新会是两校合办，你说不定能看到你男朋友了。”

寝室长道：“因为我们学校人少，然后医科大能出的节目不多，仰仗我们，所以这几年都是一起办。”

老幺：“合办联谊有啥用，一个单身帅哥都没有。”

老幺问林盏：“盏盏，有个医生男朋友是什么感觉？是不是特别严，都不让你吃麻辣烫什么的？”

“算吧，”林盏说，“但是我可以偷偷吃嘛。”

老幺又小声说：“盏盏，你超有福气的。”

林盏：“啊？什么？”

寝室长接话：“我去，是不是我想的那个？”

老幺跟她一拍即合，特八卦地跟林盏说：“医生对人体很了解，敏感点什么的……”

洛洛看老幺一眼，笑了：“说话的方式简单点。”

敲敲桌子，咳嗽道：“不就是活好嘛。”

老幺拍桌狂笑。

林盏的脸噌一下烧起来：“你们从哪得来的消息啊？要不要这么大尺度？”

寝室长：“你就是身在福中不知福，偷着乐吧你就。”

老幺还在笑：“而且盏盏男朋友鼻子很高。”

林盏砰的一声倒下：“够了！”

翻来覆去半晌，她给沈熄发了条消息：沈医生。

过了大约30秒，消息过来了。

沈熄：？

林盏噼里啪啦按着键盘，输入完成之后，自己还审视了一遍，这才按下发送键。

林盏：听说医生……很厉害……是真的吗？

10分钟之后，消息来了：假的。

林盏心凉了。

很快，沈熄的另一条消息传过来。

沈熄：但是我和他们不一样。

林盏：所以你的意思是？

沈熄：你以后试试就知道了。

……

军训完，两个人能见面的机会就多了起来。

林盏用别的时间去排练迎新会的节目。

她算是个跑龙套的，不是什么很重要的角色，在一边穿着礼服跳几个动作就行。

本来以为当天只有她有节目，后来才知道沈熄当天又要作为新生代表发言。

她当时还笑他："你也太忙了。"

彩排当天，林盏在后台换衣服。

因为洛洛在外面，林盏就没上锁，只是将门关上。

短袖刚脱下来，拿出裙子准备套上的时候，门突然一响，一个人闪了进来。

他把门从里面锁上。

林盏下意识就要叫，沈熄在她身后道："别叫，是我。"

这句话听起来很有道理的样子。

林盏被沈熄很有底气的语气给弄愣了，于是她真的没叫。

林盏低头一看，自己只穿了胸衣！！

她慌慌张张地用裙子把前胸遮住，说：“是你也得出去！”

真是的，是他怎么了？是他就能看了吗？

沈熄说：“你穿吧，我转过去，不看。”

林盏问：“真的吗？”

女生背脊白皙光滑，中间一条浅粉色的带子。

沈熄目光闪了闪，喉结动了一下。

“真的。”非常诚恳的语气。

林盏：“那好吧。”

她侧身挤到角落里，飞快地抬手把裙子套进去。

莹白、细腻，曲线弧度美好。

沈熄借着得天独厚的身高优势，甚至不用怎么动，一切尽收眼底。

林盏穿好后飞快地转头看他，他顺利在目光交会前错开，好像真的没有看她。

林盏讶异道：“你真的没看啊？”

沈熄咬住后槽牙，说：“嗯。”

林盏信了他，委以重任般道：“你给我把拉链拉一下。”

沈熄走到她身后，帮她把拉链拉好。

林盏问他：“对了，你进来干吗？”

沈熄声音低沉又喑哑：“来找你打领结。”

“那你早说嘛，刚刚吓我一跳，以为是谁进来了。”林盏转过身，许是穿了高跟鞋的缘故，额头抵住他下巴，根本不用踮脚就可以给他打领结。

她低头，认认真真打领结。

沈熄垂眸看她。

从锁骨一路往下……

见鬼了。

要命了。

沈熄心想，改天要给这更衣室申请装个空调，太热了。

林盏给他把领结打好之后，抬头笑眯眯地看他，还拍了拍他的肩膀："怎么样，我很厉害吧？"却不想对上一双深沉的眼眸，像是混杂着夜和大雨，浓稠而漆黑，雷电狂风接连而至，在他的眼睛里，绘出一幅地崩山摧的末世景象。

她的鼻尖触到他的下巴，像是一片羽毛扫过，痒却触不到，越搔越痒，越碰越渴求。

沈熄低下头，看着她，把自己的所有情感展示给她看。

是这样的。

林盏被他这染上浓重感情色彩的眼神给惊到，徒劳地往后退了两步，身体碰到墙壁的死角。

沈熄的手撑过来，把她圈在怀里，低下头，去找她的嘴唇。

她的手无处可落，只能环住他的脖子。

这是个和上次全然不同的吻。

沈熄含住她下唇吮，很重的力道，和平日里温柔的模样形成了反差。

唇之后是舌，他的舌尖扫过她被吮得酥麻的下唇，像过了电，林盏整个人颤了一下。

他松开她少许，林盏呼吸了一下，紧接着，呼吸再一次全部吞没在他唇齿中。

他舌尖轻扫，借着她呼吸后来不及闭上的齿缝，顺着滑入，去寻找她的舌。

林盏完全没办法，一副任他索取的样子。

他勾住她的柔软，让她尝试着回应。

她只是学着回应了一下，他便呼吸加重，手托住她的后脑勺，把她往自己的方向压。

沈熄尝到她口中的味道，淡淡的柠檬茶香气像是致命的罂粟，爬遍他每一寸肌肤，叫嚣着还想要更多。

青筋暴起，一切由不得理智掌控，他手往前，滑过她耳后那块脆弱的肌肤。

几乎是一击致命。

林盏整个人蓦地一软，四肢像是突然失去了力气，瘫软得恨不得就地倒下。

偏偏这么难受，却又带出一股极端舒适的感觉。

她本能地嘤咛一声，受不住，整个人往下坠。

沈熄手伸过来，托住她的腰，让她整个人全部沉在自己小臂上。

有人在外面敲门："有人在里面吗？"

林盏呜呜两声，睁开一双水色无边的眸看沈熄，艰难地借着他含住她上唇的工夫呜咽："沈、沈熄……"

他放开一点，声音哑得像是一口干涸了千年的井："我在。"

她伸手推他肩膀，但是哪推得动，跟闹着玩儿似的："有，有人在外面。"

"不要管他们。"他说着，鼻尖抵住她的鼻尖，气息浮在她的唇上，又热又撩拨，"我们继续？"

她没说话，低了头，算是默许。

她不知道那副可怜巴巴的样子有多让人心痒。

沈熄扣住她的腰，让她整个人都贴在自己怀里，手指不停，放在她颈侧，用指尖，划动一下。

林盏快哭了，站不稳了，腿已经不属于她了，整个人已经快要飘起来了。

他放开她的唇，转而进攻她敏感的耳骨。

温热吐息袭击了林盏耳后的那一刻，林盏觉得自己要疯了。

她心一横，声音软得跟泡过似的，却很努力地让它低沉下来："沈熄，你再继续下去，是想跟我玩更衣室play吗？"

沈熄动作稍顿，想了想，很真诚地说："有点想。"

林盏被他托着，整个人都站不稳，背脊一寸寸地发麻，简直让人发狂。

"我们再继续10分钟，全世界就都知道我们在这里做什么了。"

他低笑一声，就在她耳边，磁性的声音被安静加倍放大："那你说，我们在这里做什么了？"

林盏看着即将被人踹开的门，心一横，决心把气氛破坏干净。

“我们在建设社会主义国家，做优秀的预备党员，牢记‘八荣八耻’和社会主义核心价值观。”

沈熄：“……”

沈熄问她：“还能站得稳？”问完就要抽手。

林盏突然抱住他脖子，惨兮兮哭唧唧：“你你你，你别撒手啊，我站不住。”又佯装哭着骂，“刚刚托着不挺带劲的嘛，一索取完就要撒手，沈熄你禽兽！”

他就那么低声笑，几乎直击她耳膜：“我不撒手你骂我，撒手你也骂我，我怎么办？”

林盏：“呜呜呜，怎么办，我感觉我站不起来了，沈熄，我瘫痪了……”

“别胡说，”沈熄把她抱住，“你只是太……”

林盏羞得把整张脸埋进他颈窝里：“你闭嘴！”

沈熄说：“瘫痪了没事，瘫痪了我养你。”

缓了三分钟，林盏才恢复了站立能力。

她欲盖弥彰地抓了抓头发，支使沈熄：“你快去开门。”

开了门，洛洛在外面大叫：“你们人在里面啊，怎么不说话啊？我以为你们俩死在里面了！”

林盏：刚刚跟死也差不多了。

林盏说：“刚刚找不到我衣服了，在里面找了很久，顺便补了个妆。”

洛洛：“怪不得头发乱了。对了，你这个腮红和口红还蛮好看的啊，改天发色号给我。”

二人渐行渐远，沈熄站在门口，若有所思地抱臂，手指敲着手肘。

腮红？口红？

他敛眉，垂头挑出一个浅笑。

我亲的。

后面的表演，林盏多少有点心不在焉。

音乐声响起的时候，林盏感觉哪哪都不舒服，腰上似有若无的，仿佛还留着沈熄方才手臂的余温，腿好像也是软的，头是昏沉的，耳后那片肌肤还是火烧火燎的。

王八蛋沈熄。

她在一片黑暗里想着。

上次明明还那么青涩，这次居然……肯定偷偷做了功课吧。

轮到沈熄上台演讲，林盏的眼神更是不自然地往一边瞥，看到他的手指，脑子里就咕噜噜乱成一锅粥。

他的领结是她打的，打上领结，他是所有人心里的清高君子。

摘下领结，他是她一个人的沈熄。

迎新晚会散场已经是七点多，夜色微醺，上弦月高挂。

沈熄不用换衣服，先出了门等她。

林盏把礼服交到洛洛手里，填了表格才离开。

她换了件中长袖，来适应这里有些凉的天气。

大家已经陆陆续续走了，林盏从后台出来，发现门口一道笔直的人影，正准备去打招呼，才往前走了两步，人影前又出现一道人影。

女生犹犹豫豫，走到沈熄面前，问沈熄："你喜欢梅西吗？"

林盏：？

虽然知道双方是情敌关系，但是林盏还是忍不住想提醒：姑娘，你这样告白，沈熄怕是听不懂啊……

沈熄看林盏来了，只跟那女生说了三个字。

林盏没听清他说了什么。

等到走到沈熄身边的时候，那个女生已经走了。

林盏揶揄他："怎么，又被告白啦？"

"不是告白，"沈熄道，"说了些奇奇怪怪的话。"

林盏憋笑："说了什么？"

"问我喜不喜欢梅西，"沈熄定神，"我说不喜欢。"

林盏问："那你觉得她在干吗？"

沈熄思索半晌，道："可能是在约我踢球。"

林盏终于忍不住，扶着他的肩膀就开始笑："约你踢球？！把后面两个字去掉还差不多——人家在告白呢。”

“梅西和告白有关系？”沈熄蹙眉，“梅西不是球星吗？”

“对呀，”林盏笑，“是一个韩剧里教的，女生为了跟男生套近乎，想要寻找共同话题，就问是不是喜欢梅西。因为很多男生都喜欢球，梅西算是其中比较著名的了。就像我喜欢听歌，你就问我是不是喜欢某个著名歌星，一个道理。

“后来发展着，这句话就变成告白用的了。”

沈熄点头表示了解，又问：“那男生搭讪女生，一般要怎么问？”

“无所谓了，”林盏说，“好看就行。”

沈熄：“……”

林盏在后台排练一下午，晚饭都没吃，此刻赶着时间出去吃饭，两个人找了间提供晚餐的咖啡厅，坐了进去。

沈熄在一边看菜单，林盏靠在藤椅上，挪过去，慢悠悠地问他：“你喜欢梅西吗？”

“我不喜欢梅西，”他神色懒倦，不疾不徐地翻了一页，无视林盏耷拉下来的唇角，柔声道，“我喜欢林盏。”

大学生活要比高三生活过得更快，也更轻松。加上军训，转眼间，一个月就过去了。

一个月之后，林盏已经适应了大学生活。

除了以调戏沈熄为己任之外，林盏也没有把林政平交代自己的东西忘掉。

既然要打开知名度，首先就要靠一些比赛和画展来让大家熟悉自己的名字，等到基础稍微稳一些了，再做一个公众号开始推送。

林盏的那个微博账号粉丝不少，只要能好好打理，还是可以做好的。

她报名了学校的一场比赛，在校内比完之后，前三名代表学校出去比。

最后决赛中的20幅优秀作品，可以出成作品集。

这是一个锻炼自己的好机会，也是被优秀教师发现的机会。

这种比赛对林盏来说已然是轻车熟路，这回她没带水粉，带的是水彩颜料，很小的一盒。

沈熄说："画完我来接你。"

她笑着挂了电话，进考场。

蔚大出的考题是"生机"。

特别烂大街的考题，很好画，每个人都能想出来画什么。

但要在这种平凡的画卷中脱颖而出，就有点困难了。

不过无所谓，她想，她基本功扎实，不能在思路上比过别人，就在塑造上取胜。

她画的是小王子星球上唯一的一朵玫瑰花。

就算那个星球再小，再破败，环境再糟糕，但那朵玫瑰始终娇艳，始终盛放。

最后交卷，大家的思路也都差不多。

有人画沙漠里的绿洲，有人画石缝里的草，有人画雪中的花。

有一个人，和她画的一样。

叫孙淇淇。

最后结果出来了，林盏第一；另一个男生画了一口井，排名第二；孙淇淇第三。

虽说思路相同，但在画工方面，林盏还是有自己的优势和特色的。

一是她基本功扎实，二是画风让人过目不忘，就不会显得喧宾夺主。

学校把前二十名的作品都贴出来展览，但只有前三名能继续前进。

第二天，林盏领着沈熄去看自己的画，走到展板前，发现自己那张画不翼而飞了。

她有点儿怔："我的画呢？我的画怎么不见了？"

沈熄握了握她的手，说："是展示漏了，被风吹掉了，还是有人太喜欢所以拿走了？"

"那倒是有可能，"林盏状似沉重地拍拍沈熄的肩膀，"毕竟我一直都很受欢迎的。”

林盏没太在意，跟着沈熄出去吃饭了，沿途还跟他讲：“对了，到时候再去比赛就不在这边了，要去B市。”

沈熄皱了皱眉：“要去多久？”

她说：“7天。郑意眠还让我多待几天到处逛逛，她喜欢的艺人顾予临住B城，她想让我帮她偶遇来着。但这概率太小了。”

“7天？那你日用品怎么办？”

林盏笑了：“带着呗，你说得好像我没自己出去过似的。”

沈熄问：“房间会分好？有男生吗？”

林盏收起笑，手指抓了抓自己外套的袖扣，凑近他耳边小声说：“有的哦。”

沈熄微顿，旋即侧身看她，欲言又止。

林盏笑得得意：“本王不在的这几天，你就一个人独守空房吧，等本王凯旋，再好好地宠幸你。”

沈熄用余光觑她一眼，像是想到了什么，伸手把棒球衫的拉链拉到头，衣领遮挡下的嘴角，上挑。

林盏看他：“你这样我总觉得你在偷偷说我坏话。”

林盏启程去B市那天，郑意眠给她发了好多消息轰炸，大意为我已经帮你转了5次锦鲤，你一定可以遇到顾予临顺便帮我要张签名照。

上校车的时候，林盏隔着沿路栽种的树，看了一眼医科大。

有人跟她开玩笑：“舍不得男朋友啊？”

真是奇怪，林盏心想，都已经几个月过去了，还是觉得两个人之间有说不完的话、相处不完的曼妙时光。

车子几乎在路上开了一天，只是中午放他们下去吃了饭，然后又启程。

林盏塞一只耳机，倚在窗边打瞌睡。

习惯也是养好的，和沈熄一人一边，搞得她现在就只用一只耳机听歌。

晚上到了酒店，她和孙淇淇被分到一间。

她带着手机进卫生间洗澡，一边放歌一边洗，洗完出来道：“我洗完了，你洗吗？”

孙淇淇点头，拿着自己的衣服进去了。

林盏点开手机，发现郑意眠的消息。

郑意眠：我最近发现一个新技能。

林盏：啥？

郑意眠：微信新研发的，发“我想你了”，有星星掉下来。

果不其然，郑意眠这条消息一出，屏幕里零零碎碎开始落下星星。

她又给林盏发了个截图，应该是有人做的实验。

女：你见过四个角的星星吗？

男：没有。

女：我想你了。

男：那你知道怎么变成三角星吗？

女：？

男：和我碎一角。

林盏给郑意眠发：有点酷炫，拿去撩沈熄了哈哈哈。

她点开沈熄的对话框：你见过四个角的星星吗？

沈熄：到酒店了？

林盏锲而不舍：嗯。你还没回答我的问题！

沈熄：现实生活里的星有无数个角，是不规则图形，所以不存在四个角的星星。

林盏：我想你了。

屏幕里滚过大把的星星。

林盏：看到没，因爱诞生的奇迹。

林盏回忆着刚刚在图里看过的例子：那你知道怎么变成三角星吗？

沈熄：怎么？

林盏：和我碎一角。

和我睡一觉。

那边沉默良久，半晌，沈熄问她：碎一角的话，不是五角星了吗？

林盏：……

就你数学好奥数题写得多？

她把图发给郑意眠：我就想问一句，这种钢铁直男还有抢救的必要吗？

沈熄打趣完，决定不再逗她，给她打了个电话。

林盏找到耳机，戴上。

“怎么，不做你的奥数题了？”林盏气鼓鼓的。

沈熄在那边笑：“不做了。”

林盏咬牙：“你是不是跟我显摆你有文化。”

“不是。”

林盏：“你是不是……”

“我也想你了。”他说。

这句话来得猝不及防，林盏不知道该怎么接茬了。

沈熄一贯不爱讲这种话，往往就跟挤牙膏似的，最后那么一点，要人死命压了，才肯出来。

咳了一声，她说：“哦，你想我干我什么事啊？”

那边沉默，林盏问：“你干吗不讲话？”

沈熄：“想听你说话。”

“听我说话要收钱的，”林盏很快说道，“一个字三毛，一句话十几个字，就算30元吧。”

“唱首歌呢？”

“5万。”

沈熄在那边笑：“你是奸商吧。”

林盏啧一声：“良心买卖，全靠自愿。”

看孙淇淇要睡了，林盏小声跟沈熄说：“一起住的女孩子要睡了，我先挂了啊。”

“嗯，晚安。”

“晚安。”

挂了电话，林盏掩了掩被子，躺下，调暗房间的灯。

林盏问孙淇淇：“你还要灯吗？不要的话我关了。”

孙淇淇摇头："我不要了。"

林盏点头，说："嗯，那我关掉了。"

关灯之后，孙淇淇问："在和你男朋友打电话？"

林盏嗯了声，算是回答。

简单的交流之后，两个人都睡下了。

第二天要比的是复赛，说巧真是巧，一个宽泛的题目，林盏跟孙淇淇又撞了思路。

孙淇淇先交了卷出去，林盏画完也把东西交了，出考场的时候，孙淇淇刚好站在学校门口。

那个身影，有点熟悉。

林盏一路走一路想，愣是没想起自己在哪里见过这个人。

走到酒店门口的时候，就是那么电光石火一瞬间，她想起来了。

她和这个人，入校的时候，好像有过一面之缘。

某次优秀作品展示的时候，林盏排前列，孙淇淇第二，就站在她旁边。

而且那次，孙淇淇虽然是第二名，但画面好像出了点问题，老师把第一到第八全夸了，唯独批评了第二名画面投机取巧。

孙淇淇当时就有点不服气，走的时候还小声说，觉得被表扬的画得都不怎么样。

林盏也没太放在心上，反正比赛也快结束了。

林盏在外面转了转，看看能不能偶遇到明星什么的。

毕竟郑意眠的嘱托她还是记在心里的。

进便利店买了瓶草莓酸奶，林盏靠在货架上喝的时候，正好看到顾予临的广告。

林盏打开郑意眠的对话框：我看到顾予临了！

郑意眠：啊？是吗？在哪里？我要看照片！！

林盏把顾予临的广告图发给她看：看没，人家结婚了，孩子都有了，都开始做高端婴幼儿产品的广告了，你快醒醒。

郑意眠：？

林盏：但是我刚刚看到一个好漂亮的老婆啊。

郑意眠：谁啊？江筱然吗？

林盏发了一张自己的自拍：沈熄的老婆。

郑意眠：你趁早别跟我说话了，要被你气死了。

林盏问：最近有碰到梁寓吗你？

郑意眠：碰到了两次。

林盏还想问些什么，被一个电话打断。

居然是沈熄的来电。

林盏："喂，老公啊？"

沈熄木了片刻："什么？"

店员朝她投来"年纪轻轻就结婚了啊"的眼神，林盏这才反应过来自己刚刚到底说了什么鬼话，反应过来之后，差点把自己舌头给咬掉。

"呸呸呸，不好意思我刚刚脑子抽筋了，"林盏手上的酸奶差点被晃洒，"我刚刚看电视剧来着，没反应过来。"

沈熄好半天才咳了声，低声道："我到这边来了，你人呢？"

"到哪儿了？"

"你酒店门口。"

林盏的重心从货架上移回来，道："你怎么也到这边来了？！"

"想摸摸你的脑袋，所以来了。"

林盏走出便利店，四下张望，顺利找到门口的那个人。

她明明心里已经高兴得腾云驾雾了，却还在那儿嘴硬，傲娇地扬起下巴："摸我也是要收钱的。"

沈熄一哽，很快适应了她乱七八糟的不正经，道："什么价位？"

林盏摸了一下下巴："3元一小摸，5元一大摸。"

说话间，已经走到他面前，林盏挂断电话。

沈熄听了她的价目表，不说话了。

林盏想可能这件事就这么揭过了。

手机叮的一声提示音，她拿出手机一看，是沈熄的红包。

红包？

沈熄，转账，2000元。

他认认真真地问她："可以给我一个豪华旅游装吗？"

她兴致勃勃地开撩，他不动声色地回敬。

林盏沉默了一下，竟一时失语，半晌才撇嘴："不可以，拒绝你。"

林盏把沈熄带回房间，上楼的时候还在问他："你怎么忽然来了？"

"来这里参加一个讨论会什么的，"沈熄答，"参加完就来找你了。"

"啊，可是我才比完复赛，还有决赛。"

"决赛什么时候？"

林盏用卡刷开门，门嘀哩嘀哩一阵响。

"四天之后，反正我还有一周才能回去。"

"那我陪你。"

沈熄淡淡的，好像只是在说一件再稀松平常不过的事情。

"陪我？"林盏略有些不可置信，回头看他，"你不上课啦？"

"本来是大后天回去，这两天可以在这边玩，刚好又赶上一个周末。"沈熄靠在墙边，问她，"有没有什么很想去的地方？"

"合着咱们是来旅游来了？"林盏笑，收拾了一下桌上的护肤品，"可我没你那么多空闲时间，我还挺忙的。"

他不假思索道："那就等你忙完。"

林盏看他："那我忙的时候你怎么办？岂不是很无聊。"

"不无聊，"沈熄道，"可以陪你。"

"你特像郑意眠以前喂过的一只猫你知道吗？"林盏抱臂，低头笑，"初见时高冷得不得了，不准人摸，不吃人给的东西，高贵得睥睨众生。但是呢，一旦混熟了，就喜欢跟你待一块儿，要你挠它下巴，坐你腿上，趴在你脚边，恨不得分分秒秒跟你在一起。"

沈熄正要说什么，林盏了然地伸手压了压，打断他："我知道，都怪我太有魅力了。"

沈熄："……"

“要不你问问张泽附近有没有什么好玩的？反正我看他以前很爱做攻略的样子，看星星啊什么的。”

沈熄沉默半晌，这才道：“没事，我可以找。”

“不错啊，有进步。”林盏笑着看他，“行了，你也别在这儿留太久，等会儿我室友就回来了，我下去再给你开个房间。”

给沈熄单独开好房间后，林盏收到朋友的消息，说是孙淇淇这次又和她画了思路差不多的东西。

这倒无所谓，毕竟思路相撞在所难免，而且孙淇淇的基本功没她扎实，她就一直没放在心上。

那场复赛的结果在她意料之中，她名次靠前，孙淇淇紧随其后。

朋友在要决赛的前一天跟林盏聊天：“她会不会觉得你对她威胁很大？撕画那件事不会是她干的吧？”

林盏想了想，皱眉道：“应该不会吧，你别想得那么可怕。”

“不是啊，这个比赛还挺重要的，而且我听说这个比赛有一个隐藏规则，就是决赛拿奖能被选进集子里的，都不是同一个学校的——意思是一个学校基本就一个人能入选。而且入选有奖金啊，知道吗？”

“你别想多了，”林盏定了定神，“我都没听过，她也不一定知道。”

“防人之心不可无，你注意点她。”

当晚孙淇淇也没什么不对劲的，林盏照例跟沈熄打了会儿电话，准备到十点就挂。

林盏躺好，调了调耳机，就听沈熄说：“给你读首诗？我最近读到一首……”

“来吧！”林盏躺平，大字状摊开，“不要因为我是朵娇花而怜惜我！”

沈熄：“……”

林盏坐起，靠着墙闷闷地笑。

闭上眼，沈熄就开始念了。

“《致橡树》，舒婷。

我如果爱你——

绝不像攀缘的凌霄花

借你的高枝炫耀自己

我如果爱你——

绝不学痴情的鸟儿

为绿荫重复单调的歌曲

也不止像泉源

常年送来清凉的慰藉

……”

林盏靠在墙边，听他的声音，心里却在想：

你如果爱我——是我闭上眼出现的梦境，陪我，一分一秒，直至天明。

醒来就是第二天一早了，孙淇淇比她先起来，她起床的时候，孙淇淇已经准备出发了。

复赛那天，林盏起得比较早，叫了孙淇淇，同样情况下，孙淇淇却没有喊她。

林盏揉揉眉心，不知道为什么自己明明定了闹钟，却是被沈熄的电话叫醒的。

来不及多想，她收拾了画具，去了考场。

这次的考题是：不舍的离别。要求通过画面表现离别，还要表现不舍，有点难度。

林盏本来准备画雪中送别，大色块已经铺好。反正大雪来表现情义坚定，也烘托气氛，背影表现离别。

谁知侧头一看，孙淇淇居然也是画的这个。

林盏转过头，俯身去洗笔，抬头的一瞬，发现孙淇淇拿着画笔从位置上站了起来。

孙淇淇看样子是要去换水。

路过林盏旁边的时候，桶边滴下几滴水。

林盏千百个没料到，眼睁睁看着弥漫的大雪中滴上了几滴蓝灰色液体。

她画的是水粉。

浅色，盖不住深色。

几乎只是一瞬间，她想到了很多片段——

今早明明定过了闹钟，却没有响。

她早上起来时，孙淇淇有些闪躲的眼神。

刚刚孙淇淇站起来的瞬间，有些刻意地将水桶往这边倾倒……

林盏定了定神，让自己不要过多关注这早有预谋的行为，毕竟这是限时考试，最重要的是接下来怎么办。

被污点沾染了的画面，应该如何处理呢？

她深吸一口气，压下心中的那股子不适和反胃，让自己以最快的速度冷静下来。

孙淇淇要打乱她的阵脚，那她就一定不能被扰乱。

相反，她得赢。

林盏洗了洗笔，抬头看了看时间，还有45分钟。

算完之后，她低头审视画面，簌簌纯白间，那几滴蓝灰色的东西尤为碍眼。

林盏右手大拇指指尖抵住食指指腹，上下摩挲一番，仔细思索起来。

这个蓝灰色，能改造成什么？

枯枝？树叶？石子？

突然间灵光一闪，她想到了。

她想到一句诗——

山回路转不见君，雪上空留马行处。

讲的是离别，却又因为是目送着朋友身影远去，而凸显出不舍来。

好，林盏在心里坚定了一下信念，就画这个。

调出画面上的蓝灰色，加上暗面和亮面，很快，雪上的马蹄印迹加深，并在林盏的笔下构成了深深凹陷的模样。

调整近大远小的透视，林盏低头认真调和颜色，每一笔都快速而准确。

最后40分钟，林盏的每一笔都落在了关键位置，马蹄印迹、枯树枝、远处模糊成小点的背影……

“好了，全部停笔，该交卷了啊！”

林盏最后一笔应声而停，她把画笔扔进水桶里，闭眼，伸手揉了揉后颈。

画完了。

总算画完了。

林盏眨了眨眼睛，睁开，猝不及防对上一道视线。

短短交会片刻，孙淇淇略有些心虚地移开视线，后槽牙却咬得很紧。

她看到了林盏最后交上去的画了——在一众人的画面中，那幅画脱颖而出，吸人眼球。

她不仅没对林盏造成任何影响，还启发了林盏的新思路，让林盏不费吹灰之力扭转了战局。

她胸中郁结难平。

凭什么？到底凭什么？！

林盏等老师收了卷子，始终不发一言，拎着水桶出了教室。

身后，就连监考老师都控制不住地多瞟了她的画两眼。

任孙淇淇的眼神千万般变化，林盏始终云淡风轻，沿着走廊离开考点。

比完这场赛，学校就要组织大家回去了。

林盏跟随行的老师说过之后，老师同意她到时候跟朋友一起回学校。

往后的行程，林盏也就没有参加了。

林盏在孙淇淇回来之前收拾好了自己的行李，沈熄提着她的东西，给她开了楼下的另一间房。

下楼的时候，林盏问他：“你怎么不问我为什么搬走？”

“猜到了，”沈熄说，“今早你闹钟没响，是被我电话喊醒的。”

只需要顺着这件事，往前想几个来回，发现不善及攻击意味十足的目光，并不算难事。

林盏叹气，却没有真的生气，只是一脸无奈地看着沈熄：“其实原来我们见过，很久之前讲画，你来接我下课，应该也是见过她的，她就在我旁边。”

沈熄拎着她的行李箱，一直没出声，直到电梯从三楼下落到二楼，叮的提示音响起，他才回过神：“想起来了。”

“你这什么记忆力啊？”林盏笑他，“不是元素周期表都能倒背如流吗？怎么这种事还要回忆这么久。”

沈熄把行李箱从左手换到右手，说：“无关紧要的，一般不记得。”

“人家脸也不记得吗？还主持过呢。”

林盏往前走了两步，就听到沈熄在她身后，声音平淡地说道：“除了你，其他人的脸我都记不住。”

新城市的景点无非也就是那些，人头攒动的商业街、香气四溢的小吃城、带着深深城市烙印的特色建筑。

一天逛下来，林盏腿都快走断了。

他们的最后一程是在商业街，林盏打算去看看衣服，有合适的就买下来，遇不到合适的就打道回酒店，趁早休息。

他们刚进店，就吸引了不少目光。

一楼是某个牌子的男装，他家的服装百搭，轻运动风，新款每每上市，总会成为业内的风向标。

林盏朝沈熄招手：“来，你过来。”

沈熄跟个衣架子似的戳在那儿，林盏挑到好看的，就放他身前比画一下，决定要不要他试穿。

沈熄高，又很瘦，属于穿衣显瘦脱衣有肉那一挂的，什么款式都能轻松驾驭。

所以林盏给他买衣服，一般就是看到好看的就直接让他上身试，没出过错。

她给他挑了件连帽卫衣，一边的导购说："这是我们才上的新款，卖得特别好，你男朋友身材好，穿上肯定好看。"

"是哦，"林盏侧头笑，把衣服递给沈熄，"男朋友，快去试一下。"

沈熄走到最里头的试衣间换衣服，林盏就坐在外面等他。

等他换好衣服出来，林盏抬头去看。

灰色的卫衣把他那股清冷的气质拔高到了另一个等级。

唯一美中不足的，是领子没有调好。

林盏向前，沈熄为了方便她过来，将更衣室的门又推开了些。

装着玻璃的门向外靠，与房间成直角，稳稳停下。

房间最靠内，走道又狭窄，被打开的门一挡，他们就被隔在这个四四方方的小区域里。

林盏微微踮了踮脚，伸手帮沈熄把领子调好。

兴许是刚刚缠着他，要他陪自己喝了杯抹茶星冰乐的缘故，现在两个人相隔不过几毫米，被阻隔的这一隅空气未能快速流通，抹茶的醇香便愈加浓烈起来。

林盏有些冰的手指碰到沈熄的脖子，他反射性地躲了一下。

林盏得逞地笑。

她抬头，扯住卫衣领子的手下沉。

沈熄弯腰，俯下身来。

抹茶的味道更浓了，浓厚的香气浸透林盏的皮肤。

她借着这个姿势，往前凑，触到沈熄的嘴唇，温软、湿润，裹着涩中盈甜的茶香。

她伸出舌尖，浅尝辄止地试探，不过短短一秒。

下一秒要移开，腰身却猝不及防被人挟制住。

她一下没站稳，往后仰，几乎是下意识地往前抓，身体前倾。

沈熄自然将她往回拉，在她尚未开口前，吞进她所有的欲言又止。

她再次尝到抹茶的味道。

这次却并非淡或浓就可以形容的。

她身子因为惯性前倾，倒像是欲拒还迎，沈熄舌尖一路探入，将她的气音悉数卷走，辗转反复，或轻或重地吮吸着。

林盏嘴唇被带入他齿下轻刮，每被他拉扯一下，她的唇就酥麻一阵。回弹时，唇上软肉仍存留着他吮吸过的触感。

沈熄放开她，两人额头相抵，他轻声道："满意了？"声音掺着哑意，像是长眠冰山中的微粒和雪絮。

林盏揉揉通红的耳朵，鼓着嘴瞪他一眼，声音像泡软过似的。

她哼一声，甫一转身，对上镜子里满脸通红的自己，掰过镜子，跑出去透气了。

圣诞的时候，比赛的结果正好出来。

洛洛拉着林盏去公告栏看，正好碰上满脸不悦的孙淇淇。

洛洛低着头嘟囔了两句，去公告栏上找林盏的名字。

"盏盏，你果然一等奖！"

林盏看了下孙淇淇的名次，发挥得不好，只拿了三等奖。

洛洛还在兴致勃勃地继续说："一等奖会被选进画集是吗？"

林盏唔了声："应该是。"

洛洛伸出手指，戳了戳透明的公告栏玻璃："你太棒啦。"

"画集什么时候才会出呢？"洛洛问。

"开学前后吧。"林盏说，"到时候老师应该会通知我去拿。"

"那就好，"洛洛挽住她，"今天双喜临门啊！走，咱们过圣诞去。"

两所大学的包围下，沿街的每一家店都以浓浓的圣诞风装饰。

等到夜色渐浓，圣诞树上挂着的彩灯发挥作用，变幻的灯光把视线所及的每一处，都最大限度地点亮。

这回，蔚大和医科大的同学们自发组织了圣诞活动，租了一家DIY店，办一些节目，展示一下近期两个学校的一些成果。

邀请函不多，抢到的都能去。

林盏自然能拿到"内部票"，一拿还是两张。

现在，室友全部去现场帮忙了。

林盏穿着一件亮黄色的羽绒服，手插在口袋里，站在一棵缤纷的圣诞树前等沈熄。

风有点大，还有小雪，她扯起背后的帽子戴上，还戴了个口罩。

全副武装成这样，也不知道沈熄能不能找到自己。

林盏看着人流发呆，等一回神，沈熄已经站在自己旁边了。

“在看什么？”他问。

“等你啊，”林盏说，“等不到你，我怎么敢先走呢。”

“但是我在你身后站了10分钟了。”

林盏：“……”

沈熄说：“走吧。”

沈熄双手插兜，走在她前面。

林盏三两步跟上，余光瞥见他略有些不悦地动了动手臂。

她了然，伸手，挽住他。

沈熄眉间舒展开。

林盏撇嘴。

咋不别扭死你呢?

他们刚进大厅，热闹的气氛已经压不住了，直直朝大家扑来。

正中央有人在玩桌游，还有人聚在一起打游戏。

不远处有个独立房间，里头装了投影仪在放电影。

还有人在一边做着小蛋糕和饼干之类的点心。

真是分工明确。

大厅里，有人把林盏的一些画挂了上去，这是林盏拜托洛洛的事情。

为了之后的画展，她现在必须尽力打开知名度才行。

看到自己的画，想到大家帮了自己的忙，林盏有些过意不去，和大家一起做起了小蛋糕。

大厅里暖气开得足，沈熄有点闷，跟林盏说自己先出去透透气，回来的时候，他顺手捎回来一大袋零食。她应该会玩到很晚，他怕她饿。

沈熄刚走到门口，准备推门进去时，看到一边的玻璃落地窗里，林盏兴冲冲地朝他挥手。

放下搭在门把手上的手，沈熄没进去，往右走，隔着玻璃看林盏。

她手上捧着一个刚出炉的杯子蛋糕，里头的蛋糕色泽金黄，看起来就酥软浓郁，卖相上乘。

林盏用手比了一个大拇指，然后指了指自己，得意道："我的。"

我做的。

没听到她的声音，但沈熄能看到说这句话时，她神情中的得意。

面对他的时候，她的表情总是很丰富，每走一步都要回头寻求他的肯定。

那是十分亲密状态下才会产生的依赖情愫，也是把自己所有情感都大喇喇为对方摊开的信任。

沈熄眨眨眼，唇角上扬，勾出一个明媚的笑来。

他肯定地点点头，指指林盏手里的蛋糕，又指指她："你的。"

末几，他指着林盏的食指打了个旋儿，弯着手臂指向自己。

"我的。"

蛋糕是你的，你是我的。

五彩缤纷的摇曳灯光中，沈熄眉眼泻出的温柔，比过了万千星光。

当晚大家真的玩到很晚，散场的时候，洛洛指着墙上林盏的画，问大家："好不好看？"

"好看啊。"

"我们盏盏假如办画展，大家去不去？"

"肯定去！"有人趁酒装疯，"沈熄去不去啊？"

散场的时候是凌晨，林盏拿这个打趣沈熄："你去不去啊？"

沈熄看她一眼，道："去陪你。"

她装傻："陪我去哪啊？"

他脚步顿了顿，剪影融进深灰色的夜里，声音缥缈，但很坚定。

“你想去哪都可以。”

林盏呼吸一滞，半晌道：“我想去哪你都陪我吗？”

他沉声答应：“嗯。”

林盏雀跃道：“沈熄，我想……”

沈熄皱眉，等她开口的下半句。

林盏笑，往前指：“去趟女厕所。”

沈熄：“……”

整个上半学期，林盏的恋情与绘画事业都在稳稳地发展着。等到上半学期由几场考试做了收尾，寒假也如期而至。

“过年回家吗？”沈熄问她。

林盏咳嗽了声，说：“不回了，就留在这里画画了，报了一个班，免得过个年又手生了。”

沈熄猜到了。

本来她就不是很喜欢待在家里，更何况现在跟林政平有了画展的赌约，她全神贯注地一心扑到这件事上，不允许自己有任何失误，也不想让自己的放纵错失任何一个机会。

多画一些画，多多展出混个脸熟，这是她给自己定的一个初级目标。

林盏戳戳他：“你回去嘛，不用陪我的，我们班有个女生过年也不回去，我可以和她一起。然后我还可以去找郑意眠玩，算下来，一个寒假刚好。”

沈熄揉揉她的头发：“我也算好了，回去一趟，其余时间就留在这里，大概就回去7天，陪他们过个年就差不多。”

“那我们可说好了啊，”林盏晃着脑袋，“我时间都安排好了，假如没时间陪你，你不能怪我。”

“没事，你不陪我，我陪着你。”

过年前几天，沈熄收拾了衣服，回去了。

他要出发的前一晚，林盏给他打电话问道：“明天你在哪儿上车？我送你去吧。”

“不用，外面风大，我自己去就行。”

他们寝室还有人没走，听沈熄说这话，在一边开腔：“熄哥真是体贴啊。”

林盏：“那你注意安全啊。”

虽然没有把沈熄送去高铁站，但当天林盏也起了个大早，给沈熄买了早点，送他上了出租车。

沈熄：“有事给我打电话。”

林盏推他进车里：“知道了，知道了，快上车吧。”

高铁前行几小时后，沈熄到了家。

叶茜急忙从房间里出来，盯着许久不见的儿子打开话匣子。

“新学校还能适应吗？”

“课多不多？”

“学校饭菜怎么样？”

“跟室友相处得融洽吗？”

沈熄简单地一一回答，坐到沙发上，开始玩手机。

给林盏发消息：我到家了。

叶茜继续道：“明天你小姨家请吃饭，你早点起床，收拾一下。”

其实以前，他不是很喜欢去这种饭局，一般去了也没什么话说。

但这次，像是想到什么，他问叶茜：“小姨父的酒店，是不是年年都有很多对外活动？”

“对呀，”叶茜坐在他旁边，“问这个做什么？想去住吗？”

“不是，”沈熄说，“有个朋友画画得很好，想办画展，怕知名度打不开，我想在活动里挂一些她的画。”

“朋友？男的女的？”

父母永远最关心这种问题。

沈熄顿了顿，选择了说实话：“女的。”

“你居然还有女性朋友？”叶茜笑了，“怎么，相处得怎么样？”

沈熄：“还可以。”

“行啊，那明天吃饭的时候，你自己问问你小姨父。”

当晚，沈熄认认真真地列了一张清单，上面都是跟自己家关系好而又能给林盏提供画作展出机会的亲戚。

列好后筛查，最后觉得还是小姨家最靠谱。

林盏的画展很大一部分可能是办在Z市那边，所以在这边宣传用处不大，还是要问问小姨父，他在Z市那边有没有什么认识的人。

第二天一早，沈熄跟着叶茜和沈肃出发了。

到了饭桌上，不免又一顿寒暄。

小姨父拍拍沈熄肩膀，叹道：“这小子又长高了啊，原来高中就特高，没想到读了个大学，又高了我一截。”

“听你小姨说你有个事要问我，怎么，什么事？”

沈熄把事情如实说了。

小姨父思索了一会儿，道：“挂画倒是没关系，只是像你说的，我的酒店也不在Z市那边，办了活动肯定是这边的人来参加比较多……我到时候替你问问我在Z市的朋友，有消息通知你。”

沈熄抿抿唇：“嗯，谢谢小姨父。”

一顿饭吃完，开车回去的路上，叶茜坐在副驾驶位置上问沈熄：“你平时也不爱管这种朋友的事，这回怎么这么上心？”

“不是朋友，”沈熄低头摁手机，很淡定地说，“你儿媳妇。”

叶茜：？

“什么时候的事儿？你怎么没跟妈妈说过？”叶茜立刻回头。

沈肃开着车，车速放慢：“才谈的？”

“应该是，”叶茜说，“熄熄应该不会早恋，不过这也才半年，就……”

“认识很久了。”

“我就说，我们家在Z市也没什么亲戚，你怎么铁了心地往那边跑，因为那女生也在那边读书吧？！”

回到家，免不了被叶茜全方位审问。

叶茜正问得带劲。

沈肃坐在沙发上，打开电视："他自己的事，让他自己处理去。"

想想，沈肃补充了一句："不要玩弄别人的感情就好。"

叶茜："找时间带回来给妈见见啊，替你把把关。"

"不用把关了，"沈熄站起来，"你们会喜欢的。"

她那么可爱，他们肯定会喜欢。

叶茜："嗨，这还没进门呢，就这么确定了？"

林盏和隔壁寝室的姑娘"相依为命"，过年的时候，两个人煞有介事地跑出去吃了顿火锅。

林盏回寝室洗过澡之后，就接到沈熄的电话。

"今晚出去了吗？"

"出去吃了火锅，"她饶有兴致地答，"你呢？"

"我也在外面吃的。"

听到她情绪没受影响，沈熄这才放下心来。

两个人又聊了一会儿，快转钟了。

林盏趴在窗台上问他："你们那边有烟花吗？"

学校这边管得严，没人放烟花。

"没有，禁烟花了。"

"这样啊……"林盏应着，稍微有点失落。

"很喜欢看烟花？"沈熄问她，"如果喜欢的话，可以带你去别的地方亲手放。"

林盏："好啊。"

不知那边沉默了多久，转钟的欢呼响在林盏耳边，她移开手机看了一眼时间，再把手机贴上来时，听到沈熄的声音。

"林盏，明年来我家，我带你放烟花吧。"

平稳，安宁，让人心安。

她手指敲了敲窗沿，半晌答道："好啊。"

下半学期伊始，因为获奖多，作品也好看，加之在公告栏、公众号、广播站中高频率地出现，林盏这个名字迅速在学校传开。

她成了学校的小红人。

学校的老师开始对她更加上心，有展览的机会都不忘带她一把。

下半学期跟着老师，林盏和几个同学搭着办了一场学生画展。

因为学校的宣传多，加上宣传渠道也广，画展刚开始就被人要走了不少票。

唯一美中不足的，是孙淇淇也参与了这个画展。

林盏倒不怕她，就是担心她又出什么幺蛾子。

但兴许是前一次的事情让孙淇淇意识到，就算想要去破坏也未必能成功，这回她稍微收敛了些。

林盏起先还觉得孙淇淇终于肯放过自己了，后来画展之前要摆画，把东西拿出来的时候林盏才发现，孙淇淇的画风似乎有些变化。

说大的变化也没有，毕竟孙淇淇跟林盏的画风本就相似。

但这么一看，既视感比之前更加强烈，是一种说不清道不明的相似感。

画展正式开始的那天，林盏寝室的人也全都到场。

洛洛只是远远看了一眼，就指着一幅画问林盏："盏盏，这幅是你的吧？"

林盏摇头："是孙淇淇的。"

"搞什么？这么像？"寝室长亲自上阵，走近看了又看，这才确定下来，"她怎么突然开始模仿你了？"

"你们也觉得像吗？"林盏抿抿唇，"我以为是我的错觉。"

"有意还是无意？"洛洛低声问，"如果无意还好，但是如果有意的话，很麻烦啊……"

"别管这些了，我画好我的就行了，"林盏顿了顿，"我也没办法干涉她，毕竟只是相似而已。"

一开始，可能真的是凑巧撞了思路。

因为思路相同，所以林盏带给她的竞争太大，她要想冒头，就只能拼命把林盏往下压。

但到现在，反而有点用力过猛的感觉。

“看得出来，”寝室长说，“她可能太想超过你了，画得很浮躁。”

洛洛：“怎么看出太想超过了？”

“很明显啊，孙淇淇私底下一直都觉得自己画得比林盏好，但是老师更重视林盏，林盏得奖也更多，”寝室长说，“我有个同学在她们寝室，曾经听过孙淇淇说，她一定要让大家承认自己比林盏厉害这样的话。”

“那也不该这样啊，考试的时候泼水、画画的时候模仿……她这么能，怎么不靠自己的本事？”

寝室长看看远处：“好了，别说了，人来了。”

联合学生展反响不错，毕竟蔚大美术系有名，挑出来的学生又是系里的佼佼者，水平自然可见一斑。

结束后有媒体采访，采访前要先拍照。

林盏站在中间的位置。

孙淇淇借口要先去趟厕所，补好妆之后站回来，眼见拍摄要开始，“不好意思不好意思”地说了两句，装作不经意地从林盏旁边挤过。

林盏被推了下，自然只能往旁边站。最中间那个位置，就被孙淇淇占了。

后来那版专访页面上，“近距离采访蔚大美术系高才生，画画之外的他们都是什么样？”的标题下，紧跟着一张合照，最中间站的是笑靥如花的孙淇淇。

专访问题是针对画展的5个人的，也就是记者问出一个问题，5个人都要分别回答。

林盏想到大家离开时，一个女生低声抱怨：“那个孙什么怎么回事呀，什么问题都要抢着第一个回答，但是又没想清楚，支支吾吾半天才说出话来，浪费我时间。我等下还要去买东西，晚一点就关门了，也不知道能不能赶上？”

林盏合上报纸，把东西扔进抽屉。

每个人都有上进心，这点她保持绝对的尊重，但太急功近利，并不是好事。

“别为这种事烦啦，”洛洛说，“随她去。”

“知道，”林盏爬上上铺，“我不会被她影响啦。”

“你跟你男朋友最近怎么样啊？”

“什么怎么样，挺好的呀。”林盏解开手机锁屏，开始看微信。

洛洛意有所指：“寝室长之前说的那个，你们有没有……”

“什么？”林盏愣了愣，这才反应过来，一张脸顷刻红透，“我还不知道……”

“什么叫还不知道？”寝室长都吃惊了，“你们感情这么好，还没全垒打？”

林盏摸了摸脖子，不无遗憾道：“别说全垒了，想到就心酸……”

老幺抬起头，灯下的眼镜反射出无数层锐利的光：“我有权怀疑他是性冷淡。”

“爱是克制，你懂屁。”洛洛踹老幺，但还是默默跟了句，“盏盏，不过你男朋友看起来，确实比较……”

“你都撩不动他吗？不可能吧？面对你他还能这么镇定啊？”

林盏陷入沉思。

第二天两个人吃午饭的时候，沈熄忽然问：“明天周末，有空吧？”

林盏几乎是有些激动了：“有的！你想干什么？”

沈熄奇怪地看了她一眼，似乎是在斟酌什么，好像是在怕这个请求她不答应。

林盏立刻给他信心：“可以的，干什么我都答应你的！”

沈熄颇为不解地望了她一眼，像是没搞懂她怎么忽然这么激动。

他抿唇，道："我小姨父在这边有个朋友，开酒店的，过节的时候会跟附近的商家一起组织活动宣传。我问了，他们一般为了提升档次，比较文雅的活动就会挂画，所以我想……"

林盏立刻明白了他的用意，像泄了气的皮球，撑着脸道："想帮我的画宣传一下是吗？"

"嗯。"

"那你怎么把开头搞得这么神秘，就像要对我提出什么无理请求似的。"

害她白激动了。

沈熄敲敲桌沿："那你以为我要说什么？"

之所以怕她不答应，是因为他也考虑过，她会不会不太想要他的帮助。

"我以为你会提出一些，以前不太敢提出的请求，"林盏埋头，"算了，吃水饺吧。"

沈熄："……"

她抬手，招来服务员："你们这里有水饺吗？"

服务员不好意思地笑："不好意思啊，没有呢。"

她耷拉下嘴角，手搁在玻璃杯边，钳住吸管往嘴里送，含混不清道："这样啊，不能给水饺真的太遗憾了。"

沈熄："……"

沈熄看她，漾出一抹浅到几乎看不清的笑："是啊，有点遗憾。"

第二天两个人去酒店那边见老板，老板看是自己朋友的亲戚，态度也很好，先是讲两个月后这边有一场露天大party，酒水免费，奖品也很丰厚，说林盏的画可以挂在通往主场区的走廊里，还可以给她弄个简介。

林盏早就把自己的画扫描好存在手机里，等老板说了自己的想法后，林盏才把自己的画递过去。

双方其实都是各取所需。

酒店这边免了找装饰品的资金，林盏也能借着这种稍大一些的活动展示自己的作品。

所以合作达成。

老板给他们发了几张票，说是欢迎他们有空带朋友来玩。

大家简短聊了两句，他们就先离开了。

对面有超市，林盏想吃糖，拽着沈熄进去了。

林盏拿好话梅糖之后去结账，正逢超市做促销活动，收银台处货架上的东西几乎全部特价。

林盏指着货架上的口香糖说："沈熄你看，这个打折。"

沈熄目光往旁边一转，看到另一堆打折的东西，目光微顿，又扫了林盏一眼。

她居然双眼放光?

沈熄睫毛轻颤，合上眼，散了散眼底涌起的情愫："行了，结账吧。"

林盏："……"

出了超市，路边有洗车店，店里的小孩子拿着水管相互洒水，欢快地玩着。

林盏拉着沈熄，想从一边绕过去。

毕竟这里的水枪不像玩具水枪，这群小孩子是拿着水管直接喷人的，水管水势猛，量又大，一旦凑近他们，就有可能遭殃。

大家笑得恣意，尖叫着躲闪。

有个小女孩往前跑，恰巧跑到沈熄身后，林盏还没反应过来，追来的小男孩已经举起了水管："叫你跑！"

没来得及阻挡，水就这么喷了沈熄一身。

家长看到这个情况，赶快跑过来，拉了正在挠头的男孩一把："叫你皮，还不快道歉。"

男孩继续挠头，声音小小的，举着的水管仿佛也蔫儿了，水缓缓往外冒。

“对……对不起。”

女孩抓着沈熄的衣摆，知道自己也做错了，仰着头，声音喃喃：“哥哥对不起，不该站在你身后。”

沈熄摇摇头：“没事。”

停了停，又指着马路说：“这里很危险，以后不要跑到这里来玩了。”

“看哥哥多好，还不快谢谢哥哥。”那母亲推了推男孩。

男孩的声音脆生生的：“谢谢哥哥，谢谢姐姐。”

林盏摸摸他的头：“好了，快回去吧，我要带哥哥去换衣服了。”

两个小孩子走的时候，还低着头交流着什么，声音很小，但从他们频频回头的动作和无法掩饰的目光里，她看懂了他们在说什么。

两个小孩子说到最后，伸出两只肉嘟嘟的小手，举起大拇指，轻轻碰了碰。

林盏目送着他们进了店，这才扯了扯沈熄的衣服：“都湿成这样了，怎么办？”

不只是衣服，他头发也被淋到了一点。

他今天穿了件外套，外套里是一丝褶皱也无的白衬衣。

此番被这么一泼，外套几乎全湿，还在往下淌水，里面的白衬衣更是因为被打湿了，而服服帖帖地黏在他身上。顺着他起伏的胸膛一路向下，是精瘦的腰，再努力看一下，似乎还能看到腹部上，那若隐若现的几条线。

林盏给他拢了拢衣服，喉咙一阵发紧。

“幸好没走远，回刚才那个酒店，你去洗个澡吧，免得感冒了。”

赶回酒店说明来意，老板很痛快地给他们开了个豪华二人间。

刚进去的时候林盏还觉得有些不对劲，这种情况不是开个钟点房就好了吗？

她关上门，对着站在床前的人说：“你先脱了衣服进去洗吧，这里有吹风机，我刚好可以趁你洗澡的时候把衣服吹干。”

沈熄低声嗯了句，把鞋子脱下来，袜子扔进鞋里。

这里的拖鞋是一次性的，很干净。

沈熄一脚踩入，尺寸刚好。

林盏还没准备好，紧接着，沈熄就背对着她把外套脱了下来。

他这个外套不是宽松款，脱的时候要拉住袖子。

他双手交叠，脱衣服的样子也行云流水得像是在做艺术。

袖子扯出来之后，他背过手，捏住衣服后沿，将它扔在床头柜上。

他动作很大，贴身的衬衣上窜少许，露出一截精瘦的腰肢。

林盏咬唇，伸手去摸空调遥控器。

眼见沈熄动作停下，准备去浴室了，林盏控制着自己的紧张，装作别无他想地单纯地问道："不、不脱了吗？"

沈熄回头看了她一眼，目光坦荡，眼尾勾出一弯了然的笑意。

仿佛在她说出第一个字的时候，他就已经洞悉了她的想法。

林盏咳嗽一声："你别那么看着我啊，我的意思是，湿的都脱下来，我一起吹了。"

语毕，为了增强自己言语的真实性，她挑挑下巴，以一种命令般的口吻说道："快脱啊！"皱个眉，加一点不耐烦的语气，这样就一点都不明显了吧？

一时间没人说话。

林盏觉得头有点晕，她暗暗猜测可能是空调打错了方向。

刚刚顺手把遥控器扔在了床上，现在得去摸回来。

她起身，走到床沿边，伸手就准备把沈熄附近的空调遥控器拿回来。

林盏的手刚伸出去，手腕就被人精准地握住。

下一秒，她的世界陡然翻转，她猝不及防地闭了眼，感觉到自己摔进了柔软的床垫里。

沈熄压住她一只手，放在她耳侧。

身上来自他的气息太灼人，一缕一缕地往她鼻腔里涌。

林盏头皮发麻，很清晰地感觉到他身体的重量。

他甚至还没有完全压下来，她就已经无法呼吸了。

他的膝盖压在她身体的另一侧，只是略微贴近了她一些，那股子无形的压迫感，就顺着身体一路蔓延开来。

林盏好不容易敢睁眼。

沈熄见她睁开眼，低眉敛笑，却并不似之前一样绅士。

他的动作，根本没有放轻。

沈熄加大手上的力道，林盏整个人骤然紧绷，电流浑身乱窜。

不行了，快死了。

他低头，贴在她耳边，声音像水滴一样一遍遍敲击林盏的耳膜："再敢撩我试试？"

求生的本能让林盏忘记了之前的豪言壮语，她什么准备都没做好——甚至就这么个姿势，沈熄还什么都没干，她就已经紧张得每个细胞都在颤抖了。

"不敢了，不敢了……"

他像是又哼笑了一声，声音带着磁，把林盏的理智全部吸走。

下一秒，束缚解除，林盏听到他的脚步声慢慢远离，随后，盥洗室的门被关上，花洒的水声渐渐传来。

她这才长嘘一口气，太阳穴还在突突跳着。

明明什么也没干，整个人却累得连手指都抬不起一根。

明明是自己先撩的，可认㞞的也是自己。

真丢人啊……

不行，下次硬着头皮也要上。

勇士林盏用打战的双手，摁住发抖的双腿。

接下来，林盏的日程进入了更为繁忙的阶段。

因为和酒店达成了合作，所以她要先把符合主题的画挑出来，然后再进行装裱，最后带去酒店。

学校的专业课有倒是有，但平时的业余时间也很多，林盏没报什么社团，所以留给自己的个人时间就多了。

沈熄平时也很忙，不过好在两个学校离得近，一些比较重要的活动，沈熄都能陪她。

露天party如期开办，画已经提前运去了场地，晚上没课，林盏和沈熄自然也参加了聚会。

酒店联合举办的这个活动影响力不小，加上林盏转发了朋友圈，当天活动现场，林盏看到的熟面孔也不少。

进了正厅，摆在中央的果盘和蛋糕应有尽有，一边还有不限量的饮品。

林盏正准备进走廊，听到身后有呼唤声。

不是叫她，是叫另一个人。

“淇淇，这里。”

这个名字让林盏条件反射般地回头，果然在入口处看到孙淇淇的身影。

她脖子上挂着一个单反，一身黑衣。

林盏拉拉沈熄，往走廊处走去。

“走吧，我们先进去。”

林盏的画就挂在走廊里，活动给的灯光足，加上画作又是被精心装裱过的，画的魅力就被放大了。

林盏很清楚，这次来参加活动的不仅有附近的市民，藏在这些看似普通面孔背后的，应当也会有一些同行。

各种活动总少不了装饰品，只要能够得到曝光率，再往后走，跟她联络的活动应当也会慢慢变多。

从此经过的人，也会在和同伴聊天的空当，欣赏一下这些画。

“这个名字好眼熟，好像在哪个画展见过。”

“林盏？名字挺好听的。”

……

林盏慢悠悠地走在前面，侧耳听着大家对自己的评价，前面忽然响起了一阵欢呼声。

那欢呼声很大，而且很热烈，还夹杂着吹口哨的声音。

有人快速从她身边跑过。

还有人在招呼同伴："快点啊，最精彩的来了！"

林盏被他们感染，也加快了脚步，想去看看到底是什么活动让大家亢奋至此。

走到长廊尽头的时候，她总算知道这些男同胞为什么这么激动了。

原来是泳池派对啊。

模特们穿着性感，在一排炫目的灯光中，自后方出场。

男人们的尖叫几乎把林盏给震聋。

与此同时，她快速反应过来，走到沈熄跟前，止住沈熄还想继续往前的脚步。

然后转过身，和他面对面。

沈熄低头看她。

她今天穿的鞋子跟高，一抬手，很轻松地就捂住了沈熄的眼睛。

她哼哼两声："你不许看。"

沈熄居然没动作，就那么任由她捂住自己的眼睛。

他伸手，温热的手掌覆住她的手。

他顺从地笑了："好。"

林盏看大家，低喃道："也不知道有什么好看的？"

沈熄不反驳，就那么顺着她笑道："嗯，不好看。"

"算了，"林盏放下手，"挡也挡不了一辈子，该看的还是会看。"

虽然这么说，放下手，林盏还是紧盯着沈熄的眼睛。

他侧眸看她，问："为什么不挡一辈子？"

"啊？"

林盏哑然，没想到他会这么问。

沈熄敛眉："你挡一辈子啊，我愿意。"

愣了半晌，林盏低头，用鞋尖触了触一道蓝色的灯光："那我就勉为其难地，同意了吧。"

整个夜场很喧闹，充斥着嘈杂的人声和尖叫，所有尽兴和放纵的灵魂在舞池里释放自我。

很奇怪，那些东西和她好像都没有关系。

只要站在他身边，她好像就永远不会在灯红酒绿中迷失，也不会在踽踽独行中迷茫。

这个世界疯狂，没人性，腐败。您却一直清醒，温柔，一尘不染。

她想到萨冈说过的这句话。

整个活动持续了很长时间，但林盏和沈熄并没有停留多久。

他们从泳池边退了出来，林盏说："我们再去长廊里转一圈吧，然后就走。"

他们到长廊的时候，居然又碰到孙淇淇。

那时候不知道孙淇淇正拍完什么，林盏看到她的时候，她正好关掉单反。

孙淇淇站在死角，昏暗让林盏看不清她的表情和动作。

林盏很努力去看，但很遗憾，她捕捉到的仍旧是一大团失焦的暗。

沈熄垂头问她："怎么不走了？"

林盏顿了顿，道："嗯，这就走了。"

她在亮处。

光亮处的人，总归是不害怕黑的。

长廊的墙壁上有精细的浮雕，林盏挽着沈熄，走出长廊。

长廊直通酒店。

突然从复古的风格转入富丽堂皇的风格，林盏花了几秒钟适应，紧接着她发现，这场活动的确很有意义。

很多单身男女一拍即合，在前台大厅处排起长长的队。

今晚这里的营业额肯定不错。

外面的夜风比空调舒服多了。

他们沿着堤岸散步，林盏转着手里的手机，手机突然响起几声提示音，是微博的私信：您好，我们这边是××工作室，今天偶然在活动中看见了您的作品，老板很喜欢，不知您是否还有别的作品可供装饰展览呢?

她把微博名改成了林盏，也放了一些得过奖的作品，现在应该是有人顺着这个摸过来了。

还挺快。

“什么？”沈熄看她看得入神，问她。

“约画的，”林盏一边回消息一边说，“这么快就有私信了，大家反应真快。”

虽然不知道这个人是在哪里看到的她的作品，这里或是画集或是公众号?

林盏顺便问了一句，10分钟后那边的小编答：“是刚刚在一个活动里看到的，但是在这之前，也在别的地方看到过您的作品。”

林盏跟那边聊了两句，这才放下手机，问沈熄：“你有没有什么特别想去旅游的地方？”

沈熄定定地看她：“怎么突然问这个？”

“感谢一下你嘛，”林盏说，“之前的画展，还有这次的活动，你都挺劳心费力的，我也没做什么，有点不好意思。”

“谁说你没做什么？”沈熄微微皱了眉，“你只要能陪在我旁边就行了。”

林盏笑：“你要求这么低啊？”

半晌，沈熄停下脚步，语气很认真道：“你不要总是算得这么清楚，我在什么时候付出了多少。”

林盏一怔。

“我做这些不是想让你感谢我，我也根本不想让你感谢我。”

感谢这个词太生分。

真正的爱是不会计较得失的。

沈熄看着她的眼睛，轻声问：“右手每天和你一起画画，你每天也要感谢它吗？”

如果你想，我可以成为你的任何一部分。

你的同学，你的挚友，你的男朋友，你的家人。

甚至你的左膀右臂、眼耳口鼻。

因为我爱你。

第十一章

最想要去的地方

才回学校没多久，接二连三的活动就又紧锣密鼓地筹备起来。

大二下学期的时候，有一个很大型的联合画展会在这边举办，但学校给出的名额，只有一个。

老师找到他们的时候，也有些为难。

再三商榷后，学校的老师们决定，为了不让结果显得对某个人偏心，加上最近也没有什么比赛，这一次，他们把选择权交给了学生。

当晚，学校的公众号发起了一个投票，包括林盏、孙淇淇在内的十余人做选项，最后得票最高的那个，拿到名额。

投票15天后截止。

校内的所有力量集结，所能提供的也仅仅是一些票数。

校内投票基本结束后，大家又把目光转向了别的方向。

不久之后，那个微博上联络过林盏的活动就要开启了。

林盏原本的打算是，趁着那个活动人流量大，到时候在现场请大家帮她投票，再派发一些小礼物，正好两全其美。

加上那个活动也许诺会给她一笔还算可观的收入。

当晚，负责人问她：我们商量好的画，您画好了吗？

林盏：还没，只打了个草稿。你们不是说后天画完就可以了吗？

负责人：是这样的呢，既然您只画了个草稿，那就不耽误您的时间了哈。

林盏：？

那边的人用着万金油似的回答：实在不好意思，我们原来的合作伙伴临时改了主意，决定还是跟我们合作，加上跟那边也签了协议，所以不得不放弃您这边。您的画我们真的非常喜欢，若您不介意，我们可以下次再合作，这次实在不好意思。

林盏对着电脑，半天不知道该回什么，打进对话框里的字又一个个删除，这么噼里啪啦地折腾了一分钟，洛洛问她："盏盏，你干吗呢？"

林盏揉了揉头发，说："我不是跟你们说，之前有个地方万圣节要办活动，然后找我合作吗？现在他们说原来的合作伙伴临时变心什么的，意思就是这次不要我的画了，要别人的。"

"这什么意思啊？"洛洛气结，"怎么能突然反悔啊？你画给他们了吗？"

林盏："我还没画，只打了个草稿。"

这个活动她还没开始着手做，真的说损失，也没损失什么。

只是商量好的事突然变卦，一时未免有些难以接受。

"也许是突然找到了更便宜的画手？"寝室长提出另一个假设，"是不是找到更便宜的，就不想要你的了啊？"

"这倒有可能。"

林盏："但是价钱也是他们给我提的。"

寝室长："这样吧，到时候活动我们去看看，看到底换成了谁。也不干什么，就去看看谁把你替了，要真的画得很好就不生气，万一画得还没你好，这就让人不爽了吧。"

万圣节活动当天，林盏没太把这事放心上。毕竟不是什么大事，加上她自我疏导的能力也算强，只要不像林政平那样逼迫她，她是不会情绪郁结的。

既然是过节，自然就要打扮成过节的样子。

整个寝室的女生都是美术生，化起万圣节妆自然也毫不含糊。

林盏给自己画了几道伤口，还算含蓄，洛洛更可怕，直接把大半张脸都画了。

她转过头的一瞬，林盏被吓得心跳都漏了一拍。

寝室长：“洛洛，你今天是想出去报复社会吗？”

老幺：“我刚刚被吓得眼线差点画飞，OK，洛洛就是想炫耀自己技术好。”

林盏看了看镜子里的自己，决定到时候去吓一吓沈熄。

想了想，她又在手上画了一道伤口。

这么一折腾，就过了三个多小时。

她们收拾了一下，就出发了。

这边的万圣节活动跟欢乐谷的差不多，玩的项目也类似。

本来这边的负责人一开始是想要林盏的画，但是后来商量之后，就决定让林盏给他们画一张海报。

此刻，被贴在大门口的海报，跟林盏今天上午画的草图相去无几。

洛洛也发现了。

“草图你给他们看过吗？这图怎么跟你的这么像啊？”

林盏沉吟：“我也在想，因为我当时并没有把草图给出去。”

洛洛：“是吧，我也记得你没有给。可这是怎么回事？没看过怎么会有一样的图？你当时有发给别人看吗？”

林盏摇头：“没有，我当时就在学校里画的，能发给谁？当时你也看到了，我就是上课的时候顺手……”

两人双双愣住。

草图是林盏在上廉洁课的时候无聊，在纸上画出来的，若说谁见过，也应该是一起上课的同学。

问题就是，一起上课的同学，怎么会跟这外头的活动扯上关系？

“这画谁画的？”洛洛说，“不会真是学校的人画的吧？”

这城市一共就这么大点地方，如果真的要找美术系的学生画画，蔚大绝对是首选。

洛洛在画的角落里寻找，企图找到落款之类的东西。

可惜没找到。

“算了，找不到就算了，”林盏拉她，“先进去看看，我跟沈熄约好园里见来着。”

这次来就是顺便看看画的事情，弄不清楚也没关系，主要还是好好过节。

一路上，林盏她们的回头率几乎达到百分之百。

虽然大多数人为了应景都化了万圣节妆，但整体说来，还是她们化得好一些。更何况，画技了得的洛洛还利用视觉效果，把脖子画出了砍断的效果。

她们在园里买了血浆饮料，洛洛站在骷髅旁边凹造型，林盏蹲下来给她拍照，拍完一看，还真的有点阴森恐怖。

沿路有两个小姑娘，跑到洛洛旁边问：“我们可以跟你合照吗？”

洛洛露出一口白牙，道：“可以呀。”

拍完照之后，洛洛看到她们手上的传单。

洛洛问：“你们手上的是什么啊？”

其中一个小姑娘抖了抖手上的传单：“传单，刚刚工作人员发的，说是背面有活动，投票的人可以去C出口抽奖。”

“活动？什么活动啊？”

“就是给5号选手微信投个票，凭截图去抽奖。”

传单上的海报就是她们进来时，在门口看到的那张。

旁边用幼圆字体写着：喜欢我的画就给我投票吧！投票有奖品哦！

洛洛拿过传单，用手机扫了扫二维码，看到页面跳转后，叫了一声。

她赶快扯林盏：“你快看！这个投票不是我们学校的吗？”

林盏侧头一看，果然是。

5号是……

“孙淇淇？”洛洛道，“怎么又是她啊？”

林盏脑仁疼。

洛洛：“走，我们去出口看一下，是不是孙淇淇在负责。万一真的是她画的画，那我真的无话可说了。”

两个人到了C出口，甚至不用去抽奖台近距离观察一下，她们就确定这个人的确是孙淇淇。

洛洛叉腰：“还真的是她？！”

说话间，寝室长带着老幺也来了。

老幺手里一支红艳艳的甜筒，但情绪很激动：“我刚刚打听到了，这画是孙淇淇画的。”

寝室长：“不光是这样，这个名额还是孙淇淇自己争取的。我听那边一个负责发传单的人跟身边的人八卦，说是她主动请缨，说自己一分钱不要，然后把这个项目给泡下来的。反正她的意思就是不要这里一分钱，给她一个位置扫码就行了，奖品也是她自己出的。”

“她经常争抢啊，”老幺说，“你们不知道有个八卦吗？就是之前有个学长有女朋友，结果孙淇淇看上人家了，趁学长跟女朋友吵架的时候把墙脚挖过来了。

“现在还经常在朋友圈秀恩爱。”

洛洛：“可能人家觉得看到机会了就要抢吧，才不管那块肉是不是在别人嘴里呢。”

大家看林盏没说话，纷纷安慰她。

洛洛：“你别低头玩手机了，不高兴就发泄吧。”

寝室长：“还刷微博？看什么呢？”

“发微博。”林盏晃晃手里亮亮的手机，“她有这里的人扫码，我也有微博粉丝可以利用啊！”

快10000粉的账号，不说活跃粉丝有多少，粉丝多的认证大V朋友也有好几个。

既然孙淇淇使出浑身解数来争取了，那林盏出于尊重，也应该好好地跟她比一局才是。

既然杜绝不了，那就正面交锋吧！

坦荡明亮地，用这样的方式。

自发微博开始，林盏的票数就开始稳步上升。

她刚把手机塞回口袋里，沈熄的电话就打了过来。

“你现在在哪？”

“你到了啊？”林盏抬头看路牌，“我在A区16号。”

路牌也带着浓浓的万圣节风格，林盏化的妆也很到位，站在那个牌子底下，就像是现场请来的演员。

她私心觉得沈熄认不出她。

很快，沈熄穿着姜黄色的呢子大衣，手上端着杯热饮出现在拐角处。

这件衣服是一起逛商场的时候林盏给他选的，说是中和一下他身上那种生人勿近的冷，不要让人觉得那么难以接近。

嗯，的确让大家觉得他没有以前那么难以接近了。

林盏看到他身后跟着三四个工作人员假扮的“鬼”。

早知道就要他穿一身黑来了。

身后的“鬼”是动了凡心的“鬼”，她们在沈熄身后窃窃私语，并且仿佛有所企图。

商量了一阵儿之后，她们看到林盏，用看同类的目光凝视了林盏一会儿，就对林盏进行了爱的招手，让林盏到她们身边去。

她们以为林盏跟她们是一拨的。

林盏去也不是，不去也不是，又怕沈熄认不出自己，维持着那个姿势没动。

事实证明，就算她化成灰了，沈熄都能准确地分析出哪一捧灰是她的。

沈熄停在她面前，目光在她画得夸张的脸上停留了两秒，问道：“站多久了？”

林盏讷讷道：“就几分钟。”

他把手里的热饮递给她焐手，林盏才接过，正揭开那个小口准备喝一口，一边的“鬼”说：“不能要客人给的东西。”

林盏冷不丁被惊到，里头的热橙汁溅起几滴，烫到了她的舌头。

沈熄皱了皱眉，拉着林盏的手腕，把她扯到自己身边。

他对着那群“鬼”说：“她不是跟你们一起的。”

沈熄揽着林盏的肩膀，似乎是因为这群人害林盏被热水溅到，而变得有些不悦。

“她是我女朋友。”

大家面面相觑，有人说：“啊，那不好意思，你女朋友的妆化得太好了。”

等那群一身白衣、长发飘飘的“女鬼”离开，沈熄才把林盏扯到一边，低头看她。

“烫到了没有？”

既然是万圣节主题乐园，里面的灯自然就亮不到哪去。

他们俩的影子被灯光搅成黑乎乎的一团。

林盏含含糊糊地道：“舌头好像烫到一点。”

他用食指托住她下巴，微微用力，将她的头抬起来一些：“伸出来我看看。”

他指腹还带着冬天的凉，触着林盏下巴的软肉，让她不经意地颤了一下。

林盏颤抖着声音说：“这、这、这样不好吧？”

他声音沉了两分，手上力道加重，不容置疑地开口：“快点。”

林盏吞了吞口水，舌尖从口腔里探出来一点，湿润又绵软。

“你这样我看得到什么？”沈熄把她的下巴又抬了抬，又像是在笑，“平时怎么没见你这么矜持？”

林盏瞪他一眼，又硬着头皮把舌头再伸出一点。

她没脸看沈熄的表情，眨巴着眼睛到处乱看。

“还是看不清。”沈熄说。

林盏颇没底气，咬着那截舌头，含混不清道：“那怎么办？”

他耐着性子，缓声，一字一顿认真道：“得检查一下。”

“啊？”林盏这才收回目光，看了一眼沈熄。

他的轮廓线被夜色吞噬，显出一种令人难以捉摸的危险。

林盏把话问完："怎么检查？"

话音刚落，舌尖便被人含住，他的气息尽数笼罩下来。

他无意识地摩挲她的耳郭，附耳同她轻声道："检查完毕，没有发现问题。"

后来的几天，林盏和孙淇淇各尽所能，呼吁大家为自己投票。

她们俩的票数虽领先后面的人一大截，但彼此却仍处于胶着状态。稍有不慎，前面的就会被反超。

郑意眠人虽在W大，但这两年，她已经陆陆续续地为一些杂志供稿，开始画漫画了。郑意眠的微博上活跃粉很多，加上她又在学校里呼吁朋友们投票，这样一来，林盏就又多了一些票。

投票截止当天，林盏以三票险胜。

洛洛守着转钟，盯着投票页面高兴得大叫："哇，终于比她高了！真是出了一口恶气！"

老幺问："票最高就一定能去吗？"

洛洛沉默了一下："不是这样吗？难道还有内定吗？"

老幺："谁知道呢，万一孙淇淇真的有这个本事呢？"

寝室长也道："是啊，不到开展的那一天，都不知道真正去的人到底是谁。"

虽然不知道事情会不会陡生变故，但起码到目前为止，一切都很顺利地进行着。

主任找到林盏，跟她谈话之后，还跟她说如果她需要安静，还可以给她单独安排一个教室画画。

事情看似平稳地行进着。

因为是重要画展，总要做两手准备。

所以孙淇淇作为替补选手，也没有松懈。

那段时间林盏窝在寝室画画，室友都很安静，没有打扰她。

好在她画画的时间也并不是占据生活的全部，画一会儿就停一会儿，偶尔也会跟沈熄打电话。

某天打电话的时候，洛洛贴着林盏的话筒叫道：“有空就来我们寝室啊，我们经常出去玩的。”

林盏笑着推她。

洛洛又说：“盏盏最近废寝忘食，好几天没吃饭了，你也不心疼自己女朋友啊？”

果不其然，这话一出，那边沈熄的声音立马严肃起来了。

“你没吃饭？”

“我吃了，”林盏绞着耳机线，“就是有时候起得晚，早餐和午餐连在一起吃，有时候晚上不想出去，就吃方便面。”

沈熄：“明天有课吗？”

林盏道：“没课啊。”

沈熄：“出去玩？”

林盏摇头：“她们出去，我不去，我这张画还差一点就画完了。”

洛洛听林盏这么回答，立刻就有了想法，继续道：“明天来送饭啊，沈医生！”

林盏赶忙打断：“他忙死了，还送什么饭？疯了？”又对听筒那边说：“我点外卖就可以了。”

挂了电话之后，洛洛不怀好意道：“他平时都忙什么？”

“忙的可多了。”林盏道，“你没看过电视剧吗？很多解剖课。”

洛洛摸下巴：“啊，人体研究？”

林盏感觉到她没什么好话要说，斜眼睨她：“你想说什么？”

“大家都是一家人了，你不应该怀着奉献精神，帮助他完成学业吗？”

林盏：“什么学业？他的学业还需要我帮助？”

寝室长：“洛洛的意思是，你有具年轻婀娜的身体，他是研究这的，话都说到这份上了，你还不懂啊？”

老幺在一边笑到捶桌。

林盏瞪洛洛：“这个寝室我待不下去了，你们迟早会被请去喝茶。”

第二天中午，林盏颜料调了一半，听到寝室门口有人敲门。

她狐疑地问了句："谁啊？"

"送外卖的。"外面的人说。

林盏立刻从椅子上跳起来，贴着门缝道："可我没点外卖啊。"

沈熄在门外问她："所以你不打算放我进去了？"

林盏眨眨眼："放你进来也可以，但是……"

话才说一半就听到外面有女生问了句："啊，是沈熄吗？"

蔚大还有人认识他？！

林盏感到了危机，立刻开门，伸手把外面的人拉进来。

沈熄站在她面前，挑挑眉，笑道："不是不放我进来吗？"

"我们学校的人怎么会认得你？"林盏嘀咕，又往外看了一眼，"你们认识吗？"

"可能只是因为我来多了，"沈熄提起手里的保温桶，"吃饭了吗？"

"还没，你吃过了？"

"吃过了。"

沈熄把保温桶放在林盏桌上，林盏把桌子清理好，就坐下了。

她揭开盖子，问："你不忙吗？还有时间给我送饭？"

沈熄："有点忙，但不能看你不吃饭。"

"我吃了啊，"林盏窝在吊椅里，"她们乱说的。"

她用勺子舀了一勺饭，鼓起脸颊嚼东西的样子像一只小仓鼠。

因为没打算出门，她身上还套着那件熊猫图案的睡衣，有两三根头发翘起来，显出一种居家的舒适和可爱。

沈熄问她："还要这么忙多久？"

"快了，"林盏说，"很快那边画展的人就要来选画了，我要多准备一点才行。"

刚吃完饭，就接到电话，说是选画的日子定在一周后。

当天中午十二点半要到秋水街的某个位置去。

选画那天林盏有课，十二点下课。

她盘算了一下，过去正好半小时，公交容易堵车，骑自行车最方便。

沈熄本来要跟她一起，她觉得不算什么大事，还是选择了自己一个人去。

因为学校门口的共享单车经常被人借走，方圆几里找不到一辆，所以林盏借了一辆别人的车。

当天早上，她跟洛洛她们一块儿去上课。

临出发时洛洛还问她："都准备好了吗？"

"准备好了。"林盏道，"今早你们先走，我先把自行车骑到三教楼底下停着，到时候下课就直接骑过去。"

"好。"

她们在宿舍楼底下分开，林盏把包扔进车篓里，骑上自行车，先一步去学校。

林盏在三教楼底下的车棚里把车停好，拿起包进教室占位子。

专业课一上就是一上午。

长达4个小时的绘画让林盏有点头疼，她把画放到一边，正准备去换水，洛洛说："你把东西留下来吧，我们帮你洗，你先去选画那边准备下。"

老师晚了10分钟才放学，当林盏到车棚的时候，发现就剩自己那辆自行车了。

她开了锁，将车子从车棚推出来的时候，感觉有点不对劲。一检查，发现是车胎没气了。

因为借来的时候没有问车胎气足不足，所以林盏直接把车推到附近的修车铺去，前面有一个人正在修车，修车的间隙老板看了她的车一眼。

"有什么问题吗？"

林盏道："车胎没气了。"

简单地检查了一下，老板道："不是没气了，是车胎破了。"

老板摸了摸破的那个位置："你来的路上是不是轧到什么尖的东西了？"

"没有，"林盏摇头，"一直到我锁车的时候，车子都是好好的，没有这种没气的感觉。"

“肯定是轧到什么啦，”老板一边修车一边笑，“照你这么说，还是别人把你的车胎刺破了啊？”

林盏一愣，但很快问道：“多久能修好？”

“赶时间吗？”老板摇头，“你前面还有个人，一时半会儿修不好。”

林盏看了眼时间，道：“那车先放这里，我下午来拿。”

“行。”

林盏快步走出校门，在路边拦了一辆的士：“去××路，快一点，谢谢。”

司机一打方向盘，回头说：“小姑娘，这怕是快不起来，前面正堵着车呢。”

“大概要多久？”

“半个小时吧。”

原来十几分钟的路程，要堵成半个小时。

林盏拿出手机看了一眼。

十二点二十了。

到那边得十二点五十多……

但现在下车跑过去，明显不是明智之举。

林盏决定先坐出租，等在路上看到了共享单车再骑过去。

可惜天不遂人愿，沿路都没看到一辆车。

短短的路途堵了半个多小时，林盏想，迟到一会儿大概也没什么要紧的，毕竟总有些不可抗力。

好不容易快到了，车子稳稳停下，林盏正要付钱，接到了洛洛的电话。

洛洛的语气很焦急：“喂，盏盏你到了吗？”

林盏抿唇：“还没，自行车没气了，我临时叫的车。”

“没气了？怎么会没气了？今早不是还好好的吗？”

“是很奇怪。”林盏调整了一下书包带子，“我要下车了，有什么等会儿再说，我的画还在我包里……”

“等下！”洛洛又急又气，“你现在下车也没用了啊，选画的人已经走了。”

“什么？”林盏皱眉，“谁走了？你怎么知道？”

“十二点半开始选画，那群老师太忙，只有20分钟，选完立马走。我也是刚刚在食堂听别人说才知道的，”洛洛咬牙，“为什么那群人之前没通知你啊？”

林盏坐在车里，热烘烘的暖气把她蒸得有些反应迟钝。

她还没完全回过神来。

洛洛说：“我们刚刚还遇到孙淇淇寝室的人了，她们就在我们面前说孙淇淇的画被选上了5幅，你知不知道我们都快气死了！抢别人的东西很自豪吗？用那种下三烂的手段很骄傲吗？”

林盏好半天都没说话。

她转头往车窗外面看，外面很热闹，有个饮料车为了宣传牌子，正在免费发饮料。

一个纤瘦而光鲜靓丽的女生，排着队拿了一杯又一杯。

她把饮料偷偷装进自己的书包里，却因为饮料没有塑封，担心它洒掉，每步路都走得小心翼翼。

第六次排队的时候，有个跑步的少年戴着耳机与她擦身而过。

她的书包被撞了一下，饮料顷刻间全洒了，打湿了她的书包。

她拎着书包骂骂咧咧，书包边角还有混合的饮料汁液滴滴落下。

路人全都回头看，用一种嫌弃的目光将她来回扫视。

她继续去要饮料，但到她前一位时，饮料刚好发完。

她最终什么也没拿到，只得眉眼窝火地离开。

洛洛：“喂？盏盏？你还在吗？”

林盏回过神，道：“还在。”

洛洛语调不悦：“所以我猜，肯定是她故意不让别人告诉你时间紧，然后还偷偷给你的车做了手脚，毕竟巧合实在太多，而且她对选画这件事表现出了惊人的积极性。”

林盏应着：“嗯。”

洛洛：“要不要告诉班导？毕竟这种已经算侵犯你的权益。”

“不用了，”林盏说，“我们哪找得到证据。”

“证据搜罗一下总会找到的啊，我们可以去找监控，然后……”

想了想，林盏摇头，又低声重复一遍：“不用了。”

“啊？为什么啊？你不生气吗？就这么算了吗？”

林盏：“回去跟你说。”

饮料拿太多的话，会全部都泼掉的。不属于自己的东西，贪婪地霸占太多，会全部都失去的。

不会这么算了的，上天会给善始一个善终，也会给恶行一个报应。

在这种人身上浪费时间，是给自己搬来绊脚石。

林盏深吸一口气，对司机说：“回学校吧，麻烦您了。”

从那天回学校开始，林盏就进入了静音般的工作状态。

灵感来之不易，不抓住那一刹那的热情来爆发，画就无法呈现最好的状态。

一开始，洛洛和寝室长还以为林盏受到了打击。

但后来发现她该吃吃该喝喝，该讲笑话还是讲笑话，除了进行以上几个活动的时间较以往稍有缩短，其他一切都没问题。

几天下来，她们也知道了，林盏这是灵感来了，在画画。

其实画画是一个特主观的过程，没灵感的时候也能找点东西来画，但是灵感一旦来了，这幅画就是从内到外都立体了，跟平时的写生或者临摹不同，那是拥有了灵魂的画。

一张画有没有灵魂，不仅是内行，连外行都能一眼看出来。

林盏花了半个月画完那张画。

画的上半部分是树，她用了很多鲜亮的色彩，不仅颜色明亮，而且颜色种类也很丰富。

而画的下半部分是人，用统一而没什么变化的暗色来处理。

那是一棵神奇的、长满了奇珍的树——珠宝、金条、璞玉、宝箱……

树下坐着一个人，人面前的网内已有一堆摘下来的宝物，但他仍不知足，继续从树上采摘。

然而他不知道，网下面就是深渊。很明显，装了太多东西，他的网已经破开，此刻正一点点往外掉着东西。

但他怎么会知足。

他正企图摘下树上最大的那个宝箱，一旦他将宝箱装进网内，沉重的宝箱会压破他的网。

网破，所有的珍宝都会坠入深渊，他将一无所有。

画只画到了这里。

一张画讲得太透反而没意思，剩下一点欲说还休的留白，会让这幅画更具讽刺意义。

林盏给这幅画取名叫《要》。

——你什么都想要，又怎么可能什么都能得到。

她把画放到桌上晾着，然后下楼买饭吃。

买完饭上来，洛洛她们也正好回来了。

几个人围在林盏那张画前，洛洛背着手，十分豪气地说："这才是能代表我们蔚大真正水平的画啊。"

画展开展那天，林盏没有去，消息也是断断续续从洛洛口中知道的。

洛洛回寝室，看到林盏坐在那儿刷微博，愤懑道："我听说画展上孙淇淇的画被看上了，卖了大几千，还有更贵的！她那画才画了几天啊，不知道比你的差多少。"

老幺推推眼镜："我总算知道她为什么下那么大功夫针对盏盏了，不是针对人，是针对事啊。把挡路石全部搬走，她就能拿到大把大把的钞票啊。利字当头还要什么原则和自尊，脸都可以不要。"

"她倒是很聪明，"寝室长冷笑，"把握住机会就疯狂赚钱。"

那段时间的大消息，无非就是孙淇淇又卖出了哪张画，又赚了多少钱，她有多骄傲，走起路来有多昂首挺胸。

"她最近画画的速度比以前快了好多，"洛洛说，"而且很多课都不去上了，一门心思在寝室里画画赚钱。"

林盏也没因为她的事受影响，该画画还是画画，有灵感了也泡在寝室，平时没事，就跟着她们一块儿出去玩，找找灵感。

大二的生活就在这样的铜臭味儿里滚了一圈，落幕了。

林盏没想到，在大学结束之前，自己居然会踏上回W市的旅程。

这次是要和沈熄一起回去。

本来说这个年去他家过，但不凑巧，恰逢他们家那边出了点事，叶茜和沈肃全不在。

于是这个年，就他们俩相依为命了。

去高铁站的路上，遇到卖烤红薯的。

林盏拨开被沈熄缠得紧紧的围巾，好不容易把围巾压到嘴唇下，伸出手指了指炉子上一个小红薯："我要那个小的，谢谢。"

老板把红薯装进袋子里，林盏接过，一边暖手，一边弱弱地问："阿姨，有勺子吗？"

卖红薯的阿姨抬起头，目光带着一种洞悉一切的锐利："你是W市的吧？"

林盏愣了一下，点头道："是的。"

她又看了一眼自己的着装和沈熄，问道："怎么看出来的？"

"只有你们那边吃红薯才用勺子呢，"阿姨笑着看她一眼，"我的勺子都快被你们拿光啦。"

拿着红薯走远之后，林盏一边左右手来回交换，消散手上的热度，一边问沈熄："你吃红薯用勺子吗？"

沈熄低头看她，道："我不吃红薯。"

林盏："……"

沈熄看她手上还在来回地倒腾红薯，伸手拿过来，替她掰开。

林盏颇为不屑，仰起下巴问他："你不是不吃吗？"

"给你剥开，"他说，"你不是嫌烫？"

林盏一愣，想到不知道多久之前，张泽跟自己说："沈熄这个人啊，有点洁癖，别人碰过的他不想碰，那种表面看起来不光滑的东西他也不喜欢，比如土豆啊、红薯啊，这些东西别放在他面前，别说碰了，他不连带着把你扔出去就是好的了。"

沈熄见她发呆，问：“怎么了？”

林盏指他手上的东西：“你不是不喜欢红薯吗？”

“我是不喜欢红薯，”他把手上的红薯递给她，神色从容地补充了下一句，“可我喜欢你。”

过年那晚他们去了江边，江边全是等待转钟的人，乌泱泱挤了一片。

林盏看到街边有画壁画的人，忍不住凑近看了看，看着看着就跟人聊上了，她也过去帮着画了几笔。

她的身影随着晚风晃动，有灯映在她周围，给她整个人镀上一层柔和的暖光。

夜幕中两三颗星子恣意飘摇，光亮隐约。

林盏画完一个人，笑眯眯地回头，朝沈熄招招手，示意沈熄看她。

她画的是一个板着脸的Q版人物，Q版本身就可爱，可人物又是一脸严肃，显出一种特别和谐、可爱的反差萌来。

或许是被风吹久了，她脸颊边浮现两团浅淡的粉色。

她收起脸上的笑意，学着壁画上的人物板起脸来，双手还背在身后。

她跟沈熄做着口型：“拍一张。”

沈熄哪会不明白她在笑自己，笑这上面板着脸的人跟自己相似度有多高。

现在，她居然还让他给她拍一张？

沈熄垂下的长睫轻颤，却还是拿出手机，给她拍了好几张。

有什么办法，自己选的女朋友，跪着也要宠完。

拍完之后，林盏跑到他身边看成片。

有好几张都糊了。

还有几张林盏闭眼了。

“好气啊，”林盏一边翻一边说，“这么难看的角度都这么美，老天简直不给我活路啊！”

沈熄：“……”

须臾，他也勾起嘴角笑了。

“嗯，太美了。”

林盏在店里买了一个恶魔角戴着，还给沈熄拿了个情侣款，扭头问他：“要吗？”

沈熄立刻回答：“不要。”

林盏再说一遍：“戴吗？这么可爱的。”

沈熄再次回绝：“不戴。”

店员都开始为林盏叹息了。

条件这么好的姑娘，怎么偏偏找到这么个不解风情的男朋友。

这么高兴的场合，居然这么扫兴，拒绝得不留情面。

她们看到林盏低下头，心中默默猜测：回去就要分手了吧？

然后，林盏愉快地扫码付款，把那个恶魔角给买下来。

紧接着，她一抬手，一句话都没说，甚至脸都没转，身侧的男朋友就已经往前跨了两步，无奈又宠溺地叹息一声，低下头来。

她给他戴好那个黑色的恶魔角。

还是发光的。

最后，林盏补了个结束的评价语：“嗯，好看。”

大家目露惊诧地看沈熄直起身子，戴着那个跟他那张冷漠的脸极度不符的小饰品走出店面。

窗外门铃叮当作响，站在夜色中的冷峻青年头上一个发光的犄角。

新的一年在钟声和人们的欢呼声中扬帆起航。

巨大的LED屏幕滚动播放着大家的新年愿望。

这是公园的活动，大家通过关注微信号，在里面发送自己对新年的期许或是对未来的展望，由后台人员筛选，被选上的可以上屏幕。

此时此刻，屏幕被大家的豪言壮语占满：

新的一年，要发财！

希望新年能找到男朋友，求求男朋友你快点出现吧，我等得花儿都谢了！

新年，求求极品退散，管好自己别来气我：）

平安顺利，福满一生。

宝宝健康，家庭美满，年底可以去旅行。

偶尔也有语音的状态条。

工作人员随机点开一些。

第一条：“哇！这科技也太高级了吧？！”

第二条：“明天想吃辣子鸡和小龙虾！”

第三条：“梦想是吃路边摊不拉肚子，吃奶油蛋糕都会瘦！”

……

一众陌生ID里，林盏发现了一个熟悉的名字。

这不是沈熄的微信名吗?

林盏拉他袖子，哈出的白雾在五光十色的灯光中弥散：“你写了新年期许啊？你居然会写这种东西？看来这个期许真的是很强烈了。”

她知道他性格一向淡薄，不爱参与这种事情。

沈熄垂眸看她，眼神躲闪，低声道：“嗯。”

那条语音最后还是播了出来，是一段小声的哼唱。

在各种各样铆足了劲儿叫喊明日的声音中，这道声音仿佛清流——声音再小一些就要听不到了。

周遭逐渐安静下来。

沈熄的哼唱断断续续，林盏没分辨出这是什么歌。

她小声问他：“唱这个来表达你的新年期许？”

沈熄启唇，神色认真：“唱给你的。”

表达新年期许，是唱首给你的歌。

新的一年，我的期许，依然是你。

他不是喜欢表露情感的人，更遑论在这种公共场合表达。

林盏一滞，耳郭发烫，那段语音终于也进行到了尾声。

听得出来，他并不是很会唱歌，但是努力学过了，努力把每个音符、音调分清楚，努力找到整首歌的节拍。

安静的背景音中，他的声音带着一种难以言喻的真诚和固执，纯挚而稍带青涩。像是幼年第一次买到喜欢的玩具，因为过度喜悦和珍视，而找不到适当的行为表达。越想表达，越怕不能展现出半毫。

他唱的最后一句，在整个屏幕上被打成一行成串的字。

伴随着他的轻声哼唱，屏幕上洒落一片耀眼星光。

——“感谢你如此耀眼，做我平淡岁月里的星辰。”

这个世界对他来说，曾经只是一颗星球。

人生虽有方向，但生活枯燥乏味，几点一线。每个人疏离的面孔都是一道屏障，他不得其法，始终被隔绝在与世界沟通的门外。

人生像一条平直的线，毫无波澜，每一步都朝着既定的方向走。

是她告诉他，原来人这一生能有这么多快乐的事情，这么多高兴的表情，这么热血的奋斗，这么动人的爱情。

她没有教会他爱情。

她就是爱情本身。

她让他明白，原来“共度余生”四个字，居然比功成名就更让人心驰神往。

那个寒假，林盏和沈熄是窝在他家度过的。

离家两年，林政平没有给她打过一通电话。

蒋婉还是想她的，时常给她寄一些零食和衣物，变天的时候会给她打电话提醒她注意，偶尔得空，也会来看看她。但这一切都是偷偷的，每一次和她沟通，蒋婉都瞒着林政平，因为林政平不允许蒋婉联系她。

林政平在和她赌气，不，与其说是赌气，不如说是在赌。

赌她离了避风港就飞不了多远，赌她无论曾立下过怎样的誓言，走时如何的决绝，最后都会折朽在现实的脚下，乖乖地回到家里，当一只华美的金丝雀。

他在赌她最终一定会一边认错，一边屈服于世界，然后毕恭毕敬地听从他的安排。

不，她不会的。

她一定会让林政平明白，他曾视为真理的独裁，当作毕生追求的功利，全部，都是错的。

她不会屈服，她一定会赢。

寒假到尾声的时候，林盏接到老师的电话。

其实没接到电话前她就知道了——在美术界被誉为“最高信仰”的国家美术奖，5年一度的残酷角逐，要开始了。

“老师建议你还是参加一下，就算拿不了奖，见见世面也是好的。假如真能拿奖，只要能在我们省拿到前十，你就有一个非常高的起点了。”老师说，“不说多的，我有个学生，当年全省排名第十一，后来各种接报刊采访啊、画展合作啊、大项目啊……小有名气之后又画了些代表作，现在一幅画价格已经很高了，那个学生叫苏漫，你应该知道吧？”

苏漫她当然知道，已经算很不错的青年画家了。

老师：“目光不能太短浅，要看长远，可能前面有几次机会你没抓准，不要紧，这一个比赛抵十几个比赛，含金量高得可怕。只要你能画出一幅好作品，修改一下，虽然能不能大放异彩还不知道，但起码在画家堆里崭露头角是可以的。”

挂断电话之后，沈熄问她：“你参加吗？”

当然要参加，从几个月前的灵光一闪开始，她就知道，那幅《要》一定能在关键时刻发挥用途。

孙淇淇抢先拿到之前画展的名额有什么关系？

林盏也并没有失去什么，相反，她还该感谢孙淇淇让自己得到了一个灵感，不至于在这时候手忙脚乱。

现在，该是她的主场了。

大三开学不久，老师要求把比赛的画交上去，从中选出三幅代表蔚大参赛。

那时候，孙淇淇才后知后觉地意识到什么。

因为这半年她都没有怎么细致钻研，大多数画都是靠着名气及老主顾的眷顾卖出去的，因为价格确实不错，来钱快而且轻松，让她产生了一种不切实际的错觉。

她的画画得越来越快，也越来越简单。

知道这次比赛很重要，她给自己预留了一周多的时间，想好好地画一幅画。

可她发现，自己居然手生了，有些想表达的东西，竟是无论如何也表达不出来了。

费尽心思地摹完一幅画，她发现这是近期自己画得最好的一张了。

就算达不到自己的预期，应该也比大家画得好一些。

她这么安慰自己。

但第二天看到大家的画面时，她才感觉到不对。

署着“孙淇淇”三个字的画摆在偏左的位置，和所有的画面一起做着比较。

为什么她不过是这半年多没上课，就已经开始落后于大家的水平了？

此刻面前还站着许多人，他们带着各种意味的目光轮转在每个人的画面上，还有些目光放到了孙淇淇身上。

那种目光让她下意识地觉得羞愤难当。

这些人是找了人代画吧？对，肯定是！

“好，就这三幅吧，”老师把画面最丰富、完整的三幅选出来，交代了一下，“这三位同学等会儿留下来。”

林盏中途去了趟洗手间，回来的时候就被告知自己的画选上了。

她没太意外，跟洛洛说：“那你们先回去，我弄完就回。”

洛洛还不忘嘱咐：“好啊，早点回。”

林盏点头：“嗯，我知道了。”

回教室的时候，听到呜咽的哭声。

林盏以为是自己幻听，但越往教室靠近，那声音越清楚，还夹杂着支离破碎的断句，因为抽噎，句子都讲不清。

她走近了才看到，哭的人是孙淇淇。

“老师，你就再给我、给我三天的时间，好不好？我保证就三天，我一定交出比这些……都好的画来……”

老师扼腕叹息：“不是不给你机会，是马上就要交了，你重画也没用。既然觉得这个机会这么重要，怎么不早些开始画呢？”

“我错了老师，”孙淇淇哭得梨花带雨，抓住老师的袖子，“再给我一次机会行吗？一晚也行？推迟一下，好不好？您知道的，我会画画的。”

“你很久没上课了，”老师拍拍她的手，语调温柔，说出来的话却很无情，“比赛不是慈善，不能因为你哭就更改规则。你以前的画虽然看得出有点急躁，但都很有灵气，可能是自己不用功了，你的画现在就像一个速销的商品，老师看着也很难过。”

孙淇淇哭得几欲断气，只是不停地道歉，恳求一个机会。

老师叹息，看着她：“不要再哭了，如果让你重画，对别的学生不公平。你已经大了，要学会承担自己的所作所为。”像是在说这件事，又像不止说这一件事。

孙淇淇眼眶通红，声泪俱下，靠在门边号啕大哭。

只有她自己知道，她失去了多少。

回寝室时，洛洛她们正在讨论这事儿。

林盏把钥匙扔桌上：“你们怎么知道她哭了？”

“那么大声啊，最后又哭又叫的，整个楼道都听得清。”洛洛说，“我们上了趟厕所，一出来就围观到了，哭得真是很惨。”

老幺正在擦眼镜：“一个比赛名额而已，至于哭成这样吗？当时盏盏的画展名额被她拿走，盏盏也没哭啊。她哭得跟天塌了似的。”

“这比赛重要着呢，”寝室长说，“就这一个，胜过大学四年所有比赛，你信吗？”

洛洛拆开手上的包装袋，边剥松子边说：“哭也包括后悔吧，还有，害怕自己以后都画不出好的东西来，怕以后赚不了钱了。《伤仲永》啊。”

林盏看着洛洛，有点惊讶：“你居然知道《伤仲永》？”

洛洛拿松子扔她：“滚啊！我很有文化的好不好！”

那天早上林盏正在睡觉，被对床的洛洛砸醒。

“林盏！”

林盏好半天才睁开眼睛，抓着枕头套，从干涩的喉咙里挤出几个字：“怎么了？”

“初赛过了！我在群里看到名单了！”洛洛抓着被单，“太牛了！”

“嗯，”林盏应了句，翻了个身继续睡，“知道了，快睡吧。”

“几点了还睡？”底下煮泡面的寝室长抬头，“十点了，兄弟们。”

老幺下床的时候还颇有怨念：“气死我了，大清早把我叫起来，就为这种用脚趾想都能知道的新闻？”

“这个新闻很重大了好吗，”洛洛一撩床帘，“我们市交上去二三十幅，只过了五幅啊！”

林盏抓了抓头发，从上铺爬下来。

吃了午餐之后，林盏一边哼歌一边整理颜料。

“比赛过了这么开心啊？”

“不是啊，”林盏挑出混合的脏色，道，“暑假要和沈熄一起去旅行，帮我想几个地方呗。”

洛洛：“七天连锁？”

林盏：“……”

林盏：“可不可以说点浪漫的地方？连锁酒店很浪漫吗？”

“不浪漫，”老幺说，“但是很实用。”

林盏：“……”

“不过，”老幺问林盏，“我们关注你的全垒就算了，你自己为什么也这么关注啊？”

“其实也不是很关注，”林盏说，“但是就这个样子，我会觉得我自己很没魅力啊！”

所以才一而再再而三地试探，并不是真的想要什么，只是……

洛洛说：“任何一个女人都想看另一半为自己发狂吧？！”

林盏："……"

"现在还这么早呢，"寝室长说，"还有几个月才放暑假，还不如关心比赛呢，决赛结果还有一个月就下来了。"

决赛结果是现场公示的。

当天，蔚大美术系几乎一大半学生都去了，偌大的礼堂满满当当坐了几千人，跟办演唱会似的。

正中央一块大屏幕，屏幕下是高台，台上摆着桌子和话筒。

林盏她们整个寝室的都坐在一块儿，等待开场的时候，她在底下玩袖子，把袖口处的松紧绳解开又系上，系上又解开。

洛洛问她："紧不紧张？"

林盏还没来得及说话，有人上台了。

冗长的开场语之后，林盏撑着脑袋，紧盯大屏幕。

现在正在放的是优秀作品。

优秀奖完了是三等奖，而后是二等奖，最后是一等奖。

入围的画全部都是精品，是在成千上万的画里脱颖而出的寥寥十几幅，也算是担得上"不负众望"这四个字了。

优秀奖，五幅。

获奖者纷纷上台领奖，拿着奖状在台上合了影。

"获奖者不要急着走，颁奖完毕后记得去后台，有记者采访。"

洛洛小声说："这次果然也有记者采访。一等奖就一个吧我记得，估计重点采访一等奖了。"

紧接着，伴随着屏幕上一幅幅画的闪现，三幅获得三等奖的作品也筛选出来了。

依然没有林盏的。

老幺抖着腿："虽然明明不关我的事，可我还是好紧张啊！"

"要么拿一、二等奖，要么没奖了，"寝室长抬头，"等得我都快脑充血了。"

林盏双手交叉，两根食指绕在一块儿打圈，紧盯着屏幕。

二等奖两幅。

首先展示的是一张写生画，画的中央是一个跳芭蕾的舞者。画面的色调处理得非常好，人物塑造也很到位，腰肢柔软，身段盈然。足尖弓起，用力，能看出身子的重量全部蓄积在足尖，随便装裱一下就能进大画展了。

林盏觉得口有点干。

介绍了一下这幅画的得奖理由，下一张画从左至右地滑了进来。

林盏心口忽然一松，又一紧，千千万万种情愫齐齐喷发，在冲顶的那一刻，汇聚成令人胸口发麻、身心俱颤的激动。

——是她的。

这张画是她的啊！

林盏耳边嗡了一声，像是老旧的黑白电视机飘满雪花，还一边带出死机般的、连绵不断的噪声响在她耳边。林盏太阳穴突突发涨，每一寸脉搏都跳动起来，在血管里呐喊叫嚣。电视机终于被关掉，所有的杂音顷刻间消弭，回归一片漆黑。

林盏冷静下来的时候，她的获奖理由已经念完了。

她甚至忘了上台，被洛洛她们推着从位置上站起来，飘飘然地站上了领奖台。

冰凉而沉甸的奖杯触手的时候，她才有了些微的真实感。

放眼望去，台下黑压压的，人头一片，整个场馆安静得不像话。

她觉得头昏，鞠躬感谢的时候，很害怕自己一头栽下去。

“大家恭喜二等奖获奖者！下面，我们公布一等奖！”

走回座位的时候，林盏听到了掌声。

好像是，这么久的拼搏，终于尝到了一点甜头。

所有的荣光都不会迟到，假如迟到了，那是上天在为你蓄积奖赏。

因此，无论有多困难，有多艰苦，一定不可以放弃。

真正要去的地方，是没有人可以阻挡的。

颁一等奖的时候，林盏坐在底下看着自己的奖杯发呆。

洛洛戳戳她的奖杯：“很激动吧？”

林盏看了她一眼，浑浑噩噩。

“等下还要接受采访啊，你别一脸神志不清地看我啊，”洛洛笑了，“我怕你一问三不知！”

语毕，她模仿了一下记者：“请问，你觉得自己为什么会获奖？”

林盏抿抿唇，仔细思考了一下：“长得好看吧。”

洛洛：？

颁奖结束后，等观众全部离席了，获奖者才去后台接受采访。

林盏是年纪最小的一个，好几个记者都围着她问问题。

年纪最小的、名气最大的、获得第一的，全是他们的重点采访对象。

记者：“你是怎么接触到绘画这个行业的？”

林盏：“热爱吧。”

记者：“在绘画过程中会遇到困难或者瓶颈吗？”

林盏：“其实都有，但是做自己喜欢的事情，虽然辛苦，但不痛苦。”

记者：“家里人支持你吗？”

林盏：“不管支不支持，自己坚信对的东西，就要去做。”

记者：“你是获奖者里年纪最小的，是从什么时候开始画画的呢？”

林盏：“很小就开始了。”

记者：“对未来有什么打算吗？”

林盏：“希望可以办一场自己的画展。”

记者：“能一路走到这里，是不是很感谢自己的家庭？”

停顿了片刻。

林盏问：“这个问题，可以不回答吗？”

记者笑了下，又问：“那最感谢的是谁呢？”

林盏说得模糊不清，但惹人遐想：“感谢我的‘希望之光’吧。”

……

整个采访持续的时间不长，林盏那时候脑子居然出乎意料地清明，言简意赅地回答完，就离场了。

虽然离场之后，已经不记得自己说过什么了。

林盏揉了揉自己的颈椎，回头看了一眼下一个接受采访的获奖者。

依然是差不多的问题，差不多套路的回答。

林盏低头看着脚下台阶，一步步走完，走完后抬起头，准备从后门出去。

忽然发现光线里站着一个人。

大把炽烈光晕不断涌现，照得人无所遁形。

林盏本想装作不认识，但和孙淇淇擦肩而过的时候，听见她低声说："我错了。"

林盏脚步一顿，右脚尖停在地面上，再没有动作。

她没有往前走，只是等着孙淇淇的下一句话。

"你赢了，我输了。"

孙淇淇语调艰涩，低着头，一字一顿。

她曾经固执地以为，只要能够牢牢抓住每个机会自己就能赢，不管那机会是否属于自己。

她曾妄想过站上高峰，如斯便能蔑视一切。

直到她发现自己的水平在退步，主顾逐渐流失，连平日里最不屑一顾的机会都争取不到的时候，她才终于明白，是自己做错了。

现实终于还是给了她响亮的一巴掌，让她从梦境回到现实。

她丧失了画画的初心，往后也许再难寻回往日的灵气。

对于一个创作者来说，没有比这还要严重的惩罚了。

这世界给了她惩罚，她也应该为自己的贪婪和鲁莽道歉。

报纸在第二天就印刷出来了。约莫是比赛比较大的缘故，采访和介绍分了两个板块。

蔚大把报道林盏的那一张单独粘贴在公告栏上，右上角还贴了一张林盏接受采访时的照片。

是从那时候开始，林盏才慢慢感受到这个比赛带来的好处的。

不仅是本市的报纸来采访，甚至有杂志来接洽她做专访，还有励志的青少年读物要她给写个总结自己人生经验的专栏。

她慢慢能够接触更优异的青年画家，以及一些颇有建树的指导老师。

比赛只是将她暴露在大家视野中的一个契机，要真正打入这个圈子，她还需要加倍努力。

大三上半年，林盏都处于高产状态。

她不断出去采风，汲取更好的东西填进自己的画面，有几幅经过修改之后，画面十分可圈可点。

暑假的时候，约好了和沈熄一块儿出去旅游。

刚开始提议的时候，沈熄还一脸戒备。

林盏皱眉："你这个表情是什么意思？你怕我对你做什么？"

彼时的沈熄答得很快："嗯。"

林盏："……"

"我看起来像那种人吗？再说了，你是男的我是女的啊，我想干什么我也得逞不了啊，你力气比我大多了……"情之所至，她开始举例讲解，"就比如……"

"好了，"沈熄打断她，伸手捏住她脸颊的软肉，"我逗你的。"

林盏一边脸上的肉被他掐起来，问："有成就感吗？"

沈熄看着她，一本正经道："有啊。"

林盏："……"

后来定位置的时候，沈熄当然征求了她的意见。

那时候林盏趴在咖啡厅的桌上，懒洋洋地晃着藤椅。

她耸耸肩，问他："那你想去哪里？"

沈熄："我都可以，你想去哪儿？"

"海，"林盏想了想，最后给了一个范围，"我想去海边。"

"这个要求挺好满足的，"沈熄颔首，"可以，还有吗？"

“还想看日出，看星星这些……”林盏想了想，说道，“你记不记得好久之前，你说要陪我看星星的，可是后来没有。”

“那是出意外了，”沈熄道，“再说，后来那个机会不是满足你了吗？你给我发消息那次，抵消了。”

林盏坐直身子：“你居然跟我算得那么清楚？！”

沈熄：“……”

他给她顺毛，低声说：“这不是要答应你了嘛，你说什么，我都会帮你完成的。”

林盏像是听到什么很想听的，雀跃开口道：“我想……”

沈熄打断她：“正常的我会答应，胡扯的就不要想了。”

林盏撇嘴。

沈熄在一边找起攻略来，林盏看他认真的模样，忍不住想起很久之前，角色置换，她是喋喋不休拼命想讨他欢心的那个，而他只有在心情好的时候才会应和两声。

几年过去，现在变成他坐在她身边，顺着她的心意去给她找她喜欢的东西。

林盏骤然开口：“沈熄，我觉得现在有个句子能形容我眼下的情况。”

沈熄没反应过来：“什么？”

她伸出指尖，用食指和中指挠了挠他的下巴，眼中一弯月，笑得满足而得意。

“翻身农奴把歌唱。”

沈熄食指一动，又仿若什么事都没发生似的移开目光。

当晚入睡时，他满脑子都是林盏那句“翻身农奴把歌唱”。

她声调婉转，尾音拖着又打了个旋儿，显出一种周正的勾人来。

尤其是拉长的那一点点，引人遐思的气音。

沈熄翻来覆去，辗转难眠。

难得的，他再次失眠了。

第十二章

一期一遇，一生一世

二人旅游的第一站，去了海边。

海算是林盏心中的一个圣地，这些年，无论她去过多少地方，没看过海，就总觉得遗憾。

在她的认知里，海是神圣的。内敛、静谧、柔和而宽阔的海域，承载着这个星球的漫长历史，无论岁月如何更迭，它始终就流淌在这里。但它如果发怒，疯狂的海啸，又无人能挡。虽然安宁，却很有力量。

看着海，她感觉到平和。

她穿着一条曳地的藕粉色纱裙，戴了顶相得益彰的遮阳帽，一手扶住帽子，一手牵着裙摆。

沈熄在她身后看着她。

突然，她松开右手中紧攥的纱裙，朝他伸出手。

沈熄走上前，回握住她。

林盏低声说："当时画《浪漫废墟》的时候，我就总想来看一看真实的海。我觉得，你跟它其实很像的。"

沈熄侧眸："和谁？"

“海啊，”林盏笑了，“温柔，却很有力量。”

沈熄还没反应过来，林盏突然摘下自己的帽子，扣到他头上，然后转身就跑。

“扣到的是傻子！”

沈熄：“……”

她的画风可以不要变得这么快吗？

她沿着海岸线往前跑，遗落一串清脆笑声和一排陷在沙滩上的脚印。

阳光下，她的脚踝干净而白皙，因为瘦，那条跟腱就格外明显。

沈熄往前追。

林盏害怕被他捉到，一个劲儿地躲。

沈熄怎么会让她得逞，他稍微一用力，就把她扣住了。

饶是林盏力气大，此刻也明白了男女力量的悬殊。

“沈熄，疼……”她嘶嘶地低眉唤着，还倒抽着冷气。

沈熄急忙松手，林盏泥鳅似的从他怀里滑出去。

“我骗你的！”

沈熄：“……”

夜晚，他们就在海景客栈住下。

坐在客栈内的一个小秋千上，一边晃荡着，一边可以透过巨大的落地窗观察窗外的景色。

夜把海的宁静加倍放大。

圆月下坠，只在海面上露出浑圆的半边，清幽的月华稀疏洒落在海面上，勾出影影绰绰的递减波纹。

远处船只几乎微小成一个点，船上明灯高悬，为这清冷夜色点上一抹暖光。

星星隐没于厚重的深色云层内。

林盏晃着腿，未几，跳下秋千，搬来自己的折叠画架和画板。

权当练手，她画了幅夜色中的海。

随身携带的小音箱，正靠在茶几上懒懒地吟唱着：

这一生一世

这时间太少

不够证明融化冰雪的深情

就在某一天

你忽然出现

你清澈又神秘

像贝加尔湖畔

你清澈又神秘

像贝加尔湖畔

歌手嗓音澄澈空灵，富有质感，将歌曲娓娓道来，又添一丝宁静。

林盏画笔微顿。

沈熄在一旁开口道："跟我在一起，你好像很喜欢听这首歌。"

她笑着蘸取一笔湖蓝。

其实看到沈熄的第一眼时，她就想到了这首歌。

"这首歌，是我遇见你时的背景音乐，可以这么说，"林盏说，"这首歌写得也很像你啊，你不觉得吗？"

她说着，沈熄在一边百无聊赖地翻她的速写本。

林盏笑着看他一眼，又转回脑袋。

她这个速写本画的是个人速写，自然比作业速写要放松且随意得多，想画什么就画什么，想怎么画就怎么画，想给速写起什么名字就可以起什么名字。

她画的大多是他，写题的他，午睡的他，低头逗狗的他，给她拧瓶盖的他。

那些速写也有名字：《指尖上的沈熄》《沈熄睡觉觉. JPG》《沈熄与狗. GIF》《沈熄与我. GIF》。

虽然感觉后缀越来越奇怪了，沈熄还是继续往后翻。

纸张翻出哗啦的声响。

等一下。

林盏想到了什么，笔尖蓦地一停，甩开调色盘，把笔扔进桶里。

“等一下！先别看！”

晚了。

沈熄嘴角的笑似乎在那一刻僵住，他看到下一张画的内容，是他们在小巷子里短暂亲吻时的场景。

在看到林盏配上的名字后，沈熄皱起眉，难以置信地念出声：“我与沈熄……AVI？”

什么叫百口莫辩？

这就是了。

林盏徒劳地张了张嘴，呃了半天，一个字儿都说不出来。

有种说什么都欲盖弥彰的感觉。

安静得有点可怕。

林盏咳嗽了一声，挠挠脑袋，绞尽脑汁地胡说八道：“AVI是个后缀，代表视频的意思，你别想多了。”

沈熄抬头看她，眸色深不见底。

怕沈熄不信，她赶忙百度念给他听：“AVI英文全称为Audio Video Interleaved，即音频视频交错格式，是微软公司于1992年11月推出，作为其Windows视频软件一部分的一种多媒体容器格式。AVI文件将音频……”

“好了，”沈熄打断，“我知道。”

林盏心放下，讪讪笑道：“你知道就好。”

沈熄又继续道：“但只有被踩到尾巴的人才会那么跳脚。”

林盏：“……”

正当林盏装作什么都没发生一样，拿起画笔调色的时候，就听沈熄在身后，敲着椅子漫不经心地问她：“林盏，你是不是觉得我什么都不懂？”

海的这一程结束之后，两个人商量着去周边转了转。

既然是要换旅行地点，那么也要换酒店。

沈熄正在一边找攻略，林盏自然就去搜了搜附近的酒店。

她掏出手机开始查："那我就查一下我们睡在哪里。"

沈熄见她一个人捣鼓半天，忍不住探头看了一眼。

她在APP搜索栏那行，填的是"主题酒店"。

沈熄语调沉下去："林盏！你又在查什么乱七八糟的？"

林盏委屈地嗫嚅："是正经的主题酒店来着。"

四天后，站在林盏订好的酒店里，沈熄环视周遭，几乎是平生第一次，咬着牙说完了一句话。

"林、盏，你给我解释一下！"

"这主题酒店挺好的啊我觉……"

话没说完，被沈熄拖出来，强行换了酒店。

还开了两间房。

林盏："……"

开完房间之后，林盏教育他："只要我们有一颗圣洁的心灵，就不会被外物打扰，就算睡一张床上又能怎么样呢？"

沈熄抄手看她，声音无波无澜："你说两个人睡在一起，能怎么样？"

林盏往前坐了一点，了然于胸道："你怕自己把持不住？"

半晌，沈熄终于开口："我怕你把持不住。"

林盏："……"

"哦。"

夜一寸寸深了，沈熄正在做着明天的行程安排——先去某个鼓楼，然后去体验、欣赏一下非物质文化遗产。

砰砰两声，门被人敲响了。

他眉一皱，不确定门外的人是谁。

"谁？"

林盏舔舔唇，说："我。"

沈熄没开门，隔着门问她："你来干什么？"

门外的林盏满头黑线，为什么对她这么有戒备心？她又不会吃了他。

林盏："我来给你送热牛奶。"

门锁咔嗒一响，沈熄将门打开一条缝，审视着门外的林盏。

"牛奶呢？"

林盏伸手卡住那条缝，将门推开，然后闪了进去。

她站在他面前，指指自己嘴角，笑得很狡黠："我刚刚喝掉了。"

沈熄早就猜到她要这么说，也没怎么理，转身去整理明天要带的东西。

林盏站在他背后，看他背对自己蹲下身整理东西，一件一件，很有条理。

当他把买来的纪念品扔进箱子的时候，林盏终于不悦了。

她站直，低头问他："沈熄，你难道不觉得我的睡裙很好看吗？"

沈熄眉头几不可察地蹙起，他指尖停了一下，很快又恢复动作。

"嗯，好看。"

林盏不悦："你都没回头看啊？！"

他象征性地回头看了一眼，真的就是象征性的那么一眼，只瞟到她堪堪遮住大腿根的睡裙下摆，就又转过身。

"还可以。"

林盏：？

"你的箱子难道比我的睡裙还好看吗？"

沈熄忍无可忍，站起身，垂眸看她："你到底想说什么？嗯？"

林盏仰头，笑眯眯的："想让你看我啊。"

"我新买的睡衣，很好看吧？"

沈熄眉一挑，看着她，道："看完了，可以回去了？"

她瘪嘴，委屈巴巴的："你居然赶我走。"

"别在男人房间留太久，"沈熄轻咬齿关，意有所指，"你还太小了。"

林盏伸手，语带疑惑地低头看了眼："我不小啊！"

沈熄觉得有人放了把火，从他脊椎骨处一路蔓延着往上烧，来不及思考更多，大火把理智悉数烧尽，只剩下本能。

他把人压在墙壁上，呼吸声渐重，竟然带出一串似有若无的低笑。

“你知道自己在干什么吗？”几乎是贴在她耳边讲的。

独属于他的那股味道顷刻间就占据了她全部呼吸，她吸入的是他的气味，呼出的也是他的吐息。

他的气流喷在她耳后，一刹那就让她开始腿软了。

林盏整个人弓着身子，反应过来的那一刻，几乎是立即感觉到了点什么不同的，这才下意识地把人往外推。

推不动，身前的人反而变本加厉。

她开始颤了一下。

林盏用力咬了一下他肩膀，眼底覆上一层水雾，挣扎道：“放我下车！这不是去幼儿园的车！”

她还没有做好准备啊！

沈熄听她这么说，终于忍不住轻笑出声，手上力道才减轻一点，怀里的人就已经风也似的跑走了。

留下一阵很浅很浅的，桃花香味。

听到关门声重重响起，沈熄一手撑着墙，一手垂在身侧，意味不明地笑了笑。

他动了动大拇指和食指，指腹相捻，似是回味。

笑过之后，他扶住脖子，叹息一声。

她撩完就跑，倒是轻松。

最后还是只剩他一个人认命地去冲冷水澡。

林盏心有余悸地回了房，坐在床上平复心神。

太㞞了。

沈熄的动作太快，快得她都来不及反应，也来不及做好心理建设，所以才一直把他往外推。

谁知道沈熄这么不禁撩啊，她就是想给他一点暗示和准备，为什么事到临头会被人抱着啃？

林盏有点想哭。

现在好了，煮熟的鸭子，飞了。

第二天，两个人去鼓楼。

暑假正是旅游旺季，行人几乎是摩肩接踵。

林盏不过是四处张望了一下，就被吞没在熙攘的人群中。

她踮了踮脚，准备去找沈熄。

很快，一双骨节分明的手从人群缝隙中伸过来，递到她面前。

包都是沈熄在背，林盏一身轻松，很快就被他拉出重围。

把人揽到自己身边的时候，沈熄还在一板一眼地叮嘱：“别乱跑了。”

“我也没乱跑啊，”林盏指指远处，“我看山去了，你又走得太快。”

想了想，林盏问他：“对了，下半学期两校是不是还有个活动合办？”

沈熄嗯了声：“怎么？”

林盏：“听他们说，你主持？”

他想到这事就头疼：“是主任非要给我安排的，我不想去。”

“应该的嘛，你在学校各方面都拔尖，非要拉出一个人代表学校的话，你最适合了，”林盏扯他袖子，“怕你一个人无聊，所以我也报主持了。”

沈熄定定地看着她：“你也主持？”

“对啊，”林盏撇嘴，“你那是什么表情啊？”

她背着手，道：“难道你不想要我吗？”

沈熄望着她，无语片刻，转向一边的便利店。

“我去买点东西，很快回来。”

林盏努嘴：“嗯，你去吧，我在这等你。”

便利店太远，她不想走，就在原地休息好了。

近十天的舟车劳顿过后，两个人终于准备启程回去。

林盏看了看近10个小时的车程，对着手机悲叹："要我在车上坐10个小时，老天，不如让我去死。"

沈熄想了想，道："不如在路上找个地方，在那里休息几天，再回去？"

"回去的话，回哪去呢？"林盏认真地思索起来，"回学校？学校又没什么人。"

他侧眸，问她："想回W市吗？"

毕竟是她的家乡，承载了她那么多年的记忆，虽然因为种种原因不常回，但他明白，她内心对W市也很想念。

在蔚大那边的时候，常听她提起W市。

"有点想回去啊，"林盏沉吟，"但是回去了，我住哪呢？你可以回家住，我又不能去你家。"

"为什么不行？当然可以去我家住。"

林盏摇头，道："说好了今年过年再去拜访嘛，我现在突然去的话……正累着，不是最好的状态，礼物也没买，要说什么也没准备好，而且也太突然了，那我去你家难道和你睡一起？阿姨会不会觉得我……"

"行了，"沈熄见她又开始絮叨，捏了捏眉心，"那，在商业区附近酒店开间房也可以。多开几天，就不用总整理东西了。"

不只是她没准备好，他也没准备好。

想到叶茜看到林盏那一刻脸上会出现的表情，想到叶茜给林盏讲他童年屈辱时会有的慷慨激昂，想到这两个人一拍即合，他头疼，不行，真是头疼。

"开间房很好啊，你为什么露出那种欲言又止的表情？"林盏伸手，把沈熄的脸扳回来，"你想到什么了？"

"想你想不到的事，"沈熄拍拍她肩膀，"那我先回房间了。"

林盏看着他的背影消失在走廊里。

九点准时走，还真是走得比放学还快啊。

终于在W市落了脚，林盏在三环选了家酒店，沈熄为了陪她，也一起住下。

酒店楼下有个小书店，林盏路过的时候，居然发现里面有本杂志有自己的专访。

既然这本杂志还算有名，也在W市铺货了，那林政平会看到吗？

没多想，她进了酒店。

晚上出来吃了东西，林盏回房间之后，接到洛洛的电话。

林盏背对着门、面对着床接起那通视频电话。

“怎么啦？”

洛洛挑眉的样子，从视频里看起来特别滑稽。

“你有捷报要传吗？”

林盏装不懂，眨眨眼很无辜道：“啊？捷豹？谁买了捷豹？”

洛洛吃橘子，一边吃一边说：“你给我少装不懂了。”

林盏睨她：“你啊你，放假不好好玩，净关心我了。”

林盏没注意到，这时候，她粗心没关上的房门，被人推开了。

沈熄站在她身后，起先并不知道她在打电话，只是想来提醒她，以后要记得关门，不然很危险。

然，话还没说出口，就听到了跟自己相关的话题。

他索性停在那里。

“我暑假多没意思啊，每天吃了睡睡了吃，你跟我就不一样了，是吧？”视频那边的人挤眉弄眼，“你多潇洒啊，美人在侧，长途旅行，月黑风高，擦枪……”

“得了吧，”林盏否定，“擦枪？不存在的。”

沈熄抄着手，半倚门框，眉头微挑。

林盏似乎是有点为难，开了口，又咳嗽两声，踌躇半晌，还是低着头说出口。

“不瞒你说，我觉得沈熄……可能那方面有问题。”

沈熄正敲着手臂的手指一滞，有点愣。

什么？

洛洛通过视频，已经发现林盏身后站了个人，拼命给她眼神暗示。

林盏这边可以看到自己，但屏幕太小，加上她注意力又多集中在洛洛那边，看洛洛挤眉弄眼抽搐嘴角，遂语带疑惑：“你在干吗？”

语毕，没等洛洛回答，林盏又道：“你别不信啊，我确实有这种感觉，他是不是不行……”

洛洛惊恐地看着沈熄抬腿走近。

林盏趴在窗边，镜头逐渐只能捕捉到沈熄的那两条长腿。

洛洛语带颤音：“我、我、我挂了啊！”

自求多福吧，我的盏，阿门。

林盏皱眉，盯着手上突然回归聊天页面的手机。

须臾，洛洛的消息过来：看你身后。

林盏：你还想给我讲鬼故事？我才不上当好吗？

回了之后，她还是下意识回头看了一眼。

沈熄站在她身后，抱臂，修长的手指笃笃叩着肘窝。

他眼神似笑，眼尾上钩，却又似笑非笑，透出来的那寸光，有着说不明的含义。

林盏霎时失语，求生的本能让她把目光投向了身后的门。

很好，门被沈熄锁上了。

林盏试图暖场：“你什么时候来的？”

沈熄慢悠悠的，尾调拉长：“很早——”

林盏讪笑，感觉这个角度让自己很没气势，于是站起身，问：“多早？”

“早到该听的不该听的，我都听到了，”顿了顿，沈熄一点点补充道，“全部。”

林盏卷起舌头，顶了顶口腔右边的软肉。

事已至此，跳河吧。

她轻咳一声，问："你喝不喝茶，我给你倒点水。"

她往前走了两步，手腕被人扣住，独属于他的那股日光香气砰砰地炸开。

林盏骨血发涨，脚跟和耳根一同软了。

沈熄敛眉，低声问："你觉得我有问题？"

林盏百口莫辩："……"

沈熄伸手，扯了扯衣领："带你温习一下知识点，嗯？"

她被他的气息包裹，飘飘欲仙，耳郭处更是被一层层热浪来回撞击。

她勉强开口问："温习，什么？"

他沉吟片刻，意有所指，让林盏恨不得找个地缝钻进去："实践出真知。"

林盏后退，撞到柜子一角，却并不疼。

只是心跳加速，从头到脚的每一寸都树起浓浓的紧张感。

她双手颤抖，几乎是有点僵硬地环住沈熄的腰。

"把灯调暗点？"他低声征求她的意见，"不喜欢太亮？"

"全关、关掉吧。"她磕磕巴巴地说。

满室漆黑，月光如练，一点点顺着窗沿爬进来。

林盏觉得紧张，但紧张之余，又觉得，心中所盛，也不全是紧张。

虽然对未知的东西还是带着本能的恐惧，但又觉得，只要在沈熄身边，就不需要害怕。

他会带领她，不管所至之处是否荆棘密布。是荆棘铺路，他披荆斩棘；是危险丛生，他化险为夷；是无穷尽的夜不止息的暗，他会亲手点亮朝阳。他带领她，从一人的孤岛，走上人声鼎沸的岸。

衣服是怎么被褪下的，林盏已经感觉不到了。

她混混沌沌，几乎只是顺从本能地配合着沈熄的动作。

他动作温柔又缓慢，最后，他把林盏的衣服工工整整叠在一边。

明早她还得穿，要是给她弄皱了，她又该哼哼唧唧好半天不满意了。

沈熄维持着那个放衣服的动作，依旧在询问她："觉得怕的话，现在还可以喊停，最后一次机会。"

再往下，就不能停了。

林盏内心获得充足的勇气——是这个人的话，怎么都不怕了。不管结局如何，绝对都不后悔了。

她抬起手，搭上他的肩膀，声音带着克制的颤："不公平。"

沈熄皱眉："嗯？"

林盏不服输道："我都……你还穿这么多，不公平。"说完，也许是终于迈出那一步，她豁出去了，开始胡乱解着沈熄衬衣的纽扣。

沈熄沉声："你摸到的是口袋的扣子，解开了也没用。"

林盏："哼。"

沈熄温柔的吻落在她眼皮、鼻尖、脸颊，起先只是淡淡触碰，后来便开始慢慢升了温。

相接触的皮肤上好像燃起星星点点的火星，原本只是一簇簇，但密密麻麻的火星相连，就烧起一阵绵延火势。

沈熄自后脊椎涌起一阵难言的灼烧感，抑不住，浇不灭。四肢百骸泛出一种直至骨髓的饥饿，脑中一直紧绷着的、他以为永不会因人震颤半分的弦，刹那间断掉。

他托着她后颈，大拇指抵在她耳侧，尝试着将她的头微微抬高。

这个动作让她本能地张开嘴呼吸，他顺势含住她的舌尖，辗转吮吸。

沈熄手指轻带一下，摩挲她耳后那块极为脆弱的肌肤。

林盏发出断断续续的抗议声，但抗议声清浅且短，须臾间便被吞入他的唇齿间。

她在他身下战栗，折服。

林盏感觉像是坐上过山车，初始时的紧张逐渐消弭，并随着每一道航线的结束和开始，而迸发出各式不同的体验。

一种悬于高处的刺激、劲风扑面的爽快，以及极度的兴奋和期待。

充足而漫长的铺垫之后。

林盏："戴……"

话才说一个字，沈熄了然地接过："嗯。"

很自然，又很让人心安。

林盏："你……我……我……你轻一点，我有点怕疼。"

沈熄抿抿唇，手指放在她身下的床单上，捻了捻，又用手掌触了触。

最后，他安抚似的哑声道："已经够了，不会痛的。"

她起先并不知道沈熄在说什么："啊？什么够……"

反应过来之后，整个人差点脸红到爆炸，推他肩膀，无奈整个人软趴趴的，推也推不动。

她的骂也像嗔，勾着姑娘细软的声调和细碎的害羞。

"你难道是个流氓吗，沈熄？"

夜色正浓，豆蔻枝头柔软悬挂一泊，悬不住了，才肯零零碎碎地洒落一些下来。

枝叶承受着那方恩泽，倒也并未因月色过重而觉得无法负荷，反而在夜里低声地笑。低声地笑，低声地唱，风一过，树叶哗啦蜷作一团，像是在躲。

心上人温柔的呓语和触碰，该是初春的风撩动，欲拒还迎，满怀悸动。

第二天，林盏是被一阵轻轻的触碰给弄醒的。

开始她只感觉到有人用指腹戳了戳自己的脸颊，迟钝地有了点意识，后又感觉到那双手把贴在自己脸颊上的头发一点点顺到耳后。不仅左右两边脸颊有，额头上也有。

因为刚睡醒，沈熄的声音还掺着浓重的嘶哑和懒倦，他低声开口，像自言自语："昨晚怎么流了这么多汗？"

林盏：怪我？

她想给沈熄来一个清晨充满爱意的对视，满怀期待地睁开眼，看到了沈熄的背影。

这个人从来都不能配合一下是吧?

沈熄不知道在柜子上那个小包里翻着什么。

林盏有点慌了。

这青天白日的，不会又要来一次吧?

沈熄找好东西，一转身，林盏立刻闭眼假寐。

她感觉到沈熄的手伸进了被子里。

她耳尖发烫。

然后，沈熄捉住她的左手。

嗯?

沈熄把她的手从被子里抽出来。

嗯嗯?

沈熄把一个冰凉的东西套上她的中指。

嗯嗯嗯?

林盏睁眼，正巧捕捉到沈熄此刻的“罪行”。

她喉头发痒，像是被人喂了一口蛋糕，声音带着一点点颤：“你干什么？”

窗外阳光被窗帘吸走了一大半，但屋内仍旧明亮起来。

她左手中指上，是一枚素雅、线条流畅的戒指。

沈熄只是顿了一下，很快缓缓道：“不知道你喜欢什么样的，就先随便买了一个，以后换手指戴的时候再换另一个。”

林盏张张嘴，眼眶发烫，感觉所有的情绪一股脑儿地往眼睛上涌。

“什么意思？”

她固执地要听一个答案。

沈熄垂眸，定了定神，伸出手，握住她的手掌。

他的手掌宽大而温暖。

“我想娶你。”

有一刹那，林盏感觉自己仿佛从这个地球上蒸发了。

她什么也没有想，什么也想不到，所有的器官依然在为这个身体运行着，但她自己却无法操控这具身体，怀疑可能是在做梦，梦里才有这种无法控制不知所措的场景，醒也醒不来，心脏的跳动声是不是被人拿了喇叭扩开，否则不应该听得这么清楚才是。

沈熄伸出手指，揩了揩她眼角的泪痕。

“好了，哭什么？”

从他触及的那一处开始，冰冷的身体渐渐回温，林盏一寸寸恢复感知。

她想说点什么，但什么都说不出，言语支离破碎，通过别的方式宣泄情感。

好半天，她侧过头，不让沈熄看到自己，嘴角扬起一点，问：“你说什么啊，我没听清。”

她以为沈熄不会回答，但出乎意料的，他好声好气地又重复一次。

“我说，我想娶你。”

“听清楚了吗？”他说，“我想娶你。”

林盏咳了声，血液好像都在加速流动。

不知道过了多久，她忽然低呼一声。

沈熄：“怎么了？”

林盏很受伤、很懊悔、很可惜地叹道：“我忘记计时了啊！”

沈熄：“……”

林盏立刻翻到床沿边，摸出自己的手机，打开和洛洛的消息记录。

洛洛的消息从七点开始，就没断过：

你起床了吗？

你还好吗？

你还活着吗？

你在哪里啊？

哈哈哈哈哈哈哈哈哈哈

OK的，林盏你OK的。

……

林盏看了一遍，就往上滑，去看更前面一点的消息。

她垂着头，琥珀色瞳仁紧紧盯着那串数字。

“挂电话是十点四十五左右，开始的话是十一点多，结束的时候……”

她回想了一下，那时候转钟，她疲惫地看了眼时间，侧头就睡了。后来还是沈熄抱她去洗澡的。

所以这么算下来，一个小时还多……

或许是感觉自己正在被挑衅，沈熄睫毛微颤，语调稍沉：“不如再来一次，给你算算时间？”

林盏立刻看他：“现在几点了？”

“下午两点。”

她居然睡到下午两点？

一回忆昨晚，仿佛不只是记忆，连身体都开始一并回忆起来。

她腰间酸软，腿根发麻，自锁骨向下的那一片也是又疼又麻。

她讪讪笑，提了提被子：“先、先去吃饭吧。”

沈熄抄手瞥她。

林盏：？

他云淡风轻：“不是要吃饭？不穿衣服？”

“你看着我我怎么穿啊？”

沈熄表示理解，侧身把柜子上的衣服递给她。

林盏看他那双手拿起自己的衣服，她摆手：“你把东西放这里就行了，我可以自己拿。”

沈熄背对着她，林盏快速穿好衣服，其他一切都很顺利，除了快下床时差点一脚踩空，忘了怎么走路。

沈熄听到一声闷响，回头看她：“摔了？”

“没，”林盏每步都像踩在泥里，软趴趴的，“先去吃饭吧。”

沈熄看着他，眉一挑，又缓出一个笑来。

在W市住了几天，林盏把原来怀念的东西都一一吃过，这才算是了了点遗憾。

原来高中的时候，她常喜欢拉着沈熄去图书馆。

这次回来，她也带着沈熄去了一次图书馆。

因为家后面有个公园，公园里抄小路，可以直接到图书馆。

念高中时，沈熄经常坐在那个固定的位置，桌上放两瓶矿泉水。后来天气冷了，他就会把矿泉水换成热奶茶或者热牛奶。

林盏喜欢把自己穿成球，手套挂在脖子上，白皙的脸因为被风吹过，更显苍白。

趁沈熄不注意，她就把手往沈熄脖子里伸。

林盏想到这个，不禁暗自发笑。

她侧头去看沈熄，后者正低着头看专业书，手指蜷在书侧，弧度流畅。

他长睫垂着，眼睑半搭，模样清冷。

林盏突然想起什么，趁他翻书时说："你不知道，最开始那时候，你对我总是很冷漠，连眠眠都形容你是——冰冻三尺，非……"

沈熄微顿，竟然没等她把话说完，修长手指翻过一页，脸不红心不跳道："非常喜欢你。"

从图书馆出来之后，林盏一路都在絮叨往事，一边走一边笑，顺着小路往前，却成功地在要回家前，弯向了另一条路。

她没注意到，林政平就在交叉路口看着她的背影出神。

蒋婉说："我就说是盏盏，我的女儿，我不会认错的。"

跟沈熄交往的事情，林盏已经跟她说过了。

"你的女儿？"林政平冷笑，"你看你女儿这几年回过家吗？有把男朋友带回家一次吗？"

蒋婉别开目光，不提还好，一提她就怒。

"她不回来是为什么你不知道吗？要不是你，她至于这么久都不肯回来一次吗？"

蒋婉声音有点抖："她大二的时候我去看她，劝她回来，她的表情完全不像赌气，而是冷淡，我提到回家，她很冷淡啊。她跟我说，妈，我不想回家，因为没人想给自己找不快活。

“都好几年了，你还是从来没想过你自己吗？”

林政平沉默良久，最后问：“你觉得她现在快乐？”

“比在家时好点。”

说完这句话，蒋婉率先离开。

远处，林盏蹦蹦跳跳的不知说些什么，而她旁边的人认真听着，有时候点头，有时候弹下她的脑袋。

林政平一幕幕看着，直到那双人影离开视线很久之后，他都没移开目光。

是，他一直觉得自己是对的，他从来不觉得自己有错。

林盏不回来，他当她是赌气，并坚定地认为只有按照自己给她的路走，她才能做出成绩，才会过得好。

但他刚刚好像突然就被那个画面给击到了。

他的女儿，他和她一起生活了18年，自他开始干涉她的人生之后，她再也没有过那么轻快的步伐，那么恣意畅快的表情，现在她仿佛每一个细胞都精神百倍，焕发出生机。

她不知道他在，她没有演给他看。

选择另一条路、离开家的她，原来是发自内心地快乐。

他第一次拷问自己，自己真的做错了？

是，自己真的做错了。

第二天晌午，林家的门铃被人按响。

此前，从来没有人说要来拜访。

“盏盏回来了吗？”蒋婉站起来，问林政平，“是不是盏盏回来了？”

几乎是欣喜若狂地打开门，却发现门外站着一个青年。

眉清目秀，身材修长。

蒋婉探头出去看，四下找了找。

“林盏没回来，”沈熄说，“我是一个人来的。”

沈熄走后，蒋婉收拾桌上的茶水。

杯子旁边摆着的，是成摞的书籍。

书籍里包括林盏这几年得过奖的作品、收录她作品的画集、登在报纸杂志上的专访或专栏……

老实说，一开始林政平只知道林盏有个男朋友，并不知道这个男朋友就是沈熄。

沈熄也算他得意门生里的一个，他很欣赏沈熄。

开始，他们先寒暄了几句。

聊到林盏的比赛，林政平这才知道，原来比较大型的那几次，都有沈熄陪着一起。

其实，林盏说的话，不知为何，他大多选择不信，但话从沈熄这里听到，他便会觉得可靠。

原来她担心的是那些，是因为怕发挥不好自己会将她数落得一无是处，怕名额给了自己让大家失望，怕睡不好结果反而更加睡不好……

他头一次觉得自己这个父亲做得有些失败。

为了向他证明自己可以，林盏铆足了劲儿地去做，事实上，她也真的快做到了。

她抗拒他给她铺好的路，原来并不是叛逆，而是真的不愿意。

他自以为她会被现实的巨浪拍回岸上，却没想到，她居然乘风破浪，一往无前。

返校之后，林盏发现好像有什么地方不对劲。

老幺一个劲儿地抱着手机傻笑。

林盏低头看她："笑什么啊？"

"你还不知道吧，"洛洛拉了拉椅子，眨眨眼道，"她谈恋爱啦。"

林盏笑："挺迅速啊。"

老幺男朋友名字里有个"蓝"字，一整晚都在"蓝蓝楠楠狼狼"地瞎喊。

晚上打电话的时候，林盏跟沈熄讲："我发现我们之间好像没有过爱称。"

沈熄顿了顿："爱称？"

林盏扯了扯耳机线："对啊，爱称。比如，熄熄？"

"就是有点像在嘲笑你。"

沈熄："……"

林盏存心逗他："你不喜欢啊？"

沈熄低声应："有点奇怪。"

林盏非不依他，用通信软件喊他的时候，满口都是"熄熄""熄熄啊""熄熄呀"。

就这么想起来就叫了半个学期。

寒假的时候，林盏要去沈熄家过年。

她提前去采购东西，间隙时拿出手机一看，洛洛在群里发了条消息。

这不是她们宿舍的群，这个群里有宿舍的人和沈熄，忘了是因为什么建的。

洛洛提醒她：我刚刚看天气预报，预报说那边过年的时候好多雨雪，你记得多带几双鞋，不然鞋子湿了穿不了。还有床单什么的也要注意。

林盏当然记得，烘干器她都提前买好了。但是她一下子忘了烘干器叫什么，于是她就只可意会地在群里发了消息：我买了那个，可以顺利睡了，熄熄。

本来想打个"嘻嘻"，因为输入法有记忆功能，"嘻嘻"给生生转成了"熄熄"。

洛洛秒回，带了个满是问号的表情包：你……睡个熄熄还要卖萌?

林盏有点强迫症，打了错字立马就撤回了，准备重新输入。

她想，反正沈熄应该也没有看见。

正在重新打字的时候，左上角提示有条新消息。

她退出去查看。

沈熄的头像显示在对话条上。

他发来一句话，简短又利索：不用买那个，你也可以睡了熄熄。

林盏：……

到达W市的那天特别冷，雨夹着冰粒敲打在伞面上，溅起噼啪的声响。

林盏看着沈熄撑伞的那只手，絮语道："你还说不戴手套呢，幸好我给你买了，不然的话手肯定冻红了。"

她开始有条有理地感慨："我们冬天画画的时候，一画就是4个小时，很多同学手都冻坏了，手指变得特粗。"

语毕，林盏心有余悸地抬起手看了一眼。

连指手套把她的手包裹得很好，这么一看，甚至还有种哆啦A梦的滑稽。

沈熄看着她裹成一团的手，道："那你的怎么没冻坏？你戴着手套画的？"

"不啊，"林盏真诚地说，"因为我涂了护手霜。"

沈熄："……"

边走边闹，总算是到了沈熄家。

或许是来过太多次，林盏已经有了熟悉感。

走出电梯，林盏给自己加油打气。

沈熄从后面绕过来，然后按门铃。

林盏通过手机的反光照镜子，顺顺头发抿抿嘴唇，安抚被风吹乱的刘海儿。

沈熄看到她一脸严肃的样子就想笑，看她把自己的刘海儿顺顺梳梳，忍不住抬手把她头发揉乱。

林盏干瞪他，火急火燎地顺着头发。

"哎呀，沈熄，你烦死了。"

锁扣轻轻响了一声，门开了。

林盏放下手，身子不自知地弯了弯，笑道："阿姨好。"

叶茜看着她，愣了一下，马上又恢复如初。

“外面冷，快进来吧。”

进了门，在玄关换鞋的时候，林盏还用一种怨怼的目光看着沈熄。

沈熄含笑，视线跟她相撞片刻，又挪开。因为他感觉到了另一道视线。

叶茜目光中稍有些疑惑，低头看了林盏一眼，又看向沈熄：“她……”

“她叫林盏，”沈熄轻咳一声，及时挡住叶茜将要开口的下半句，“双木林，灯盏的盏。”

叶茜虽没想问这个，但还是成功地被沈熄转移了话题。

“行，你们先去沙发上坐吧，我洗了水果。”

见到沈肃，问过好，林盏坐到沙发上。

两个人坐在那里吃橘子，叶茜走过来，看到沈熄吃橘子的样子，又想起了什么。

她坐在沈熄旁边，问：“高考那时候，我是不是见过盏盏？”

林盏有些意外地抬头，但沈熄已经飞快地否定。

“没，那不是她。”

“挺像啊，”叶茜认真回忆道，“短头发，瘦，白，跟你小时候……”

沈熄忽地打断，问：“厨房什么味道？”

“嗯？”叶茜回头往厨房看了一眼，“我怎么什么都没闻到？”

沈熄不紧不慢地说：“像是什么东西烧煳了的味道。”

“可我没做饭啊，”叶茜笑着弹他，“你饿了？”

事已至此，饿不饿都只能说饿了，能拖一时是一时，能少被人笑一会儿是一会儿。

沈熄心虚地答：“嗯。”

叶茜笑着起身的时候，还小声说：“你这孩子今天怎么有点反常，是太激动了？”

一想到等下要面对的景况，他不是激动，而是头痛。

饭上桌之后，大家聊了些日常琐事，无非就是学习和生活上的问题和趣事，聊着聊着，话题就收不住了。

叶茜问林盏："你们怎么认识的？"

林盏："当时我在画画，然后他凑巧就从街的那边过来，我当时灵感枯竭，又觉得他身上的气质跟我的画很像，就情不自禁地跟着他，谁知道后来碰到块大石头……"

沈熄看她："不吃饭吗？饭都冷了。"

"你说你，"叶茜推他，"怎么老打断别人说话，你让人把话讲完。"

沈熄沉默不语，伸筷子夹菜，似乎对这个话题没有丝毫兴趣。

林盏拿着筷子，继续道："石头把路堵住了，他肯定觉得我跟不上他了，但是我很轻松地就把石头搬开了，估计那时候他心里还在想，这女生力气怎么这么大……"

林盏笑呵呵地问沈熄："对我们俩的初遇，你怎么想？"

沈熄：我想离开这个家，就在此刻。

"你力气很大啊？"叶茜问。

林盏点头："是呀，我还投过铅球，很小的时候就能扛那种木质的画架了，一扛就能扛两个。"

沈熄："……"

叶茜恍然道："说到这个，小时候他好像也遇到过力气很大的女孩子，那女生还曾经把他给弄哭过。"

沈熄："……"

林盏笑眯眯："是吗？那时候他几岁啊？那女生现在在哪儿？"

"现在不知道，就见过一面，早就搬家了。"叶茜刚好借着光，看清林盏眼底下的那颗泪痣，笑容又是一顿。

林盏："怎么了？"

沈熄："没怎么，别说话了，快吃饭。"

想了想，叶茜问道："你小时候，在××画室学过画画吗？"

"对啊，"林盏有些惊讶，"您怎么……"

电光石火间，饭桌上陷入了沉默。

“你和他小时候见过的吧？”叶茜终于下了定论，“我照过他和那小姑娘的合照，小姑娘几乎和你长得一模一样。”

说到这里，叶茜回房间拿出相册，翻到林盏的那张：“喏，你看。”

林盏看清画面里的小姑娘，瞠目结舌。

她伸手摇沈熄：“我们小时候居然见过？！”

沈熄没有她料想中的惊讶，反倒言简意赅地点头：“嗯。”

林盏问他：“你知道？你认出我了？”

沈熄：“嗯。”

“那你怎么不告诉我啊？”

“我以为你知道。”

叶茜乐了，跟林盏说：“他哪是以为你知道，他是觉得丢脸不想说呢！怪不得刚刚一直打断我们讲话，我就说嘛，怪不得今天反常啊，原来是怕我跟你讲这个！”

林盏顿悟，抱着相册笑了。

沈熄辩驳：“没觉得丢脸。”

叶茜止不住地笑：“我就记得，当时你们高考的时候我看到你，一眼就认出来了，结果那家伙又是说我看错了又是让我快回去，我就没放心上，看来当时就开始慌了啊！”

林盏看沈熄不慌不忙地继续吃东西，只是咀嚼的时候都透出一股别样的用力。

“都说了哭是正常反应，不是被打哭的。”

睡前，林盏斜靠在沈熄床上，枕头垫在腰后，笑眯眯地看着洗完澡进来的沈熄。

沈熄看她不怀好意的笑，问：“笑什么？”

“你早就认出我了，为什么从来都不跟我说啊？”林盏捧脸，“所以，高中的时候你对我都是欲擒故纵？”

“跟你说什么？说我认出你就是那个过家家的时候为了跟人争谁是公主，非说公主都会骑马，结果强行骑马踢到我的人？”沈熄好整以暇，一边擦头发一边看着她。

林盏：“……”

很快，她夺回主动权。

她抱起一个枕头，说：“你就跟我说嘛，反正我又不会因为你哭哭唧唧就笑话你。”

说完，她满脸慈爱地摸了摸沈熄湿漉漉的头发。

挑衅与取笑之意，溢于言表。

反正她没什么机会取笑他，怎么能不趁这个时候好好地过把瘾呢。

沈熄看向她，眼瞳幽深。

林盏继续“慈爱”地给他擦头发：“说说看呀，被我欺负哭了是不是超生气，气到哭一整夜，晚上想起我还会睡不着觉的那种。”

沈熄的目光逐渐转为另一种深不可测。

林盏啧啧两声：“我也不知道会把你弄哭的啊，不是故意的，不过哭一哭……”

下一秒钟，沈熄夺走她手上的毛巾，扔在桌子上。

他双手撑在她身侧，居高临下，声音带着点隐忍的克制：“到底谁哭，可还说不准。”

林盏感觉到男人和自己明显的力量差距，腿根发颤：“你想干吗？这可是在你家啊，沈熄，叔叔阿姨都在隔壁呢！”

“我当然知道，”沈熄淡淡地说，“那你觉得，我前两年过年回来，是为了什么？”

林盏看着他：“为了什么？”

沈熄指指她身下这张床，道：“把这里那张原本的单人床换成双人的。”又指指墙壁，“并且对卧室做了隔音处理。”

林盏有点蒙地看着他。

沈熄唇角漾开一点笑意：“你刚刚那么猖狂，是料定了我没法治你？”

林盏嘴角的笑僵住："……"

可不是嘛。

要是早知道沈熄留了这一手，她就不会那么欠揍地说那些话了。

有水珠沿着沈熄的脖颈往下滑。

他侧身看了一眼卧室门是否锁好，这才慢条斯理地对案板上的鱼肉缓缓开口："今晚吃饱了？"

林盏目光狐疑，不知他想表达什么。

不过确实吃饱了，而且是人家家长亲自下厨，说没吃饱大概不好。

她问："吃饱了，问这个干吗？"

"没事，"沈熄摇摇头，"怕你体力不支。"

林盏："……"

林盏撑着手臂，往后退了点儿。

林盏是凭着那几天极早的生物钟醒来的，沈熄不知道什么时候出去了。

折腾了一晚上，还能起得那么早，林盏真是佩服。

毕竟是第一天来，起太晚了也不好，林盏挣扎着坐起来，看着面前的一片狼藉。

沈熄走的时候大概很匆忙，没来得及收拾。

昨晚的耻辱史牢记心头，林盏咬牙切齿，凭着极强的"复仇心"，勉强穿好了衣服。

屈辱、没尊严、勿忘昨耻！

简单收拾了一下，她开门出去，勉强赶上了早饭。

正在整理碗筷的沈熄看到她，略有些惊讶地挑了挑眉。

吃早餐的时候，叶茜看着她："眼睛怎么肿成这样，昨晚哭了吗？"

只是简单的哭一哭，可不至于肿成这样。

林盏埋头喝粥："嗯，昨晚看了个悲情片。"

沈熄不置可否，但笑不语。

叶茜趁着他们还在家，跟他们聊关于毕业的事情。

"盏盏马上就大四了吧？"

林盏："嗯。"

"打算考研吗？"

这次是沈熄代她回答的："我们都打算考。"

毕了业，也还是要继续留在学校的。

"以后都留在这边工作吗？"

想了想，林盏说："应该是的。"

当天下午，W市又下了雪。

林盏趴在窗子前，提议道："去堆雪人吧，沈熄？"

沈熄进房间换衣服，叶茜就站在林盏旁边，笑道："原来下雪，他可从来都不出去啊。"

林盏在台阶上堆了一个垂死挣扎的人，为了应景，还拿颜料给人的嘴角涂上流下的血迹。

沈熄看她，说："等会儿要是有人来，肯定被你堆的这个吓死。"

林盏自顾自地继续创作，画完之后，看到自己左手中指上的那枚戒指。

她忽然就叹了口气。

沈熄："叹什么气？"

林盏摇着头，不无惋惜地说："我居然就这么五迷三道地答应你了，连一个正式的求婚都没有。"

沈熄："……"

林盏问："戒指你什么时候买的啊？"

沈熄努力想了一下，最后道："很早，记不清了。"

"很早啊——"她拖长音调，背着手走到沈熄跟前，眨眨眼，"你那么早就想娶我了啊？"

她是在打趣，但沈熄扯过她因为堆雪人而冻得通红的手，包进自己的手掌里。

他说："对，只有你。虽然你话又多，爱折腾，有时候又不讲道理——但那只是少数时候。”

林盏不服气：“我哪有你说的那样啊……那我大多数时候呢？”

“大多数时候，你都很讨人喜欢。”

林盏继续不服：“多数时候讨‘人’喜欢，那你呢？”

“我就不一样了，”他低声说，“我所有时候都喜欢你。”

大三下学期又在另一种繁忙中度过。

大四开学后，课程明显少了。

该写毕业论文的写论文，该忙毕业设计的忙设计，不过多久还有学校的实习。

林盏还要准备考研的事情。

上学期开学没多久，老师找她商量画展的事。

随着各种各样活动的频繁“刷脸”，林盏逐渐有了些知名度，也有了固定的粉丝群。

“大家都觉得你作品有了，一定的人气也有了，趁着学校现在还能帮你，你可以尽快申请一个学生作品展。”

这句话说出来的时候，林盏都有点傻了。

她维持着表面的镇定道了谢，向老师请教了流程和台前幕后，走出办公室的时候，手都有些凉。

她虽然做了点心理准备，虽然自知自己无须妄自菲薄，但太快了，太猝不及防了。有些惊喜，有些无措，不知道担不担得起老师这份信任。

那种感觉，就像是熬了一整夜的人抬头，忽见天光；又像是跌跌撞撞在大雨天走了一路的人，忽然看见面前怒放的花。

林盏回到寝室，把这件事通知洛洛她们，她们一个个都很为她高兴。

尤其是洛洛：“快什么快啊，你也不看你都给蔚大争多少光了，给一个画展算什么啊，我还觉得给少了呢！”说完，自己也笑得不行。

策划一个画展略有些复杂，要准备的东西还有很多。

林盏把自己原来画的画翻箱倒柜地找出来，一个寝室几个人，和指导老师一起，挑选出了展品。

有了学校的支持，总比自己个人承担要好得多。

从申请到批示，再到选择展品，确定展题，完了之后还得找场地，找到场地之后，要裱画，要做广告四处宣传，还要布置展厅。

试展的那天，寝室的人和沈熄都去了。

大家随着灯光又调整了一下画的位置，忙了几个小时才弄好。

林盏也累了，靠在门边说："等画展结束了，我请你们吃饭啊。"

这次画展，大家都帮了她很多。

老幺会设计，她帮林盏做了要投放的海报。

寝室长认识的人多，帮林盏四处联系投放海报的事。

洛洛认识学生会的，在学校的公众号和微博上替林盏发了很多推文。

沈熄是苦力，经常帮林盏搬东西。

试展结束之后，林盏不想走，就坐在门口的长椅上休息。

寝室的人都先走了，沈熄看她一个人在那儿，抬着头，双眼放空。

他坐在她身边，笑着问："怎么，因为目标实现，现在觉得找不到前进的动力了？"

毕竟她一直以来的拼搏奋斗，都是为了当初跟林政平许下的那个承诺。

她想争夺自己的自由权，首先就是要办一场画展。

"我这才哪儿跟哪儿啊，"林盏回过神说，"就是觉得，路还好远啊，还有很多很多的事要做。"

这件事完成了，还有下一件、下下件。

能办画展的青年画家数不胜数，她也不是其中的佼佼者，要真的想往上爬，还得拿出更好的作品，还要经受更多的磨炼才行。

林盏："刚刚想到这些，就觉得未来也不会轻松到哪去。"

"累就是因为在走上坡路啊，"沈熄揉揉她的头发，"就算很累，也不会累到哪去了。"

林盏点点头，盯着自己的脚尖，长嘘一口气：“毕竟最难的已经解决了。”

沈熄问她：“画展会请家里人吗？”

“请啊，肯定得请，”林盏说，“首先要让我爸知道我做到了嘛。”

沈熄顿了顿，还是没把自己之前去过她家的事跟她说。

林盏说：“我好多年没回去了，虽然我爸觉得我是叛逆，但是我想告诉他，不是叛逆，我只是无法接受他的方式而已。我要告诉他，画展成功了，他再也没办法干涉我的人生了。”

不管以后走得艰难与否，她都做好了自己承担的准备。

她挑了个周末，回了W市。

这是她自上大学以来，第一次带着回家的念头回W市。

她发现就算多年没走这条路，她依然对这里的一砖一木熟悉不已，对每条街道、每个店铺了如指掌，对这条路要通往的地方，依然有种孤独的亲切感。

说到底是她的家，是她生活了18年的地方。

林政平的教育方式虽有偏颇，但到底没想过害她。

爱可真矛盾，林盏扯着头发无力地想。

她拾级而上，走到单元门口，拿出门禁卡开了最外面的大门。

什么都没变，几年都没更新的门禁卡，还能打得开门。

她心中五味杂陈，坐着电梯到了家门口。

抬手敲了敲门，她抓住挎包的带子，看着门缝。

过了大约一分钟，有人来开门。

蒋婉打开门，看到是她，惊讶地眨了几下眼睛。

“盏盏，你回来了？！”

客厅里正常音量的电视，被人慢慢调小了。

林盏：“嗯，来跟你们讲件事。”

蒋婉招手：“进来吧，进来吧，妈妈前两天还买了荔枝，想着你要是在家肯定很爱吃，我们俩都吃不完。”

林盏哽了哽，没说话，只是更紧地抓住手里的带子。

她走向客厅。

林政平正在沙发上看电视，见她回来，难得地不发一言，只是沉默地按着电视遥控器。

林盏坐到沙发上，伸手从包里抽出两张邀请函。

“一个星期之后，我的个人画展就要开办了，位置写在邀请函里，去不去随你们。”

蒋婉正好把荔枝端过来，看到邀请函，愣了片刻。

“这么快吗？”

“不快了，我画很多年了，也代表学校参加了很多次比赛了。”

林盏解释了一下，然后，把头转向林政平那里。

“我来就是想跟你说一声，高考之后的那个约定，我做到了。我也希望你以后别再干涉我的专业了，我不想被束缚。”

蒋婉笑笑：“好了，好不容易回家一次，就别说这些了。先吃荔枝吧，妈妈洗好了。”

林盏一边听着新闻里不痛不痒的播报一边吃荔枝，主持人们几乎一致的播音腔让人仿佛正处在一个严肃的环境中。

不知道她吃到第几个荔枝，林政平拿起桌上的烟盒，一个人去了书房。

荔枝快吃完的时候，蒋婉走到她旁边，摸摸她的头发。

“盏盏，你不在的这几年，你爸变了很多了。”

“进书房吧，他有话想跟你说。”

林盏洗过手，进了书房。

房间通过风，已经没有烟味了。

书房里不知何时添置了一个鱼缸，现在鱼缸里正有几只金鱼在畅游。

林政平拿着盒子撒鱼食，背对着林盏，却是在跟她说话。

“我10岁的时候，家里第一次养鱼。我那时候并不知道鱼没有饥饱感，攀在鱼缸上拼命往里面投食，它们不会说话，只知道吃，我以为它们会高兴。第二天，发现它们都撑死了。”

林盏就站在那里，看鱼缸里的金鱼拼命地摆动尾巴。

林政平继续道：“那时候也并不觉得自己有错，觉得自己只是不知道那些常识而已。我既是对它好，就没想过包藏祸心，于是做了什么也只是无意，良心上也不会觉得过不去。

“一开始想过你也只是叛逆，看不清我对你好的部分，因为青春期作祟，才不断地顶撞我，觉得我给你的都是最差的。

“你走的那几年，我都是这么想的，因为是想着对你好，所以并不觉得自己做错了，反而觉得你没良心。”

林盏默默听着。

“去年吧，去年见过你一次，你从图书馆出来，跟沈熄一起。第一次看你笑得那么高兴，没有任何包袱，才发现原来没有了这个家庭，你活得没有像我想象中那么差。

“后来沈熄来，更加验证了我的想法，他给我看你画的画、你得的奖、你那些专访和专栏，我忽然发现，你很多年前不是在给我开空头支票，你自己的确选择了一条路来走，并且走得很通畅。而这条路，比我指给你的那条更好。

“我那天晚上回忆起来，发现了一件很惊人的事情。从前我一直觉得你能有今天，跟我的逼迫是分不开的，可那晚我忽然发现，每一次我逼迫你的比赛和考试，你没有一次考好过。

“伴随你的并不是什么鲜花和掌声，是压力和失眠，甚至轻微的抑郁狂躁。我给过你什么呢？你能坚持下去，一直都是靠着你对美术的热爱才对。

“甚至这个画展，即使我没有跟你立下这个约定，你也会举办的。只是没有我，这个画展会更顺其自然，毫不急功近利，只是你的水平发展到某个程度的一种证明和产物，你的创作会更纯粹，只是为了画好画而画画，而不是为了几年内办个画展而拼命折腾自己弄出一个好东西来。”

这些年，他的心态是一点一点转变的，由最初的不齿和蔑视，变成存疑，又到自我怀疑，最后想通一切，这才肯承认。

林盏此时，终于知道林政平在说什么了。

别扭的男人，在用这种自我否定的方式，向她道歉。告诉她，他承认自己以往所想所做失之偏颇，他承认她做的是对的。

林盏想过无数次，发生这种情况她会有的心理状态，她以为她会扬眉吐气，会觉得出了口恶气，会觉得痛快，没想到，她只是觉得放松。

也许没办法这么快就原谅他，那就把这一切，都交给时间吧。

良久之后，她看着鱼缸，一字一顿地说："那就去看我的画展吧。"

林政平放下手里的鱼食，回身看她。

林盏轻声道："我这几年，进步很大。"

开展的前一天，林盏在附近找了家酒店随便住下。

沈熄第二天有事，实在抽不开身。

林盏自然是觉得没关系的，毕竟只是个画展而已，也不用做什么事，所以让他还是以自己那边为重。

沈熄心里过意不去，决定前一晚先陪她一块儿睡，第二天一早再赶过去。

躺在双人床上，林盏看着天花板说："你也不用非要来的，我自己住也可以呀。"

沈熄在一边看书，哗啦，波澜不惊翻过一页，开口道："怕你紧张，又睡不好。"

"不会了，"林盏翻个身，面对他，回忆道，"我现在已经不会觉得压力特别大了，因为有些名额都是靠我自己争取来的嘛，而且过了几场大考试，就觉得这些都不算什么了。再说了，就算没睡好也没问题的呀，我明天又不用做什么。"

沈熄目光都没挪动半分，只是笑问："那怎么办，我来都来了，你是在赶我下床？"

林盏坐起身，假意踹了他两下：“对呀，快，去外面睡。”

沈熄岿然不动，又翻了页书。

林盏爬过去，手指搭上他的眼角，语带惊奇。

“我现在才发现，你左眼底下，居然也有颗这么小的泪痣！”

她反复确认，不断摩挲，连带着那块皮肤都痒了起来。

沈熄忍无可忍，把报纸丢到一边，抓住她手腕，声音低哑：“摸够了？”他覆身上去，“现在……该我了。”

林盏笑个不停，伸手推他：“你别乱来啊，我明天还要去画展。”

“知道就好，”沈熄掐了一把她的脸颊，“上次教训得还不够？还敢撩我？”

开展的那天，天气特别好。

晴空万里，天幕碧蓝如洗，云朵晃晃荡荡地四下游散，惬意又轻快。

本来没什么感觉的林盏，在大家进场时感觉到紧张了。

她怕自己画得不好，也怕自己的水平让大家觉得扫兴，又怕……

算了，她摇摇头，看着手机里的短信，想，是了，怕什么。

有什么好怕的。

什么事情她没遇到过，没解决过，区区一个画展，开展前的准备工作做得那么详尽，万无一失，有什么可怕的呢。

沈熄给她发了消息。

那是一张很简单的图片。

17岁的林盏，在大家放学后依然窝在画室里，手上抓着一个调色盘，认真凝视自己的画面。

稀疏的日光斑驳地透进来，在她脚踝处洒下一层细碎的光。

她一定很满意这张画，笑起来的时候，带着一种大杀四方的傲。

她认真画画的样子，很美。

17岁的她，尚且能如此骄傲，那22岁的她，依然可以如此。

并且，将永远如此。

画展进行得很顺利，大家都对林盏的作品赞誉有加。

整个画展氛围很好，一切都很好。

画展结束后，大家陆续退场，林盏作为负责人，要等到最后才能走。

一位长者站到她跟前，同她握了个手。

他指着墙上的那幅《Survivor》，对她说："很后悔没有晚生十几年，在我还有力气的时候做你的老师。你的画我非常喜欢，无论用色多颓败和灰暗，始终都透出一股不服输的韧劲儿。"

他又指向另一幅画："不过那幅不是你的风格。"

林盏问："怎么呢？"

老人呵呵笑："不是林盏的风格啊，是恋爱中的人才会有的风格。"

那幅画她画的是沈熄。

18岁的时候，他在图书馆辅导她写题，中途小憩，枕着书本睡着了。

不知道为什么，后来回忆起来，明明有很多幅画面比这幅更适合画，她却始终觉得这幅画面，带着一种从未有过的美好。

那时候，他们谁都不知道后来的人生会怎么走，不知道是不是会上同一所学校，不知道恋爱后对方会不会移情别恋。

他们还没有完全进入这个社会，连爱人都带着一种孤注一掷的嚣张。

老人离开后，林盏回忆了许久，才想起他的名字。

果然见过的，在画册上。

她开始后悔没去要个签名。

画展彻底结束后，林盏揉揉眼睛，走下台阶。

车水马龙的单行道对面，站着一个人。

日光鼎盛，花木渐生，但一切都不如这个人夺目，好像整个世界，就只能看得到他了。

她曾经很讨厌“余生”这个词，因为这个词漫长又带着不确定性，不知道有多少危险蛰伏其中，更不知道有多少变数会发生。

但只要一想到，余生和这个人一起过，她就觉得诗意又浪漫起来。

林盏加快速度朝他跑去，扑进他怀里。

阳光的香气一如既往，带着难以弥散的泡腾和酥软，像埋在被子里，舒服又放松，心安得下一秒就想要沉入梦里。

沈熄摸摸她的头发，笑问她：“都没戴眼镜，看清楚我是谁了吗，就往我怀里扑？”

她当然知道他是谁。

她的“希望之光”，她的人生信仰。

她5岁那年遇到，17岁那年重逢。

在她22岁这年，他们依然在一起。

后来呢?

一期一遇，一生一世。

番外一

有关旅行的二三事

事情发生在研究生毕业的那个暑假。

二人早就约好了要一起度假，连地方都已经提前选好。

林盏本来爱睡觉，但这次在飞往度假地的飞机上，她居然意外地没有睡着，只是戴着耳机看剧。

一贯清醒地给她当人肉靠垫的沈熄，这会儿居然睡着了。

不仅睡着了，他还做了个梦。

梦里，他回到小时候，场景还正好是碰到林盏的那一次。

梦里的林盏在争执下想要翻身上马，却不慎踢到了沈熄的眼睛。

沈熄知道这是在梦里，所以他的灵魂很慎重、很紧张、很热切地想要改变一点儿什么，意念太强大，就传递到了梦里的人身上。

就是那一刻，他捉住小林盏的脚踝，万物仿佛于此静止，时间再不流动。

他略微思忖，而后很郑重地对小林盏说："你可要记住了，踢了这一脚，你就是我老婆了。"

再然后又梦到了些什么，回忆走马灯似的，一幕幕循环播放。

播放完毕，人也该醒了。

沈熄意识逐渐回笼，身体不算舒适的姿势提醒他此刻正坐在飞机上，他抬手蒙住眼睛，一点点睁开眼。

林盏正笑吟吟地看着他。

许是刚梦到过她的缘故，沈熄现在看她还有种离奇的玄幻感。他不得不承认，她同小时候长得真像，自小就能窥见美人坯子的影子。

见她看自己太久，沈熄问："怎么？"

林盏笑着侧头，开口道："你刚刚睡着了。"

他正想说点儿什么无关紧要的话，林盏一句话又给他全部堵回去。

"而且你还说梦话了。"

这倒是引起了他的一点儿兴趣。

他饶有兴致地问她："我说了什么？"

"你说，"林盏清清嗓子，学着他的声音，又沉又缓地说，"'踢了这一脚，你就是我老婆了。'"

沈熄："……"

说完，她又笑了："怎么，你又梦到了你小时候被我折腾哭的惨况？"

沈熄原本不信，但她说的确实很对。

于是他沉默了。

林盏没打算放过他，既然好不容易说到了这个话题，她倒是有一个特别想问的。

"我有个问题一直存疑，没找到机会问你。"

沈熄看她："什么？"

林盏将电视剧按了暂停，转头面对沈熄，颇为费解道："你小时候，为什么非要说我不适合演公主？"

沈熄："……"

林盏看他不是很想说，晓之以理，动之以情："你看，如果不是你说了不适合，我就不会想证明自己。如果不是我很迫切地想证明自己，我就不会上马。如果我不上马，我就不会翻身踢到你。如果我没有踢到你，那你就不会哭……”

“好了，”沈熄捏捏眉心，被她的“晓之以理，动之以情”弄得头疼，道，“我那时候说你不适合演公主，是因为我觉得你应该演那个仙女。说了，满意了？”

林盏撇嘴：“不准说谎。”

沈熄：“没说谎，是真的。”那时候他确实就是这么想的。

林盏居然被他这个回答给搞蒙了片刻，半晌才问：“那难道，你从小时候就开始暗恋我了？在我还没情窦初开的时候，你已经对我情根深种了？那为什么我追你的时候你还那么冷漠？”

“小时候懂什么，”沈熄扶额，“那时候纯粹就是觉得你比较适合而已，没别的想法。”

“哦，”林盏冷脸，“意思是高中那会儿抗拒我，都是真情实意的拒绝是吧？”

沈熄：“……”

思考了一会儿，他又斟酌着哄她：“那时候，也没真的拒绝过你。”

林盏好不容易逮到机会问高中的事情，话匣子自然又打开了：“那我追你的时候，你是怎么想我的？”

问完她也感觉到了什么——这是一道真情实意的送命题。

沈熄沉默了片刻，似乎在思索怎么回答才能保证自己能活着下飞机。

最后，求生欲让他选择了一个模棱两可的回答：“那时候只觉得你很特别。”

“哪里特别？”林盏扯下一只耳机放手里晃，有意逗他，“噢，特别烦是吧？”

“不是，”沈熄抓住她的手，道，“特别像我未来的老婆。”

下了飞机是晚上了，林盏疲惫得不行，吃了东西，就直奔酒店而去。

林盏到酒店的第一件事，是脱鞋上床。

她整个人扑到柔软的床垫上，身子因为弹性回弹了一下，抱了个枕头在身下，满足地喟叹了声，就这么趴着了。

她腿成直角弯着，晃来晃去，手还在床头柜上拿着东西翻看，哪还有一点刚刚疲累的样子。

沈熄见她自己在玩着，就先进浴室去洗澡了，洗完澡刚一出来，就见林盏盘腿坐在床上，腿上搁着一本书，很严肃地说："沈熄，我刚刚给我腹中的骨肉构思了两个绝妙的名字。"

沈熄第一反应是皱眉："腹中骨肉？你怀孕了？"

"这倒没有，"林盏摸摸鼻子，讪讪笑道，"但是，那个……不是可以先准备着嘛。"

沈熄："……"

沉默了一下，他问："那你准备了两个什么绝妙的名字？"

"姓沈，一个叫沈时，一个叫沈力。"林盏面不改色地胡扯，"省时又省力，一听就好生养。"

沈熄：？

他走到桌边，漫不经心地把吹风机插好，淡淡道："知道你起这种名字，他们可能就不会出来了。"

林盏笑："他们来不来可不关我的事。"

沈熄："……"

林盏伸手摊开掌心对着他："这就要看沈熄同学你的能力了。"

沈熄打开吹风机，平稳的风速里他泰然开口："胡扯能让你快乐？"

"胡扯不能让我快乐，"林盏扳着腿左摇右晃，粲然一笑，"但你能。"

虽然知道她只是为了撩他，顺嘴提了一下这事儿，但睡前沈熄还是认认真真思考了一下，以后孩子该叫什么名字。

男孩儿就跟他姓，女孩儿就跟林盏姓。

至于名字，他想着，翻出手机里的字典开始找。

旁边的人已经睡着了，裹着被子蜷成一团，似乎是嫌热，没过一会儿又把被子蹬开了一些。

他伸手给她把被子掖好，又听到她低喃了句："热……"

他把被子往下拉了点，道："过会儿就不热了。"

说完之后没多久，他关掉自己这边的台灯，也准备睡觉。

手机刚关上，人一躺下来，就感觉到有个热乎乎的身体往自己怀里钻。

他手往那边一伸，林盏的头立刻自发地枕了上去。

沈熄摸摸她的头发，哭笑不得地问："不是还热着？蹭我怀里不嫌热？"

她没回答，想必是睡着了，刚刚的动作不过是自然反应。

他想到这几年，她画展也办了不少，在业内也算是有了点名气，无论是观众还是业界人士提起她，先说的总是"独立、有想法、能担大局、临危不乱"。

但她在他面前，却总能露出那珍贵的、带着些微孩子气的天真。

第二天一早起来，林盏居然还记挂着起名字这事儿。

她煞有介事地对沈熄说："我觉得名字这件事，也应该问一下叶阿姨。"

沈熄蹙眉，眼神忽而一凛："你叫她什么？"

林盏怔，半晌才想起要改口，克服羞耻心，试着叫了声："妈。"

番外二

关于婚后的二三事

正式求婚后不久，工作和生活都度过了过渡期，开始走向平稳，林盏发现自己怀孕了。

准确来说，最先发现她怀孕的并不是她自己。

那段时间，她忽然莫名其妙地开始嗜睡起来。

沈熄工作虽忙，但每天十点前都会到家，以前，这个时间她才整理好东西准备上床休息。

但最近几天，沈熄发现他一回家，林盏就已经睡着了，而他早晨走的时候，林盏还在睡着。

这么持续了一个星期，某晚沈熄回得早，八点就到家了，而那会儿，睡意深重的林盏刚洗完澡，准备入睡。

沈熄坐在她旁边，伸手揽住她的腰，问："你是不是怀孕了？"

林盏的表情一下就变了，她看着沈熄："你是不是在婉转地说我长胖了？"

"不是，"沈熄又摸摸她的手臂，感觉她的体温确实高于以往，这才道，"我带了验孕棒回来，你去测一下，应该是怀孕了。"

林盏困得眼皮都抬不起来了，虽然她内心深处是极为不信的，但为了配合沈熄，还是决定测一下，拿着验孕棒进了卫生间。

刚进卫生间，她就开口道："万一我没怀孕发现你是在说我长胖了的话，我告诉你沈熄，我出来你就完……我怀孕了？！"

林盏在洗手间戳了好一会儿，直到沈熄在外面敲门，声音里隐有笑意："还不出来？不是说你出来我就完了？"

林盏打开门走出来，眼睛死死胶在验孕棒上："可我为什么没孕吐？也没有食欲不振？"

沈熄默了半晌，道，"可能因为你异于常人。"

林盏想了想，又问："那明天还要去检查吗？"

"嗯，去一趟我们医院，我已经联系好了，"沈熄道，"明天下午三点去，你现在可以先去睡觉了。"

林盏点头，往前走了两步，又回头狐疑道："你前几天就发现我怀孕了？"

"差不多，"他道，"感觉你可能怀孕了。"

大概就是一种职业直觉。

第二天林盏去医院检查，发现自己果然是怀孕了，且她身体底子好，不仅没有出现什么不良反应，怀的还是一对双胞胎。

旅行那时候，她的直觉竟然还挺准。

当晚回去她就开始翻字典，沈熄在旁边抄手笑看她："还翻什么？不是说就叫沈时和沈力吗？"

"不要了，"林盏头摇得和跟拨浪鼓似的，"我的孩子，不能叫这么肤浅的名字。"

过了会儿，沈熄正在看书，就听到她特别有责任感、正义感地抬头道："你觉得沈慕林怎么样，就是取自，沈熄深深地爱慕林盏这样。"

沈熄："……"

随着孕期的推移，林盏的肚子也肉眼可见地变大。

沈熄怕她到处乱跑，总叮嘱她，不能跟之前那样，想去哪儿采风就去哪儿采风，尤其是人多的地方，也要避免去。

但是对于林盏来说，要她一动不动地闷在家里，就跟不让她画画一样难受。

彼时恰逢顾予临来他们所在城市开演唱会，郑意眠不知从哪儿搞来两张票，刚发了个朋友圈，林盏就兴奋至极地戳开她的会话窗口：眠，你是不是说你缺个人陪你一起去看演唱会？我啊，我有空去！

郑意眠顿了顿才回：但是你家那位不是管你管很严嘛，你能出来看演唱会吗？

林盏：能啊，他就是乱紧张，你别听他的，不会有什么事的，我妈怀我那会儿还每天骑自行车去买菜呢，顺产顺到不行。

郑意眠：其实我也觉得没什么，沈熄他太紧张了。那行吧，那我就跟你一块儿去，我现在去把朋友圈删掉。

林盏顿了顿，又问道：不过，你为什么不和你家梁寓一起去看啊？

梁寓和郑意眠，在大学毕业前就已经在一起了。

一会儿后，郑意眠发过来四个字：他会吃醋。

林盏：？

郑意眠：他不准我喜欢顾予临，哪怕不是女友粉也不行。

林盏想了想，回道：亚洲醋王，名不虚传哈。

演唱会正式开始那天，郑意眠先来找林盏，顺利会合后，两个人一起去了体育馆。

演唱会就开在W市最大的体育馆里。

顾予临这么多年了还是一样红，哪怕是结婚生子都没能让这个人的名号在娱乐圈淡去半分，反而愈来愈盛。他仍然一呼百应，势不可当。

拿好了应援的灯牌和横幅，找到位置坐下来的那一瞬间，林盏差点以为自己还在读高中。

年轻气盛啊，为了喜欢的明星出逃，旷课赴他一面之约，在他的歌曲里，听完自己一大半的、鲜亮的青春。

真好，这种感觉虽然并不炽烈，但恍然让她有一瞬觉得，自己仍然、并且永远年轻着。

虽然现在也还挺年轻的。

她转过头问郑意眠："梁寓不知道你来吧？"

"本来不知道的，"郑意眠咬唇，"因为我发那个朋友圈屏蔽他了。"

林盏："本来？"

"但是他现在知道了，"郑意眠举起自己的手机，"完了，醋坛子，翻了。"

"没真生气吧？"林盏说，"没真生气就行。"

"真生气肯定谈不上，就是又要我哄了。"郑意眠话说到这儿戛然而止，推推林盏，"天啊！盏盏。"

林盏被她的语气感染得紧张起来："怎么了？"

"梁寓说他，现在正跟沈熄一起，赶过来。"

林盏：？

"沈熄怎么知道的？"

"不知道啊，"郑意眠耸肩，"是有人泄露了吗？"

"算了，"林盏摇头，"现在以我为大，沈熄也不会吃醋的，大不了就是回去教育我要注意安全什么的。"

说完这句，林盏还颇为羡慕地对郑意眠说："吃醋代表他在乎你，所以这点上我还是很羡慕你的。不像沈熄，很少吃醋。"

与此同时，两位达成共识的男人，正准备驱车往体育场赶。

因为碰面是在沈熄家里，自然是开沈熄的车比较方便。

二人上了车，系好安全带后，梁寓忽然问："走哪条路？"

沈熄报了个路名："这条吧，比较近，也不会堵车，方……"

油门正踩下去，有个巨幅广告牌在视线里一晃而过。

本来平时，他根本不会在意这种东西。

谁知道就在今天，广告牌换了新的，此刻，在市中心寸土寸金最贵的广告牌上出现的那张人脸好像有点熟悉?

沈熄放慢车速，定睛一看。

他微笑。

为某奢侈品代言的人，正是他老婆今天排除千难万险也要去看演唱会的人。

忽然不想走这条路了。

沈熄找了个合适的地方，掉头，往另一条路去了。

梁寓道："怎么改了？这条不是比上条更堵一些？"

沈熄凝视前方："那条路有顾予临的广告牌。"

梁寓沉默半晌，道："那是不该走。"

就这么，达成了共识。

忽然感觉到什么，沈熄皱皱鼻子。

怎么感觉刚刚林盏提到了自己。

而这边的林盏和郑意眠，正看演唱会看得投入。

这回她们运气好，请到的神秘嘉宾居然是顾予临的老婆江筱然。

两个人在台上合唱了一首《共鸣》，接下来，轮到现场随机点歌互动环节。

大屏幕上观众的脸来回切换，林盏挥着荧光棒，看到镜头最后停在了自己面前。

她被郑意眠搀着站起来。

江筱然很快发现了什么，问道："是准妈妈吗？"

林盏点头，摸了摸腹部，笑道："四个月了。"

"想点一首什么歌呢？"江筱然也笑。

底下的建议声此起彼伏，林盏道："想点一首《朽》。"

观众席传来众望所归的欢呼声。

这算是顾予临和江筱然当年的第一首情歌了。

轮到林盏时，歌词正放到她最喜欢的那句："你让枯木逢春，而后万物始生……”

霎时，她脑海中浮现出沈熄的脸。

演唱会结束，是几个小时后了，林盏运气好，又很尽兴，出场时还在喋喋不休地跟郑意眠分享感言，二人笑作一团，一抬头，就看到面前站着神色不佳的两个人。

郑意眠急忙松开挽住林盏的手，往前搂住梁寓，跟林盏告别：“那，那我先走啦，盏盏你……”

话没说完，已然可以意会，二人交换了一个“你自求多福”的眼神。

郑意眠和梁寓离开的时候，还能听到郑意眠小声地反驳：“没有很喜欢他，只是给自己的青春画一个句号嘛！不不不，我的青春不是他，是你……”

那边人走远了，林盏这边，确实是一路低气压地回到车里。

刚坐进车里，林盏决定先认错。

她伸出手掌，摊开，做了一个“甘愿被打手掌心”的动作。

沈熄：“……”

林盏嘟着嘴，惨兮兮地吸吸鼻子，用一副被冤枉的声音凄凉道：“你打吧，只要你不心疼我。反正也就是手痛个几十上百年，整天以泪洗面，抑郁成疾，深闺怨妇，心痛不已……没事，你打我吧，只要你不心痛，你就打我吧……”

沈熄：“……”

她都说成这样了，他哪还能真的怪她？

番外三

关于包子的二三事

顾予临那件事，不过是怀孕路上的一个小插曲。

那年十月，林盏成功顺产。

过程有点累，但不算虚脱，要睡过去之前，她看了一眼自己的孩子。

护士兴奋道：“是龙凤胎呢，都长得很漂亮。”

嫁给沈熄的好处自然就是在他工作的医院，在他的精心照料下，坐完月子。

林盏恢复得快，完全没有产后抑郁，刚开始那段时间，小护士们每天经过房间，不是看到沈医生在喂家属吃东西，就是听到家属调戏沈医生的各种对话。

女儿和儿子除了正式名字外，林盏还准备给他们取个小名，无奈半天没取出来，就给取了俩英文名。

女儿随她姓，性格却像沈熄，还小的时候就不怎么笑，林盏笑她是个“冰美人”，为了中和一下她的气质，给她取的英文名叫Honey。

儿子随沈熄姓，性格却像她，标准的贴心小暖男一枚，英文名就叫Archer。

他们上幼儿园的时候，还发生过一件特别好笑的事儿。

那时候班上的小朋友都不爱午睡，中午在床上都特闹腾，只有Honey一个人睁眼躺在床上。

老师见这样下去不是办法，使出浑身解数哄大家睡午觉。后来老师们从书店采购回来一堆易读却又不浅显的书，想着给孩子们念念故事，顺便也能陶冶一下情操。

读故事的第一个中午，Archer看到书封，立刻就认了出来："老师，你买的这本书我家也有，我读过一点点。"

老师笑眯眯地摸他脑袋："你睡觉之前，妈妈也会给你读睡前故事吗？"

Archer摇头："那倒没有，一般都是爸爸读。"

老师笑，道："原来一般是爸爸读给你听啊。"

"也不是，"Archer继续摇头，"爸爸没怎么给我读过，我是自己看过一点的。"

这下，老师是真的被绕糊涂了："你家的书都是你爸爸读，可你没怎么听过爸爸读，怎么，难道爸爸只读给妹妹听吗？"

Honey从床上坐起来。

她肉嘟嘟的小脸紧绷，唇角抿着，摇头："爸爸读睡前故事，一般不是读给我们听。"

她眨眨眼，继续道："爸爸读这个，是拿来哄妈妈睡觉的。"

后记

这本书正文完稿的那天，是我生日。

那天天气不太好，是个大风的阴天，我怕冷，也就没怎么过生日，也没有给自己买礼物。

当天没有什么特别的情感，是第二天才后知后觉地恍然意识到——原来这本书，可以算作我给自己的生日礼物。

其实很多磅礴的情感，就算经过再事无巨细的文字表达，都很难让阅读者完全感同身受。

我知道这么讲很夸张，但于我而言，这本书确实有非比寻常的意义。

这虽然是本小甜文，但在撰写它的过程中，我曾结结实实地痛苦过、消极过、怀疑过自己的一切，甚至迁怒于自己的无能。我拼命告诉自己，都会好的，你会成为一个豁达的人的，我试图让初心回归，让自己重新投入在写故事所带来的单纯的快乐里。

那时身处低谷的我，想要在故事里传达的，就是要拿来勉励自己的——失眠、压力、困难，都会过去的，要越挫越勇，要乘风破浪。

就像林盏，她是你，是我，是成长路上的任何一个人，她面对过如山如潮的压力，面对过无可奈何的失眠，面对过一个又一个无休止的艰难和困苦，但你仍要相信，一切都会好的，只要你不放弃，继续前行。

不晓得是触底反弹，还是我在故事里所传递的情感如期而至——我曾以为糟糕的一切，好像开始慢慢好转了起来。

是我影响了笔下的人物，还是他们影响了我？

我不得而知。

但幸好，应许的奖赏，虽然会迟来，但不会缺席。

希望大家终有一日都能遇到陪伴自己走过挫折的“希望之光”。

鹿灵

2017.11.10